白月照楚渊 2

语笑阑珊 著

图书在版编目（CIP）数据

白月照楚渊.2/语笑阑珊著.— 武汉：长江出版社，2021.3
ISBN978-7-5492-7585-4

Ⅰ.①白… Ⅱ.①1语… Ⅲ①长篇小说－中国－当代 Ⅳ.① 1247.5
中国版本图书馆CIP数据核字（2021）第 046747 号

白月照楚渊.2/语笑阑珊著.

出　　　版	长江出版社
	（武汉市解放大道1863号　邮政编码：430010）
项目策划	紫总 派派
市场发行	长江出版社发行部
网　　　址	http://www.cjpress.com.cn
责任编辑	陈辉
装帧设计	漫爹 米粒尔
封面绘图	唐卡
印　　　刷	三河市嘉科万达彩色印刷有限公司
版　　　次	2021年3月第1版
印　　　次	2021年5月第1次印刷
开　　　本	880×1250mm 1/32
印　　　张	12.75
字　　　数	430千字
书　　　号	ISBN978-7-5492-7585-4
定　　　价	39.80 元

版权所有，侵权必究。如有质量问题，请与本社联系退换。
电话： 027-82926557（总编室）027-82926806（市场营销部）

目录

第二十一章／001

第二十二章／023

第二十三章／037

第二十四章／055

第二十五章／074

第二十六章／093

第二十七章／112

第二十八章／136

第二十九章／156

第三十章／175

第三十一章／199

第三十二章／215

第三十三章／238

第三十四章／263

第三十五章／283

第三十六章／326

第三十七章／342

第三十八章／353

第三十九章／379

第四十章／388

几十年前的中原江湖,远不像现在这般和乐融融,有魔教三不五时出来挑衅也就罢了,偏偏各门派之间还不消停,几隔个几天就有帮派对骂约架。虽说寻常百姓更愿意将此描述为血雨腥风,好在侃大山时多些聊头,但实际上更多的却是乌烟瘴气,双方骂来骂去顶多争个口舌之利,与村间田里的泼皮无赖并无二致。

而谁都知道吵架与打群架这种事,自然是人越多越好。于是每每临近诸门派约定之日,大街上的痞子也就成了各家的抢手货——几文钱两顿饭便能雇上一天,不仅吵起架来声音大,问候起别家祖宗也是毫无压力,还能变着花样骂娘,可谓便宜又划算。而这些小混混也极乐意参与此类活动,有热闹看是一方面,且毫不费力又过瘾,更重要的是回来还能跟乡邻吹嘘,看着周围一圈艳羡眼神,简直连做梦都要笑醒。只是这活路虽好,却也有危险,一次在萧山帮与金钱门约架之时,由于双方雇来的人都颇为凶悍,到后头局势一发不可收拾,居然当真拔剑打了起来。那些小混混哪里见过这阵仗,看到血之后,一个个掉头就跑,其中一个人稍微跑得慢了些,后背便挨了两刀。

受伤这混混是个年轻后生,头发蓬乱满脸脏污,大抵是因为身体壮实,血流了一地却也没死,醒来之时躺在一处茅屋,身边坐着一个女子正在熬药。

"那女子便是白头凤吗?"段瑶听得入迷。

景流天点头:"无人知道白头凤的真名叫什么,只知她平日里喜好用一块白色头巾遮住头发,手中又握有白凤剑,因此便得了此名号。师从当时江湖武学修为数一数二的灰袍老尼,功夫自然不会差,原本是不该同这些约架小门派扯上关系的,只是恰好路过,又仁慈心善,便顺手救了那后生。"

段瑶道:"既然师父是佛门中人,自然要更善良些的。"不像自己的师父,每每被提起都是为了吓唬不听话的小娃娃。

"人有时太善良,也未必是好事。"景流天道,"那后生名叫李天,你可听过此人?"

"李天?"名字平平无奇,段瑶想了半天,才道,"海浪手?"

"什么叫海浪手。"景流天失笑,叫下人替他端了一杯甜茶进来,"是破浪斩。"

段瑶挠挠脑袋。

无人知道李天的来历,甚至在那场约架之前,江湖上根本就没有这个名字出现

第二十一章

过。萧山帮的弟子后来回忆了七八回,也说当日只见他在街边蹲着,衣裳又脏又破,以为是游手好闲的无赖地痞,便上前给了几个铜板,不由分说拉着人就去了山巅打群架——后头见他真被人砍了,也就赶紧作鸟兽散,谁会想到,此人竟会是个绝世高手。

"啊?"段瑶也没想明白。

"或许是那天恰好有什么事,又或者是恰好中了毒,想来除了白头凤与李天本人,这世间不会再有人知道个中缘由。"景流天道,"李天伤好之后,便一直同白头凤生活在一起。灰袍老尼生前藏有一本武学秘籍,在她故去之后,江湖中有不少人都对白头凤虎视眈眈,一个个寻上门来,却也一个个被李天打走。他掌法极其精妙,甚至能单手将地劈裂,飞沙走石如同翻滚海啸,便得了名号破浪斩。"

"听起来倒是不错。"段瑶道,"只是若情路坎坷,想来结局也不会是成亲生子。"

景流天点头:"再后来,李天不知为何,失踪了。"

段瑶:"……"

"他先前为人嚣张,得罪了不少江湖中人。"景流天道,"在消息传开后,白头凤也便成了众人眼中的一块肥肉,有人依旧对秘籍念念不忘,有人垂涎她的美貌,还有人想从她口中逼问出李天的下落。后头家里待不下去,白头凤便连夜逃出了城,却依旧中了仇家的圈套,落入贼人之手。"

"没有武林盟主主持公道吗?"段瑶问。

"武林盟主远在西域,况且当时也没人知道,白头凤究竟是落入了谁的手中。"景流天道,"直到三个月后,街边才出现了一个疯疯癫癫的白发女子,胡言乱语,武功尽废。"

段瑶眉头紧皱。

"她是偷偷跑出来的。"景流天道,"后头有几个门派看不过眼,派人前去救她,却恰好遇到前来杀她的人,才总算是知道了背后真凶是谁。"

"谁?"段瑶问。

"一个下三烂的门派,名叫玄裳山庄,曾被李天一人单挑全庄,结下了梁子。"景流天道,"在罪行败露后,其余正道人士对其群起而攻之,虽说也算是替无辜女子报了仇,但这江湖中,却再也没有了侠女白头凤。"

"后来呢?"段瑶继续问。

"后来的事情,便无人知道了,李天似乎一直就没回来过。"景流天道,"至于白头凤,有人说她死了,有人说她出了家,也有人说她嫁了个普通人过日子,谁知道呢。"

"这样啊。"段瑶道,"那李天,当真再也没有回来过吗?"

景流天摇头:"就算到现在,也无人知晓他的真正身份,是死是活,去了哪里,更别提当时行踪。"

"嗯。"段瑶道,"多谢景楼主,今日我让楼主坏了规矩,他日定会想法子补偿。"

"段小王爷客气了。"景流天将桌上的毒药推回去,"我若是不收这酬礼,也就不算是做生意,谈何坏了规矩。"

"也是。"段瑶将小瓶子又揣回去,"那就算我欠个人情。"

"好说。"景流天道,"只是小王爷为何突然问起这个,可是听到了些什么事,或者见到了些什么人?"

"我也说不准,只是若前尘当真如此悲惨,那还是莫要打扰老人家了。"段瑶深吸了一口气,"是我先前将事情想得太简单。"

景流天了然,微微点头:"在下明白。"

离开金满客栈后,段瑶原本想去福明村再看看,犹豫再三,却还是转身回了北行宫。

天上一轮圆月渐渐隐去,日头东升薄雾散开,苏淮山庄里头也开始有了炊烟人影。虽是夏日,山间清晨却也凉,段白月回到自己屋子。

楚渊抬起胳膊挡住眼睛:"什么时辰了?"

"又不用上早朝,你管它什么时辰。"段白月道,"困就继续睡。"

楚渊道:"屋里头闷。"

段白月打开窗户。

南摩邪正在院中笑靥如花。

段白月"哐当"一声,重新将木窗掩住,还插了插扣。

逆徒啊……南摩邪摇头晃脑很感慨,转身溜达去了厨房。

陶仁德在外头转了几圈,侍卫都说西南王一直在睡觉没出门,也便放了心,打算独自去饭厅吃早饭,却在路过厨房时,险些与一个头发乱蓬蓬的老头撞个满怀。

"南大侠。"陶仁德行礼,不动声色往后退两步。毕竟面前这位死了又活活了又死,也不知究竟是个什么"物件",还是躲远些好。

"陶大人。"南摩邪左手捏着一根油条正在啃。

"南大侠生病了?"陶仁德往厨房内看了一眼,砂锅正咕嘟咕嘟,四处都是药味。

"倒不是。"南摩邪道,"滋补用的汤药,陶大人也来一碗?"

陶仁德看着桌上散开的蝎子蜈蚣蟾蜍干,笑容满面转身告辞,生怕晚了会被拉住灌下肚。

想得还挺美,真想喝可没有。南摩邪晃晃小徒弟前几日给自己捆出来的小辫子,继续蹲回炉边煮药。熬干再加水,足足过了七八回,方才清出来端回住处。

开门的人是楚渊。

"皇上。"南摩邪笑容慈祥。

"南前辈。"楚渊并未觉得不自在,毕竟南摩邪的卧房就在隔壁,按照他的武功修为,不可能不知道自己昨夜前来。

"这是药。"南摩邪将碗递给他,叮嘱道,"务必要一口气喝完。"

"每月十五,就是要服此药?"楚渊接在手中。

南摩邪点头:"是啊,又毒又酸苦。所以吃完之后,务必要给点甜头才是。"

"有劳前辈了。"楚渊微微低头。

南摩邪清了清嗓子,打算继续渲染一下气氛:"此药——"

"师父。"段白月出现在楚渊身后,目光如刀。

南摩邪强行冷静,摸了摸自己的小辫子。

"前辈回去休息吧。"楚渊失笑,"我会看着他服药。"

"听到没有?"段白月单手挡住门框,微微躬身与恩师平视,"可要徒弟送师父回去?"笑容和蔼,一看便知完全不是威胁。

南摩邪连门都不走,直接爬墙回了隔壁。

楚渊:"……"

"师父说话,你也是知道的。"段白月关上屋门,"听听便可,可不许信。"

"南前辈也没说什么。"楚渊坐在桌边,将药碗递给他,"有些烫。"

段白月道:"苦。"

楚渊道:"若是苦,便更该一口气喝完。"

"里头都是些什么？"楚渊问，"可有什么药材不好找？"

"寻常的毒物罢了。"段白月道，"西南随处都是。"

楚渊皱眉："毒药？"

"对一般人而言是毒药，对我可是解药。"段白月将残余药汁一饮而尽，"否则只怕金蚕线一醒来，便不会愿意再蛰伏回去。"

楚渊叹气："可也不能一直如此。"

"不说这个。"段白月道，"再听到天辰砂三个字，头都要炸了，有师父与西南府的人去找，你也不准再插手。"

楚渊点点头。两人吃完饭后，段白月问："睡一会儿？"

楚渊道："一个多时辰前刚起。"

段白月道："横竖也无事可做。"

楚渊道："这种闲散午后，你一不会品茗，二不会下棋，三不愿看书，四不通音律，的确无事可做。"

段白月接话："若我都会，如何能轮得到那位温大人中探花。"

"你这人。"楚渊哭笑不得，"不喜欢太傅大人就罢了，温爱卿又哪里招惹到了你。面都没见过，怎么三不五时也要拿来说一说。"

段白月趁机道："若你愿将他一直留在蜀中，我保证以后不再提。"

"休想。"楚渊摇头，"温爱卿是我大楚栋梁，在外头历练几年之后，若是政绩出众，不单单要召回王城，甚至百官首位也会留给他。"

段白月道："早知如此，我当初学什么功夫，就该跟着王夫子走，说不定现在也能出口成章。"

"胡言乱语。"楚渊道，"不闹了，快些去运功疗伤。"

段白月起身回了内室，楚渊自己喝了两杯茶，余光扫他的佩剑，一时好奇便拿过来把玩。半天之后发现，此物远看是一块破铁，拿到手中后便会发现，还是一块弎沉的破铁。

什么玩意啊……楚渊拿起哐哐在地上敲了两下，一砸一个坑。

自己是不是要派人出去，给他寻把称手的兵器。

"西南王啊。"院中传来陶仁德的声音。

楚渊："……"

"西南王。"陶仁德还在院中叫。

偏偏南摩邪又不在，四周一点动静都没有。

"西南王，请恕在下失礼了。"半天不见响动，陶仁德迈上台阶，打算一看究竟，省得这位爷又整出么蛾子。

楚渊丢下手中佩剑，进屋翻身跳上房梁——动作急了些，不慎被划伤指尖，幸好那破铁剑锋够钝，含进嘴里片刻便止了血。

陶仁德推门进来，见外头没人，便径直进了内室。

段白月凝神屏息，正在闭眼运功打坐。

陶仁德凑近仔细看，心想这是晕了还是怎的。

楚渊："……"

段白月心口处文着一条小小的龙，看清之后，陶仁德意料之中脸色一变，匆匆转身离去。

段白月呼出一口气，睁开眼睛往上看。

楚渊跳下来，身上沾了些灰。

段白月看着他笑。

楚渊道："这下好了，太傅大人估计会更加认定，你狼子野心不可不防。"

"管他。"段白月站起来，"方才是你在外头哐哐砸地？"

楚渊顿了顿，道："是你的佩剑掉到了地上。"

段白月道："怪不得。"

楚渊问："那究竟是何物？"

段白月答："似乎是叫玄冥寒铁。"

楚渊："……"

看这架势，是连叫什么都不确定？

"师父送的，说是上古神物。"段白月随手拿过一旁衣服穿好。

楚渊实在忍不住："宫里还有一把鱼肠剑，你要不要？"

段白月摇头："习武之人，岂有三天两头换兵器的道理。"

楚渊很想说，那也要是"兵器"才成。

屋外桌上，玄冥寒铁剑身浮起花纹，却又转瞬即逝，即便是有人看见，估摸也会以为是幻觉。

天色一点一点暗下去，两人一道吃了素面，楚渊道："我该回去了。"

"路上小心，往后几天，也不许再来了。"段白月道，"这回去又是一个时辰，不如多在行宫睡一阵子。"

楚渊笑笑："嗯，不来了。"

直到目送他的背影消失，段白月方才回到房中歇息。

南摩邪蹲在树上乐呵呵地嗑瓜子，盯着月亮一点一点在天上走，后头困了，便打个哈欠呼呼睡着，很是逍遥自在。

后半夜的时候，山间又开始刮风。树丛草丛沙沙声响，天边隐隐传来惊雷。玄冥寒铁嗡嗡震动，虽说声音极小，但段白月听觉何其灵敏，瞬间睁眼扭头看向桌上。

蓝紫色的图腾纹样缓缓爬满剑身，像是旷古荒野中开出的花。段白月皱眉下床，一步一步走向玄冥寒铁，迟疑片刻之后，伸手握住剑柄。

一瞬之间狂风呼啸，屋门"哐啷"被大力吹开。一道惊雷轰隆隆响过，银色闪电像是要撕裂漆黑苍穹，须臾光亮照出门口那张惨白带血的脸。

"西南王。"蓝姬声音苍老，如同来自地底深处，"别来无恙啊。"

"果真是你。"段白月冷冷地看着他。

"老天爷不想让我死。"蓝姬道，"那我便只有活。"

"这就错了。"段白月道，"老天爷若想让你活，便不会将你送来此处，而该离我越远越好。"

南摩邪也从树上跳下来，稳稳落在院中——按照先前的脾气，见着这种场面，他定然会稳如泰山看热闹，但今时不同往日，毕竟自家徒弟有伤在身，能不打架还是不打架为好。

又一声惊雷响过，蓝姬猛然出招，双手森然如同鬼爪。

南摩邪从她身后攻上来，不料却被段白月抢了先。玄冥寒铁在他手中铮鸣作响，像是沉寂千年的灵魂要挣脱禁锢。南摩邪见状心下吃惊，他虽知此物是妖剑，却只想利用其阴寒之气来压制段白月体内的金蚕线，却没料到还当真能被唤醒的一天。

死而复生过一回，蓝姬的招数越发阴狠，连掌风都带着毒。段白月清楚自己体内的金蚕线最近不甚安稳，因此也未用尽全力，原想过个几十招便将战局交给师父，不曾想手中的玄冥寒铁却不答应——寒气一丝一缕贯穿掌心游走于四肢百骸，连血液都开始变得冰冷，内力在剑气的干扰下逐渐杂乱无章起来，如同奔腾的河流海浪，隐隐

第二十一章

要在身体里找出一个宣泄口。

强压住心口钝痛，段白月纵身跃起，剑锋在月光下划出蓝色光影。南摩邪觉察出不对，一把握住他的手腕将人拉到自己身边，指尖却触到一片刺骨冰凉。

段白月挣开他的手，再次向蓝姬攻去，出手比方才快了三分，杀气却比方才减弱不少，虚晃一招。南摩邪渐渐看出端倪，明白了他为何突然如此恋战——似乎是要利用这对战的机会，来将体内的寒气散掉些许。

守在山庄附近的御林军此时也闻声赶来，南摩邪见状赶忙摆出一副威严师尊面孔，呵斥说不准旁人插手，但完全没人听。甚至连"江湖事江湖了"这句基本念白都没说完，官兵就已经喊打喊杀冲了上去。

毕竟皇上曾经下过圣旨，就算是出了天大的乱子，也不能让西南王亲自动手。

见众人冲过来，段白月索性单手拎起蓝姬，脚尖唰唰踏过树梢，带着人一道往深山方向掠去。南摩邪赶紧跟上，御林军也举着火把，轰轰烈烈追了过去。

密林中央，段白月口中泛上腥甜，有些许血丝溢出嘴角。蓝姬虽已被他废了半条命，见状却依旧冷笑："怎么，练了菩提心经，西南王难道不该独步天下才是？"

段白月将玄冥寒铁重重插入地下，单手卡住她的脖颈。

看着他侧脸逐渐出现的狰狞图腾，蓝姬干咳着嘲讽："世人皆道天刹教是魔教，却不知西南真正的魔教，该是你西南府才对。菩提心经，原来就是这般半人半鬼的功夫。"

"莫要杀她！"南摩邪远远追来。

段白月手下发力，蓝姬脖颈传来闷响，一缕黑色血液顺着嘴角淌下，须臾便彻底断了气。

南摩邪："……"

段白月将人松开，单膝跪在地上呼吸粗重。

南摩邪一脚踢起玄冥寒铁，将剑塞回他手中："站起来！"

段白月强撑着握住剑柄。

南摩邪一掌劈向他心口："吐纳自在，周天回旋！"

于是等御林军赶来之时，就见蓝姬已躺在地上毙命，而段白月正在与南摩邪一道，打得难舍难分。

众人面面相觑，不懂这又是怎么回事。

南摩邪不敢大意，耐着性子一步步传授他心法口诀，直到将玄冥寒铁的剑气全部打散，方才收招落地。

段白月脸色惨白，额上青筋暴起。

南摩邪一掌拍晕徒弟，背着回了山庄，一边跑一边吼："快去烧热水！"

御林军一边答应一边往厨房跑。

毕竟皇上还说过，伺候好西南王，有赏。

泡在热气腾腾的药水中，段白月的脸色和缓了许多，心口的剧痛也散去不少。

南摩邪关切："如何？"

段白月调息片刻，答道："死不了。"

"玄冥寒铁到底是怎么回事？"南摩邪问。

段白月深深看了他一眼，有气无力道："剑是师父找来的，这一题难道不该是我问师父才对？"

南摩邪语塞，过了好一会才道："我将它赠你，是因为此剑极为阴寒，想着多少能压一压金蚕线的躁动，却没猜到你居然如此有本事，还能将妖剑生生唤醒。"

段白月敷衍："多谢师父夸奖。"

"且不说它是因何而醒，不过你以后还是要离远些。"南摩邪道，"今晚若不是你脑子够用，能及时想到用蓝姬分散杀机，只怕早已走火入魔。"

段白月叹气："原以为过了十几年，师父送礼的手法会高明一些。却原来还不如儿时那把毒草。"

南摩邪胸很闷，但是又不能反驳，因为事实本来就是如此。

这世间有人忌荤腥，有人忌情欲，而自己或许应该忌送礼。

因为不管好心坏心，最后的结果都只有一种——收礼之人奄奄一息，半死不活。

这次也是一样，虽说玄冥寒铁的剑气在段白月体内走了一遭，暂时冻结住了躁动的金蚕线，但也仅仅是"暂时"而已。只过了一夜，原先还未发作的金蚕线便争先恐后醒来，生怕晚了会被同类吞噬。段白月额上满是冷汗，手几乎要握断床栏。

"南大侠。"原本打算今早回北行宫的陶仁德在听到消息后，也急急赶过来，问道，"西南王没事吧？"

"自然是有事。"南摩邪随口道，"为了能替楚皇擒住妖女，我这大徒弟身受重伤，光血就吐了整整一盆。"伸手比画，"这么大的盆。"

第二十一章

陶仁德宽慰道:"南大侠先莫着急,方才听宫统领说一早就派了人回去请御医,想来再过一半个时辰就会到。"

御医有个屁用。南摩邪心想,小皇帝亲自来还差不多。

陶仁德继续问:"老夫可能进去探望一下西南王?"

"大人还是不要进去了。"南摩邪敷衍,"到处都是血,看了怕是不吉利。"

陶仁德:"……"

"大人还是快些回去吧。"南摩邪被他晃得眼晕,"将这头的事赶紧奏给皇上,再顺路将那死了的妖女捎回去。"

陶仁德先是点头答应,后头又问:"不会再活过来了吧?"

南摩邪建议:"大人若是不放心,可以将她的脑袋剁了拎着。"

陶仁德脸色又白了三分。

南摩邪也没心思再搭理他,回到卧房试了试段白月的脉象,确定是比方才稍微平稳了些,方才松了口气。

段白月脑中浑浑噩噩,也不知周围是何人何事何景,只觉得连血液都要被寒气冻僵。脑顶上的手巾热了又凉,像是有人在说话,却又听不清具体是什么。

楚渊坐在床边。

南摩邪在旁垂泪:"我这徒弟苦啊,昨晚险些没命。今早好不容易醒来了一阵子,却又赶上金蚕线发作,也不知能不能熬得过去。"

南摩邪刚盘算自己要在何时掏出蛊虫,段瑶已经在身后踢了他一脚,踢得还挺重。

……

"走走走,去熬药。"段瑶扯着他的破烂衣角,将人硬拉到院中,然后叉腰问,"到底是怎么回事?"

小徒弟真是凶啊,南摩邪心中唏嘘,然后将昨晚的事大致说了一遍。

"玄冥寒铁醒了?"段瑶吃惊。

"若非亲眼所见,我也不相信。"南摩邪道,"只是剑气太强,却未必是好事,人压不住,容易入魔。"

段瑶抱怨:"你看你,送的都是些什么破礼物。"

南摩邪垂头丧气:"哦。"

"也不知道皇上能不能暂时借给哥哥一把剑,宫里头该有许多宝贝才是。"段瑶道,"总好过哪天又被玄冥寒铁所伤。"

南摩邪蹲在地上,很是沮丧。

破礼物。

"好了啦,又来。"见他这样,段瑶又心软,蹲在师父身边,从布兜里掏出来一只胖虫,"喏,送你。"

南摩邪用手捏了捏,似乎还不错,于是道:"嗯。"

屋内,段白月费力地睁开眼睛,先是皱着眉,看清眼前人后又笑:"就知道你会来。"

楚渊扶着他坐起来。

段白月问:"我在对战蓝姬时又抗旨不遵了一回。"

"南前辈已经跟我说了昨晚之事。"楚渊道,"那块破铁,我要带走。"

段白月却摇头:"先留一阵子,还有用。"

楚渊问:"何用?"

"金蚕线已醒,有个大寒之物在身侧,能舒服一些。"段白月道,"妖剑也是有脾气的,没有遇到旗鼓相当的对手,不会再醒第二回,只管放心。"

院内,南摩邪道:"你出去四处看看,看有没有什么稀罕东西,能说成是天辰砂。"

段瑶吃惊,压低声音道:"真要骗啊?那可是皇上,欺君之罪砍头都没人救。"

南摩邪道:"有备无患,这回金蚕线加上玄冥寒铁,不容小觑,我随时都有可能要带他回西南。"

段瑶点点头,也不敢再大意,转身出了小院。

金蚕线一旦苏醒,少说也要三五天才能重新蛰伏沉睡。段白月靠在床头,道:"打算何时回行宫?"

楚渊道:"等你恢复之后。"

"前几日还在说,有一堆地方官员排队等着求见。"段白月摇头,"一直待在这里不回去,且不说别人,那位陶大人该着急了。"

"谁要求见,候着便是,不差这几日。想吃什么?我让厨房煮给你。"

楚渊与他对视。

段白月叹气："只是不想让你看到我如此狼狈罢了。"

"何时有了如此多的顾虑。即便是铜铸铁打之人，也会有生病的时候，有什么好狼狈的。方才还没说，晚上想要吃什么？"

段白月道："凉面。"

"全身冰冷，吃什么凉面。"楚渊皱眉，"不许吃！"

段白月道："你看，你问我，又不听我。"

楚渊将人塞回被窝，自己转身出了门。

南摩邪正在院子里蹲着，见着后赶忙站起来。

楚渊恭敬道："可否劳烦前辈吩咐厨房，炖些鸡汤送来。"

"自然自然。"南摩邪连连点头，"鸡汤好！"

"多谢前辈。"楚渊道，"还有件事想请问前辈。"

"皇上客气了，想知道什么，尽管说便是。"南摩邪拍胸脯，"保管知无不言，言无不尽。"

"比起上回在欢天寨时金蚕线发作，这次似乎要严重许多。我试过他的脉象，在昏迷时几乎快要暂停。"楚渊道，"可是状况出了什么变化？"

南摩邪道："金蚕线发作，原本就是一回强过一回。"

楚渊眉头紧皱。

南摩邪继续道："若身上太冷，多焐焐也就热了。"

楚渊道："当真不会危及性命？上回曾说过，若是练了菩提心经，便能压制住金蚕线之毒，那等到这次回了西南闭关，是否以后就能安然？"

南摩邪道："若一直放任不管，自然会危及性命，但谁又会放任不管。菩提心经要练，但却也比不过天辰砂的药效，不过幸好，最近有了些苗头。"

"找到了？"楚渊眼前一亮。

"估摸近几日便会有人送来，不过到底是不是真正的天辰砂，还要看过后才知道。"南摩邪一脸沧桑。

"谁会送来？"楚渊又问。

南摩邪摇头："天机不可泄露，对方是世外高人，送完这药，也便要回去了。"

"若他当真能找到天辰砂——"

"重金酬谢就不必了，悬赏也不用。"南摩邪虽说浪荡了一辈子，此时也有些不忍看他眼底的光，道，"有些事情是老天爷在做主，全看命数，顺着便是。"

楚渊犹豫着点头："……好。"

再回到卧房，段白月已经又睡了过去。楚渊伸手试了试他额头的温度，依旧冰凉一片。

金蚕线发作之时虽说滋味不好受，却亏得也是急一阵缓一阵，总有能喘气的时候。又一轮剧痛之后，再睁眼已是子夜，楚渊倒了杯微烫的水，看着他慢慢喝下去。

看看外头银盘般的月亮，段白月声音沙哑，逗他道："如此良辰美景，可惜我却只有白白辜负。"

"再睡一阵子吧。"楚渊道，"难得现在不疼。"

段白月点头："嗯。"

心口依旧闷闷生疼，却也不觉有多难熬。

朝阳冉冉升起，苏淮山庄外守满御林军，远远见着山道上来了几顶软轿马车，于是挥手示意对方停下。上前一查看，发现竟是陶仁德与其余几位朝中老臣，于是赶忙行礼。

"罢了罢了，皇上还在山庄里？"陶仁德急急问。

"是。"守卫答。

"这……好端端的，怎么突然就来了此处。"陶仁德急得跺脚，即便是女鬼找来此处，也已被西南王斩杀，皇上不好好待在行宫内，跑来苏淮山庄作甚。

"老陶，老陶。"刘大炯在旁边提醒，"你冷静着些。皇上是出来见西南王，又不是出来私会，看给急的。毕竟江统领都说了，西南王眼神不带毒，不用慌。"

"皇上有旨，任何人都不许擅入山庄。"侍卫道，"还盼咐说若几位大人来了，便请原路返回。"

"为什么啊？"陶仁德想不通，又担心，"可是山庄里出了什么事？"

侍卫道："皇上在与西南王共同商议要事。"

陶仁德继续问："要商议几天？"

侍卫答："五日。"

"这么久？"陶仁德道，"如今西南风平浪静，多大的事需要用五日来商量。"

侍卫道："末将奉旨行事，还请太傅大人莫要为难才是。"

陶仁德不甘心，依旧踮着脚往里看，懊恼为何这回沈将军没有一道前来，否则局势也能安稳些。

第二十一章

刘大炯连连摇头，将他硬拉上后头的马车。心说亏得是帝师，皇上又是个尊师重道之人，否则就这黏黏糊糊的一根筋性子，怕是早就被撤职了七八回，或者七八十回。

直到马车远去，陶仁德依旧在费力将脑袋伸出窗户，神情凝重，远远眺望苏淮山庄。

刘大炯脑仁子疼，这架势，知道的是在看皇上，不知道的，估摸会以为是刚将闺女嫁出去，所以才会这般恋恋不舍。

皇上武功高强，山庄内又有江淮与宫飞几大高手在，那西南王就算会吃人，也不至于能吃了皇上。

……

"先前总是怕你闷，现在想想，却巴不得让你去御书房看折子。"段白月道，"总好过在这里日日担心。"

"你当批折子是什么好差事。"楚渊坐在床边，"经常有地方官云里雾里写十几页，一句都看不懂，也不知到底想说些什么，连批复都要想半天，多了写不出来，若只回一句话，又难保对方不会因此惴惴不安，下回再递个更长的折子上来，更头疼。"

段白月笑。

"还吃吗？"楚渊问。

段白月摇头："这已经是第三碗了。"

"没些荤腥，吃多一点才顶事。"楚渊道，"再吃一碗。"

段白月道："也行。"

楚渊便又传了一回膳。

隔壁房里，南摩邪正在翻捡一堆段瑶挖来的草药，看完之后摇头："都不像。"

"你又不告诉我，到底要找什么样的玩意才能冒充。"段瑶泄气。毕竟这世间除了神医谷，别处的花花草草都挺常见，也不是什么都能拿来冒充天辰砂，只能尽量捡些奇形怪状之物。

南摩邪道："去弄些鸡粪回来。"

段瑶："……"

南摩邪道："再搞点朱砂。"

段瑶："……"

南摩邪道："愣着做什么?"

段瑶发自内心道："不如师父自己去?"

南摩邪吹胡子。

段瑶坚决蹲在地上不肯起来。若当真有用,那鸡粪也就鸡粪了,甚至牛粪也没问题! 但问题这玩意压根就是胡编乱造之物,什么用都没有,还要去爬鸡圈,才不去。

看着小徒弟白白净净的脸蛋,白白净净的衣裳,白白净净的靴子,南师父只好自己出门。

云德城内,百姓都围在城中树下看榜文,西南王挥剑斩女妖,简直就是神话里头才会出现的事。城里头闹了这么久的鬼,原本大家伙都是人心惶惶,还想着要不要去请个大师前来做法,却没想到这么快就解决了问题,自是个个欢欣鼓舞,连带着各色小话本中西南王的形象,也稍微好了一些。蓝姬的尸体被停放在府衙仵作房,由于担心上头会有毒物,因此过了一夜便被火化,连骨灰也拌上石灰一道埋入城外乱葬岗,方才放心。

半山腰有一个苍老佝偻身形,一直阴恻恻注视着这头的动静,直到人群散去,才慢慢转身离开。

事件经过被写成折子,递送到了苏淮山庄内。楚渊只是草草翻了翻,也没细看。

段白月道："怎么说?"

"女鬼已除,百姓自然也就安了心,城中又恢复成了先前的样子。"楚渊道,"连带着你的名声也扭转了些。"

段白月笑:"也算是有些好处。"

楚渊:"先前还说不在乎这些。"

"不是不在乎,是比起这些身外之物,有更在乎的。"段白月伸了个懒腰,"今日身上轻松了许多,想来金蚕线已经蛰伏回去了大半。"

"看出来了。"楚渊凉凉道,"一大早便跟我贫嘴。贫了一整天还不见歇。"

玄冥寒铁已经恢复了先前的暗沉古朴,楚渊拿起来,问:"只苏醒了那么一夜?"

段白月点头:"没想到还当真是妖剑,险些控制不住它。"

第二十一章

"追影宫秦宫主的赤影剑,也是妖剑。"楚渊道。

段白月道:"虽都是妖剑,却各不相同。"

"自然是有区别的。"楚渊道,"至少人家那把要好看许多。"

段白月:"……"

"既然压制不住它,我原本是想替你换一把剑的。"楚渊坐回床边,"不过听南前辈说,玄冥寒铁能短暂冻结你体内的金蚕线,似乎又能有些用处。"

"先留一段时间吧。"段白月道,"到现在也没弄清楚为何它突然就会苏醒,按理说睡了千百年,理应不会因为小小一个蓝姬就活过来。"

楚渊想了想,道:"那日我不小心,被它划了一下手指。"

"嗯?有没有受伤?"

"伤口很小,不过剑刃沾了血。"楚渊道。

段白月皱眉。

"有关系吗?"楚渊问。

"不知道。"段白月摇头。

"再试一下?"楚渊建议。

"胡闹,好端端的,为何要割伤自己。"段白月道,"而且即便当真与你的血有关,万一这响又醒过来,我可连拿它的力气都没有。"

楚渊:"……"

"妖剑一旦醒过来,想再睡就不容易了。"段白月拍拍他的肩,"更何况我现在尚且不能完全驾驭它,将其魔性都唤醒并不算是好事。先让它这般浑浑噩噩过一阵子,往后若是有问题,再来找你也不迟。"

楚渊扭头看了眼桌上的玄冥寒铁,点头:"也好。"

段白月过了阵子又问:"可要我将段念与瑶儿留下给你?"

楚渊不解:"留下做什么?"

段白月道:"宫里头还有一群潮崖人,我原本是想替你解决干净再走的,只是现在这般状况,你应该也不会答应我继续留下,却至少也要留个帮手。"

"还当我是初登基那阵,什么事都要你帮?"楚渊道,"莫说是十几个潮崖人,就算是东海诸岛加起来,对如今的大楚而言,也不足为惧。"

"干大楚什么事?"段白月道,"我是关心你。"

楚渊道:"若要留,我倒是想留下瑶儿。"

段白月抱怨:"西南府人人都喜欢那个死小鬼,没想到连你也是。"

楚渊好笑,"等处理完潮崖这群人,朝里消停一些了,我便抽空去西南看你。"

"真的?"段白月低头,"那就这么说定了,可不许反悔。"

楚渊道:"嗯。"

四周一片安静,楚渊又问:"你在想什么?"

段白月回神,道:"想将来的日子,除了西南府,还能去何处。"

楚渊道:"那想出来了吗?"

段白月看着他:"说说看,你喜欢什么样的地方?"

楚渊道:"江南。"

"还当你会挑个远些的地方。"段白月侧身撑着头,"江南,是因为叶谷主吗?"

"不想离开大楚,除了王城,那里是最繁华的地方。"楚渊道,"水路陆路四通八达,若是待腻了,想去哪里都方便。"

段白月笑:"果真是当惯了皇上。"

楚渊嘴角一弯,从小到大,他都知道自己是父皇最宠爱的皇子,也知道想要太子之位的人不止自己一个。所以早就习惯了高高在上,习惯了攻心算计,也习惯了有事自己解决,从不指望能有人施以援手,除了他。

如此一算,自打两人相识,占便宜的人似乎一直都就是自己。

第二天清早,段瑶在厨房吃完早饭,回小院就见南摩邪正在捣鼓那堆鸡屎,于是脸色一白,转身往回走。

南摩邪抖抖胡子,真是个小娃娃,这就受不了了。说难听了是粪,说好听了可是鸡矢鄢,老祖宗传下来的药。晒干加上朱砂,红艳艳的,总算与所谓"天辰砂"有了几分关系。南摩邪松了口气,将粉末装入一个华贵的小瓷瓶中,方才拿着去找小徒弟。

段瑶满脸嫌弃,将小瓷瓶装入自己怀中。

南摩邪问:"可记得到时候要怎么说?"

"自然是记得的。"段瑶点头,"只要你别让哥哥当真喝这见鬼的玩意,那么一切好说。"

南摩邪放了心,回到住处后,又到隔壁小院看了看。

楚渊恰好推门出来。

"皇上。"南摩邪赶忙行礼,又问,"我那徒弟怎么样了?"

第二十一章

"精神好了不少。"楚渊道,"前辈可要进去看看?"

那还是看看吧,毕竟是徒弟。南摩邪拍拍手,刚才跨进小院,屋里就传来"哗啦啦"一阵碎裂声。

楚渊脸色一变,转身推门冲进去。

段白月正扶着桌子咳嗽,地上有一摊刺目鲜血,以及不慎打碎的茶壶。

"怎么了?"楚渊上前一把扶住他。

南摩邪也受惊不少,按理说过了这几日,金蚕线也就差不多该回去了,怎么现在看上去反而还更严重了些。

段白月摆摆手:"无妨,金蚕线又醒了一回。"

楚渊将他扶到床上。

趁着这片刻时间,段白月迅速向南摩邪使了个眼色。

南摩邪会意,伸手握住他的手腕试了试脉相,道:"如此怕是不行,为师替你疗伤。"

段白月点头:"也好,多谢师父。"

"可要我帮忙?"楚渊问。

南摩邪与段白月一道摇头。

"去隔壁等会吧。"段白月道,"扎几针就会好,用不了多久。"

楚渊点头,也未多想,便起身出了门。

一直等到屋门被关上,段白月方才趴在床边,吐出了一口鲜血,红中带黑。

南摩邪大惊失色:"你中了毒?否则单单靠着金蚕线,远不至于吐出如此颜色的淤血。"

"先前没发现,刚才想去桌边喝茶,却觉得有些不对。"段白月摇头,"这回不是金蚕线,我也不知道是什么。"

见他脸色苍白,南摩邪抬手拍在他胸口,缓缓过了些真气给他,待到呼吸平缓后,方才取过银针替他检查伤势。

脱掉上衣之后,后背一片青黑,再看掌心,也隐隐泛出青黑色的纹路。

段白月猜测:"菩提心经?"

南摩邪道:"尸毒。"

段白月道:"西南府的人,也会中尸毒?"

"自然不会是一般的尸毒。"南摩邪道,"是蓝姬。"

"怪不得。"段白月擦了擦嘴边血迹,苦笑,"还说她怎么会白白来送死。"

"天刹教已毁,容貌已毁,她自然不会甘心。"南摩邪道,"单打独斗不是你的对手,便只有同归于尽,自己替自己报仇。"

段白月问:"尸毒要如何解?"

南摩邪道:"尚且不清楚是何物所制,你需得马上随我回西南冰室练功,片刻也耽误不得。"

段白月道:"云德城距离西南路途迢迢,师父确定我现在这模样,能坚持到数月后?"

南摩邪道:"不确定。"

段白月:"……"

南摩邪道:"所以要先将你封住,回西南再拆开慢慢解毒。"

段白月顿了顿,试探:"装进缸里吗?"

南摩邪一拍他的脑袋:"装进缸里的那叫咸菜。"

段白月道:"师父下回出手可以再轻一些。原本就头疼,再打一巴掌,简直要炸开。"

南摩邪道:"用白玉蜡封。"

段白月道:"也并没有比缸更好。甚至还不如缸,缸里至少听着尚且能呼吸。"

南摩邪叹气:"此事绝非儿戏。"

"我自然知道。"段白月笑笑,唇色有些苍白,"见师父愁眉不展,说些胡话逗趣罢了,毒已经中了,唉声叹气也没用,师父也不必忧心。"

"这段路,你可要挺着撑住。"南摩邪道,"回了西南冰室,一切好说。"

段白月点头:"好。"

"为师先替你将内力涤清一回。"南摩邪道,"将毒物能带出来多少,就先带出来多少。"

屋外,楚渊也没回房中,一直坐在石桌下等。足足过了两个时辰,屋门方才被打开。

南摩邪扶着腰出来,头晕眼花。

"前辈。"楚渊搀住他,"怎么样?"

南摩邪道:"这回的金蚕线有些凶。"

"所以?"楚渊担忧。

南摩邪道:"让他多睡一阵子吧,然后便启程回西南。雪凌山上的冰室是段家人自小练功的地方,有灵气,又有药石为床,会事半功倍。"

楚渊道:"此地距离西南,尚且还有数月路程。"

南摩邪道:"先假死即可。"

"假死?"楚渊不解。

南摩邪道:"假死之后,便能在路上多耗几个月。"

楚渊只有答应。

"我先去山下抓些药。"南摩邪道,"人已经睡着了,怕是一时半刻不会醒,却也不必担心,任他睡着便是。"

楚渊点头:"多谢前辈。"

南摩邪转身出了小院。楚渊推门走进内室,就见段白月果真正在沉睡,或许是因为方才受了痛楚,脸色比起前几日更是苍白了许多,放在被子外的手,也是一片冰凉。

每回自己受伤受委屈,替自己疗伤的人是他,替自己出气的人也是他,如此过了将近十年。如今见他躺在这里,自己却无计可施,空有这天下,空有个神医做弟弟,也找不到传闻中的天辰砂。

虽说他说起时遮遮掩掩,但不用想也知道,菩提心经即便是练了,怕也不能完全治愈金蚕线之毒。楚渊几乎想要即刻便率人回宫,然后挥兵南下。各路军队调拨已经完成,只要自己一声令下……楚渊微微闭上眼睛,想让自己冷静,心却是越来越乱。

天辰砂,天辰砂。楚渊手紧紧握成拳头。

段白月费力地睁开眼睛,神思依旧有些恍惚。

楚渊蹲在床边:"你怎么样?"

段白月笑笑:"没事。"

楚渊道:"这样还叫没事?"

段白月抬起手:"没死就是没事。"

楚渊也不知自己该说些什么。

段白月道:"别哭。"

楚渊道:"哭?"

段白月道:"心里哭也是哭。"

楚渊道:"那你便快些好起来。"

段白月点头:"好。"

说了没几句话,昏昏沉沉的睡意便又席卷而来。段白月没多久就又重新睡了过去,楚渊试了试他的额头温度,不再冰凉,却变成了滚烫。幸好山庄内有不少冰块,降温也方便,四喜原本待在行宫里,这晌也坐着马车气喘吁吁赶到,多少能多个人手。

南摩邪在山下药铺捡好药,正好段瑶也从街对面过来,见着他后一愣:"师父怎么下山了?"

"那瓶天辰砂,后天便能用了。"南摩邪道。

"这么快就要走?"段瑶犹豫。

"状况有些不妙。"南摩邪道,"蓝姬身上带着尸毒。"

段瑶睁大眼睛:"哥哥中毒了?"

南摩邪点头。

段瑶着急一跺脚,转身就往山上跑。

南摩邪从身后拎住他,训斥:"急什么,先将词串好。毕竟要瞒的那位可是皇上,打小就钩心斗角,一般的谎怕是瞒不过。"

"是何种尸毒?"段瑶问。

南摩邪道:"不知道。"

但如此来势汹汹,想来也不会是什么善茬,还是要小心为妙。

苏淮山庄内外，几乎被御林军围了个严实，连只苍蝇都飞不进去，更别提是外人闯入。

卧房里头很安静，安静到几乎能听到呼吸声。段白月一直在沉睡，或者干脆说是一直在昏迷。楚渊守在床边，手背时不时搭在他额头上，体温依旧忽冷忽热，严重的时候，甚至连呼出的气息都烫得吓人。

四喜公公探头进来，欲言又止。

楚渊问："何事？"

"皇上，该用膳了。"四喜公公小声道。

楚渊问："南前辈可有回来？"

"还没，听说与段小王爷一道去了山下会客。"四喜公公答。

楚渊点点头，又看了眼段白月："等会吧，现在没胃口。"

四喜公公在心里叹气，退下后轻轻掩上门。

屋里重新安静下来，也不知外头到了什么时辰。段白月总算昏昏沉沉睁开眼睛，看着床顶上的雕花，过了许久脑海中才恢复清明。

楚渊替他擦掉额头上的薄汗："你醒了。"

段白月撑着坐起来，道："我睡了几天？"

"想多了。"楚渊替他放好靠垫，"几个时辰而已。"

段白月欣慰："那还不算太糟糕。"

楚渊道："南前辈出门前叮嘱，让你醒来便要吃药。"

段白月肚子咕咕叫，道："至少先给顿饭吃。"

楚渊哭笑不得，打开门吩咐四喜传膳。送来的食盒一打开，不是白粥就是青菜，半分油星也不见。

段白月叹气。

楚渊道："在你病好之前，只能吃这些。"

楚渊看着他吃完一碗粥饭，又叫了热水漱口。过了小半个时辰药被温好送来，盯着他服下后，不忘从桌边拿来一颗粽子糖。

段白月笑道："先前还担心，这阵看看，说不定将来还真能学会洗米。"

楚渊道："你知不知道，方才我在想些什么？"

段白月道："嗯？"

楚渊却没说话。

第二十二章

"不管我有没有事,也别让自己有事。"段白月叮嘱,"这样我才能安心回西南。"

楚渊闭着眼睛,久久也没回应他。

后半夜的时候,南摩邪从山下回来,就见四喜还在外头等,说是西南王醒了一回,吃了药,已经又睡下了,皇上也在屋里。

"有劳了。"南摩邪道,"天都快亮了,公公早些回去歇着吧。"

"有句话,不知道可否请问南大侠?"四喜公公道。

南摩邪点头:"请讲。"

"西南王这回,没大事吧?"四喜公公忧心忡忡。

"自然不会有事。"南摩邪往屋里看了一眼,"天辰砂已经有了眉目,想来这金蚕线的毒,过阵子就能解了。"

"那就好,那就好啊。"四喜公公松了口气,一边往回走,一边又小声道,"自打我跟了皇上,还没见他这般担忧过谁。即便是刚登基时那般风雨飘摇,日日在御书房内不眠不休劳心政事,平日里做事也依旧十分果断,眼中还从未有过如此多的情绪。"

南摩邪点头敷衍两句,看着他回了卧房,心里却忍不住深深叹气。

第二日清晨,段白月勉强撑着坐起来,问:"师父呢?"

"昨晚就回来了。"楚渊道,"在厨房煎药,不过瑶儿还没回来,说是在山下有事。"

段白月点点头,道:"先去吃早饭吧。"

"你呢?"楚渊问。

段白月道:"今日要疗伤,怕是吃不得饭。"

"我陪着你。"楚渊替他整整衣襟,"等到南前辈来了,我再去饭厅也不迟。"

两人说话间,恰好南摩邪也端来了熬好的药汤,黑漆漆一大碗,莫说是喝下去,光是看着就胃疼。

"去吧。"段白月道,"顺便将我那份早饭也一道吃了。"

楚渊点头,站起来恭敬道:"有劳前辈。"

南摩邪提醒:"该吃药了。"

"喝完。"南摩邪将大碗递给段白月。

"下回若是要煎药,还是交给瑶儿吧。"段白月看着上头漂浮的各种残渣,深深叹气。

怎么也不清一清。

"快些服下。"南摩邪催促,"而后为师便替你疗伤。"

段白月闭住气,将药汁一饮而尽,刚放下碗却觉得腹痛如绞,于是又全部吐了出来,带着几口血,看上去有些惨人。

南摩邪抬掌拍在他背后,握过他的手腕试脉。

段白月几乎要喘不上气。

"为师明日就带你回西南。"南摩邪松开他的手,"你熬不了多久了。"

段白月许久才缓回来,道:"师父说话还能更直白一些。"

"中午便与他道别吧。"南摩邪道,"瑶儿在山下,会拿着假天辰砂回来,好让皇上安心。"

段白月顿了顿,点头:"好。"

"我知道你舍不得,但舍不得也只能如此,保命要紧。"南摩邪扯过旧被单,将地上的污物擦干净,"回西南之后,你即刻随为师前往冰室闭关练功,暂时从追影宫召回小五,让他先前往翡缅国一探究竟。"

段白月微微点头,道:"师父可有什么办法,能让我看上去不这么……半死不活?"

南摩邪头疼:"都什么时候了,你还想着要看起来高大威猛?"

段白月道:"至少能让皇上安心一些。"

南摩邪端详了片刻他的苍白脸色,道:"擦点胭脂或许能蒙混过关。"

段白月:"……"

"罢罢罢,为师替你想办法。"南摩邪道,"你现在什么都不要想,将命保住才能有将来。"

段白月道:"好。"

南摩邪照旧替他疗伤,楚渊吃过早饭后,也照旧坐在院中小石凳上等。

段白月额头隐隐冒出冷汗,拳头也攥得死紧,心被蛊虫吞噬的刺痛如同撕裂一般。

南摩邪撤回内力,将徒弟扶着躺回床上。

段白月脸上没有一丝血色,连唇色都发白。

南摩邪盯着他,道:"除非易个容,否则怕是英俊不起来了。"

段白月坚持:"师父定然能想出办法。"

南摩邪叹气:"给你扎两针,让脸上有些血气,忍着点疼。"

段白月道:"多谢。"

南摩邪拿出布包,将银针在药粉中沾了一下。心说自己怎么就摊上这么一个傻徒弟呢,也是命苦。

"皇上。"院中,四喜公公道,"这里太阳晒,皇上去屋里头等吧。"

楚渊猛然回神:"嗯?"

"西南王怕是还要一阵子。"四喜公公道,"再在这里晒下去,该中暑了。"到时候一个还没好,又病倒一个,那可就真有得头疼了。

楚渊站起来,觉得头有些晕,四喜公公赶忙上前将人扶住。楚渊却不肯进屋,只站在门口回廊的阴凉处,继续等。四喜公公也不敢再多言,只在旁边陪着他。

这一等就又是小半个时辰,屋门才总算被人打开。

南摩邪满头都是汗,走路像是踩在棉花上。

"如何?"楚渊问。

"将毒物逼出来了一些。"南摩邪道,"想来今日天辰砂也该到了,我下山去看瑶儿,这里就有劳皇上了。"

楚渊点点头:"多谢前辈。"

"进去看看吧。"南摩邪道,"现在还醒着,过阵子又该睡了。"

楚渊急匆匆跑进去。

段白月正在咳嗽。

楚渊替他倒了杯水,坐在床边递过去。

段白月靠在床头:"说了让你去睡一阵子,又不听。"

楚渊问:"为何这次疗伤这么久?"

"金蚕线发作一回比一回厉害,疗伤时间自然也要久一些。"段白月道,"不必担心。"

楚渊替他擦汗。

"还有一件事。"段白月道,"师父方才在疗伤之后说,要尽快回西南。"

楚渊顿了一下,问:"何时?"

"越快越好。"段白月道,"待到瑶儿回来,若当真能拿到天辰砂,会立刻动身。"

楚渊点头:"嗯。"

"要分开了,有没有什么话要对我说?"段白月问。

楚渊摇头:"没有。"

段白月瘪瘪嘴。

楚渊道:"若是想听,那便等养好伤再回王城,我慢慢说给你。"

段白月道:"也行,那要加利钱。"

楚渊道:"好。"

虽说很想与他多说几句话,但体内的尸毒却不配合,怕万一过阵子又吐血,段白月只好闭着眼睛装睡,到后头就变成了真睡,梦境一片混沌,连师父来了三回也不知道。

眼瞅着日头渐渐落下山,南摩邪在屋里转圈,心说自己的小徒弟去了何处,为何还不回来。

而段瑶此时也很纠结,手里捏着小瓷瓶,在山脚下演了好几回"欣喜若狂"也不知道对不对,方才一咬牙冲回苏淮山庄。

"师父!我拿到了!"

这一嗓子声音极大,不仅是院中的人,就连昏睡中的段白月也醒了过来,只是醒归醒,却没有睁开眼睛。

身侧楚渊披上外袍,匆匆往外走。听到屋门被掩上的声音,段白月方才睁眼看着床顶,像是在想什么事。

段瑶站在院中,气喘吁吁。

"拿到了?"南摩邪顶着一头乱糟糟的头发,从隔壁冲过来,甚至连鞋都只穿了一只,一看便知非常惶急。

"是。"段瑶从怀中掏出小瓷瓶,"就是这个。"

"快些给我。"在楚渊伸手之前,南摩邪便抢先一步将东西拿到手中,毕竟是冒充的,总归不好过分示人,能藏还是藏起来好。

"是天辰砂?"楚渊问。

段瑶点头,后头又摇头:"说不准。"

楚渊道:"是从何人手中拿到的?"

段瑶这回答得干脆:"白眉仙翁。"

楚渊道:"先前从没听过这个名字。"

没听过就对了,下午现编的。南摩邪打开瓶塞闻了闻,道:"先取一些服下试试看。"

楚渊疑虑:"连此物是什么都不确定,当真能试?"

第二十二章

"皇上不必担忧。"南摩邪道,"白眉仙翁与西南府素无仇怨,这回也是为了与我做一笔买卖,方才愿意献出此物。况且即便是试药,我也会做足准备,断然不会拿我那徒弟的性命冒险。"

话说到这份上,楚渊只有点头。

南摩邪拿着小瓷瓶进了卧房。

楚渊原想跟进去,却被段瑶叫住,道:"师父疗伤的时候,不愿有外人打扰。"

南摩邪及时反手关上屋门。

楚渊站在院中,半晌也没说话。他先前无论如何也不会想到,一直心心念念想要找的天辰砂,会这么轻轻松松就出现。只是解药虽说找到了,却并无一丝如释重负之感,反而觉得更加没底了些。

段瑶站在旁边,初时也不敢出声,只是一直小心翼翼看着他,后头实在担心他会胡思乱想,方才道:"其实这么多年以来,西南府派了不少人在外头找天辰砂,天南地北大漠海外,这回若当真是,也算功夫不负有心人。"

楚渊回神,点头道:"小瑾也曾说过,找此药全靠缘分,说不定什么时候,就能在街边的小铺子里无意中找到。"声音很低,更像是要说给自己听,或许那真的是解药呢,毕竟找了这么些年,也总该找到不是。

"吉人自有天相。"段瑶道,"哥哥会没事的。"

楚渊勉强笑笑,道:"嗯。"

屋内,段白月问:"这到底是何物?"

南摩邪道:"鸡粪。"

段白月果断将瓶子塞回给他。

"先将它服下。"南摩邪从袖中取出两枚药丸,"能让你的脉象在这几日稍微平稳一些。"毕竟若服下了所谓的"解药",一点好转都没有也不像话。

段白月道:"此行亏得是有师父。"

"只盼着你能安然渡过此劫。"南摩邪道,"瑶儿今日已经派人传信去了追影宫,估摸着小五会比我们先一步回西南府。"

"这么些年,我这做哥哥的没替他做过什么,倒劳烦他替我做了不少事。"段白月叹气。

"你若能有小五一半好命,便该谢天谢地了。"南摩邪拍拍他的脑袋。一个苦兮兮了二十来年，身不由己做着西南王，中毒中蛊。另一个打小就逍遥自在，凭自己的心愿去了追影宫，娶了个好姑娘做媳妇，头年就得了双胞胎胖儿子，身强体健、高大俊朗。这般两人排在一起，任谁看了都忍不住要同情左边那个。

段白月微微闭着眼睛，待到气息稳了之后，道："好了。"

"这最后一场戏，做足一些。"南摩邪叮嘱，"莫要让他再担心了。"

"自然。"段白月笑笑，"这种事何劳师父费心。"

也是。南摩邪一边开门一边想，只怕就算还剩最后一口气，也会一脸无畏说无妨，戏班子里都这么唱。

"如何了？"楚渊急急上前。

南摩邪道："似乎果真是解药。"

"当真？"段瑶先激动起来，毕竟排练了十几回。

南摩邪道："脉相平稳了许多，心口刺痛也退去不少。只是毕竟金蚕线在体内太久，多少伤了根基，此番骤然除去反而不适应，还是要快些回西南冰室休养才是。"

"那也好啊。"段瑶道，"只要能治好金蚕线，其余一切都好说。"

"进去看看吧。"南摩邪侧身。

楚渊往里走，段瑶也赶紧跟上，却被师父一把拖住："你凑什么热闹。"

段瑶胸闷，怎么就说是凑热闹呢，难道不该是关心哥哥？

南摩邪替两人掩上房门，然后拎着小徒弟到院中，小声埋怨："平日里一天到晚包着眼泪，关键时刻也不挤两滴充充样子，也好表现得更加欣喜若狂一些。"

段瑶心想，我哥又不是吃了什么好东西，险些吃了鸡屎，这种事鬼才能喜出来。

段白月靠在床上，笑着冲他伸手。

"你怎么样？"楚渊坐在床边。

段白月道："好了许多。"

楚渊握过他的手腕试了试脉相，半天连眼睛都没眨。

"似乎当真比先前平稳了些。"楚渊看着他，"真的是天辰砂吗？"

段白月道："应当不会有错。"

楚渊道："你没事就好。"

"就算解了金蚕线的毒，也还是要先回西南。"段白月道，"闭关练功短则一年，长了或许会更久。我不在的这段日子，段念会一直留在王城，你随时都能找他。"

楚渊摇头："都说了，不必留人保护我。"

"可不单单是为了保护你，也是为了能让我安心。"段白月道，"段念打小就在西南府长大，也没去过几个繁华的地界，此番正好有个理由，让他在大地方过两年奢靡的好日子，你可不准亏待他。"

楚渊推推他："嗯。"

"好了，回行宫吧。"段白月道，"我可不想让你见着我被封住的模样。"

楚渊道："被封在蜡壳中，又有何模样可言。"

段白月道："那也不成。"

楚渊笑，却也没站起来。

"好好照顾自己。"段白月叮嘱，"别再整晚整晚待在御书房，身子是自己的，吃饭要吃肉，别再为了西南与那些老头起冲突，爱骂便让他们去骂，个个一大把年纪了，也活不了几年，你说是不是？"

楚渊别过视线，道："好。"

"去吧。"段白月道，"再晚一些，就该天明了。"

"我等你回来。"

听着他的声音，段白月过了许久，才道："好。"

"你要回来。"楚渊又重复了一回，也不知是在说给谁听。虽说已经找到了天辰砂，金蚕线的毒已解，余下的事也不严重，却总觉得一颗心悬在半空。

段白月使出全身的力气，方才从喉咙里挤出一个"嗯"字。

南摩邪在外头来回走，时不时看看天色，心里连连叹气。现在就算看起来没事，那也是一堆药与银针堆出来的，若是再拖下去，万一金蚕线又苏醒过来，可就难糊弄了。思前想后，他还是硬起心肠去敲门。

"路上小心。"段白月道。

楚渊站起来，想说什么，却也不知自己能说什么。

段白月笑笑。

楚渊闭上眼睛，转身大步出了门。跨过门槛之时，险些被摔倒。

"皇上。"四喜慌忙上前扶住他。

段瑶偷偷摸摸关上房门，免得哥哥又吐血被发现。

"皇上不必担心，回西南是疗伤，又不是为了其余事。"南摩邪道，"现在看着严重罢了,可习武之人,谁还没受过几次伤,是不是?"

楚渊点头:"有劳前辈。"

"回去吧。"南摩邪道,"山里冷,别着凉了。"

楚渊最后一次回头看了眼那紧闭的屋门,四喜替他披上披风,一道出了小院。

南摩邪全身都是冷汗,膝盖一软,险些坐在地上。

演戏这差事,可当真比杀人还要累。

段白月的状况倒不见有多糟糕,依旧靠在床头,看着前头出神。

段瑶推开门。

"走了?"段白月问。

"嗯。"段瑶坐在他身边,"要喝水吗?"

段白月笑:"大半夜喝什么水。"

"……"总要找点别的话题聊。段瑶心说,否则还不知你要凄凄到何时。

南摩邪在门口道:"明早便动身。"

段白月道:"好。"

南摩邪从瓶子里取出几只白色的蚕蛹状胖虫,便是传闻中的白玉茧。这胖虫能吐出蜡状丝线,将人牢牢封住,即便是暂无呼吸,也依旧能维持三五个月。

段白月躺回床上。

段瑶趴在床边,眼眶有些红。

"你怎么也哭?"段白月拍拍他的脑袋,"就不能吉利一些?"

段瑶生生将眼泪憋了回去。

段白月道:"能睡个百来天,也算是福分。"

段瑶带着浓重哭腔,道:"嗯。"

段白月好笑:"若是不想看,就出去等着吧。"

"你要醒来啊。"段瑶叮嘱,"一定要醒来。"

段白月点头。

南摩邪拎起小徒弟的衣领,将他丢了出去。

段瑶蹲在门口,和紫蟾蜍大眼瞪小眼,想哭又嫌不吉利,整个人一抽一抽。

段白月道:"师父动手吧。"

南摩邪叹了口气,将白玉茧放在他身上。

第二十二章

时间过得极慢，又极快。

日头渐渐东升，草叶上的露珠坠下，在地上溅开一片晶莹。

南摩邪从房内出来。

"师父。"在外守了一夜的段瑶站起来。

"没事了。"南摩邪道，"准备车马，回西南府吧。"

段瑶往屋内看了一眼，见着床上人形白玉蜡封，终于忍不住"哇"一声哭出来。想是一回事，见到哥哥当真变成这样，还是很想号啕大哭一番。

南摩邪早知他会是如此反应，也没劝。一夜未眠操心此事，他多少有些头晕目眩，于是坐在回廊下休息。足足过了小半个时辰，段瑶方才停住抽泣，问："师父可要吃早饭？"

南摩邪道："还当你要哭到明天。"

段瑶擦了把眼泪，用凉水草草洗漱之后，便去厨房端了早饭回来。两人也不想去饭厅，就在院中石桌上一边吃一边说话。该如何破解焚星棋局尚未完全学会，就算段瑶天资过人，也至少还需要半月，所以此番南摩邪会先带着段白月回西南，留他继续在北行宫。

"正好，多去陪陪皇上。"南摩邪道，"有你在旁边，他心里也会舒坦一些，就是记得一件事，千万莫要乱说话说漏嘴。"

段瑶点头："嗯。"

南摩邪替他擦擦嘴，满腔酸楚。

此番前来王城，动身之时兴高采烈迫不及待，却没料到回去的时候，会是如此狼狈。活了七八十年，还是头回如此心疼徒弟。若能以命换命，他当真愿意自己钻回坟堆里不再出来，老老实实眼一闭归天，只求能让这几个小辈都能有个好归宿便成。

吃过简单的早饭，西南府的人也已经准备好车马，南摩邪带着段白月一路出山，向着西南疾驰而去。

"皇上。"四喜公公道，"回去吧。"在这里守了一夜，如今西南王也走了，再站多久也只是空空一条山道。

楚渊肩头落满露水，像是没听到他说话，一直目送车队直到彻底消失，方才道："好。"

四喜心中叹气。

段瑶将房间简单收拾了一下,便也独自回了行宫。

老头依旧在棋局前打盹,听到门响后抬头,道:"回来了,你哥哥如何了?"

段瑶坐在他对面,道:"你不要说话,我先冷静一会儿。"

老头顿了一下,道:"好。"

段瑶眼眶通红,胸口起伏。

老头道:"十六岁了,遇到事情,不该再哭了。"

段瑶拼命哽咽,纠正:"虚岁十六。"

老头道:"十五也不能哭。"

段瑶抹了一把眼泪,我哥也不知是凶是吉,哭一哭还不成?

老头看着他摇头,从怀中掏出一块手巾递过去。

看着那黑乎乎的破布,段瑶果断将眼泪重新憋了回去。

老头道:"都说了,学好这焚星棋局,将来或许能救你哥哥。"

段瑶道:"嗯。"

"今日学四招吧。"老头道,"你也能早几日走。"

段瑶咳嗽:"多谢前辈。"

老头拈起一枚棋子,轻轻落在棋盘上。

段瑶一边擦鼻涕,一边认认真真看。

御书房外依旧守着一群臣子,四喜伺候楚渊更衣洗漱,然后试探着问:"不如今日就不见了吧?皇上好好歇息。"

"不必了。"楚渊道,"躺着也睡不着,走吧。"

"是。"四喜替他打开门,跟着一道去了御书房。排在头位的自然是陶仁德,他已经忧心忡忡了好几日,此番终于见着皇上,确定他安然无恙,一颗心方才落回肚子里。

"朕不过在苏淮山庄内待了三四日,为何就能有如此多的事情?"楚渊坐在案几后问道。

"是臣子们都在担心皇上。"陶仁德道,"此番听说皇上已摆驾回了行宫,才会都想着来请安。"

"都有谁是无事前来请安的,退下吧。"楚渊挥挥手。

众人跪地领旨,哗啦啦屋里空了大半。

"谁想问西南府的事,也能退下了。"楚渊冷冷道,"朕现在不想说。"

屋里又空了大半。

第二十二章

刘大炯看了陶仁德一眼,听着没,皇上让你退下。

"……是。"陶仁德虽说满腹疑虑,但见楚渊神情有异,也识趣没有多问,躬身离开了御书房。

屋里只剩了刘大炯一个人。

"说吧,刘爱卿有何事?"楚渊问。

"与那高丽公主有关。"刘大炯道,"前日南海那头有消息传来,说已查明金妹所嫁之人的身份,名叫布坤,是白象国内一家富户的长子,家里做茶叶生意,偶尔也会贩卖些深海珠宝前来大楚。"

"白象国富户,那便是没什么问题了。"楚渊道,"折腾了这么久,此番也算是嫁得良人。"

"是啊。"刘大炯趁机道,"高丽王对这个妹夫也很是满意,甚至还想去南洋看看。"

楚渊心不在焉道:"他倒是有空闲。"

刘大炯继续呵呵干笑。

楚渊头疼:"有话直说。"

"其实也不算什么紧要的事。"刘大炯斟酌了一下用词,"只是最近这一年来,我大楚的兵力调遣,似乎一直就偏向……咳,南边,南洋那头更是有三支重兵把守。所以高丽王想请问,可是出了什么事?"

楚渊丢下手中奏折,不悦道:"与他何干?"

"自然是没关系的。"刘大炯赶忙道,"只是按照高丽王的意思,若是当真有事,那他就不去了,非但自己不去,还要将妹妹赶紧接回高丽,方才能安心——"

"够了。"楚渊脑仁子嗡嗡疼,怒气冲冲出言打断,"让他尽管去探亲,爱去多久去多久,休要再想些与他无关之事!"

"是。"刘大炯赶紧低头领命,"皇上切勿动怒伤了龙体,是微臣不该拿此等小事来烦皇上。"

"退下吧。"楚渊揉揉太阳穴,"朕一个人安静一会儿。"

刘大炯几乎是瞬间就消失在了御书房。

陶仁德正在外头揣着袖子等。

刘大炯连连摆手,示意他快走远一些,皇上看着不大对,还是莫要再去触霉头了。

"我就说,那苏淮山庄不能去。"直到走在云德城大街上,陶仁德还在抱怨,

"自打皇上登基以来,西南府的事情可让他舒坦过一回?更别提这次是西南王亲自前来。没打起来就是万幸。"

"吓死我了。"刘大炯四处找火烧压惊,"你没见皇上方才那眼神,像是要吃人。"

"想来又是西南王得寸进尺。"陶仁德忧心忡忡。

"先前皇上调兵遣将,我还当是要对付西南府。"刘大炯道,"没想到后头兵力都被压在了沿海重镇,旁人倒罢了,居然连沈将军此番也揣摩不清圣意,可当真是蹊跷。"

陶仁德继续唉声叹气。当初众人也曾为此奏请过几回,却始终也没问清过原因,反而有两人险些被革职。虽说皇上登基这几年的政绩有目共睹,但这回南边的兵力调遣,可当真是没有一丝道理。

天色逐渐暗沉下来。段瑶从那处偏僻小院出来,却见四喜正在外头守着。

"公公怎么来了?"段瑶意外。

"是皇上让老奴守在此处的。"四喜公公道,"已经备好晚膳,就等着小王爷了。"

段瑶:"……"

"只有皇上与小王爷两人。"四喜公公道,说完又压低声音,"皇上都一天没吃东西了,等会还请小王爷多劝两句才是。"

段瑶点头:"好。"

毕竟哥哥不在,这种差事,便只能是自己与四喜。

第二十三章

桌上菜肴大多是偏酸辣的西南口味，特意从宫里带来的调料，先前一直都没机会做，现在做了，人却只剩下段瑶一个。

楚渊替他夹了一筷子鱼肉，道："可还喜欢？"

"嗯。"段瑶点头，"比西南府的厨子做饭要好吃。"

楚渊笑："这原本就是西南府的厨子，后头跟着儿子一道来王城开馆子，朕吃过两回觉得味道不坏，这次来北行宫便特意带上了他，你喜欢就好。"

段瑶点点头，继续闷声吃饭，心说哥哥也是倒霉，特意给他带来的厨子，最后连一顿饭都没吃到。

见他沉默不语，楚渊也未再说话，直到见他喝下最后一道汤，方才道："点心吃吗？"

"不要了不要了。"段瑶连连摆手，肚皮溜圆。

楚渊笑道："果真正是长身体的年龄。"

段瑶擦擦嘴，心想说得再委婉，也还一样是能吃的意思。

楚渊吩咐四喜泡了茶，看架势并不想放人走。段瑶对此倒也不意外，毕竟先前那场戏时间太紧，演得着实有些糙，骗骗旁人也许可以，但这可是皇上，觉察不出异样才叫见了鬼。

果然，一杯茶还未放凉，楚渊便道："那白眉仙翁，先前可曾去过西南府？"

段瑶摇头："没有，先前我与哥哥都没见过此人，只听师父提起过，说是他年轻时出海替人报仇，误打误撞才会遇到。"

"与南前辈关系很好？"楚渊又问。

"很好倒不至于，若是当真好，师父应当会经常提及才对。"段瑶道，"不过总共没见过几回，应当也坏不到哪里去，点头之交罢了。"

"为何他会有天辰砂？"楚渊继续道，"若是有，为何又不肯早些拿出来，非要等到现在？"

"这就不清楚了，师父也没细说。"段瑶道，"这些年西南府往东海派了不少人，给白眉仙翁也写过几封书信，却一封回函都没收到过，师父还当他已经驾鹤西去，却没想到会在这云德城中见着。"

"为了送天辰砂？"楚渊问。

段瑶道："也为了与师父做一笔交易，只是交易内容是什么，师父却一直就不肯讲。只说等哥哥伤愈之后，要亲自再去一趟东海。"

"这样啊。"楚渊微微点头,心里依旧有些疑虑,却也说不上这件事究竟是哪里不合理——江湖中人彼此做交易,是最平常不过的事情,既然是海外仙翁,会有天辰砂也不算奇怪,似乎方方面面都能说得通。

段瑶继续道:"只是回西南府疗伤而已,哥哥想来也不愿见到皇上如此为他担忧,还是要将心放宽才好。"

楚渊回神,笑道:"倒是要让你反过来安慰朕了。"

段瑶捏捏拳头:"哥哥在临走前就嘱托过,要我替他照顾皇上。还说若那些老臣再不识趣,要拿些鸡毛蒜皮的小事谏个没完,套上麻袋揍一顿就会老实。"

楚渊赞许点头:"所言极是。"

跳过天辰砂之事,话题便轻松了许多。两人在房中闲话家常,说些宫廷与武林中的趣闻,聊了将近一个时辰,段瑶方才起身告辞。楚渊饮尽最后一杯茶,觉得心里也畅快了不少——虽说不至于完全放心,却也觉得事情也许并没自己想象中的那么糟,所谓关心则乱,有时难免会想太多。

"皇上。"四喜公公在门口提醒,"夜深了,该回寝宫歇着了。"

楚渊站起来,一边走一边道:"吩咐下去,让厨房明日多做些补气的膳食,瑶儿最近在练功,别饿着了。"

"是。"四喜笑呵呵点头,心说西南王虽说走了,亏得还有个段小王爷在,只一起吃了一顿饭,皇上脸色便好了不少。想来明日若有大人求见,进了御书房也不会再战战兢兢。

云德城内一片静谧,更夫敲着梆子路过,嘴里哼着小曲儿。

女鬼已除,这城里又恢复了往日的安静祥和,又有皇上在,街上到处都是御林军巡逻,要多安全便有多安全。路过一处巷道时,更夫放下手里的物件,想去找个僻静处解手,谁料对着墙根方才解开裤腰带,墙头上便闪过一个白影,转瞬即逝。

"救命啊!"更夫被吓得魂飞魄散,觉得双腿间哗哗涌过一道热流。

恰巧周围有御林军经过,闻声登时举着火把赶来,就见那更夫正坐在墙角抱着头,嘴里也不知在叫些什么,周围臭气熏天。

"老二,老二。"负责带队的地方差役上前推推他,"中邪了怎的,还是遇到了打劫?"

更夫哆嗦着抬头。

周围一圈官兵,都在纳闷地看着他。

"没,没鬼啊?"更夫语无伦次,"我方才在这里,见着了一个白影。"

"哪有什么鬼,我看你是被吓出了毛病。"差役将他拉起来,"自己看花了眼。"

更夫晃晃脑袋,过了半天方才平复下来。这才觉得双腿冰凉,低头一看,臊得险些钻进地缝。

"好了好了,快些回去吧。"差役捡起地上的锣塞给他,"下回可莫要再添乱了。"方才那一嗓子哭号救命,不仅将他吓得尿了裤子,自己也被吓得够呛。

更夫面皮涨红,给众人道谢后,便连滚带爬回了家,心说以后半个月都没脸再出门,也不知会被那些碎嘴损成什么样。御林军也只当是他眼花,并未将此事放在心上。直至众人都离开,不远处一棵大树上,才跳下来一个佝偻的人影,独自向着城门蹒跚而去。趁着守卫交接岗哨的时间,爬墙虎一般紧紧贴在城墙上,几下便翻出了城。

一辆马车正停在荒野中,黑影弯腰钻进去,沙哑着嗓子道:"去关海城。"

车夫应了一声,策马扬鞭向南面驶去。

关海城是楚国南境一座城池,靠海听风观白浪,算是重要的港口之一。码头上每日都停满各国商船,旗帜密密麻麻,无论是商队下南洋还是外邦入楚国,走关海都算是最便捷的一条路。

夜色隐匿,日头东升,转眼又是新的一天。

楚渊在御书房内,还没看几个折子,四喜公公便来禀告,说是追影宫来了书信。

楚渊心里一喜。

四喜公公双手呈上,又道:"还有一车蜀中特产,说是稍后就会送到行宫,是沈公子亲手所挑。"

楚渊点点头,拆开火漆印抽出信函,是秦少宇的字迹。说已收到了南海的回信,的确不知何处有天辰砂,不过可以去试着找一找。

"皇上?"见他久久不说话,四喜在旁出声提醒。

楚渊道:"去准备些稀罕的东西,送去追影宫作回礼。"

"是。"四喜公公点头退下。楚渊又将那封信函看了一遍,眉头微微皱起。鬼手神医是秦少宇的师父,近些年一直隐居在南海岛屿,是江湖中数一数二的神医,就连叶瑾也自认不如。若是连他都不知天辰砂是何物,那只怕当真是世间难寻。

第二十三章

靠在龙椅上想了一阵子，楚渊又重新写了封新的书信，令人快马加鞭，往日月山庄与追影宫各送了一份。

段瑶依旧在向老头学如何破解焚星局，早出晚归，经常深夜还在练功。楚渊便让四喜吩咐下去，在这北行宫内多住半月，然后再动身回王城。

"你看你，这也要皱眉。"刘大炯道，"管他在王城还是在云德城，皇上该处理的政事可是一件没少，又有何区别。"

"我皱眉你也要管？"陶仁德被他吵得头晕。

刘大炯道："你皱眉我自然不管，但按照往常的习性，你这眉头皱完就又要谏，我可提醒你，咱皇上最近心情不好，你悠着些。"

陶仁德："……"

"就说你这人没享福命。"刘大炯拖着他往外走，"多住半个月就半个月，吃火烧去。"

陶仁德被他拖得跟跟跄跄，依旧眉头不展。多住半个月自然无妨，甚至日子再久一点都成。只是皇上近日看起来着实有些反常，却什么都不肯说，让人心里愈发没底，总觉得要出大事。这忧心忡忡的滋味，可当真是不好受。

"皇上。"四喜道，"今日段小王爷似乎要多练一阵子功夫，现在还未结束，皇上可要先用膳？"

"也不饿，还是等瑶儿一道。"楚渊丢下手中的书函，"走吧，先去监牢看看。"

四喜公公不解："去监牢？"

"那里可还有个人犯。"楚渊道，"原本想回王城再处理，不过既然要在这里多住半月，横竖无事可做，先审审也无妨。"

经他这么一说，四喜才恍然想起来，是有个杀害了苍南知府余舒的歌姬侍妾被关押在此，名叫翠姑，还一直未被提审过。

监牢门口火盆熊熊，牢头正在打盹，也没想到楚渊现在会来，慌得赶紧跪在地上："参见皇上。"

"免礼。"楚渊命令，"开锁，朕要进去看看。"

行宫是修来避暑享乐的，本就不是用来关押犯人的地方，所以里头空荡荡的，只有翠姑一人，正抱着膝盖坐在地上出神。头发有些乱，却也不算太狼狈。

"还不快些起来参见皇上？"牢头呵斥。

翠姑抬头看了眼楚渊，眼底划过一丝意外之色。先前景流天说要将她送给西南王审讯，还当这里是西南府的监牢，却没料到竟会见到皇上。

"你便是翠姑？"楚渊问。

"是。"翠姑跪在地上，"民女叩见皇上。"

"起来吧。"楚渊道，"将所有事情一五一十说清楚，若是无罪，朕自会放了你，若是有罪，只要你肯配合，朕也答应你从轻判罚，至少也能保住性命，甚至还能去见一见那个小婴儿。"

"谢皇上。"翠姑站起来，依旧低着头，看上去不像是杀人凶手，反而像是朴实的妇人。

"先说说你的来历。"楚渊道，"当真是来自潮崖？"

"是。"翠姑点头，"民女从出生就在潮崖岛，一直长到十八岁，方才头回出海，见到了外头的景象。"

"出海，来楚国？"楚渊问。

"嗯。潮崖岛上并没有多少黄金，又不出产粮食，为了能糊口过生活，近些年来，几乎家家户户都会送女儿前往大楚。"翠姑道，"我族人虽说比不上中原女子姿容可人，却天生有着一副好嗓子，所以在歌坊舞肆中也颇受欢迎，不难赚银子。"

楚渊道："传闻中的潮崖迷音？"

"只有习武之人，才懂什么是潮崖迷音。"翠姑道，"岛上大部分人都和我一样，只会几下拳脚功夫罢了，所以并不知要如何才能惑人心神，出来谋生也仅是唱个小曲儿。"

"如今的潮崖岛上，究竟是何状况？"楚渊又问。

"我六年前就离开了那里。"翠姑道，"原本大家的日子在十几年前就已经快过不下去了，海啸淹没了大半房屋，没有商船来往，便意味着没有粮食。那段时间，就连一直坚守在岛上的长老们都开始动摇，更别提是年轻人。"

"如此艰辛的环境，还心心念念不舍离开。"楚渊道，"理由呢？"

翠姑顿了顿，道："为了传闻中的宝藏，那里才是真正的黄金岛，而不是潮崖。前辈们从黄金岛上搬来了财富，却遗失了一半航海图，这么多年潮崖人一直坐吃山空、好逸恶劳，才会落得今日下场。女子尚且可以靠着好嗓子在楚国谋生，男子大多身无所长，又不肯做苦力，所以宁死都不愿离开潮崖岛，只盼有一天能重新找到通往黄金岛的海路。"

楚渊微微点头："继续。"

"再后来，南派的首领白鹭出海寻求援助，带来了南洋人。"翠姑道，"三艘大船上装满了粮食与牲畜、楚国江南织出的上好绸缎、植物的种子，以及十几箱金银珠宝。"而对于当时的潮崖族人来说，这无疑是巨大的诱惑。

"岛上原本一直是由北派的首领玄天统治，他看不惯这些南洋人，却又不得不依靠这些南洋人。南派的势力也因此逐渐壮大，威信建立起来之后，便彻底将北派驱逐出岛。玄天仓皇出逃，只留下了十几位老人，因为他们知道一些与宝藏有关的秘密，才得以活命。"翠姑道，"南洋人的首领娶了我的姐姐，又想娶我，姐姐不高兴，我便赌气出了海，再也没回去过。"

"那伙南洋人是何来历？"楚渊继续问。

"没有人知道，甚至连南派首领白鹭都不知道。他出海时遇到了暴风，被这群人所救，才得以相识。"翠姑道，"这些南洋人极其擅长布阵，幸亏有了他们，前些年觊觎潮崖岛的一些海匪，才总算被阻隔在外。"

楚渊意外："如此有本事？"

"他们极其擅长五行八卦，在潮崖岛外布下了十几层机关阵，里头又布下了巫毒。"翠姑道，"外来船只莫说是闯入，就连靠近都有可能会被风暴吞噬。"

楚渊神色瞬间一阴。这些年的确不断有沿海地方官送来折子，说海上经常会离奇失踪渔船，一直以为是海盗在作乱，出兵攻打了十几回，抓到的俘虏都连连喊冤，却没想到居然还有这个原因。

"北派首领玄天平日里为人如何，又是何时被驱逐出潮崖岛的？"楚渊问。

"玄天本是岛上威望最高之人，武功极高，却也极为残暴，年轻时曾在大楚住过一段时日，据老人说他当初为了回岛夺权，险些杀了白鹭全家。"翠姑道，"被驱逐出岛该是十多年前，算起年龄，今年也该六十岁了。"

"白鹭呢？"楚渊又问。

"比起玄天来，白鹭要精明许多，也甘愿将大权交给南洋人，自己过甩手掌柜的逍遥日子。"翠姑道，"他的父亲名叫白耳，当初死在了玄天手下，所以极恨他，也恨北派。"

楚渊点点头："很好，你的确很识趣。"

"民女所说句句属实。"翠姑道，"只求能保住性命。"

"余舒的案子朕也在查，他的确在背地里做了不少恶，你杀他不算死罪。"楚渊道，"再在这监牢里安心待一段日子吧，朕答应放你，却不是现在。"

"多谢皇上。"翠姑跪地叩头，心里一喜。

楚渊转身出了监牢，四喜正候在外头，见着后赶忙迎上来，说段小王爷已经练完了功夫，正在饭厅里候着。

楚渊笑笑，回到寝宫后，就见段瑶正撑着腮帮子在饭桌边打盹，面前一盘点心已经吃掉大半。

"忘了吩咐内侍，不必等朕回来。"楚渊坐在他对面，道，"饿坏了吧？"

"没有没有。"段瑶打呵欠，连连摇头道，"一点都不饿。"

"昨日吃了太多辣椒，今日让御厨备了些口味清淡的饭菜。"楚渊道，"否则该上火了。"

段瑶道："什么都好。"只要莫再问什么南极仙翁……不对，白眉仙翁与天辰砂，顿顿吃青菜都成。

"今日练武练得如何？"楚渊将筷子递给他。

"也是四招。"段瑶道，"不算难，那焚星局当真有些意思。"

"学了这么久，可知道那位老前辈叫什么名字？"楚渊又问。

段瑶摇头："不知道，我也没问。哥哥说人人都有一段伤心过往，若是老人家不愿提及，问了也是失礼。"

"人人都有一段伤心过往。"楚渊笑了笑，"这话当真是你哥哥说的？"

段瑶："……"

楚渊挑眉："那他可有说，自己的伤心事是什么？"

段瑶几乎要把脑袋甩上天："我不知道，不知道。"

楚渊提醒："要晕了。"

段瑶迅速顿住。

楚渊替他夹了一筷子菜："也罢，下回我亲自去问。"

段瑶心中凄凄，你亲自问了，哥哥也是一样会揍我。

自己方才到底为何要多嘴提及。

第二十三章

也是可怜。

"朕先前打听过，那位老前辈，似乎是十年前来的这北行宫。"楚渊道，"当时的总管心善，便收留了他，这行宫也不差一处小院一碗粥饭，如此便一直住了下来。"

"原来已经这么久了啊。"段瑶道，"可他武功不低，按理来说晚年不该如此落魄才是。"

楚渊问："焚星局，还有几天便能全部学会？"

段瑶算了算，道："最快也要十天。"

楚渊点点头："为了不打扰你练功夫，有些事情，十日之后朕再亲自去向前辈讨教。"

"皇上想问什么？"段瑶先是疑惑，然后又小心翼翼道，"那位老前辈身体不好，五脏六腑都有病，又嗜睡，受不得大刺激。"

楚渊道："但有些事，这世间怕只有他一人知晓。"

段瑶不解。

"你心地善良，处处为他人着想，自然是好事，也讨人喜欢。"楚渊摸摸他的脑袋，"但朕是皇帝，有些事即便不该做，也要硬起心肠去做。"

段瑶沉默了片刻，才道："嗯。"

"吃饭吧。"楚渊道，"汤该凉了。"

段瑶低头大口扒饭，过了好一阵子才又道："我也能一道去吗？"

楚渊点头："自然。"

段瑶啃了一口鸡腿，心里依旧不大愿意去打扰老人的宁静。

已经够可怜了，为何连这辈子最后一段路也要起波澜。

楚渊却在想，今日翠姑供状中那个仓皇出逃的北派首领玄天，无论是年龄、武功、阅历，对焚星棋局的了解，以及来这北行宫的时间，都能与这老人对上，也许当真是同一个人。而那跟随南派首领白鹭上岛的南洋人，既然擅长巫术机关迷雾阵，便极有可能是出自翡缅国。

一个南洋岛国，平白无故跑去一处荒岛做首领，给岛上的人白白供吃供穿却不求回报，若说是纯出于善心，怕是无人会相信。距离潮崖不远处便是楚国国境，周围更是有诸多海岛，哪怕仅仅是为了这些渔民，个中缘由，也务必要弄个清楚明白才是。

这顿饭两人都吃得满腹心事。楚渊回到寝宫，洗漱后靠在床上出神。

到底为何辗转难眠的呢，先前不也是这么过的。况且也不是会无期。若他疗伤的时间实在太久，迟迟不见人影，大不了自己亲自去趟西南府便是。胡思乱想了一阵子，楚渊终于肯闭上眼睛睡觉。梦里头，有人伤好了还住在西南府不肯回来，说是王城没肉吃，最终被天子一怒之下连人带树丢到了冷宫，禁足，吃青菜，吃半年。

四喜公公推开门，见皇上已经歇下，便轻手轻脚进来吹灭四周的蜡烛，却也纳闷，这是梦到什么了，睡着手都死死揪着被子，看着火气还不小。

十天时间，说长也长，说短也短。

在第八天的时候，段瑶其实已经学会了所有招式套路，老头也道，只要回去后勤加练习，再好好琢磨一番，凭着超乎寻常的悟性天赋，短则两年快则一年，便能参透整套功夫，以后可以不必再来了。

只是到了第九天，段瑶依旧准时上门，手里还拎了些吃食。

老头在棋盘前昏昏抬起头，看清来人是谁后摆摆手："我可没什么东西再教你了。"

"我不是来学功夫的。"段瑶坐在他对面，"虽说师父不让我再认别的师父，但前辈多少教了我一套内功心法，总该来道个谢。"

"也好。"老头难得笑了笑，"打算何时回西南？"

"后天。"段瑶打开食盒，又去屋中沏了一壶茶出来。

老人看了看菜色，摇头："该是花了不少银子。"

段瑶憋了憋气，道："嗯。"

"将来闯荡江湖，时不时就哭鼻子可不成。"老头端起一碗鱼丸面，费力地咀嚼，"你这小娃娃，什么都好，就这一点要改。"

"前辈。"段瑶道，"我替您找个大夫看看吧。"

老头依旧是摇头："活到我这岁数，也差不多该去了。这行宫里头的人虽说善良，却也各有各的事情要忙，我在此一赖就是将近十年，日日要吃要穿，光是欠下的这笔人情，想还也要等来生了。费钱费力找大夫吃药，就算将这残烛再多烧几年，又有何用？"

段瑶建议："不如一道回西南府？那里人多，更热闹些。"

老头呵呵笑："傻孩子，方才我说错了，你这颗善心可不适合在江湖上混，换成你哥哥还差不多。"

段瑶瘪瘪嘴。

"这世间可怜的老头多了去,你管也管不过来。"老头道,"还是快些回西南,去陪你的哥哥吧。"

段瑶点点头,也没再说什么,一直陪他吃完饭,方才收拾好碗筷离开。

老头看着他的背影渐渐远去,先是笑,再想起自己年轻时的事,回神却早已老泪纵横。

第二日早上,段瑶收拾好小包袱,便去了寝宫。

楚渊正在等他一道吃早饭。

说好了要一道去找老头,饭桌上的气氛自然不可能像先前那般其乐融融。段瑶低头咬了口包子,又喝了口稀粥,抬眼偷偷摸摸看了眼皇上。

楚渊失笑:"怎么,不合胃口,还是在跟朕生气?"

段瑶险些被呛到。

"有什么不高兴,只管说出来便是。"楚渊替他拍拍背,"朕将你当成亲生弟弟,小瑾可没有这般拘束过。"

段瑶道:"我若是说出来,皇上愿意听吗?"

楚渊摇头:"未必会愿意,但你说出来,心里头多少能畅快些。"

"那我还是不说了。"段瑶嘟囔。

楚渊挑给他一筷子咸蛋黄,觉得有些好笑。分明是亲兄弟,脾气秉性却截然不同,也不知打小是如何被教出来的。

段瑶这顿饭吃得极慢。

但是再慢,也总归有吃完的时候,咽下最后一口包子,段小王爷不甘不愿,跟在楚渊身后,尾巴一样去了那处偏僻小院。

刘大炯遛鸟归来,远远看到后甚是诧异,思前想后大半天,心说莫非皇上是要扣段小王爷做人质不成,但仔细捉摸捉摸,也不大像啊,都说那段小王爷武功高强,又极为任性,徒手拆房不在话下,连老段王都管不了,西南王也经常为此头疼,皇上该不会如此自找麻烦才对。

这种事情,还得去问问老陶。

小院里头，老头依旧在晒太阳，只是面前的棋盘上却没了棋子。他换了身新衣裳，头发也梳得整整齐齐，脸上难得有些血色。

"前辈。"段瑶心虚。

"还当你会早些来。"老头脸上并无意外，"老朽参见皇上。"

段瑶诧异："前辈知道我们要来？"

"先前不知道，昨日猜到的。"老头道，"送来的食盒中，都是东南海边才有的小吃，在这云德城中可不好找，想来你为了能买全，也费了不少心思。若非是猜出了些什么，又何必如此劳神费力，只为了让我尝一口家乡味。"

段瑶："……"

"从教你的第一天，我就说过心善是好事，却也未必是好事。"老头道，"若我真心想走，在吃完那顿饭后，便会想办法离开这行宫了，今日你岂不白跑一趟？"

段瑶老老实实低着头。

楚渊道："打扰了前辈的清静，实属不该。不过有些事情，朕却不得不问。"

老头点头："皇上请讲。"

楚渊单刀直入道："阁下可是玄天？"

段瑶吃惊。

老头点头："是。"

段瑶："……"

这又是从哪里传出的风声，为何自己居然一点都不知道？

"果真是前辈。"楚渊了然，"怪不得如此了解潮崖与焚星棋局。"

"是清楚多年前的潮崖。"老头道，"我离开那里已有十来年，近况如何，亦是无从知晓。"

"西南王曾跟朕说过，前辈想让他毁了那座岛。"楚渊道，"为何？"

"因为那里已经乱了。"老头长叹，"我能力有限，本是庸人一个，却自视甚高，浑浑噩噩了十几年，毁了北派的部族，也毁了整座潮崖岛。"

楚渊微微皱眉。

岛上分为南北两派，南派尚武护岛，北派出海谋生，原本该是相互依存的关系。但后来南派仗着会几下拳脚功夫，便想将北派也吞并入腹。当时的北派首领是玄天的父亲，为了能与南派相抗衡，便将自己八岁的儿子藏在木桶中，送上了出海的商船，到了另一处海岛拜师学艺。

玄天天赋极好，十来岁便已能打败所有师兄弟，后头又跟随另一艘船到了楚国，拜了更厉害的师父。加上一本父亲从南派手中偷得，潮崖老祖传下来的武林秘籍，二十出头便成了绝顶高手——只是平日里素来不显山露水，便也无人知晓。

"学成之后，我就回了潮崖岛，带领北派重整旗鼓，将失去的东西夺了回来。"玄天道，"只是功夫再厉害，也是不能吃不能穿，如此又过了二三十年。后头南派的白鹭出海寻找粮食，勾结了南洋人上岛，将北派屠杀一空。我在受伤坠海之后，又被一块浮木击昏，醒来的时候被一艘商船所救，他们以为我是遭遇海难的老渔民，便将我带回楚国，送到了大鲲城的一处善堂内。"

"大鲲城在东南，离云德城不算近。"楚渊道。

"一路讨饭，走走停停也能到。"玄天答。

"为何要来此，为了那位城外的老婆婆？"楚渊又问。

玄天眼底难得闪过情绪波动。

"前辈不必担忧，朕不会去打扰那位婆婆。"楚渊道，"只是一问罢了。"

玄天道："我此生负她太多，却到死也无力偿还。"

楚渊道："那位婆婆现在过得很好。"

玄天点头："我知道。"

"所以前辈也不必再为此耿耿于怀。"楚渊坐在他对面，"即便是不能相守，知道对方过得好，也是一种福分。"

玄天道："皇上还想知道什么，只要莫打扰到她，尽管问便是。"

"那伙上岛的南洋人，到底是从何而来？"楚渊道。

玄天摇头："这便当真不知道了，他们通晓机关阵法，又极其擅长制毒，即便我当时空有一身功夫，却依旧防不胜防着了道。"

楚渊道："在前辈看来，他们上岛是为了什么？"

"还能是为了什么。"玄天道，"自然是为了传闻中的珠宝金银。月鸣蛊在北派的老人手中，只是若老人们死了，那最后一个能找到藏宝图的线索也就散了，往后又发生了些什么事情，我也说不清。"

"前辈在十余年前便来了这北行宫，想来也不知道潮崖族人进宫一事。"楚渊道。

玄天道:"听这里的小厮说起过。在我离开潮崖之前,北派已经被屠杀一空,想必十年前进宫的潮崖人,该全部是南派之人。"

"但他们却在那个时候,给朕种下了月鸣蛊。"楚渊道。
玄天闻言皱眉。
楚渊道:"按前辈所言,月鸣蛊应当全部在北派手中才是。"
"的确应当如此。"玄天道,"西南王当初来问我之时,我的确也曾为此纳闷过,但当时他身上亦带了不少蛊虫,我便以为皇上所中之蛊,并非来自潮崖。毕竟这江湖之大,楚国之大,无人敢说只有潮崖才有月鸣。"

"若只有朕一人,倒也罢了。"楚渊道,"但前些日子,另一伙潮崖人也暗中来了楚国,途中与一位江湖中人发生争执,那位江湖客也中了月鸣蛊。"
"潮崖人?"玄天不解,"为何要暗中来楚国?"
"人还在宫里软禁着,朕这次回去才会审。"楚渊道,"前辈可要与朕一道回去?也好弄清楚在这十余年间,岛上究竟发生了什么事。"

犹豫许久之后,玄天点头:"好。"
"多谢前辈。"楚渊道,"那朕就先回去了,今日多有打扰,还望前辈勿怪。"
玄天道:"在这行宫内白吃白喝住了这么些年,理应做些事情补偿。"
楚渊道:"晚些时候,朕会派御医前来,替老人家诊治病情,就莫要再拖着了。"
玄天微微叹了口气,却也没有再推辞。

段瑶并未随楚渊一道离开,而是一直站在院内。
玄天道:"还有事要问我?"
"没有。"段瑶道,"只想留下来陪陪前辈。"
"是怕我会想不开吧?"玄天笑笑。
段瑶没说话,默认。毕竟是如此惨烈的一段往事,而且以后也不能消停,还要被迫重新面对,一大把年纪,会钻牛角尖也不是不可能。
玄天在袖中摸索半天,往桌上放了个小瓷瓶:"这是鹤顶红。"
"前辈。"段瑶一急。

"昨晚,我的确想过要就此做个了结。"老人道,"只是后头到底难舍牵挂,总想知道,潮崖岛在我离开之后,究竟变成了什么样。"

段瑶将那瓶鹤顶红收回手中,道:"前辈想知道,我将来寻个机会去看看就是。"

玄天道:"既然答应了皇上,答应了你,我便不会再轻易寻短见,不必担心。"

段瑶坐在他对面,道:"前辈不生我的气吗?"

玄天道:"你个性纯稚,我这一把年纪身上恶行累累的老头子,若当真计较这些,传出去岂非惹人笑话。"

段瑶道:"皇上是个明君,想来该不会过分为难前辈才是。"

玄天问:"你见过这回前来大楚的那些潮崖人吗?"

"嗯。"段瑶点头,"见过。"

"觉得他们为人如何?"玄天又问。

段瑶想了想,道:"实话实说,不大好。"

玄天道:"潮崖人向来闭塞自大,又一心贪慕金银,来往商船都不喜停留。而那伙南洋人上岛之后,内斗便更加激烈起来,整日里尔虞我诈、明争暗抢,人自然也会越来越扭曲。"

段瑶道:"那前辈还是与我一道回西南吧。"

玄天笑着摇摇头,慢悠悠闭上眼睛,继续打盹。

段瑶继续守在小院中,直到吃过晚饭才离开,却未回自己的住处,而是去了楚渊的寝宫。

"小王爷怎么来了?"四喜公公正守在回廊上,"找皇上有事?"

"嗯。"段瑶道,"皇上睡了吗?"

"还没呢。"四喜往屋顶上指了指,"喏,皇上还在那想事情。"

段瑶抬头,就见楚渊果真正坐在屋顶上。

"找朕何事?"楚渊穿着便装,在月光底下笑起来,分外好看。

段瑶纵身跃上房顶。

"坐吧。"楚渊道,"这里比房中要凉快许多,景致也好。"

"皇上也能爬屋顶吗?"段瑶问。

楚渊道:"按理来说不能,但若你不去向太傅大人告状,也无人会来谴责朕失了

体统。"

段瑶捂住嘴:"我不说。"

楚渊笑着从身边拿起一壶酒,又让四喜送了个杯子上来。

段瑶道:"绯霞?"

"西南府送来的。"楚渊道,"很甜。"

"哥哥喜欢雪幽。"段瑶从他手中接过酒杯,"他嫌绯霞太淡,每年却总会空出最好的冰窖来存放绯霞花,雪幽也只能排在后头。"

楚渊仰头一饮而尽。

"可否问一件事?"段瑶犹豫。

"朕早就说了,把你当亲弟弟看。"楚渊放下酒杯,"自然什么都可以做,什么都可以说,不必如此小心翼翼。"

段瑶道:"昨日为何要特意准备那些东南小吃,让我去送给玄天前辈?"

"就问这个?"楚渊失笑,"有哪里想不通?"

"皇上猜到了他的身份,却又故意戳破,不怕他会一时想不开?"段瑶道,"前辈袖中就藏有鹤顶红,万一他昨晚自尽,岂非什么都问不到?好不容易才有了与潮崖有关的线索,难道不该好好保护起来才是?"

楚渊道:"这世间人心复杂,也不是你问了,对方便一定会说真话。"

段瑶点头:"嗯。"

"看到那些东南小吃,便会猜到已有人察觉出他的身份。所以要么死,要么逃,要么继续待在行宫中。"楚渊道,"前两种,即便是朕强行将人留下,甚至用他所爱之人加以胁迫,得到的也未必就是实情。毕竟潮崖岛已经孤寂了百年,他说的事情,外人根本就无从分辨真假。"

段瑶想了想,道:"可就算是留在行宫,也有可能会说谎话。"

"只有一半的可能会是谎话。"楚渊道,"而另一半,就是他愿意与朕合作,那么至少能有一半的机会听到真话。"

段瑶似懂非懂:"嗯。"

"玄天今日所言,与朕昨日的猜测几乎一致,所以应当是赌赢了。"楚渊道,"多在江湖上闯荡几年,你便会知道在遇事时该如何取舍,如何分辨。"

段瑶撑着腮帮子愁眉苦脸,不想闯荡。

"好了,不说这个。"楚渊又递给他一杯酒,"打算何时动身回西南?"

"原本是想明天走的。"段瑶道,"但若玄天前辈要前往王城,我也想跟着一道去。"

楚渊道:"不回西南,当真无妨?"

"师父会给哥哥疗伤,二哥也会从追影宫赶回去,我在与不在,没什么大的区别。"段瑶道,"况且算算日子,师父与哥哥应当还在路上,在将潮崖一族的事情解决之后,我快马加鞭回去也不迟。"

楚渊点头:"也罢,随你。"

四周安静下来,段瑶看着远处出神,过了会突然道:"西南府连红绸缎都扯好了。"

楚渊:"嗯?……"

段瑶继续道:"金婶婶与婆婆他们,一直就催着要哥哥成亲。"

楚渊笑笑:"你哥哥呢?他如何回答?"

段瑶道:"哥哥每回都被念到头晕,然后躲去后山找清静。"

楚渊道:"金婶婶,便是当年江湖中的金针圣女吧?"

段瑶点头:"嗯。"过了会又补充,"西南府人人都怕金婶婶,连师父也是,见到她拿起梳子,就抱着脑袋满院子跑。生怕会被按住梳头,遇到打结之处也不知道细致些,死命拽,头皮都要扯掉一般。"

楚渊笑得开心:"将来若有机会,当真想去看看。"

看看那白墙黑瓦的西南重镇,看看那漫山遍野粉白的花。

……

车马辚辚,段白月在昏睡中皱了皱眉头。

南摩邪守在他身边,继续愁眉苦脸。就算能安然将人带回西南,这蜡封一旦拆除,便要想法子解金蚕线,估摸着一时半会儿也找不到天辰砂,那就只有闭关练菩提心经。可这般高大俊朗的徒弟,若当真练得半人半鬼,未免也太残忍了些。

想得焦躁,南摩邪伸手哐哐怒拍了两下蜡封:"浑小子,让你当年不听为师劝!"

西南府的侍卫在马车外看得忧心忡忡,这又是怎么了,王爷被封在蜡壳子里,怎么还能惹到南师父,可千万别给拍裂了。

但事实证明众人有些多虑,白玉茧吐出来的丝极为柔韧,莫说是拍两下,就连两日之后,从马车里被猛然撞飞出来,也没坏。

"王爷!"周围一圈侍卫大惊失色,赶忙扑上前,将蜡封住的段白月接住。

玄冥寒铁冲天而起,南摩邪嘴里骂娘,破窗而出将其抢回手中,重重插入地下深处,只留下半寸剑柄在外头。

大地隐隐震动,过了许久方才停歇。

"要成精了是不是?"南摩邪叉腰怒指,对着剑柄大骂。

一圈侍卫鸦雀无声。

南摩邪示意众人将段白月放回马车中,检查确定无恙,才算是放了心。

方才自己只不过想要喝杯水,才站起来,还没够到茶壶,玄冥寒铁便像是疯了一般,突然"咚"一声将蜡封撞了出去,速度快到自己甚至还没来得及反应,外头就已经传来惊呼声。

为了防止此类事情再发生,侍卫依照南摩邪指示,到附近农庄中弄了一盆狗血泼在玄冥寒铁上,又从一个道士手中买了根桃木枝,用红绸缎将其与玄冥寒铁牢牢捆在了一起。

当然,大楚民风淳朴,买桃木枝,还会附赠一场法事,不加钱。

"定!"道士金鸡独立,喷出一口香灰水,往玄冥寒铁上贴了一道符咒。

"好!"围观百姓热情鼓掌,纷纷表示还没够,要再来一回。

不远处,西南府的侍卫守着马车,面面相觑,很是茫然。

这算个什么事啊。

第二十四章

也不知是不是因为那盆狗血,玄冥寒铁倒是当真消停了下来。为了防止它再次伤人,南摩邪特意到镇子里的铁匠铺,打算订做个铁匣子暂时把它装起来。

铁匠是个朴实的壮汉,平日里都是替乡亲打些铁锅、铁铲,这还是头回接到江湖中人的生意,出钱又豪爽,自然不敢懈怠,大锤抡起来哐哐响。南摩邪一边嗑瓜子一边等,身边不多时便围了一大群后生,都想听江湖中事。

"光让我讲可不成,"南摩邪吐了口瓜子壳道,"得拿这镇子里的故事来换。"

"镇子里能有什么故事,无非就是两家人撸起袖子打架。"有后生道,"顶大的新鲜事,便是前几日来了个流落女子,抱着生病的娃娃,看着可是遭了罪。"

"幸好这城中张婶年轻时是从山西嫁过来的,与那娘俩算同乡,才好心收留了下来。"又有一人道,"又请了大夫看病,那小娃娃才捡了条命。"

"流落的母子俩,又是从晋地过来?"南摩邪觉得听上去似乎有些耳熟,于是道,"人在何处,可能带我去看看?"

后生们闻言都纳闷,但又看着不像是在开玩笑,于是便带着他去了镇子里的张婶家。敲开院门后,恰好就见一名女子在院中晾晒衣服,正是当日小五在西南府后山,从猛虎嘴中救回的那名女子。

"南师父?"女子有些诧异。

"果真是你啊。"南摩邪问,"不是说要投奔亲戚吗,怎么又会流落至此?"

"多年未回去,亲戚早就不知去了哪里。"女子苦笑,"后头听人说江南好讨生活,便想过去看看。谁知刚到这镇子里,孩子就病了,亏得有婶子收留,否则……"

"先前就说,让你留在西南府,非要走。"南摩邪摇头,"正好这趟我也要回去,不如一道吧。否则你这一个妇道人家带着孩子,就算是去了江南,怕是也不好过日子。"

"多谢南师父。"女子躬身行礼,眼眶有些微红。

所幸那小娃娃的病不算重,吃了几天药,高烧也退了下来。南摩邪命人去买了一辆马车,捎上这母子俩,继续朝着西南而去。

沿途多做几件善事,也算是给小辈们积福报。

夏末天气渐渐转凉,段瑶红着鼻头坐在桌边,一个接一个打喷嚏。

楚渊吩咐太医开了药,又给他做了几套厚实的新衣裳,一日三餐也都是温补之物,一点辣椒油都不准给。虽说嘴里淡出鸟,但段小王爷还是颇为感动,到底还是皇上好。

在回王城的路上，玄天与段瑶同乘一辆马车。朝中众人心里都纳闷，带着段小王爷一道回宫尚且能想通，但那名老者据说已在行宫里住了十来年，就是个流落至此的可怜人，带他回去做什么？

"老陶啊。"刘大炯道，"你有没有觉得，咱皇上最近做的事情，是越来越教人看不明白了？"

陶仁德忧心忡忡，看着前头的銮驾叹气。

皇宫里头一切如旧，段瑶不肯一个人住宫殿，楚渊便给了他一处清静小院，离御膳房近，离太医院也近。

"皇上。"朝中众臣甚为担忧，趁着皇上在御花园中赏景，心情正好的时候，一齐上前奏请，"西南府的小王爷是用毒高手，若要安排住处，怕是要离这两个地方越远越好啊。"

楚渊向远处道："瑶儿。"

"皇上。"段瑶手中拿着一包花生糖，一边吃一边跑过来。

楚渊伸手。

段瑶分给他一颗。

众臣眼睁睁看着皇上吃完了花生糖。

楚渊冷冷问："还有何事要奏？"

众臣叩首散去，生怕晚了会被牵连受罚。

楚渊摇摇头，坐回亭中继续喝茶。

段瑶道："又怎么了？"

"鸡毛蒜皮之事，也能说得像天要塌一般。"楚渊道，"也难为他们，能数十年如一日这般一惊一乍。"

段瑶道："哥哥经常说，这些人，揍一顿就好了。"

楚渊失笑："看来在西南的时候，他该是没少念叨这些。"

"今日玄天前辈的身子已经好多了。"段瑶道，"他让我请问皇上，何时才能见到潮崖族人。"

"这么急？"楚渊道，"朕还想让他多休息几天。"

"前辈说将这事都了结之后，还是想早些回北行宫，继续守着凤姑婆婆。"段瑶道。

楚渊点头："那便如前辈所愿，今晚吧。"

那群潮崖人虽说被软禁在皇宫，哪里也去不得，却也并无多少抱怨，毕竟比起先前颠沛流离的生活，现在已不知好了多少倍。他们甚至还想着若能一辈子待在宫里，衣来伸手饭来张口，倒也不错。

临到吃完饭的时候，突然有侍卫前来通传，说是皇上召见，众人心里都有些没底，不知发生了什么事。等到了御书房，就见除了楚渊外，侧边还坐着一个老者，背对着看不清模样，另一旁站着段瑶，气氛微微有些凝重。

"叩见皇上。"众人跪地低头，忐忑不安。

"在刚入宫的时候，朕已经听了一回潮崖岛上的故事。"楚渊道，"现在还想再听一回。"

下头一群人噤若寒蝉，无一人敢先开口。

楚渊淡淡道："若是不想讲，朕这里倒是有个人，能替你们讲。"

众人愈发胆战心惊。

玄天缓缓回身。

看清他的容貌之后，众人顿时脸色煞白，更加哆哆嗦嗦不知该说些什么。

"前辈可认得这些人？"楚渊问。

玄天点头："十多年前我离开海岛时，他们大多都只有二十出头。"

"事已至此，还打算告诉朕，是北派首领带了南洋人上岛，将潮崖族人屠杀一空？"楚渊眉间一厉。

"皇上饶命啊！"众人抖若筛糠，"是我们一时糊涂，又怕皇上得知实情后降罪，才……才……还请皇上网开一面。"

"得知实情后降罪？"楚渊道，"说说看，是什么实情？"

"是。"那女子道，"在刚开始对付北派的时候，南派的确与南洋人结为同盟。但随着北派被吞并，南洋人便越来越贪婪残暴，潮崖一族本隐于世间，他们却三不五时便会用大船拉来新的南洋人，在岛上修建房屋，布设机关，所有潮崖人都成了他们的苦役，稍有反抗便会招来毒打。"

"是啊。"阿四也道，"潮崖岛早就不是先前的模样，现在处处都是机关，周围海域也布满漩涡迷雾，稍有不慎便会粉身碎骨，葬身海底。"

"而你们几个非但不想办法抵御外敌，反而还主动协助南洋人欺凌同胞，直到觉察到自己也有危险，才决定要离开海岛，所以才不敢向朕说出实情。"楚渊道，"可是如此？"

众人鸦雀无声。

"那个婴儿，究竟是谁的孩子？"楚渊又问。

"是南洋人首领的孩子，娘亲是潮崖人，名叫红玉。"女子道，"为了能多个活命的筹码，我们便冒死偷出了他。"

"很好。"楚渊点头，"朕还想问一件事，不过这件事，你们未必个个都能知道真相。"

众人面面相觑，不知这句话是何意。

"来人！"楚渊道。

"在！"御林军鱼贯而入。

底下众人几乎要瘫软在地，以为要被拖出去砍头。

"将这些人带下去，关进不同的房屋中，给些纸笔写供状。"楚渊道，"一个时辰之后，将纸收上来，若是胆敢有任何欺瞒，杀无赦。"

"是！"御林军上前拖起众人，架着往外头走。那女子急急回头道："皇上，民女所言句句属实，当真再无任何隐瞒了啊。"

楚渊嘴角微微一扬，全当没听见。

御林军凶神恶煞，将人各自关入房中，哐啷一声落了锁。

四周一片寂静漆黑，只有桌前蜡烛微微晃动，愈发教人心里发毛。

御书房内，段瑶道："估摸着吓也该吓死了。"

"对付这些人，不需要多有耐心。"楚渊道，"欺君可是死罪，潮崖人的胆子倒也不小。"

玄天叹气道："却没想到，潮崖岛那般荒凉，竟也有外敌要去杀戮抢夺。"

"潮崖唯一的优势，便是地理位置。"楚渊道，"而且成日里白雾茫茫，极为隐蔽。"

"那伙南洋人，会不会是想对楚国不利？"段瑶皱眉，"名义上为了金银，可若是真想要黄金岛上的财富，为何又要将能当向导的潮崖人杀戮殆尽？"

"有可能。"楚渊点头，"不过单凭一座小岛，哪怕上头装满震天火炮，也对大楚构不成威胁。"

"所以要放任不管？"段瑶试探。

"自然不是。"楚渊道，"潮崖四周海域都归属大楚管辖，渔民商船络绎来往，先前悄无声息也便算了，现如今既已被外族所占，又岂能容它一直装神弄鬼。这事朕自会做安排，不过在此之前，估摸着宫里这些潮崖人，还能演出不少好戏。"

一个时辰之后，御林军前往每个房间，收回了厚厚一摞纸。

段瑶翻了翻，感慨道："这是在写供状还是写话本？虽说每个人都有秘密，但这些人的秘密未免也……太多了些。"

楚渊问："前辈可要看？"

玄天摇摇头："皇上想让我看的时候，我再看。"深藏于心的，怕大多都是些见不得人之事，看了也是心寒，不如不看。

段瑶挑亮烛火，与楚渊一道看那叠供状，越看越哭笑不得。谁人不举这种事情，就算当真是秘密，外人应当也不会想要知道吧……也对大楚国运没有任何影响啊。

楚渊从中抽出一张纸，递给段瑶："这才是朕想要知道的东西。"

"嗯？"段瑶接到手中粗略一扫，写供状的人名叫藏硫，他显然是猜到了些什么，所以并未像其他人那般事无巨细，样样都要写。只有薄薄一张纸，上头一五一十交代了关于月鸣蛊之事。

藏硫的父亲名叫藏海，是岛上数一数二的巫医，平日里很受人尊敬。在某次给北派一位老人看病时，趁机窃取了月鸣蛊，却没有上交给南派首领，而是暗中养在了自己房中。

玄天被赶下岛后，潮崖族的日子并没有变得更好，南洋人的补给船也来得不再像先前那么勤，据说是海匪猖獗，船只开不过来。但日子总是要过，于是南洋人便提议，选出一队潮崖族人出海前往大楚，向楚皇讨些金银珠宝回来。

潮崖本就在楚国被传得神乎其神，因此这批人很容易便入了宫。靠着一些海外传闻，以及蛊虫巫毒之术，倒也骗过了当时的楚皇，不仅对其礼遇有加，临走时更是获赏不少金银。而藏海在出海之前，已觉得将来潮崖岛上或许还会有恶战，为了保住月鸣蛊，便冒险带了一些出来，伺机种在了当时楚皇最心爱的皇子，也就是大楚太子楚渊的体内——在他看来，这应当是最安全的一个人选，有御林军层层保护，也不会像寻常人一样搬家离开。而只要宿主不死，月鸣蛊便能一直存活，不管将来潮崖岛上发生何事，藏宝图的线索也不会断。

回岛五年后，藏海身染恶疾，弥留之际将藏硫叫到床边，将此秘密告诉他，又说岛上还有一瓶月鸣蛊，若能安然留在身边自然好，若是被人觉察出端倪，只管毁了便是。只要楚渊太子当得安稳，便不愁月鸣蛊会从这世间彻底消失。

第二十四章

在安葬了藏海后,藏硫变得愈发谦卑,在南洋人面前恨不得时时低头躬身,连同伴都有些瞧不起他。但即便如此,他却也险些没能逃过杀身之祸——越来越多的南洋人被运送到潮崖,那些精妙的机关攻防巫毒之术,不用想也知道,十有八九是为了对付大楚。就在众人惴惴难安之际,南洋人终于卸下最后一层虚伪面皮,一夜之间几乎杀光了所有潮崖人,连亲信也不放过。而藏硫与另外几人由于早有准备,所以才得以顺利逃脱,并且还趁乱抢走了小婴儿。

原本按照众人所想,是要前往王城求助的,毕竟除了楚国皇室,潮崖再无其他人可依靠,却没料到会被南洋人觉察到行踪,甚至买通苍南知府余舒,联合飞鸢楼发出江湖追杀令。

屠不戒虽说为人鲁莽,功夫却不算低。藏硫在与他打斗之时,装有月鸣蛊的瓷瓶不慎掉出袖中,才稍稍一犹豫,瓶子便已经被屠不戒踩碎。眼睁睁看着藏了几年的蛊虫毁于一旦,藏硫恨得咬牙切齿,却也无计可施,只盼着将来到皇宫后,能想办法接近楚渊,从他体内取出剩余的月鸣蛊,只是万万没想到算盘打得虽好,到头也是竹篮打水一场空。

段瑶与玄天看完之后,也只想叹气。且不说那藏宝图只有半张,就算当真能找到传闻中的黄金岛,能小心翼翼算计这么多年,也当真是失心疯魔。

"皇上。"江淮道,"那些潮崖人要如何处置?"

"分开关押。"楚渊道,"若有朝一日当真要开战,这些人或许还有用途。"

"是。"江淮领命离去。楚渊放下手中供状,道:"时间也不早了,今日便到此为止吧。"

玄天撑着站起来,道:"多谢皇上。"

"谢?"楚渊摇头,"前辈原本好好待在云德城,该是朕打扰前辈才是。"

"待在云德城,却难免会想潮崖事,不知风云如何变幻。"玄天道,"今晚也算是终于得个安心。"

"若非亲眼见到前辈,想来这些人也不会如此轻易便招供,依旧会设法隐瞒。"楚渊道,"毕竟伙同外匪欺压同胞,按照大楚律法,有十个脑袋也不够掉。"

"毁了也好。"玄天拭去泪花,长叹道,"毁了那些陈腐之物,潮崖岛才不会一辈接一辈烂下去,老祖若是在天有灵,也不会愿意看到后世有此等逆子徒孙,当真是愧对先人呐。"

楚渊叫来四喜，命他带玄天回去歇着。段瑶道："皇上还不休息吗？"

楚渊指指案几上的折子。

段瑶抱怨："这些官员一人写一封，倒是轻松容易。怎么也不想想，皇上可只有一个。"

楚渊笑："朕是皇帝，自然该做这些事，又有何资格抱怨。"

"可也不能晚晚这么熬。"段瑶想了想道。

楚渊挑眉。

段瑶继续道："所以还是回去歇着吧。"

楚渊不置可否，却问："明日上朝，可要随朕一起去？"

"我？"段瑶受惊。

楚渊点头："你。"

段瑶不解："我去干什么？"

楚渊道："玩。"

段瑶："……"

"也让他们看看，朕与西南府的关系，并非势同水火。"楚渊替他整整衣领，"什么也不用说，什么也不用做，只管站在朕身后便是。"

段瑶想了想，答应："行！"虽说其实对一道上朝并无兴趣，但既然皇上开口，莫说是站在龙椅旁，就算是要挂在房梁上，那也是没有一点问题的。

于是第二天一早，看着那个站在楚渊身侧的佩刀少年，金銮殿上的臣子们都有些头晕眼花。最近皇上到底是怎么了，先是与西南王密谈，住在苏淮山庄不出来，如今又让西南府的小王爷带着兵器进殿，还就站在身旁，看上去颇为信赖亲密，这……

即便是老奸巨猾如右丞相刘一水，也有些揣摩不清圣意，只能勉强推断，这该是皇上与西南王之间冰消雪融的迹象——又或者是已经私下达成了某项交易，至少在短期内，大楚与西南的关系不会再像先前那般剑拔弩张。

街头的话本小贩们向来是王城中消息最灵通的，也是最会见风使舵的一群人。于是在往后的小话本里，西南王的形象也改变了不少，至少面容是英俊了起来，身形高大，看起来颇为赏心悦目。

四喜亲自出宫，挑最新的买了十几本，全部送到了御书房中。楚渊随手翻了两册,虽说情节离奇荒诞,但配图倒是很良心,还撒了不少金粉,烛火一照,宛若天神。

见皇上似乎心情挺好,四喜公公也就放了心,轻手轻脚替他掩上门,揣着手候在外头,只求莫要再有大人前来递折子,忙了一天,难得此时静谧,可以好好放松休息。

段瑶小心翼翼合上瓦片,继续躺在屋顶看星星,不忘遥望了一眼冷宫中的梅树。

估摸着还得要一阵子,梅树才能被迁回来。

潮崖岛上所发生的事情已经大致弄清楚了,潮崖人被暂时关押在天牢,带来的小婴儿则交给奶娘照看,翠姑也被软禁在了宫中。

一队影卫悄无声息出宫,前往东海潮崖,查看究竟目前状况如何。玄天在太医的调养下,身子骨也比先前好了不少。段瑶在亲将他送回北行宫后,便策马一路往南而去,楚渊虽是不舍,却更放心不下段白月,临走之前再三叮嘱,无论发生了什么事,都要第一时间回报王城。

只有四喜公公在心里头叹气,西南王不在,段小王爷不在,九王爷又大多时间都在日月山庄,这皇宫虽大,却连个陪皇上说话的人也没有。若是累了烦了,估摸又要像先前那样,借着安神药与绯霞方能睡着。

御书房内烛火跳动,楚渊盯着案上的地图出神。

从王城到西南,路途可真不近。

若是当真去了,一来一往,估摸着等到回来,朝中老臣已经急死大半。

楚渊笑出声,单手撑住下巴,盘算了一下如果得知自己在西南不回来,到底是陶仁德先卧床,还是李庚先晕厥。想着想着笑容却又渐渐淡去,楚渊摊开手心,里头有一枚虎头扳指,是西南军的兵符。

不就是回家疗个伤。

楚渊重新握紧兵符。

何至于……连此物也要交给自己。

御书房外风雨潇潇,像是在一夜之间入了冬。

四喜公公也在外头叹气,今年怕是不好过啊。

"阿嚏!"段瑶也裹着厚厚的袄子打喷嚏,在西南长这么大,还是头回遇到如此寒冷的初冬。

回来已有月余，家中一切如旧，除了一直沉睡的哥哥。

赵五带着五名追影宫暗卫，刚回西南还没歇两天，便又日夜兼程赶往北海口，乘船南下去找传说中的翡缅国与天辰砂。花棠则是留在府中，照顾两个年幼的儿子与段瑶，也顺便照应再度被救回来的母子两人。

时间一晃到了年关，别处都是张灯结彩，西南府门口也贴了对子，但缺了人的年夜饭吃起来，总不是个滋味。段瑶吃到一半就丢下筷子，回到卧房中继续陪着哥哥，片刻之后，南摩邪与花棠跟着一道过来，又过了一阵子，金婶婶与婆婆们也都站在床边，看着蜡封中的段白月。

屋里头很是安静，无人说话，也无人知道该说什么。外头鞭炮喧天，愈发显得西南府内清冷消极。

许久之后，花棠道："小五那头迟迟没有回信，南师父有何打算？"

"先前也料到了会是如此。"南摩邪道，"毕竟翡缅国一直只存在于传闻中，南海一望无际，又处处白雾环绕，能轻易找到才是反常。"

花棠迟疑："那……"

"等不得了。"南摩邪摇头，"正月十五过后，不醒也得醒。白玉茧是毒虫，在蜡封里待久了，再中一场毒，那才真叫得不偿失。"

"醒之后，就要练菩提心经？"花棠又问。

南摩邪道："是。"

"先前我从未问过，但此事事关重大。"花棠道，"若是练了菩提心经，到底会有何后果？"

一语既出，屋内变得愈发安静，所有人都盯着南摩邪，等他说出答案。

南摩邪答道："结果再坏，至少能保住命。"

这句话的意思显而易见，段瑶不自觉便握紧拳头。

"只盼将来能顺利找到天辰砂，事情也并非不可逆转。"南摩邪道，"一切听天由命吧。"

花棠还想说什么，犹豫再三，最后却也只化作一声叹息。段瑶趴在床边，伸手搭上那冰冷的蜡封，很想再度号啕大哭。世上好命之人那么多，为何偏偏就哥哥如此坎坷，还落得一身伤病，连街上卖烧饼的秃头刘大也比不上——至少人家面色红润、声音洪亮，挑着担子能一路吆喝不停歇，健步如飞，看上去这辈子也不用请郎中。

千里之外的皇宫，此时正在大摆群臣宴。刘大炯道："老陶，你看皇上，像是又有心事。"

陶仁德放下酒杯，道："皇上何时没有过心事？"

刘大炯被噎了回去，半晌后才道："但今日是除夕，况且也没听说最近哪里出了乱子，何至于连过年都心情不好。"

陶仁德道："若实在好奇，刘大人为何不亲自去问？"

"那可不成，你当我傻。"刘大炯连连摆手，"大过年的，让我去触这霉头。"

"那便消停着些。"陶仁德瞪他一眼，"知道皇上心中不悦，还要如此絮絮叨叨、交头接耳，嫌自己俸禄太多还是怎的？"

刘大炯："……"

有道理。

楚渊却没在意到两人，事实上从宴席开始，他便一直是心神不宁。最近这几月，西南府的书信的确按时送来，也的确详尽描述了段白月的近况，但每封信的内容却大同小异，都说封在蜡壳中，并无大碍，让自己放心。直到今早又送来一封信，说等过了年，便会揭开蜡封，前往冰室开始练菩提心经。

"皇上，皇上。"四喜公公在旁小声提醒，"宴席该散了。"

楚渊猛然回神。

"快到申时了。"四喜公公又道。

楚渊揉揉发涨的太阳穴，微微点头："散了吧，众爱卿也早些回去歇着。"

看着皇上面前几乎没动过的菜盘，四喜公公心里叹气，也不知西南王何时才能回来。

寝宫里头冷冷清清，楚渊洗漱之后，靠在床头随手翻书，看了没几页，心却越来越乱，总觉得事情不大妙，越想越忐忑，几乎想要丢下朝中事务，今晚便启程前往西南。

"皇上。"四喜公公在旁边伺候，看着实在心中不好受，"可要取些安神药来？"

楚渊摇头："朕想醒一阵子。"

"可……"四喜公公面色为难。

楚渊道:"除夕原本就是要守岁的,如今他昏迷不醒,朕替他守也是一样。除病除灾,来年也能顺一些。"

四喜公公道:"是。"

手心握着那枚兵符,楚渊一坐便是整整一夜。

初五迎财神,初十祈雨顺,十五吃元宵,正月十六一大早,南摩邪便命人烧了盆热水,加了药粉进去,将蜡封一点一点揭开。段白月面色依旧如同当日,过了足足半个时辰,才缓缓醒过来。

南摩邪的脑袋出现在上空。

段白月与他对视片刻,重新闭上眼睛。

南摩邪问:"感觉如何?"

段白月道:"一场大梦才做了一半,师父的脸突然出现,说实话,着实有些扫兴。"

南摩邪欣慰:"还好,没睡傻。"

段白月问:"我睡了多久?"

南摩邪道:"今日是正月十六。"

段白月叹气:"那可当真是久。"

"明日便随师父前往冰室吧。"南摩邪道。

"还是要练菩提心经?"段白月看着床顶问。

"金蚕线加上尸毒,再拖下去,怕是会有危险。"南摩邪道,"菩提心经是世间最阴邪的功夫,将自己变成毒物,方能以毒攻毒。"

段白月道:"事到如今,师父还是一样不会说话。丝毫也不见委婉。"

"小五那头还没有回信,但凭借着追影宫的实力,说不定当真能找到天辰砂。"南摩邪继续道,"况且南海还有个鬼手神医,谁都说不准将来会发生什么事。而若能找到天辰砂,即便是已经练了菩提心经,也照旧会高大英俊、玉树临风、仪表堂堂、惹人艳美。所以不必担心。"

段白月道:"多谢师父。"

南摩邪问:"可要给皇上写封书信?"

段白月道:"好。"

南摩邪道:"这江湖之中,想练菩提心经的人多如过江之鲫,如此想一想,心中有没有舒坦一些?"

段白月道:"没有。"

南摩邪:"……"

段白月闭上眼睛,也不知自己该是何心境。

原本想着待这次金蚕线蛰伏回去后,便亲自带人前往南海,虽说也未必就能找到,但至少时间充裕,不必这么快就要做出选择。只是没想到会横生枝节,蓝姬死而复生,自己再中一回尸毒,以至于只剩最后一条路可走。

在两人分别之时,他其实便已经猜到了会是今日结果,却总是不想去承认,甚至自欺欺人地想,或许小五当真能找到天辰砂。只是待到大梦之后,即便再不想清醒,也有要必须面对的一天。

菩提心经啊……段白月伸手按上自己的左胸,心跳有些微弱,却总归还是能感觉到,一下又一下。待到这里彻底安静下来,自己也就该彻底消失在这世间,如同那位老前辈守着老婆婆一样,也寻个安静的角落,过完此生。

看着他的样子,南摩邪心中酸楚,实在忍不住,转身夺门而出,蹲在院中老泪纵横,只懊悔自己当初太惯着,没有好好将人看住,落了一身治不好的伤病。

市集上,小贩还在高高兴兴兜售最新版的《菩提心经》,这回不单能壮阳,还能助孕,男女都能练,销量翻倍长。

架不住面前的人一直推销,段瑶买了一本漫不经心地翻看。大概是见他似乎很好做生意,立刻又有其余货郎围上来,推销头绳、胭脂、匕首、无字天书,甚至还有个不知从何处跑来的胖和尚,慈眉善目非要给他算一卦。

段瑶觉得自己脑袋都快要爆炸了。

胖和尚道:"小公子可要算上一算?"

段瑶道:"我不算。"

胖和尚很坚持:"不收银子,给家中人算亦可。"

段瑶道:"那给我哥算一卦姻缘。"

胖和尚掐着手指按了半天,道:"令兄若想要好姻缘,便是要从我这买瓶药。"

段瑶问:"什么药?"

胖和尚神秘无比道:"壮阳药。"

段瑶当胸一拳,干脆利落将人打飞。

胖和尚泪流满面，一边咳嗽一边道："小施主为何如此残暴，我这药当真是好药，琼花谷叶谷主配的，那可是江湖中一等一的神医，沈盟主用了都说好。"

段瑶拳头捏得嘎巴响。

胖和尚落荒而逃。

段瑶拎起桌上替二嫂买的点心，转身回了西南府，却被金婶婶告知，说花棠一早就出了门，也不知是去做什么，一直就未回来。

直到吃晚饭的时候，花棠方才回来。

"瑶儿刚刚还在找你。"金婶婶道，"现在被叫去了后院，该是在王爷房中。"

"大哥身体如何？"花棠问。

"看着精神尚好，南师父却说拖不得，要尽快前往冰室闭关。"金婶婶道，"往后这西南府的事务，会分交给几位大人，待到小玚回来后，怕也要多担些事情。毕竟王爷一闭关就是三年，瑶儿年纪又小，虽说这两年西南边陲安稳，却也总要有人镇守这西南府，否则王爷怕也不能安心疗伤。"

"小五本就是西南府的人，这些都是他分内之事。"花棠道，"况且追影宫有宫主与公子在，西南蜀中相距亦是不远，若实在有事，我们再快马加鞭回去便是，婶婶不必担忧。"

"委屈你了。"金婶婶拍拍她的手，又问，"白日里去哪儿了，一整天也没回来。"

"原本是打算去买些药，却在街上看到了锦娘。"花棠道。

锦娘便是当日赵五从虎口中救出的妇人，这次再回到西南府，是做好了长住的打算，金婶婶便安排她在府中的染布坊搭手做活，周围都是欢声笑语的豆蔻少女，锦娘脸上渐渐也多了笑容，与大家关系都不错。

"她有什么事？"金婶婶问。

"锦娘像是在躲一个人。"花棠道，"甚至连篮子都丢在了小摊上，匆匆躲到巷子里，过了足半个时辰才出来，遮着脸急急忙忙回了西南府。"

金婶婶皱眉："躲谁？"

花棠道："一个胖和尚，应当不是本地人。方才我顺路打听了一下，百姓都说是个江湖骗子，前几日刚进城，靠着一张嘴皮子卖假药混饭吃。"

"看锦娘孤身流浪，也知道是个有故事的人。"金婶婶道，"或许是昔日仇家，

第二十四章

可要去问问看？"

花棠摇头："若的确是伤心往事，提起了反而是往伤处撒盐，我只是有些担心她。"

"那便先不问了。"金婶婶道，"就算仅仅是为了年幼的儿子，要是以后当真遇到麻烦，锦娘应当也会主动求助，如今她既然没说，你我便当什么都不知道吧。"

"我先去看看王爷与瑶儿。"花棠道。

金婶婶点头，转身去了厨房熬药。

卧房里头，段瑶问："菩提心经到底是个什么功夫？"

段白月答："师父自创的功夫。"

段瑶道："说了等于没说。"

段白月伸手拍拍他的脑袋："我只练了三招，如何能说得清楚。这么想知道，为何不去问问师父？"

段瑶道："问了，师父不肯说。"

段白月道："练完之后，便可独步天下。"

"骗人。"段瑶不信，"若当真这么好，师父早就该欢天喜地吹上天才是，又怎会像今日这般凄凄？"

段白月没回答他这个问题，却道："三年之后，你十九岁，再往虚算一算，说二十也不为过，该娶媳妇了。"

段瑶捂住他的嘴："你别说话。"

"怎么了？"段白月笑。

段瑶犹豫道："不吉利。总觉得像是在交代后事。"

段白月摇头："想多了，我不会死。"

段瑶道："嗯。"

"只是换个身份活下去罢了。"段白月继续道。

段瑶皱眉："什么叫换个身份？"

段白月道："西南王怕是做不了了，想来小玙也不会愿意一辈子待在此处，至于你，也是被惯坏了的性子。不过照目前的局势，边陲至少还能有十年安稳，倒也不用担心。"

"为什么不能再做西南王？"段瑶着急。

段白月道："练完菩提心经，便会连血里都带着毒，容貌尽毁，半人半鬼。"

段瑶顿觉五雷轰顶,道:"我不信!"

"不信也要信。"段白月拍拍他的肩膀,"别总是小孩子脾气,该长大了。"

"非练不可吗?"段瑶急急问,"师父怎么说,还有没有别的办法,二哥都去找天辰砂了,就不能等他回来?"

段白月摇头道:"来不及。"

"那皇上怎么办?"段瑶继续道。

段白月神情一僵。

"在我回西南的时候,皇上还说要每月写封书信,告知他你的近况,还说等朝中的事情清闲一些,便来西南看你。"段瑶道,"那时该怎么办?"

段白月道:"躲着不见便是。"

段瑶瞪大眼睛。

躲着不见?

"他是皇上,是一国之君,自然知道该如何取舍。"段白月微微闭上眼睛,"三年、五年或许会生气,十年、二十年、三十年、四十年,谁还能气一辈子,是不是?"

段瑶很想抱着他大哭,这是什么见鬼的打算啊。

"往好处想,总还有口气在,比死了要强。"段白月道,"戴个面具,至少能在街上走。"

段瑶"腾"一下站起来道:"我去找师父!"

"不必找了。"南摩邪推门进来,"莫说是找你师父,就算是找天王老子也没用,除非有天辰砂,否则只有这一条路可走。"

"可……"段瑶也不知自己该说些什么。

"好了,出去吧。"南摩邪拍拍他的脑袋,叹气道,"若你二哥能找到天辰砂,事情或许还有转机,但目前当真只能如此。"

晚些时候等花棠过来,段瑶依旧蹲在老榕树下,正看着树根发呆。

"大哥歇息了?"花棠问。

"还没,师父在替哥哥扎针。"段瑶站起来,硬生生把眼泪憋回去。

花棠道:"天寒地冻的,蹲在这儿,也不怕着凉。"

"过几日哥哥就要去练菩提心经了。"段瑶道,"冰室更冷。"

第二十四章

花棠拉着他坐在回廊下："都知道了？"

"嗯。"段瑶擦鼻涕，拼命哽咽，越想越伤心，"师父就知道教些破功夫给哥哥！"

"小五还在海上漂，说不定当真能带回天辰砂。"花棠替他擦擦眼泪，"王爷也只是暂时闭关，事情总要往好的一面想，是不是？"

"嗯。"段瑶答应。

"好了，回去歇着。"花棠道，"王爷有伤未愈，你可别再着凉了。"

"二嫂也回房吧，哥哥这头还要一阵子，估摸要到半夜去。"段瑶道，"不然大宝和小宝该闹了。"

花棠点头，又回头看了眼卧房，见里头灯火昏暗、一片安静，不像是需要人帮忙，方才与他一道出了小院。

三日之后，段白月将西南府内的大小事务都做好部署，又写了封书信，派人暗中送往王城，方才与南摩邪一道去了冰室中。

石门轰然关闭，即便是站在外头，也能感受到刺骨寒气。

一想到哥哥要在这鬼地方待三年，出来后还不知会变成什么样，段瑶终于再也憋不住，抱着金婶婶号啕大哭。

怎么这么倒霉呢，运气好一点成不成？

西南府内的下人也在说，王爷这回要闭关足足三年，出来之后便可独步江湖，说不定连武林盟主也不是他的对手。

边陲众部族的首领听说此事后，则是纷纷目瞪口呆。原本摊上这么一个阴晴不定的王爷，日子就已经是提心吊胆，现在居然还要闭关练神功，千万莫说当真想做什么天下第一，我们安稳日子过了没几年，还想着要建屋屯田做地主，并不想追随北上去篡位。

冰室之中，段白月双目微闭坐在雪石上，任凭体温一点一点离开，几乎连血液也被冻结凝固。

这日楚渊处理完朝中政务，刚回到御书房，四喜公公就乐呵呵迎上前，低声说南边又送来了书信，看火漆的颜色，这回可不是段小王爷，该是西南王亲手所写。

楚渊道："算算日子，也差不多。"

"是啊是啊。"四喜公公笑容满面。

楚渊拍拍他的大肚子,哭笑不得:"你高兴个什么劲?快些拿来。"

"是。"四喜公公双手呈上信函,识趣退下掩上门。

楚渊坐在龙椅上,轻轻挑开火漆,抽出薄薄一张信纸。

的确是熟悉的笔迹,却只有寥寥数语,说自己要去冰室闭关练功,西南府的事务已交代妥当,万事皆好,勿念。

楚渊皱眉,重新拿起信封,倒过来抖了抖。

当真只有这一张纸。

……

"皇上。"见着他出门,四喜公公满脸堆笑,"可要用膳?"

楚渊面无表情:"去,将那棵树挖了。"

四喜公公笑容僵住:"又挖啊?"

楚渊问:"不可?"

四喜公公面色为难:"可那树现在还在冷宫呐。"上回刨出去之后,一直就没请回来,自己去看过一回,长得倒挺好,悄不吭气开了一院子花。

楚渊:"……"

四喜公公赶忙转移话题:"徐大人方才有事想要奏请皇上,这天寒地冻的,老奴便请大人先去了偏殿喝茶。"

"宣。"楚渊转身回房,"再通传下去,今日朕一整天都会在御书房,有事尽管来奏,无事也可来听热闹。"

四喜公公试探:"那早膳?"

楚渊道:"不吃。"

四喜公公又道:"那便让御膳房早些替皇上准备午膳。"

楚渊怒气冲冲道:"也不吃!"

四喜公公笑着哄道:"晚上总该——"

楚渊一拍桌子道:"宣徐然!"

四喜公公:"……"

"公公啊。"徐大人一边走一边问,"皇上今日心情如何?我要奏的这件事,有些棘手。"

"若是棘手，又不是非得赶着今天上奏，大人还是莫说了。"四喜公公压低声音，"今日怕是自开春以来，皇上心情最差的一天。"

徐大人踉跄了一下。

半个时辰后，其余大人也奉旨进宫，有事说事，无事凑趣，御书房里满是人，闹闹哄哄直到深夜才散。回到寝宫后，楚渊草草洗漱完，就上床一声不吭睡觉，甚至还用被子捂住了头。

四喜公公哭笑不得，上回见皇上如此闹脾气，还是在十几年前，那阵才六岁——仔细想想，理由倒是一样。

天空大雪飘飘，落满梅树枝头，虽说寒天彻地，花倒是开得愈发密密匝匝，在清冷的空气里，静谧幽香。

再往后，西南府的书信依旧按时送达，不过却又是段瑶的字迹，说哥哥在闭关练功，一切安好。

楚渊折好信函，全部放在了暗格中。

一切安好，便比任何事都好。

第二十五章

第二十五章

追影宫与日月山庄也陆续来了书信。由于赵五临走之前叮嘱过,秦少宇自然不会将此事四处说,只回了楚渊先前信函中提到的要求,答应会派染霜岛上的弟子前往南洋,监视那头的动静。至于叶瑾,则是万分不解,为何他哥会如此在意天辰砂与金蚕线,又死活不肯说是谁中了蛊。

日月山庄内,沈千枫道:"皇上不肯说,又何必非要问。"

"我没问啊。"叶瑾灌下一杯凉茶,觉得很是胸闷。先前他对天辰砂丝毫兴趣也没有,但架不住隔三岔五就收一封信,日子久了难免好奇,有时半夜想起来,简直就是抓心挠肝。

"若实在想知道,不如我带你去王城?"沈千枫道,"见面一问便知。"

"你当皇上是谁,街头的二傻子吗?"叶瑾拍拍他的胸口,"在信里不肯说,见了面就更不会说,问急了随口胡诌一个人,你我也不认识。"

沈千枫安慰道:"若当真事态紧急,皇上怕是不问也会说,也不急于这一时。"

"天辰砂。"叶瑾撑着腮帮子自言自语,"不如什么时候,我亲自去趟南洋。"

沈千枫道:"好。"

"好?"叶瑾回神,"我就随口一说,海路迢迢的,怕是一年来往都不够。"沈家长子,又是公认的武林盟主,哪有如此多的闲时间。

沈千枫笑笑:"一年便一年了,南洋而已。"

日月山庄的回信一如既往,说不知天辰砂是何物,也没听过这世间能有一门功夫可制住金蚕线。不过信末却又补充,江湖之大,奇事之多,也不能把话说满。

楚渊在心里叹了口气,将信函全部收了起来。

西南府的书信在刚开始时,依旧一个月来一封,到后头却慢慢减少,变成了两个月一封,再拖一些,三个月也有。拆开之后,内容千篇一律,说哥哥一切都好,楚渊甚至觉得是段瑶一次写好了一摞,然后每月抽出一封送来王城。

春去夏来秋雨密,下起来淅淅沥沥也极为恼人。在处理完政事后,楚渊撑着先前那把伞,一个人便装出了宫。夜色深沉,街道上很是安静,百姓都早早回家歇下,只有客栈门口的红灯笼与远处歌坊传来的隐约歌声,给这微冷的长街添了些许烟火气息。

拐角处的巷子里,一对老夫妻刚刚支好小摊,正在准备吃食。楚渊驻足,问:"是老张家的馄饨吗?"

"是啊公子。"老头笑呵呵道,"我便是张泉,这王城里最好吃的馄饨,都是从我这小摊上偷的师。"

"麻烦老人家替我煮一碗。"楚渊合了伞,坐在屋檐下往手心哈了些热气。

"公子先喝杯热茶。"老妇人道,"是用粮食炒出来的,有麦香气。"

"多谢老婆婆。"楚渊四下看看,道,"这么冷的夜里,生意好吗?"

"不大好,可这么多年下来,大家都习惯了。哪天若不出摊,夜晚赶路的人连个充饥的点心都吃不着,也不好。"老头将一大碗虾皮馄饨放在他面前,"公子慢用,不够还有。"

"嗯。"楚渊笑笑,拿勺子喝了口汤。

很鲜。

"生病了,自然会没胃口。"先前发烧,有人便是端了一大碗干拌馄饨进宫道,"吃这个,王城里最好的老张馄饨。"

"三更半夜,吃馄饨?"楚渊问。

"晚上才该吃夜食,长肉。"段白月将他扶起来,"这家馄饨脾气大着呢,白天睡觉,晚上才出摊,就在云梦街的拐角处。"

楚渊拿起筷子,勉强吃了一个。

段白月问:"如何?"

楚渊道:"没味儿,还苦。"

段白月顿了顿,道:"因为你受了风寒。"

楚渊好笑,倒是听话将一大碗馄饨都吃完,然后道:"就是没味儿。"

"等这回病好了,带你溜出去吃。"段白月道,"汤馄饨更好吃,又鲜又甜。"

楚渊靠回床头道:"好。"

只是虽说嘴里答应,但后头事事繁杂,两人也没谁惦记着非要吃这碗馄饨,一拖便拖到了现在。

昏暗的油灯下,老婆婆与老公公一个煮汤、一个切面,笑呵呵地在聊家长里短之事,又说要抽空歇几天,去紫崖城看小孙子。客人渐渐多了起来,楚渊喝完最后一口汤，起身回了宫。

"皇上。"四喜公公正急得团团转，见他回来，方才松了口气。

还当皇上是去了……西南。

楚渊将披风解下，道："可有谁来找朕？"

"没有，安静着呐。"四喜公公传了热水，"这黑天半夜的，皇上以后可莫要再一个人出宫了。"

楚渊道："温爱卿那头可有回话？"

"有。"四喜公公道，"书信在御书房，皇上可要现在看？"

楚渊点头。

四喜公公一路小跑取了来，又将灯火挑亮了一些。

温柳年在云岚城的日子极为滋润，虽说未能说服秦少宇做将军，却也与追影宫混成了一片，不仅与官场中的路子，还有江湖中的朋友。此回楚渊问他南洋异事，回信洋洋洒洒，写了厚厚一大摞，与西南府的安好勿念比起来，可谓是天上地下。

大楚第一才子，看的书自然不会少。南洋岛国的地理分布、各国以何为生、历任领主脾气秉性如何、百姓有何风俗，都写了个清清楚楚——与大楚藏书库的正统勘查记录比起来，自然说不上十成十准确，却也有好处，那就是消息来源够杂、够快，内容五花八门什么都有，甚至还包括白象国领主的风流情史。只是从头翻到尾，关于翡缅国的记录也寥寥可数，只说那片海域惊涛骇浪，船只几乎无法靠近。每隔一阵子，便会有一艘黑色大船缓缓从中驶出，给过往商船贩卖一些巫药草叶。上头的人统一身着黑袍，全身满是刺青，倒是与传闻并无二致。由于海上行船吃不到新鲜瓜菜，水手、商人容易生病，因此巫药的生意极好，就算价格高昂，也依旧是供不应求。

黑船、黑袍？楚渊放下信函，却想起了那些潮崖人对入侵者的描述，也是如此。

当真是翡缅国？楚渊微微皱眉，想了片刻，提笔给温柳年写了回函，令人快马加鞭送往云岚城。

又过了一月，先前派往东海的影卫也回来了，说潮崖岛周围遍布白雾，闯不进去，像是有人故意布下迷阵。而且来往商船已经将那里当成了不祥之地，宁可多绕一个月的路途，也不愿靠近潮崖，说是海底有吃人猛兽，会将船只拖下海。

"地方官员可有何举措？"楚渊问。

影卫道："没有。"

楚渊心里摇头。潮崖一族本就不归大楚管辖，周围海域出了事，百姓绕道走也能行，官吏们懒得管闲事，不算意外。

驻守东海的人算是楚氏外戚，绰号海龙王，由于战功卓著，被先皇赐了楚姓，按辈分来讲，楚渊还要叫他一声舅舅。

只是这个舅舅，也是个不让人省心的舅舅。

楚渊微微叹气，按照目前朝中局势，想要等到真正的盛世清明、百姓安稳，怕是还要个几年。

眼瞅着再过一月又是除夕，过了除夕，便算是翻了年。

时间倒也不算太难熬，楚渊心想，至少比自己先前想的要好过许多。

西南府内，段瑶煮了饺子，拎着前往后山冰室。

南摩邪打开石门，见着后恍然道："原来今天过年啊。"

"嗯，过年。"段瑶道，"除夕夜，城里热闹着呢。"

南摩邪呵呵笑道："热闹就好，热闹了才说明大家日子好。"

段瑶道："我能进去看看哥哥吗？"

南摩邪摇头道："不能。"

段瑶沮丧道："嗯。"

"练功之时，切忌有人打扰。"南摩邪拍拍他的脑袋，"没事的，放心吧。"

"那我先回去了。"段瑶道，"明日再来，金婶婶在做花糕。"

南摩邪叮嘱道："多加些蜂蜜。"

段瑶脸上总算有了笑容，转身跑下了山。

南摩邪拎着食盒走进山洞，段白月依旧闭着眼睛，正在调理内息。

"今日过年呐。"南摩邪坐在他对面，"你我也是在这冰室内待了太久，居然忘了此事。"

段白月道："是吗？"

"来，尝尝看。"南摩邪将筷子递给他，"想来大理城中今晚又该是热闹喧天。"

段白月接过筷子，手背上有隐隐青色纹路泛出，侧脸隐没在黑暗里："王城更热闹。"

"是啊，要不怎么能叫王城。"南摩邪假装没听懂，大口大口吞饺子，埋怨道，"又是猪肉韭菜馅，年年也不变着些。"

第二十五章

段白月笑笑："师父今晚该回府，至少与大家一道过个年。"

"我回去作甚，回去一堆小鬼头，吵得头疼，瑶儿还要压岁虫。"南摩邪道，"这里好，这里安静。"

段白月夹了个饺子送入口中，意料之中，尝不出有任何味道。

南摩邪关切道："慢慢吃。吃慢些，或许便能有盐味。"

段白月道："若是吃慢些，看师父这般狼吞虎咽，只怕这一盘子也剩不下几个。"

南摩邪："……"

段白月继续道："这一年过得倒也快。"

照此来看，下一年，再一年，应当也不至于太难熬。

王城里的大街上，人群几乎挤到走不动。热气腾腾的小吃摊冒出香味，小娃娃们围在糖葫芦小贩的身侧，踮起脚尖捏着铜板，都想要最大最红的那一串。

相比起来，皇宫里头却反而有些冷清。今年楚渊并未像往年一样设宴请群臣，而是一早就都赐了赏，说不必再进宫请安，好好陪家人一道吃个团圆饭。

一个小暖桌，几道菜、一壶酒，楚渊坐在殿中，看着外头纷扬的雪花出神。

四喜提醒："皇上，菜要凉了。"

楚渊问："酒还有吗？"

四喜道："别的酒还有，只是绯霞……这是最后一坛，喝完便没了。"

楚渊仰头又饮下一杯酒，也未再说话，眼神却有些飘忽。

四喜公公在心里叹气，怎么今年连九王爷也不见来，若是宫里多个人，还能稍微再热闹些。

大年初一要祭天，连大醉一场都不可。回到寝宫后，楚渊蜷在床头，想千里之外的西南府，此时会不会也正在下雪，若是下了雪，冰室里会不会更冷。

东海沿岸外戚霸权，南海局势扑朔未明，甚至连东北雪原也不安稳，这当口若是皇上离宫，众臣怕是会翻天。

楚渊笑笑，下巴抵在膝盖上，眼底却有些孤寂。

翻过年后，西南府来的书信比起先前，又更少了些。楚渊照旧一封一封全部放进暗格，再落上锁，转身继续等下个月。开春吃过槐花饭，转眼夏天的蜜桃便水灵灵摆满大街，再往后，秋日粮食丰收，百姓载歌载舞，迎来一场北风吹大雪，预兆着下一个丰收之年。

人人都在说，自打皇上登基，可当真是五谷丰登雨顺风调，日子一日赛一日地舒坦。

"今年可真是冷啊，还没入冬，便下了这么大的雪。"四喜公公道，"据说长街上的青石板都被埋了个严实，今日一大早官府便在铲雪，有不少马匹都跌了跤。"

楚渊道："吩咐宫飞，多加派些人手，莫要让百姓因此受伤。"

"是。"四喜公公连连答应，又道，"皇上忙了一天，该回寝宫歇着了。"

楚渊道："时间还早，再过一阵子吧。"

四喜公公还想说什么，话到嘴边就被楚渊抬手制止，于是识趣噤声退到一边，心里却忍不住叹气。已经四个月了，西南府报平安的书信还迟迟没有送来，若说是因为天气的原因，贵州府的折子却也没被阻隔，照旧一封接着一封往王城里递，一天都没延误过。

可千万莫是出了什么事啊。

朝中的臣子也犯嘀咕，这都快一个月了，皇上看着始终心事重重，却没人知道究竟是为了什么——按理来说，最近天下太平，该没什么烦心事才对。况且皇上也不是愁闷的性子，这回得是遇到了多大的麻烦，才会如此愁眉不展。

"老陶，这样下去怕是不行啊。"刘大炯忧心忡忡，"得想个办法。"

"能想什么办法。"陶仁德也叹气，"连皇上为何如此都不知道，若是贸然开口，只怕还不如不问。"

"这阵就知道，还是要有后妃才好。"刘大炯道，"琢磨不清皇上的意思，还有旁人可以问一问。哪里会像现在，一丝门缝都找不着。"

"可惜沈将军回了江南。"陶仁德道，"也不知何时才能回来。"

这响两人还在你一言我一语商议，那头却又有人来报，说皇上宣诸位大人即刻进宫。

"得。"刘大炯一边走一边道，"皇上若是发火，你可得多挡着些。"

陶仁德被他吵得心烦，进宫一看，御书房旁的偏殿内已经侯了不少大人，都说是刚刚才得的通传，皇上有要事相商。

"该不是又要打仗了吧？"刘大炯小声问。

陶仁德反问："打何处？"

刘大炯被他噎了一下，心里暗说一句老狐狸，转身溜达去了桌边，找其余大人一道喝茶。

众人心里都没底,直到被宣召进御书房,才得知今日为何要来此。

"皇上要去西南?"陶仁德受惊。

楚渊淡淡道:"是。"

陶仁德问:"何时?"

楚渊道:"三天后。"

陶仁德道:"为了西南王?"

楚渊道:"是。"

陶仁德试探:"可是西南府那头不消停?"

"其余爱卿还有什么话要说?"楚渊并未回答他,而是看向众人。

"皇上。"有人壮着胆子提议,"若皇上想问话,不如将西南王宣召进宫,也是一样。"

楚渊与他对视,目色冰冷。

下头愈发安静,说话那人识趣低头退下,连陶仁德也未再出声。

"很好。"楚渊道,"三日之内,朕会将所有事情安排妥当,若无其他事要上奏,便退下吧。"

这当口,傻子也知不该多言。众人纷纷领旨谢恩,躬身出了御书房,方才齐齐松了一口气。

"这……"刘大炯满头雾水道,"好端端的,跑去西南府做什么?"

"你莫问我,问了我也不知道。"陶仁德脑袋嗡嗡响,在他开口之前便出言打断。

"这时候去西南,明显不该啊,连为了什么事都不说,况且那大理也不是个消停的地方。"刘大炯道,"平日里见你谏天谏地,怎么今日一句话都没有。"

"皇上今日明显动了怒,我不怕掉脑袋,却怕白白掉脑袋。"陶仁德道,"至少先弄清楚缘由再说。"

"西南王啊西南王。"刘大炯连连叹气,可当真是皇上的克星。

楚渊却没心情多解释,甚至连敷衍都懒得有。在交代完朝中事务后,三日后的傍晚便启程,只随行带了数十名影卫,一路踏碎雪光星光,向着西南疾驰而去。

陶仁德到底不放心,亲笔写了封书信,差人快马加鞭送去日月山庄——若说这世间还能有谁能管管皇上,除了不要命的自己,便只剩下了九王爷,让他知道此事,危险也能少一些。

王城距离西南府又岂是千里之遥，楚渊一路几乎是不眠不休，为了多赶半天路，就算露宿林中也无妨。围着篝火看枝头积雪融化，不知不觉便又是一个天明。

　　大理城内，段瑶在院内帮着金婶婶分拣草药，两人看起来说说笑笑，却谁都当真高兴不起来。

　　小五前几日带人风尘仆仆回了家，此行莫说是天辰砂，就连翡缅国的方位也未能顺利找到。他们费尽千辛万苦穿过茫茫白雾，却只有一片荒芜的海岛，惊涛拍打黑色巨石，泛起数丈高的白浪。

　　鬼才能住在岛上。

　　对于这个结果，段白月倒是不觉意外，事实上他也根本就没抱希望。菩提心经已成，金蚕线已死，已然算是不错的结果。人活一世，总不能太贪心。

　　"三年了。"南摩邪道，"这日子过得可真是快。"

　　段白月道："此番辛苦师父了。"

　　"熬过去便好。"南摩邪拍拍他的手，"出关吧。"

　　段白月站起来，伸手拿起桌上面具。

　　石门轰然打开，外头阳光倾泻而入，虽说洞内有夜明珠，双眼却依旧稍稍有些不适应，闭了许久才睁开。

　　段瑶、小五、花棠、金婶婶，还有几位婆婆，该来的人像是一个都没少，却也像是少了最重要的一个。

　　"哥！"段瑶欢欢喜喜跑过来。

　　"长大了。"段白月拍拍他的肩膀。

　　段瑶笑嘻嘻看着他，与三年前比起来，眉宇间少了稚气，多了几分少年的英气，隐隐约约有了段家人的影子。

　　"大哥。"小五也上前，"恭喜。"

　　段白月道："这三年辛苦你了。"

　　"冰天雪地，站在这里作甚。"金婶婶上前拉住他，"走，回家再说。"

　　段白月微微点头，将自己的手轻轻抽了回来。

　　"怎么，还怕会毒了我不成？"金婶婶埋怨。

　　段白月笑笑："小心些总没错。"

　　金婶婶硬将他的手重新拉过来，带着一道下了山。

第二十五章

卧房里一切如旧，段瑶拿干柚子叶扫了一遍去霉运，方才道："回家了，将面具摘了吧。"

段白月道："既然要戴一辈子，还是早些适应才好。"

"戴什么一辈子，在自家哪有这么多的事。"段瑶道，"拿掉。"

段白月伸手："给我。"

"给什么？"段瑶不解。

段白月道："书信。"

段瑶："……"

"别说你都丢了。"段白月无奈。

"自然没丢。"段瑶心里嘀咕。回房后段瑶打开暗格，抱出来一个红木盒子："喏，这三年的书信，都在此处了。"

段白月道："多谢。"

段瑶坐在他身边："这几年里，我按照你说的，书信越写越少，可皇上那头的回函却一个月也未断过。我说了师父有命，所有信函都不准给你，皇上却说无妨，攒着三年后一起看也一样。"

段白月笑笑："知道了，回去吧，我躺一会儿。"

段瑶答应："嗯。"

看着他出了门，段白月摘下面具，靠在床头闭上眼睛，左手压在木箱上，却迟迟也未打开箱盖。

屋外，段瑶抱着刀蹲在门口，紧张兮兮地偷听，好能随时冲进去。

许久之后，段白月将手收回来，把盒子原封不动地放到柜中，并未打开。

虽说闭关三年，回家后却也没设团圆宴。只有金婶婶亲手做了几道平日里他喜欢的菜色，端着送到了小饭厅中。

南摩邪拎着一坛酒推开门。

段白月放下筷子。

南摩邪道："怎么，连师父也不愿见？"

"在那暗无天日的山洞中待了三年，出来倒真有些不适应。"段白月苦笑。

"过上十天半个月，慢慢也就习惯了。"南摩邪坐在他对面，"三年前的云光，方才从酒窖中拿出来，这是最后一坛。"

"绯霞呢？"段白月问。

"两年前一次都送去了王城。"南摩邪道，"喝完了，也就再无念想。"

段白月点头："多谢师父。"

南摩邪替他倒了一碗酒："那小皇帝当真是厉害，三年来励精图治修律减税，百姓的日子是一天比一天好。想来用不了多久，这大楚便会像史书中写的那样，盛世江山，万邦来贺。"

段白月哑然失笑："师父还能看得懂史书？"

南摩邪："……这是个什么徒弟啊。"

"他早已不必时时处于我的保护下，先前一直不放手，只是舍不得罢了。"段白月道，"此番倒是正好。"

南摩邪提醒："翻过年，便是三年之期约满，你若迟迟不肯回王城，他必然会亲自南下，可有想好要如何应对？"

段白月道："避而不见便是。"

南摩邪叹气，果然。

"毕竟是一国之君，不管出了多大的事，总不可能在西南住一辈子。"段白月道，"况且按照他的心思，这三年来信函越来越少，该是早就猜到了一些事情。"

南摩邪安慰："若天辰砂——"

"师父。"段白月打断他，低声道，"不必说了。"

"也罢。"南摩邪叹气，与他碰了一下碗，"今日为师便陪你醉一场。"

段白月仰头一饮而尽。

五色腊八粥吃完，也就到了除夕夜。比起以往，西南府今年要热闹许多，红灯笼挂得到处都是，除晦气。连紫蟾蜍也被缠了一条红绸带，在院中呱呱蹦跶，看上去煞是喜庆。

府中下人前两年已被遣散不少，留下的都是老伙计。锦娘也依旧住在府中，儿子已经三四岁，会跑会跳，大人们都喜欢抢着抱。而对于王爷出关之后为何变得深居简出，又为何时时都要戴着面具，所有人都极有默契地没有问，只说王爷回来了，那便比什么都好。

第二十五章

段白月在花园中坐了一阵子,起身刚想回房,段瑶却远远跑过来,后头还跟着赵五与花棠,以及南摩邪,呼啦啦一大群。

"哥,哥。"段瑶气喘吁吁。

"怎么了?"段白月皱眉。

所有人都没说话。

段瑶看了看他的眼睛,方才小心翼翼道:"皇上来了。"

段白月脑中轰然一响。

段瑶又结结巴巴问:"怎,怎么办啊?"还当至少要等过完年才会动身,路上再花几月,怎么着也要春末夏初才会到。却没想到会在年前就来,这……

段白月问:"人在何处?"

段瑶赶紧答:"城门口,估摸着再有半个时辰便会到王府,没有其他官员,只带了十几个影卫,段念像是也没回来。"

"大哥。"小五试探着问,"可要去见见皇上?"

段白月摇头。

段瑶还想说话,却被南摩邪在背上掐了一把,于是蔫蔫闭嘴。

"我先去后山。"段白月道,"按照先前说的做便是。"

段瑶举手:"那个,我也要去后山。"过阵子会发生什么事,想都不能想,还是躲远些好。

看着段白月与段瑶离开,花棠微微皱眉,与赵五对视了一眼。

"你们也暂避片刻吧。"南摩邪摆摆手,"毕竟有两层身份,不好牵连追影宫。"

"不远千里从王城来此,皇上怕是想着要接大哥出关。"花棠道,"可此番……"

"否则还能如何?"南摩邪摇摇头。

花棠语塞。赵五单手揽过她的肩膀,在心里深深叹了口气。

新年里头,街上总是热闹的。楚渊翻身下马,看着前头气势宏大的西南府,一时间却连登上台阶的勇气也没有。

"这位公子,可要买个姻缘牌?"一个小货郎笑呵呵地推销,"是上好的青玉,送给心上人讨个好彩头,来年便能喜结连理。"

楚渊笑笑,随手递给他一锭碎银。

"多谢公子,多谢公子。"小货郎高高兴兴,从箩筐中翻出最好看的一个送过来,"公子是西南王的朋友吧?我见您一直站在这。"

楚渊点头:"嗯。"

"那快些进去吧,外头冷,我也要回家吃团圆饭了。"小货郎很是热情,"公子听口音是外乡人,来这大理城可要好好玩几天,虽说地方小,却有别处见不着的景致。"

楚渊点头:"多谢。"

小货郎挑着担子,哼着山歌一路回了家。楚渊看看手中的姻缘牌,上前轻轻叩响铜环。

开门的人是南摩邪。

"前辈。"楚渊与他对视,"好久不见。"

"皇上。"南摩邪笑呵呵道,"刚想着要出城迎接,却没想到这阵就到了。"

"南师父说笑了。"楚渊进门,"依照西南府在这城中布下的眼线,只怕一个时辰前就已经将消息传了回来。"

南摩邪咳嗽两声,转身关上门。

楚渊开门见山问:"他人呢?"

南摩邪道:"还在后山练功。"

楚渊道:"何时出关?"

南摩邪极为冷静:"五年后。"

楚渊道:"五年?"

"是啊。"南摩邪对答如流,"练功的时候,不小心练岔了,所以多了五年,或者六年,甚至更久。"一听就非常倒霉。

"朕此番前来,只是想知道整件事。"楚渊并没有生气,甚至还勉强笑了笑,"三年了,总该说了,是不是?"

南摩邪诚恳道:"的确还要五年。"

"前辈想好了。"楚渊抬眼看他,"若还要五年,那朕就回去再等五年,五年之后再出意外,便再等。当真一定要如此?"

南摩邪张了张嘴,半天才道:"啊。"

"打扰了。"楚渊道,"朕继续等便是。"

南摩邪:"……"

"告辞。"楚渊语调波澜不惊,转身往外走。

第二十五章

南摩邪在心里狠狠咬牙,然后将人叫住:"皇上。"

"前辈终于肯说了?"楚渊并未回头。

"天辰砂没用,解不了金蚕线。"南摩邪道,"孤注一掷用菩提心经保命,此生便不能再见天日。"

楚渊握着拳头,像是在竭力让自己冷静下来:"为何?"

南摩邪道:"菩提心经乃西南邪功,练成就是容貌尽毁,半人半鬼。"

"毁了脸又如何?"楚渊转身,"半人半鬼又如何?重要吗?"

"血里都带着毒,才能除去金蚕线。"南摩邪道,"西南府是百毒窝就罢了,可一般人若是碰到,日子久了怕也活不长。"

"皇上。"南摩邪道,"请回吧。"

"来西南府的路上,遇到了一队刺客。"楚渊声音里有不易觉察的颤抖,"不知道是何人所派,功夫不算低,大内影卫节节败退,最后是段念出手,才将其击退,他自己却受了伤,至今还在月光城休养。"

南摩邪没说话。

"这么多年,朕一直仗着有他保护,才能在做事时少些顾虑,甚至算是随心所欲。"楚渊道,"如今事情反过来,他却不肯仗着有朕在,宁可避而不见。"

南摩邪问:"见面又能如何?"

"至少能亲口告诉他,有些事情,当真没多重要。"楚渊笑笑。

"皇上。"

"刚出关,会想不开,朕知道。"楚渊情绪看似平静如常,"无妨,也没什么,继续等便是。"

南摩邪张嘴,却不知自己该说些什么。

"打扰了。"楚渊裹紧披风,脸色苍白道,"告辞。"

南摩邪眼睁睁看着人离开,却觉得他走路姿势有些不对,像是腿受了伤。

想起方才所说遇刺之事,南摩邪狠狠拍了下脑袋,急匆匆去了后山。

后山冰室内,段瑶正拿着夜明珠,认真看石壁上的内功心法:"这就是菩提心经?"

段白月道："是。"

段瑶道："怪不得师父要给你玄冥寒铁。"同样是至阴至毒，两两加在一起，自然是事半功倍。自己先前一直不解，为何一块铁疙瘩也能被称为天下无敌，还想着或许有朝一日会脱胎换骨变个样子。却直到现在才明白，玄冥寒铁本就该是这斑驳模样，至于是破铁还是妖剑，全看拿它的人是谁。

段白月问："冷吗？"

"还好。"段瑶道，"小时候我总想来这冰室，师父却总是不让。"

段白月笑笑，靠在石壁上出神。

"当真不出去看看吗？"段瑶问。

段白月摇头。

段瑶看着他，还想说话，石门却被轰然打开。

段白月的心瞬间一空，扭头向外望去。

进来的却只有师父一人。

段白月表情微僵，眼底光华转瞬即逝。

段瑶问："皇上要拆了西南府啊？"

南摩邪道："该说的话都说完了，皇上已经走了，回王城。"

段白月微微闭上眼睛，嗓音沙哑："多谢师父。"

"他在来时遇到了刺客。"南摩邪继续道，"不知对方来历，据说功夫极好，影卫都受了伤，连段念也中了招，此番之所以没一道回西南府，就是因为仍在月光城中疗伤。"

"刺客？"段白月猛然睁开眼睛。

"而且看走路样子，似乎连皇上也受了伤。"南摩邪道，"月光城距离西南府尚有二十余日的路途，这段日子，他怕是一直带着伤在赶路。"

"影卫受伤，段念又不在，回去的路要怎么办？"段瑶问。

话音刚落，段白月便已经出了冰室。

南摩邪拍拍段瑶的肩膀，示意他跟过去。

黑色骏马一路狂奔穿过大街，集市上的百姓纷纷四散逃开，一边心有余悸一边抱怨，这是哪里来的粗野莽汉，如此不懂礼仪。只是等他离开后，还没等重新摆好摊，

第二十五章

却又有一人策马扬鞭疾驰而来,于是大家伙不得不抱着簸箕又躲了一回,不过这次倒是看清了,原来马背上的人是段瑶。

大家立刻不约而同鼓起了掌,这骑马的姿势好!

毕竟人人都爱小王爷,小时候水嫩,长大了英气,看着便心生欢喜,很想将女儿嫁出去。

闹市骑马也无妨,因为必然是有大事。

日头渐渐落下山,楚渊将马匹拴在树上,自己寻了片林中空地,捡干柴生了堆火,坐在旁边出神,也没吃东西。

段瑶在他身后道:"皇上。"

楚渊依旧拿着手里的木棍拨火堆,并未回头。

"皇上。"段瑶坐在旁边,扭头看他,心里有些忐忑。

"长大了。"楚渊替他掸去肩上的水雾,"三年时间,当真是快。"

"再往前走一个时辰,便会到一个小村子。"段瑶道,"不如今晚去那里歇息。虽说也是贫穷之地,却总有瓦片遮身,好过在这里风餐露宿。"

"林子里要畅快些。"楚渊道,"今晚星光也好,想来不会落雪。"

段瑶又道:"那我去打几只雪鸡,这里也没有别的东西可吃。"

"不必。"楚渊道,"你能来见朕一面,已经很好了。"

"西南府已经抽调了军队,会一路护送皇上,此时正在林子外守着。"段瑶道,"还有大夫,听师父说,皇上像是受了伤,可要让他进来?"

"无妨的,刀剑伤而已。"楚渊道,"军队朕暂且收下了。至于你,若没其他事,便早些回去歇着吧,不必待在此处。"

段瑶道:"我天亮再走。"

"也好。"楚渊笑笑,继续守着火堆出神,也没再说话。

林中一片寂静,几乎能听到枯叶沙沙。

段瑶手里拿着一根枯草,又觉得松了口气,又觉得心酸想哭。

后半夜的时候,楚渊换了个姿势,靠着树沉沉睡去。

段瑶解下自己的披风,小心翼翼将人裹住,又将火堆生旺了些,一直陪着直到东方露出鱼肚白,方才转身离开。

耳边脚步声渐渐远去,楚渊睁开眼睛,一直看着天空,脸上分不清是何情绪。

段瑶一路出了树林,而后道:"走吧,回府,皇上没事。"

"现在没事,不代表这一路不会出事。"段白月道,"我送他回王城。"

"就知道。"段瑶叹气,"那我先回去了,你一路小心。"

段白月点头,大步进了密林。

一夜未眠,楚渊头脑有些昏沉,寻了条冰凉的小溪洗了把脸,精神才稍微回来一些。回头就见西南军已整齐排成两列,随行还有一辆马车,众人单膝跪地俯首道:"参见皇上。"

"平身吧。"楚渊小声咳嗽,弯腰进了马车。里头有锦被暖炉,还有点心热茶,几卷书册,想来是怕路途会无聊。

"驾!"车夫长鞭一甩,驾着马车一路向北而去。

崇阳、绿萼、祈水、天岷……沿途路过一座又一座的城镇,离西南府也越来越远。夜色深沉,红沐城的客栈里头,楚渊仰头饮下一杯浊酒,入口辛辣。过了锰祁河,便是大楚国境。既然跟了一路,却为何连露面也不肯。

红沐城曾经也算是西南重镇,后头却因为河流改道,所以渐渐失了要塞地位。再加上土壤贫瘠,也种不出瓜果粮食,因此前些年百姓纷纷搬家迁移,这城里也就空下了不少宅子,有些甚至连门锁都已腐烂。

烛火微微跳动,照出四周灰蒙蒙的桌椅,以及十几张凶狞的面孔。桌上放着长刀与夜行服,一看便知今晚估摸要出事。众人正在低声交谈,说的却是异国之语,再看长相,个个浓眉黑肤高颧骨,像是来自南洋一带。

其中一个鹰钩鼻的男子,看着该是领头人,举起酒碗一口气喝完后,便拍桌拿起刀,带头向外冲去,只是门还没出,却又猛然刹住脚步。

段白月持剑站在院中,正在冷冷看着众人。一身黑衣几乎要与夜色融为一体,银色面具在月下泛出寒冷光华,眼神如同嗜血猛虎。

对方显然也不会想到,这院中平白无故竟会多了个人,顿时大惊失色,纷纷拔刀相向。

段白月道:"不自量力。"

鹰钩鼻怪叫一声,纵身持刀凌空劈下,招式诡异至极,细看不像人,倒像是僵尸。身后十余人亦是从不同方向攻上,试图将人包围斩杀。

段白月闪身躲过,手中寒光一闪,玄冥寒铁在清冷空气中发出嗡嗡铮鸣,又在接触到鲜血的一刹那，剑身泛出诡异的花纹。惨叫声此起彼伏，鲜血瞬间喷溅满墙。众人在地上翻滚扭曲，惊恐与剧痛几乎淹没神智——一招落败，而且是惨败，如此大的落差，甚至已经分不清面前站着的到底是神是鬼，否则怎么会有如此快的身手？

段白月收剑回鞘，挥手叫过随行影卫，低声嘱咐几句。

"是。"影卫点头，将那些人带走之后，又一把火烧了荒宅。

由于四周都没人住，因此直到第二天清早，才有巡街衙役发现失了火，于是赶忙张罗着报官，又庆幸亏得是没人住，否则怕是要出人命。

这日直到中午时分，还没见楚渊出门。随行的西南军统领壮着胆子敲开门，小心道："皇上，今天还赶路吗？"

楚渊摇头："多歇两天吧，累了。"

统领赶忙领命，替他重新掩上屋门。

段白月抱剑坐在屋顶，远远看着红沐客栈。窗户并未被掩上，能看到模糊人影，吃饭，看书，或者发呆出神。

楚渊将小腿上的绷带拆下，伤口不再像先前那般深可见骨，却依旧有些渗血。等咬着牙换好药，后背已经满是冷汗。楚渊将药瓶丢在一边，脸色苍白，如释重负出了口气。

天下第一的神医，也能配出如此要人命的伤药。

"阿嚏！"叶瑾打了个喷嚏。

"着凉了？"沈千枫探手，试了试他额头的温度，"早知道昨晚便多赶些路了，就算只找个破庙，也不至于在林中睡一宿。"

"驾！"叶瑾像是没听到他在说什么，狠狠一甩缰绳，将人远远抛在身后。沈盟主很是头疼，挥手命暗卫跟紧自己，一路烟尘滚滚追上去。

叶瑾心里窝火，为什么有人做了皇帝，还能天南地北到处乱窜。谁都知道西南府是百虫窝，好端端地自己过去，中邪了吗？

晚些时候，楚渊打开门，叫了酒菜进来。穷乡僻壤，好酒也没几坛，只有江南来的绍兴酒，算是能叫出名字。

"皇上。"影卫劝慰，"有伤在身，怕是不宜饮酒。"

"一两杯罢了。"楚渊道，"无妨。"

影卫退下后,楚渊打开窗户,拎着酒坛气壮山河般站在窗边。

段白月瞪大眼睛。

楚渊揭开封口,哗哗倒了一大碗,仰头一饮而尽,呛得脸通红。

段白月:"……"

第二碗。

第三碗。

第四碗。

段白月觉得,自己似乎将事情想得太简单。

第二十六章

一坛酒,转眼便空了大半。

胃里灼热如同有火在烧,楚渊哗哗又倒了一碗,咬牙一饮而尽,却向前踉跄几步,手撑住了窗台,漫无目的地看着前头。

段白月招手叫过身边亲信,在他耳边低语了几句。

眼前景象有些模糊,楚渊又想起了那年,两人第一次见面。西南王带着小世子来了王城,父皇要在第二天设宴款待,这原本不算什么稀奇事,自己也未将其放在心上。依旧早起习武,后又去向老师学功课,直到日头西坠,四喜在外头小声提醒,抬头才惊觉已到了掌灯时分。

送走陶仁德后,四喜公公赶忙叫来内侍传膳,回头却不见了小皇子,登时被吓了一跳。

御花园里,楚渊一边溜达,一边想白日里的事情。不知不觉便走到了林地深处,四周黑漆漆的,莫说是宫女太监,连个灯笼也没有,于是皱皱眉头,转身想要回去,旁边林中却传来说话声。

"太子殿下,该回东宫了。"一个尖细的声音传来,楚渊拍拍脑门,觉得有些晦气。刚想着要不要换条道,耳边却已经有人调笑:"啧啧,这不是我的二弟吗,怎么会独自一人来此?"

楚渊停下脚步,扭头看了他一眼。

太子楚洵手中握着一根狼牙棒,身后跟了四五个身材魁梧的蒙古武士,满脸挑衅之色。

对于这个比自己年长三岁的哥哥,楚渊向来一丝好感都没有,于是草草行礼之后,便转身想出密林,却被楚洵挡在了前头。

"你要做什么?"楚渊问。

"比武。"楚洵回答。

"改日吧,我该回去了。"楚渊扫开挡在自己面前的狼牙棒,疾步向外走去。

"给我回来!"楚洵呵斥。

楚渊只当没听到。

"拦住他!"楚洵下令。

"是!"那几名蒙古武士大步追上前,将楚渊围在了中间。

"跑什么。"楚洵慢悠悠上前,"父皇都夸你功夫好,大哥想讨教两招,何必一

第二十六章

脸见了鬼的表情。"

楚渊握紧双手,警惕地看着他。

楚洵捏起他的下巴,一脸嚣张。

朝中大臣彼时都在嘀咕,太子残暴顽劣,二皇子却天资聪慧,圣上已不止一次流露出想要改立的心思,甚至连皇后娘娘也更喜爱次子,只怕东宫易主就在这两年。

爹不疼娘不爱,再加上耳边又不断有流言蜚语传出,楚洵自然对这个弟弟恨得牙痒痒,好不容易见着他身边无人保护,心中难免起了别的心思。

楚渊左手握牢小匕首。

楚洵嗤笑出声,挑衅地推了他一把。

"世子爷,回去吧。"林地那一头,一个白衣少年正在小声劝道,"是楚国的皇子们在比武,这次来之前王爷就说了,不可惹事。"

"看热闹算什么惹事。"段白月蹲在地上,撑着腮帮子道,"哪个是太子?"

少年道:"人多的那个。"

"草包。"段白月撇撇嘴。

少年苦了脸:"这话不好乱说的。"

"你想和我比武?"楚渊继续问。他自知肯定对付不了这一群蒙古武士,只能尽量多拖延时间,以求四喜能尽快带人赶来此处。

"我和你比甚,我又打不过你。"楚洵后退两步道,"他们和你打。"

段白月抽抽嘴角:"你确定他是太子?"

少年道:"啊,确定。"

段白月又问:"楚皇也不怕亡国?"

少年惊了一惊,然后哭道:"世子爷,能不能求你闭嘴?毕竟大家今年都不满十岁,应当还有好多年能活,被砍头不划算。"

虽说楚皇经常称赞楚渊武艺高强,但一个六岁的小娃娃,再高强也不会是成年人的对手,更何况是以彪悍著称的蒙古武士。于是等段白月再次看过去时,楚渊已经被推倒在地。

白衣少年第十八回苦口婆心道:"回去吧。"

楚渊站起来,问:"我可以走了吗?"
楚洵啪啪拍了拍他的脸:"平日里嚣张得很,怎么,怕了?"
那几个蒙古武士将楚渊的手扭在背后,又绊住脚,将人拎着送往楚洵面前。
"我看不惯你很久了。"楚洵目光凶狠。
"我却一直很仰慕大哥。"楚渊声音平静,像是没有任何情绪。

段白月"扑哧"笑出声。
少年飞速捂住他的嘴,还成不成了。

楚洵狠狠一脚踢在他小腹,楚渊咳嗽了两声,依旧不说话。

少年第十九回张嘴,这次还没来得及说话,段白月却已经站起来,径直出了林地。
"世子爷!"这回不仅是少年,连他身侧的另外几名少年也惊了一跳,赶紧跟出去。
听到动静,那些蒙古武士立刻将人放开,脸上也不再是先前的凶悍表情。
"你是何人?"楚洵刚开始也是一惊,以为是父皇或是母后寻来,后头看清是一群与自己差不多年岁的少年,便恢复了大楚太子的嚣张气焰。
楚渊揉揉酸疼的胳膊,抬头看看,然后躲到了段白月身后。
白衣少年热情洋溢道:"我们只是无意中路过,这就走。"
段白月看了眼身边之人,明黄色的锦衣,头发黑黑软软,被玉带整齐束在一起,却一直低着头,只能看到长长的睫毛微微颤动。

密林外似乎隐隐传来脚步声,段白月握住他的胳膊,问:"你没事吧?"
楚渊总算抬头与他对视。比自己高,年纪应该比自己大,鼻子很好看,眼睛也好看,亮闪闪的。
看着他白皙的脸颊,辰星一般的眼睛和红润的小嘴,段白月笑笑,语调又放软了几分:"胳膊疼不疼?"

第二十六章

楚渊刚想说无妨，却觉得被他握住的手肘处一阵剧痛，于是闷哼一声，眼底闪过一丝诧异。

"好像脱臼了啊。"段白月抬头，看向楚洵与那几名蒙古武士。

"不可能！"楚洵脸色一白。他方才只是想羞辱楚渊出口恶气，顶多赏几个耳光，却也知道不能下狠手——若是看不出外伤，那就算他事后再告状哭诉，只要自己不承认，父皇也奈何不得，甚至还有可能将污水反泼回去，说是被诬赖陷害。但若是当真脱了臼……想到此处，楚洵心一慌，转身怒道："你们都做了些什么？！"

那几名蒙古武士低头，个个噤若寒蝉。

楚渊额头冒出冷汗，眼前也发黑，几乎要站立不稳。

段白月将他抱在怀中，在耳边低声道："别怕，有人要来了。"

楚渊看着他的眼睛。

段白月笑笑，和他轻轻碰了碰额头，权当安慰。

白衣少年目瞪口呆，心想世子爷干吗呢这是。

"渊儿！哎哟，心肝儿！"皇后娘娘急匆匆跑来，身后火把绵延不绝，"怎么了这是？"

"参见皇后。"段白月行礼，将楚渊还给四喜，"皇子似乎脱臼了。"

"脱臼？"后头跟着的楚皇一来就听到这句，再一看脸色惨白的楚渊，顿时勃然大怒道，"怎么回事？"

"父皇，母后。"楚洵扑通跪地，有些惶急道，"我……"

"传太医过来！"皇后也顾不得礼仪，抱着楚渊坐在地上，让他靠在自己怀中，"怎么了？哪里脱臼，还能不能站住？"

白衣少年单膝跪地，原本低着头，听到后忍不住抬起眼皮看了眼——不该啊，胳膊脱臼会站不稳？看着这小皇子也不像是弱不禁风。

"究竟是何人所为？"楚皇怒问。

楚渊靠在娘亲怀中，看了眼段白月，然后垂下眼帘，低声道："方才大哥带人拦住儿臣，说要让儿臣与这些蒙古武士比武，过了几招。"

"什么？"看着那些铁塔般的壮汉，皇后险些急昏过去，顿时觉得儿子大概是全身都已经脱了臼，也不知将来能不能恢复，若是躺一辈子可如何是好，眼泪哗哗直掉。

楚渊看不过眼:"母后,儿臣没事。"

"快些别说话了。"皇后捂住他的嘴,"好好休息。"

"是啊。"段白月也在一边关切,"肚子被踹了那么一脚,也不知五脏六腑有没有事,还是不要动才好。"

"还被踢了?"皇后愈发五雷轰顶,这下怕是不仅有外伤,还有内伤。

楚渊瞪了段白月一眼。

西南府的小世子吐吐舌头,一脸无赖——你若是不想演,何必装出一副虚弱病态,我是在帮你。

楚渊闭上眼睛,不再理这人。

段白月转而面带忧虑,直直盯着前头。

楚皇先是不解,顺着他的视线看过去,就见树后还有根狼牙棒。

将自己的弟弟堵在密林中,还带了此种凶器,哪里像是少年所为。再看看似乎已经昏迷不醒的楚渊,楚皇几乎是滔天震怒,直接命侍卫将那些蒙古武士投入死牢,至于楚洵,则是被禁足思过,足足三月未能踏出东宫。

到了第四月,东宫果真便易了主,旧太子被送往陇州继续思过。楚渊在四喜的陪同下,到新住处晃了一圈,然后坐在桌上,道:"西南府的人还会来吗?"

"西南府的人?"四喜道,"这可难说,怕是要问圣上才是。"

"算了,我也只是随口一问。"楚渊活动了一下手肘,"爱来不来。"

四喜又道:"人虽说没来,但东西却年年都会送。"

说来也巧,话音刚落,外头便有侍卫禀报,说西南府这回上贡的特产里头,有一份是专门呈给太子的,已经检查过了,问何时能送来。

楚渊跳下桌子,亲自去了国库。是个红艳艳的小箱子,上头还捆着红绸缎。

箱子里的东西很杂,都是西南出产的小玩意,有镶嵌着宝石的匕首、玉雕镇纸、翡翠坠子、一张白虎皮,还有一套苗疆的衣裳。

皇后笑道:"若是西南王送这些小东西,还有些唐突失礼,像是存心轻视大楚。可若换成西南府小世子,却就招人疼了,虽说只是一面之缘,倒也算是有心。"

楚渊将那把小匕首拿出来,在手里掂了掂。

说实话,匕首不算好看,花里胡哨,红红绿绿,又沉。

第二十六章

但再不好看,也是随身一带便是十几年。

楚渊伸手摸向腰间,却有些想苦笑。

从相识到如今,为何有些人的性子半分也没变过。从捏断自己的胳膊,到躲着不肯露面,总是不问一句,便替自己做出他认为最好的选择——可那当真是最好?

浊酒愈发苦涩,楚渊索性拎起酒坛,直接灌下去。

叶瑾一脚踹开门,叉腰还没来得及说话,就见着这一幕,于是目瞪口呆。

楚渊回头茫然地看着他。

叶瑾倒吸一口冷气,上前凑近,"哪个王八蛋把你气成这样?"

楚渊冷静无比道:"你怎么来了?"

沈千枫识趣在外头掩上门。

"是不是段白月那个混蛋?"叶瑾围着他来回看,"接到陶大人的书信,我就知道没好事,有没有受伤?"

楚渊答:"没有。"

"没有个屁,我自己配的药,我自己闻不出来?"叶瑾道,"脱衣服!"

楚渊后退一步。

"瘸了?"叶瑾愈发惊怒。

楚渊:"……"

叶瑾不由分说将他按到床边坐好,两把撸起裤腿。

楚渊及时解释:"遇到了刺客。"

叶瑾一边拆绷带一边问:"段白月胆子不小,竟派人行刺你?"

楚渊被噎了一下,道:"是南洋人。"

"真是反了天。"叶瑾从怀中拿出伤药,替楚渊吹了吹伤口,"以为自己找几个南洋人,我们便猜不出背后主谋是他?"

楚渊心力交瘁道:"与西南府没关系。"

叶瑾将一瓶药粉都撒在他腿上。

楚渊倒吸一口气,险些疼晕过去。

叶瑾唰唰两下重新缠好绷带,然后训斥:"受了伤还喝酒!有没有一点自觉!"

楚渊道:"心里苦闷。"

叶瑾坐在他身边，怒道："段白月居然敢如此对你！"

楚渊想了想，点头："嗯。"

"别怕。"叶瑾继续安慰，"我打死他！"

楚渊赞同："好。"

叶瑾握拳："打死之前先阉掉！"

楚渊顿了一下，然后转移话题："千枫在门外吗？"

"嗯。"叶瑾替他擦擦冷汗，"担心会出事，就一起来了，幸好没出什么大事。"

楚渊笑笑："多谢。"

"先躺着吧。"叶瑾道，"我去替你熬些药，吃了再说为何要独自跑来西南。"

楚渊答应，闭上眼睛，一门心思编理由。

"王爷。"另一头，段府亲信回报，"皇上那里应该没事了，沈盟主与叶谷主都已赶到，还带了不少人马。"

段白月笑笑："那就好。"

"那王爷可要回去？"亲信继续问。

段白月点点头，又看了眼客栈——窗户却已经关上。

有沈千枫与叶瑾在，往后的路途想来也不会有任何问题，段白月跃下屋顶，打算先去审问那些刺客。暂时落脚的地方是一处空宅，很偏僻，平日里也不会有人发现。更重要的是地下有不少储藏地窖，不管人在里头惨叫得多大声，也不会传到地面。

一夜之后，那些刺客早已血肉模糊，个个只剩下一口气。

"王爷。"亲信忧虑道，"如此严刑拷打下去，怕不是个办法。"

"为何？"段白月问。

"这些人可连一句汉话都不会说，就算想要招供，也无从开口啊。"亲信提醒。

"不可能。"段白月摇头道，"南洋距离大楚海路迢迢，况且在入境之后，这么多人要吃要住，里头至少会有一人负责与外界沟通，否则这么一群人只靠比画一路北上，又不做生意，怕是早就会被官府盯住。"

亲信恍然道："王爷说得有理。"

"只要不死，便不必手软。"段白月道，"趁早让他们知道，自己的命并没有多值钱。"

第二十六章

"是。"亲信点头,撸起袖子重新带人进了地窖。到了傍晚时分,果真前来禀报,说有一人终于熬不过,承认自己能听懂汉话。

"带上来。"段白月放下手中茶盏。

片刻之后,一个血肉模糊之人被拖了上来,看着气息奄奄,但由于被喂了药,尚且能说话。

段白月道:"说吧,来自何处,又为何要行刺楚皇?"

"我们是白象国的杀手。"那人咳出一口鲜血,缓了好一阵子才道,"白象国崇尚武学,因此有不少武馆,也有不少杀手。一年前,有人上门开出大价钱,买楚皇的命。"

段白月冷笑道:"行刺大楚的一国之君,你们胆子倒是不小。"

"在刚开始的时候,我们也说此事是痴人说梦,原本不想接。"那人道,"但后来客人翻了三十倍的佣金,又说我们不必进宫,甚至不必进王城,只需暗中潜入楚国,等楚皇出巡之时,他们自会送来消息,方便趁机行事。"

"来找你们的是何人?"段白月又问。

"不知道。"那人道,"我只知不是白象国本地人,其中一人看衣着打扮,听说话谈吐,像是个来自大楚的富家子弟,只是一直遮面,只能看到眼睛。"

段白月靠在椅背上,沉思片刻后,起身从隔壁拿来巴掌大的一张纸,遮住上下,然后道:"可是这双眼睛?"

那人挣扎着看了一眼,然后点头:"正是。"

"确定?"段白月又问了一遍。

"千真万确,这双眼睛极好看。"那人道,"不会认错。"

段白月站起来,重新坐回桌后。

那张纸上是楚渊的画像,这世间能与他双眼相似,居于南洋,又有如此深仇大恨之人,不用想也知道是谁。

高王楚项原名楚湘,后头被算命大师说此子天生与水相克,便改了名字,原也是楚氏先皇最疼爱的皇子,却始终也未能夺走太子之位。楚渊登基后,更是将其与当时刘府的长子刘锦德,一道贬为庶民发配海南,下旨终身不得再踏入大楚一步。

这么多年没消息,刘府又已树倒猢狲散,朝中众人都只当两人凶多吉少,若非这次暗杀,连段白月也不会再想起这一茬。被发配流放还能折腾出花样,也算是有些本事。段白月摇摇头，命人将那刺客拖了下去。

"王爷。"外头有人禀告，"段念回来了。"

段白月站起来，亲自上前打开门。

段念原本正准备笑，骤然看到一张面具，难免迟疑了一下。

段白月道："嗯？"

"王爷。"段念回过神来。

"瑶儿没跟你说起过？"段白月问。

"说了。"段念老老实实道，"但猛地看见……还请王爷见谅。"

段白月笑笑："这三年辛苦你了。"

"也不辛苦。"段念道，"楚皇对属下极好，朝中的大人们对属下也不错。"甚至还有人说媒。

段白月道："听说受伤了，好了吗？"

"皮外伤而已。"段念道，"属下办事不力，楚皇也中了一刀，那些刺客——"

"不必说了。"段白月拍拍他的肩膀，"你没事就好，其他事都已处理妥当。"

段念闻言松了口气。

"休息两天，便随我一道回西南府吧。"段白月道。

"是。"段念不解，想了想又问，"为何不是去王城？毕竟楚皇孤身一人，这一拨刺客被擒，难保没有下一拨。"

"沈盟主与叶谷主已经来了红沐城，接下来的路途想来不会出事。"段白月道，"有句话你说对了，这一拨刺客被擒，难保没有下一拨，至少要将幕后之人彻底揪出来，方可永绝后患。"

段念试探："那王爷的意思是？"

段白月道："回西南府调拨一支军队，我要亲自下南洋。"

原本就有伤未愈，又喝了酒，站在窗前吹了半天风，即便楚渊自幼习武身体强健，也难免有些发烧。叶瑾看着他睡下后，便同客栈借了厨房，拿着小蒲扇扇风熬药。

沈千枫掀起门帘进来，蹲在他身边。

"你怎么来了，这里冷。"叶瑾道，"去屋里吧，还要一阵子的。"

"怕冷的人一直就是你。"沈千枫抖开臂弯中的披风，裹在他身上，"还没说，皇上为何要突然前来西南？"

"只说是因为段白月。"叶瑾拖了个小板凳坐着,"不过现在似乎已经没事了,八成又是为了边境纠葛。还有件事,在来时遇到了一伙刺客,应当是来自南洋。"

"南洋?"沈千枫问:"可要派人去查?"

"嗯。"叶瑾点点头,"自然。"

"药要煎多久?"沈千枫又问。

"至少一个时辰。"叶瑾吹吹火,又揭开盖子小心翼翼看了看。

"教我?"沈千枫道,"这里又冷又阴,你早些回房休息,这几日一直赶路,早就该累坏了。"

"不行。"叶瑾道,"有些麻烦,哪个先放哪个后放,你辨不来。"

沈千枫哭笑不得:"我在你心里就这么傻?"

"上回把粥熬成锅巴的人是谁?"叶瑾随口问。

沈盟主顿了顿,道:"我。"

叶瑾赶人:"出去出去。"

"我陪着你。"

叶瑾撇撇嘴,继续拿着小棍子拨弄火堆。

楚渊躺在床上,睡得很沉很沉。连日来的辗转难眠神思恍惚,终于在一剂汤药后,得以忘却片刻,梦境深沉,连一丝牛毛细雨也无。

城外官道上,段白月最后一次回头看了眼城门,便转身策马扬鞭,一路朝着西南而去。

西南王府中,段瑶正在与南摩邪一道烤火,听到侍卫通传说王爷带人回来了,心中都是诧异万分——还当至少要一路送到王城,怎么会这么快就回来。

"先等等!"南摩邪一把拖住段瑶,"可还记得师父先前叮嘱你的事?"

"自然,不管哥哥说什么,都只管答应称是。"段瑶用力点头。在这当口,家人必须要无条件关怀鼓励,就算是哥哥失心疯想揍自己,那也是没有问题的!

南摩邪赞许拍拍他的脑袋:"好徒弟,等这一关过去,师父带你去逛青楼。"

段瑶只当没听到,绕过他出了门。同一句话从八岁说到现在,也是不容易。估摸着若江湖日报再做一次评选,师父定然会是这江湖中当之无愧的、对青楼执念最深之人。

"哥！"段瑶高高兴兴跑出门。

"又抓到虫了？"段白月问，"这一脸喜庆。"

"见到哥哥，自然是高兴的。"段瑶回答。

南摩邪也远远走过来，为见徒弟，甚至还特意梳了头，若是让金婶婶见着，定然会很欣慰。

"有人来接皇上了？"南摩邪尽量问得随意。

段白月点头："是日月山庄的人。"

"那就好，想来这一路也不会再出什么事了。"南摩邪拍拍他的肩膀，"快些回房歇着吧，我让厨房去弄些吃的。"

"先不必了。"段白月道，"叫李柯与段荣等人来书房，我有事要吩咐，瑶儿也一道过来吧。"

"多着急的事情，不能明日再议吗？"段瑶提醒，"该吃饭了。"

段白月道："我要去南洋。"

"啊？"段瑶一愣。南摩邪也问："还想要去找天辰砂？"

段白月摇头："我要去白象国。"

这回轮到南摩邪糊涂，若说是去翡缅国，尚且还能想得通，去白象国要作甚？

段白月却已经转身去了书房。

段瑶只好吩咐下去请其余人，顺便与师父对视一眼。

南摩邪道："先弄清楚是为了何事。"

段瑶在心里说，还能为什么，一想便知，定然又与皇上有关。

而事实也的确如此，白象国的刺客，楚国被贬的五皇子，光是听一听就觉得头疼。从书房出来后，段瑶撑着腮帮子，蔫蔫蹲在小路边，与师父相视叹气。

南摩邪安慰："这当口能找到些事情做，反而是好事。"

段瑶点头："嗯。"

"回去休息吧。"南摩邪道，"既然做了决定，就趁早出发，据说那白象国也是个富庶之地，哪怕仅是开开视野，也算不虚此行。"

段瑶从地上捡起紫蟾蜍，揣在布兜里回了卧房。

过了十日，一支西南军暗中离开大理，打算乘船出海下南洋。三月依旧春寒料峭，海边更冷，段瑶裹着大披风站在客栈围栏前，看着一望无际的海平面出神。

第二十六章

面前有什么东西一闪而过,段瑶本能挥刀扫开,却是一枚大红枣。

景流天在街上笑道:"小王爷好快的刀法。"

"景楼主?"段瑶意外,直接撑着围栏一跃而下,"你怎么来了?"

"实不相瞒,在下是特意来此,为见段王爷一面。"景流天道。

"楼主知道了我哥哥的事情?"段瑶问。

景流天道:"王爷闭关三年,为修炼菩提心经,江湖中有不少人都知道。"

段瑶道:"还有呢?"

景流天难得疑惑:"还有?"

段瑶道:"楼主先等我片刻。"

景流天点头:"好。"

"失陪了。"段瑶转身回了客栈,上二楼敲敲门道,"哥。"

"进来。"段白月放下手中书信。

"哥。"段瑶推门进来,"飞鸾楼主在楼下,说是要见你。"

"景流天?"段白月失笑,"还当真是不负飞鸾楼的名号,居然能知道我的行踪。"

"见吗?"段瑶道,"他只知哥哥练了菩提心经,并不知道别的事。"

"见。"段白月道,"也算是故友来访,总不能因为这张面具,便一辈子都不见人。"

段瑶松了口气:"那我去请他上来。"

段白月点点头,随手取过一边的手套,遮住了青色图腾。

"王爷。"片刻之后,景流天进屋,猛然见段白月戴着面具,自然是微微诧异了瞬间,却很快便恢复如常,抱拳道,"叨扰了。"

"三年不见,飞鸾楼倒是越发厉害。"段白月笑道,"西南府此行如此保密,居然也能被景楼主探查到,不得不佩服。"

"在下此行实属无奈。"景流天道,"还请王爷务必帮我这个忙才是。"

段白月问:"何事?"

景流天道:"不知王爷可还记得三年前在追查潮崖一事时,在下说过舍弟也曾出海前往潮崖,回来后亲口说潮崖遍地黄金,所以我才会对此一直深信不疑。"

段白月道:"自然。毕竟向来都只有飞鸾楼探听别家消息,难得家丑外扬一回,如何能忘。"

景流天道:"在此事真相大白后,我曾下令门人将他捉拿回飞鸾楼,却始终无果,后头更是踪迹全无,如同凭空消失一般。"

段白月一笑:"能在飞鸾楼的天罗地网下逃脱,这位小公子也算是有些本事。"

"王爷就莫要再取笑在下了。"景流天道,"直到数月前,才总算有人探听到消息,说他早已去了南洋。我原本想亲自带人出海,无奈飞鸾楼中还有别的事,实在脱不开身,又恰好听闻王爷要下南洋,所以才会厚着脸皮前来,失礼之处,还请多加包涵。"

"景楼主想要我帮忙寻人?"段白月道,"好说。"

答应得实在太过爽快,景流天识趣道:"有何条件,王爷但说无妨。"

段白月道:"用一个人的近况来交换。"

景流天问:"谁?"

段白月摸了摸下巴,道:"聂雨晴。"

"聂姑娘啊。"景流天道,"五年前嫁去了东北,如今已经渐隐江湖,日子应当极为幸福美满才是。"

段白月点头:"多谢。"

"王爷就想问这个?"景流天意外。聂雨晴原本是江湖侠女,为人仗义,眉眼秀丽,因此有不少人都对她倾慕有加。后头在土匪手中救下了一位富家公子,两人渐生情愫成了亲,夫家是东北做人参生意的大户,与武林毫无瓜葛,聂雨晴也就放下风雨剑,安心在家相夫教子,随便问个人就能知道,何至于专程向飞鸾楼打听。

段白月解释:"我对这位聂姑娘自然没兴趣,只是此番下南洋怕是会遇到故人,他若问起,我总不能一无所知,恰好景楼主在此,自然要问一问。"

景流天恍然道:"原来如此。"

"我既然答应了景楼主,自然就会去做。"段白月道,"西南府向来言出必行,不必担忧。"

"多谢王爷。"景流天道,"只是若单用聂姑娘的近况做交换,这笔交易着实是在下占便宜。这人情我算是欠下了,王爷以后若想知道什么事,尽管来问便是,飞鸾楼就算是不做生意,也定然会先替王爷解决麻烦。"

段白月伸手与他击掌,笑道:"景楼主果真是个爽快人。"

"那就有劳了。"景流天道,"舍弟天性顽劣,倘若他日出言不逊起了冲突,王爷只管打骂管教,留条命便可。"

段瑶抱着裂云刀靠在门口,抽抽嘴角。

第二十六章

什么叫不比不知道。

所以说了,还是自己的哥哥好。

景流天的弟弟名叫景流洄,在江湖上并未闯出过多少名声,外人大多只当他是个纨绔的富家子弟,提起时顶多感叹一句命好——投胎成飞鸢楼的小公子,此生哪里还愁吃喝,躺着挥霍都足够,不想做事也是情理之中。

茫茫海面一望无垠,段白月站在甲板上,看着远处的白雾出神。

"哥。"段瑶站在他身边,"起风了,回去吧。"

"已经航行了三天,可还习惯?"段白月问。

"嗯。"段瑶点头,"挺好的,视野开阔,来往的商船也多。"

"出门之前,金婶婶一直担心你会晕船,没事就好。"段白月道,"只不过这阵看着热闹,再过一阵子到了远洋地界,可就是一片寂静了,或许还会有海盗。"

"有海盗才不至于无聊。"段瑶活动了一下手腕,威风凛凛道,"就当是为民除害!"

段白月拍拍他的肩膀,笑道:"小五已经去了追影宫,看这架势,你大概也不会愿意留在西南府。"

"谁说的,我才不去江湖。"段瑶撇撇嘴,挽住他的胳膊,"哥哥与师父在哪儿,我就在哪儿。"

段白月嘴角一扬:"随你。"

"还有多久才能到白象国?"段瑶问。

段白月道:"两个月,不过倒不用着急。沿途会路过不少补给小岛,都是各有各的有趣之处,比如说十日之后的红螺岛,专出产肥嫩的海产螺肉,还有沙子岛的黄鱼,内野礁的海贝,内陆顶着银子都买不到。"

段瑶咽了咽口水,对此后的路途生出无限期待。

至少好吃。

船队并未打出西南府的名号,而是挂了一面大楚商号的蓝旗。由于近些年来楚国有不少商队都喜欢前往南洋挖金,因此见着的商客彼此间都很友好,甚至还能站在甲板上,远远喊上一两句,交流一下最近的行情。

迎面甩过来一包柑橘,段瑶稳稳抱在怀中,使劲挥手表示谢意。

对面的大叔大声喊道:"小公子成亲了吗?"

段瑶兴高采烈，声音比他更大："成了呀！"

大叔笑容僵在脸上，眼底写满遗憾。

段白月在后头笑："骗人吃的之前，怎么不说自己成了亲？"

段瑶分给他一个黄澄澄的柑橘，道："我又不傻。"

段白月道："闹够了就回船舱，该起风浪了。"

段瑶用布兜兜着柑橘，进船舱分给大家伙，很是和乐融融。

西南王府的小王爷，五官英气身材颀长，挂着刀往甲板上一站，来往客商都忍不住要多看两眼，又笑眯眯的，还嘴甜，谁见了都喜欢，因此经常有人路过丢吃食，丢宝石，丢自家闺女绣的帕子，甚至还有个力大无穷的商会老板，气吞山河丢了整整一筐大黄鱼，全船人吃了两天才吃完。

段白月欣慰："带你真是带对了。"

段瑶蹲在甲板上看星星，很是惬意。出海已经月余，非但不无聊，反而越来越有趣。晚上睡觉时甚至能隐约听到人鱼唱晚，极为心旷神怡，而且还比内陆安静。

段瑶心想，如此航程，莫说是两三个月，就算是更长时间都成。

但成语有云，物极必反。

在过了几十天的滋润日子后，这天晚上，段瑶正在做春秋大梦，突然就觉得床狠狠一颤，若非反应够快，险些掉到地上。

外头传来嘈杂声，段瑶穿好衣服，急匆匆跑出去，就见段白月已经站在了甲板上。前头海域灯火通明，一艘大船斜着堵住航道，显然是故意前来拦截。

不是吧，还真有海盗？段瑶心里莫名其妙有点小激动，毕竟已经很长时间没打过架，难得有愣头青自己送上门。

段白月忍笑："既然来了，为何又要一直躲在船舱？"

段瑶一愣，听这口气，熟人？

"谁躲你了！"一个白衣青年从船舱里钻出来，看起来有些恼羞成怒。

段白月与他对视。

青年一愣，又往前紧走几步，伸长脖子使劲看："戴面具作甚？"

段白月淡定道："怕你对我一见钟情，彻夜辗转，食不知味，垂泪天明。"

段瑶抽抽嘴角。

第二十六章

"姓段的！"白衣青年愈发怒火冲天，一脚踩上船舷飞掠过来，伸手便要堵他的嘴。

段瑶心里一惊，好快的轻功。

段白月闪身躲过，不满道："听说你已经当了爹，为何还是如此沉不住气？"

"当爹怎么了，当祖宗也照样揍你！"白衣青年很有气势道，"信呢，藏哪去了？"

"信？什么信？"段白月一脸不解，然后清清嗓子，对着前头的大船朗声道，"可是司空兄当年写给聂姑娘的情书啊？"

白衣青年嗷嗷抱住头，瞬间蹲在甲板上。

段瑶："……有病吧这是。"

大船里头安安静静，青年这才想起，自己的夫人并未一道前来，还在家中带儿子，于是又恢复了先前的嚣张气焰。

段白月笑道："看来弟妹不在。"

"好端端的，跑来南洋做什么？"白衣青年问。

段白月道："我要去白象国。"

"白象国？"青年松了口气，"不是来找我啊？"

"先前没这打算。"段白月道，"不过来都来了——"

"段兄告辞啊，告辞！"青年转身撒丫子就跑。

段白月在后头慢条斯理道："一见钟情，彻夜辗转，食不知味，垂泪天明。"

青年顿住脚步，满脸悲愤。

段白月道："帮我个忙。"

青年扶着栏杆，心力交瘁。若非想到自己如今有妻有儿，是当真很想跳下去。

从相识到如今已有十余年，为何自己每回都是吃亏的那个？

段瑶在旁看了大半天热闹，终于忍不住开口："哥。"

"当真忘了？"段白月道，"这位便是大名鼎鼎的司空睿，江湖人称白衣书生。"

"哦。"段瑶总算找回来一点儿时的小小回忆，"原来是司空哥哥。"

司空睿缓慢转身，目光苍凉。

虽然不知道发生了什么事，但段瑶无端便很同情他。

段白月道："居然派人前往珍宝塔偷信，你说你丢不丢人。"

司空睿怒道："你还有脸说！"费尽千辛万苦，花了大价钱，结果偷回来一摞手抄金刚经，险些没当场气出血。

白衣书生司空睿，父亲便是早些年纵横江湖的司空雄，与段景关系不错，经常带着家小住在西南府中，司空睿也就理所当然与段白月成了朋友。两人从五岁开始打架，几乎每回都是段白月赢——倒不是说功夫有多好，而是西南府的小世子会使毒，随便从兜里一摸，便是一把五颜六色的胖虫。被这些虫咬一口轻则手脚麻痹，重则昏迷不醒。司空睿在吃了几回闷亏之后，也学会了用暗器偷袭，却被司空雄揍得半死，背诵了几百回"正道人士要行事光明磊落"，可谓凄惨。

友谊的开端便如此不堪回首，后头自然也好不到哪里去。长大后，司空睿情窦初开，在武林大会上对聂雨晴一见钟情，段白月这回总算没有拖后腿，甚至还帮着一道挑灯写信函，翻阅了不少小话本作为参考，很是情意绵绵。结果一连送出去十几封，却都像是石沉大海，莫说是一方定情手帕，就连一个眼神也没收回。段白月还在心里替他点蜡，司空睿却已经兴致勃勃搓手，说自己又相中了另一个姑娘。

"狼心狗肺。"段白月啧啧摇头，"亏得聂姑娘没看中你，这个新的估摸也够呛，你当真不考虑加入少林？或者切了干净？"

司空睿道："废话少说，帮不帮？"

段白月点头："帮。"

这回司空睿的梦中情人名叫秀秀，也是江湖侠女，性格泼辣至极，比起温婉的聂雨晴来可谓天差地别。段白月原以为又是三天热度，却没想到最后还当真让他得手，第二年就下聘成亲了。后头司空雄回渔岛度晚年，司空睿便也带着夫人一道追随出海，日子应当过得不错，否则也不至于这么久不见回中原。

中间隔着茫茫大海，段白月与司空睿的联系也就逐渐减少，一年写不了一回书信。但即便如此，司空睿的心里却始终梗着一根刺。当年聂雨晴在武林大会结束后，便将那些情书原封不动送了回来，却落入了段白月手中，一直也未给自己。

依照十几年间对此人的了解，司空睿不用想也知道，有朝一日，自己定然会因为这些信，被他要挟得蹿天钻地，还不能有一句抱怨——毕竟夫人太凶悍，若被她知道当初那些情书，曾一字不改送给过另一个姑娘，那自己下半辈子少说也要听几千回念叨。

光是想想，就生不如死。

段白月道："不知司空兄的宅子在何处？"

"你还要去我的宅子？"司空睿泪流满面。

段白月道："嗯。"

司空睿心中悲愤，澎湃万千。多年不见，此人的无耻程度倒是半分未减，还戴面具作甚，简直多余，直接将脸皮露出来，想必飞镖都穿不破。

段白月问："在心里骂完了吗？"

司空睿答："还没。"

段白月极好脾气："那便回岛再骂。"

司空睿扶住额头，妥协："回岛可以，先说好，一句信函之事也莫要提。"

段白月道："只要司空兄答应我的条件，我自然不会提。"

司空睿警觉："是何条件？"

段白月谦虚道："小事小事。"

司空睿："……"

小事才是见了鬼。

第二十七章

第二十七章

司空睿所居之地名曰望夕礁，地方略偏，四周又有不少暗流，因此平日里并无多少商队经过。船队子时启航，原本不算远的路途，绕来绕去，竟也是第二天的下午才抵达。

"哇。"段瑶踮着脚往前头看，"这么繁华啊。"

"司空原本就是个喜好奢华享乐之人，若是望夕礁不繁华，怕也留不住他。"段白月道，"这里素有小江南之称，你若喜欢，我们便多留两天。"

"瑶儿想要留多久都成，你能不能快点走？"司空睿听到后插嘴。

段白月道："不能。"

司空睿试图与他讲道理："这是我家。"

段白月道："辗转反侧，彻夜难眠。"

司空睿满心愤懑走向另一边。

段瑶心说自己是不是也要背一背这几句话，似乎颇为好用的样子。

码头的巨石上，一个黄衫女子手中牵着一个小男孩，正在远远向这边挥手。

"娘子！"司空睿挂在栏杆上热情回应。

段白月道："你看你这一脸饥渴。"

"最后一遍，上岸之后，休要再提什么情书之事！"司空睿压低声音咬牙切齿。

段白月友好点头。

司空睿凌空踏过海面，稳稳落在岸上。

黄衫女子笑着替他整整衣裳，又把儿子塞过来，一家人有说有笑，很是和乐。

段瑶在心里叹气，什么叫人比人，好像除了自己的倒霉哥哥，这江湖中每个人都是婚姻美满，儿女双全。

段白月拎起他的胳膊，飞身也跳上码头。

"段王爷。"秀秀福了个礼，"多年不见，可还安好？"

"一家人，何须见外。"段白月道，"若弟妹不嫌弃，叫我一声大哥便可。"

"段大哥。"秀秀笑道，"昨日睿哥说要去接大哥与瑶儿，还当早上就会回来，没想到这阵才到。"

"那娘子可是在这里守了一早上？"司空睿关切。

秀秀道："就当是看看海景。"

"来来来，快些回家说。"司空睿扶着她走下礁石，一道往回走。

段瑶手中牵着小娃娃，目瞪口呆道："儿子不要了吗？"

段白月道："有你在啊。"

段瑶："啊？"

段白月敲敲他的脑袋："方才就说了，一家人何须见外。只管抱着就好。"

段瑶："……什么爹娘啊这都是。"

望夕礁算是司空家的祖产，经过上百年的发展，已同富庶的楚国小镇规模相当。集市繁华热闹，满街都是烧烤香。再往前看，一座高大的府邸金碧辉煌，在落日余晖之下，连瓦片都像是会发光。

"少爷，少夫人。"管家正在门口乐呵呵地迎接，说是席面已经准备好了，随时都能开宴。

"倒是不着急，我先带大哥与瑶儿去客房。"秀秀将儿子递给司空睿，问段瑶，"喜欢安静些的地界，还是热闹些的？"

段瑶道："安静。"

"那便住在胧月可好？"秀秀道，"除了海浪声，别的是一点声音都没有。"

"嗯。"段瑶态度恭敬，"多谢嫂嫂。"

秀秀对段白月笑道："时间过得当真是快，一眨眼，瑶儿都这么大了，可曾有中意的姑娘？"

段白月还未来得及说话，段瑶就先主动道："有！"千万别又来一桩媒。

"声音这么大，看来是喜欢得紧了。"秀秀打趣，"是谁家的小姐这般有福分？"

段瑶笑容冷静："嗯？"

"弟妹就莫要再问了。"段白月救场，"连我这做大哥的，也问不出究竟谁才是他的心上人，小孩子家家，不着急这些。"

"对的，我不着急。"段瑶摸摸鼻子，转移话题道，"望夕礁与白象国有生意往来吗？"

"白象国？自然是有的。"秀秀替他们推开院门，"除了大楚之外，白象国算是这南洋最富庶的岛国之一，想要做生意可避不过他们，怎么突然问起这个？"

"这回我们就是要去白象国。"段瑶道，"找人。"

"原来如此。"秀秀爽快道，"去白象国哪能没个向导，正好最近睿哥闲得发慌，不如干脆一道出海，也好有个照应。"

段白月欣然答应:"司空能娶到弟妹这般通情达理的夫人,真是前世积了德。"

接风宴之后,秀秀带着段瑶去岛上四处逛,司空睿坐在书房椅子上,直勾勾盯着段白月,眼神愤怒,且愤怒。

西南王道:"这就冤枉了,是弟妹主动要求让你随我一道前往白象国的。"

司空睿坚定道:"一定是你给我娘子下了蛊。"

段白月道:"那就当是吧,总之这次你别想跑。"

司空睿一头栽倒在桌子上。

段白月在他面前放了一杯茶:"说说看,白象国近况如何?"

"说什么白象国。"司空睿坐起来,"先说你的脸怎么了,手又怎么了,遮得这般严实,怕被人看去没了贞操坏了闺誉?"

段白月道:"对。"

司空睿:"……"

段白月笑着摇摇头:"没什么,练功中了毒,毁容而已。"

司空睿勾勾手指:"摘下来,我看看。"

段白月感慨:"你这人当真极为八婆。"

司空睿出手快如闪电,向他面上袭来。

段白月一把握住他的手腕,随手丢到一边。

哐啷一声撞到桌子,司空睿抱着头嗷嗷叫:"浑蛋!"

段白月道:"技不如人,自作自受。"

司空睿泪眼汪汪,不甘心坐回椅子:"先前南师父曾写信前来问天辰砂一事,可与之有关?"

段白月道:"天辰砂一事到此翻篇,我这次前往南洋,不为找药,是为了找人。"

司马睿道:"找谁?"

段白月答:"楚顼。"

"楚姓,皇族?"司马睿道,"找他作甚,你还在暗中帮那个小皇帝?"

段白月点头。

"到底给了你什么好处啊,这么多年一直鞍前马后,大内总管也没你忙。"司马睿极为费解。

段白月道:"一句话,帮不帮?"

"帮帮帮。"司马睿头疼,只求不要再听一回"辗转反侧垂泪天明"。

段白月甚为满意:"不错,那三日后动身。"

司马睿伸出一根手指:"先说好,此事做完之后,便将那些书信还给我。"

段白月点头:"好商量。"

司马睿警觉:"立个字据。"

段白月问:"有用?"

司马睿想了想,泄气。

没用。按照此人的无耻程度,莫说是立个字据,就算是贴个榜文满大街敲着锣鼓喊,到时候反悔起来也是毫无压力。年幼无知,交友不慎,便只有自吞苦果。每每想起,都是一把辛酸泪。

三日之后,船队重新启航,司空睿恋恋不舍与自家娘子告别,在此后的半个月里,都保持着一种长吁短叹思乡情切的姿态。

段白月道:"街边写对子的秀才也没你酸。"

司空睿道:"你闭嘴。"

段瑶坐在瞭望台上,一边吃红果,一边看他二人吵架,顺便猜想何时才会打起来。

楚国王城,叶瑾正端坐在太医院的偏厅中,看着面前一群大臣。

当真是一群,浩浩荡荡涌进来,不知道的还以为是要打群架。

陶仁德满面笑容,眼底充满期待。

"陶大人。"叶瑾心力交瘁,"诸位想让皇上选秀,为何不去御书房?"干我甚事?干我甚事?干我甚事?

陶仁德叹气:"说了,这么多年一直在说,只是皇上却一直不肯呐。"

叶瑾脑袋嗡嗡响,不肯就对了,不肯你找我有用?

陶仁德道:"皇上对九王爷疼爱至极,说不定会听进耳中。先帝爷在这个年纪,已经有了三子一女,可当今圣上莫说是子嗣,连个后妃都不肯纳,一直这么犟下去,总不是个事啊。"

叶瑾反问:"子嗣当真如此重要?"

"九王爷是江湖中人,自然不必在意这些。"陶仁德说话滴水不漏,"但皇上身后是社稷江山与天下苍生,有些事情,即便是不想做,也要为了百姓去做,胡来不得。"

如此一顶大帽子扣下来,叶瑾精疲力竭地挥手道:"好好好,我去说。"

众臣大喜:"多谢九王爷。"

叶瑾拖着虚软的脚步,前往御书房。

"怎么这阵来了,外头还是大太阳。"楚渊让四喜去端酸梅汤,"千枫呢?"

"在午休。"叶瑾坐在他身边,"先别看折子了,我有事要说。"

楚渊问:"何事?"

叶瑾直白道:"立个后吧。"

楚渊哭笑不得:"又是谁去找你了,陶仁德?"

叶瑾撇撇嘴:"这回一次来了十七个,进门就跪。"

"为难你了。"楚渊替他整整头发,"若是嫌宫里烦,便回江南吧,少了这些人聒噪,也能清净一些。"

我倒是想回去。叶瑾扫了一眼桌上的折子,惊奇道:"咦?你打算招温大人回来?"

"出去四五年,也该在外头待够了。"楚渊道,"再过个一年半载,差不多也就回来吧,这朝中空了太多位置,有他在,朕也能安心一些。"

叶瑾点点头,又问:"你最近当真没事?"

楚渊失笑:"这话又是从何说起,我能有什么事?"

"从西南这一路,再到回王城,比起先前像是多了不少心事。"叶瑾道,"据说段白月也不在西南府,抽出一支军队不知去了何处,可与之有关?"

楚渊闻言皱眉:"他不在西南府?"

叶瑾点头:"已经走了好一阵子,我当你知道。"

楚渊咬牙切齿:"朕,不,知,道。"

叶瑾狐疑与他对视,不知道就不知道吧,这般凶巴巴是要作甚,难不成是西南王欠了银子跑路了?

海风阵阵,段白月站在甲板上,看天边流云变换。

司空睿拎着一坛酒,问:"喝吗?"

段白月回神:"你酿的?"

司空睿道:"是。"

段白月摇头："不喝。"

司空睿收回酒坛："正好，这是我成亲之时酿的红锦，也不舍得给外人。只是见你在这里站了一早上，想着若是一时想不开跳了海，我还要捞，不如灌醉干净。"

段白月问："我为何要跳海？"

司空睿道："先前的你可不会这样，时不时就出神，一出神便是好几个时辰。"

段白月笑道："那又如何？"

司空睿道："若我是你，莫说是毁容带毒，就算是坠入魔道，也会去问一句。"

段白月摇头道："可惜我不是你。"

段白月将人拎到自己面前："说正事，你对翡缅国怎么看？"

"翡缅国？"司空睿道，"怎么，还想去找天辰砂？"

"天辰砂自然会找，不过也不会将所有心思都放在天辰砂上，毕竟只是传说之物，耗费太多精力不值当。"段白月道，"小五也曾带人去探寻过，好不容易闯过茫茫白雾，却只看到一片荒芜岛礁，不像是能住人的样子。"

"当初南师父写来书信，我也去找过几回。"司空睿道，"即便是南海全貌图，也只能标注出翡缅国的大致方位。那片白雾区范围极广，往大了说都叫翡缅国，谁也说不准到底哪一片住了人。想要探消息，只有守在航道上等他们的通商船，每隔一段日子就会带着巫药、矿藏出来卖，换些生活必需品。"

段白月道："如此神秘？"

"说是神秘，倒不如说是闭塞。"司空睿道，"不过这南海茫茫，什么奇人异士都有，翡缅国又一向安分，百姓日子想来亦是不富不穷，所以也不会招人嫉妒仇视，大家一道相安无事过日子罢了。"

段白月点头："原来如此。"

"不过听人说，他们的汉话近两年倒是越说越好，应当也是不想一直闭塞下去。"司空睿道，"毕竟只有各国海路纵横相连，大家互助互利，才会有银子赚。"

段白月心里一动："汉话越说越好？"

司空睿道："可不仅是翡缅国，现如今哪个南洋岛国不想攀上大楚，随随便便一笔生意，便够在海上捕一年鱼，傻子才会不愿意学汉话。所以说你也不必着急，说不定再过个几年，翡缅国便会自己开了国门，将天辰砂拿出来换金换银。"

段白月笑着摇摇头："借你吉言。"

第二十七章

日子一天天过去，航路自是畅通无阻。在即将抵达白象国时，暂时将西南军留在了一处隐蔽岛屿，段白月等人则是伪装成普通商户，以望夕礁的名义上岸做登记。码头上人来人往，果真是热闹非凡，来自大楚的商队也有不少，都正排队等着检查进城。

司空睿暗中塞了一锭银子过去，守官识趣挥手放行，并未让众人多做等候，甚至连段白月脸上的面具也未多问一声。

城门是用白色巨石堆砌而成，圆顶金漆，衬着碧海蓝天煞是好看，两只石雕白象跪卧在地，长鼻扬起，路过之人都要摸上一把，说是能招财祈福。进城之后更是令人眼花缭乱，遇到生意红火些的店铺，里三层外三层都是客商，街上几乎连路都走不通。

司空睿道："也不知这时间是巧还是不巧，恰好赶上商会。"

段白月道："能趁机看看风土人情，也不错。"

段瑶左看看右看看，不多时便买了一堆小玩意，说是要带回西南府送人。回到歇脚客栈还没多久，便又溜出去看热闹，段白月与司空睿自然不会管他这些，两人出门寻了处茶坊，坐着饮茶闲聊，顺便商议后续计划。

段瑶在小摊上买了糯米饭，用蕉叶包着边走边吃。风华正茂的世家公子五官英气身形挺拔，沿途自是引来不少女儿家偷瞄。

司空睿恰好看到，笑着打趣："瑶儿可比你有出息多了。"

段白月扭头往下看，嘴角也一扬。

"公子。"身后有人脆生生叫。

段瑶停下脚步回头，就见是个十六七岁的姑娘家，大概是常年捕鱼的关系，皮肤有些黑，眼睛却透着一股子机灵。

"叫我啊？"段瑶问。

对方点头："我叫黄鹂。"

段瑶问："你是大楚人？"

黄鹂道："我是白象国的人。"

段瑶意外："那你汉话说得可真不错。"

"学着些。"司空睿道。

段白月饶有兴致地看着两人。

黄鹂往段瑶手中塞了样东西,转身就跑,留下另一群姑娘捂着嘴笑。

段瑶纳闷,低头就见是朵粉白相间的小花。

"小公子,是那位姑娘相中你了。"旁边有人笑着解释,"这叫定情花。"

段小王爷笑容淡定,反手将花插到墙壁缝隙:"啊,不巧,我已经成亲了。"

成亲了啊……众人闻言遗憾万分。不过想来也是,这般英俊又阔气的小少爷,不成亲才奇怪。段瑶果断转身回了客栈,还是睡觉的好。

司空睿皱眉:"有人盯着瑶儿?"

"盯瑶儿作甚,他方才是跟着那小丫头一道过来的。"段白月看着人群中那个鼠头鼠脑的男人,"看样子不是混混就是痞子。"

两人说话间,那男人已经拐进了一条小巷道,很快便消失在了人群中。

傍晚时分,段瑶睡得心满意足,起床吃饭。下楼就见段白月与司空睿已经回来,身边还多了个人,正是白日里在街上遇到的小丫头。

段瑶:"……"

"恰好。"段白月道:"有人找你。"

段瑶本能地后退一步。

"公子。"黄鹂手中拎着包袱,"带我走吧。"

我带你走作甚?段瑶目瞪口呆,顿觉五雷轰顶,这到底是自己没睡醒,还是眼前的姑娘中了邪。

段白月吩咐小二收拾了个雅间。段瑶赶紧跟进去,转身却见黄鹂还站在原地,周围已经有人指指点点,一时不忍心,于是又招手叫她。

"多谢公子。"进屋之后,黄鹂脸通红。

段瑶赶紧道:"我真的已经成亲了。"

段白月嘴角一扬。

"傻小子,还真当别人看上了你。"司空睿在他脑袋上拍了一把。

段瑶顿时松了口气,哦,原来不是啊。

"三位大爷,求你们带我出海。"黄鹂"扑通"跪在地上。

"姑娘起来说话。"段白月道。

"是啊。"段瑶将她拉起来,"你想去大楚?"

"大楚也好,崀洲也好,去哪里都好,只要能离开这白象国。"黄鹂道,"哪怕只是个有人烟的小岛,也成。"

段瑶摇头:"可我们还要一阵子才会走,你是不是没银子坐船?"

"这些。"黄鹂从包袱中取出一张银票,"我有银子,若是不够,还有一箱首饰。"

"这么有钱,为何不自己走?"段瑶更纳闷。

段白月笑笑:"估摸着是自己走不掉。"

"有人看着我。"黄鹂小声道。

司空睿用筷子敲敲杯子,叹气:"喏,门外就是,少说四个人。你这小姑娘不厚道,明知道自己会招来麻烦,还故意往这客栈中跑,虽说我们都带着刀剑,可未必就真的会功夫啊。"

黄鹂低着头一声不吭,手也局促地捏在一起。

"说说看,到底是怎么回事。"司空睿道,"看你这般可怜,若当真有苦衷,我可以考虑带着你。"

"门外那些人,是杀手。"黄鹂道。

司空睿问:"何门何派?"

黄鹂道:"剑。"

段瑶插嘴:"哪个字?"

黄鹂道:"刀剑的剑,是白象国最大的杀手组织,帮主是楚国人。"

段瑶抽抽嘴角,叫什么不好,叫剑。若是两个门派吵架,被对方骂一句你们这些贱人,连反驳的立场都没有。

"楚国人?"段白月道,"叫什么名字?"

黄鹂道:"包大渡。"

"噗。"司空睿险些被呛到。一个杀手组织,叫剑,这也就算了,掌门人的名字听起来还像个稳婆,什么叫包大肚,若换作自己,估摸着嫌丢人都不敢说。

"哐当"一声,雅间门被人一脚踹开,黄鹂霎时脸色苍白,惊恐地看着带头之人。

段白月抬头扫了一眼,就见白日里那个混混也在其中。

"做什么?"段瑶冷冷挡在前头。

"问我做什么？我倒要问你们想做什么？"打头之人狠狠吐了口唾沫，"外乡人休要多管闲事，快些闪开，休要耽误我家少爷拜堂！"

段瑶回头看了眼黄鹂："你今日要成亲啊？"

"这就是姑娘不对了。"还没等她说话，段白月先摇头，"大喜之日，不好好在家里等着被迎娶，你我非亲非故，跑来这里作甚？"

司空睿也示意段瑶退到自己身后。

"想来这客栈里的人都能做证，是这位姑娘自己找上门，与我们可没关系。"段白月继续和颜悦色道，"外乡人不想惹事，诸位既然寻来了，便请快些将她带走，莫要耽误我们谈生意。"

听到段白月这句话，黄鹂眼底闪过一丝惊恐，心知这回或许当真会被抓回去，却又不死心，又将求助的眼神投向段瑶。

段瑶双手抱剑，站在司空睿身后，神情漠然，像是丝毫也不关心发生了什么事。

"打扰三位了。"打头那人抱拳道谢，而后便上前想将人拉到自己身边，却没料到黄鹂在猛然一把扫开他的手后，转身几步冲到窗边，飞身一跃跳了下去。

"喂！"前来抓她的那伙人见状个个大惊失色，赶忙冲到窗口，连段瑶都心里一空，段白月却只是微微一笑，与司空睿对视了一眼。

早就看出这小丫头会功夫，走路身形轻巧灵活，又眼神机警，面前这七八个男人加起来，怕也奈何不得她。

果然，黄鹂在落到大街上后，就地打了个滚，便拍拍衣裳站起来，片刻也未停留，径直挤开人群向着远处跑去。原先在街上的百姓谁也没料到，好端端地会突然从天而降一个人，此时都在抬头向上看，顺便指指点点。打头那名男子见黄鹂越跑越远，手中握着暗器几欲打开，却又碍于街上到处都是人，怕有误伤不好交代，只得眼睁睁地看着她的背影消失在了小巷中。

段白月提醒："诸位还不赶紧去抓人？"

"跟我追！"男子一挥手，带着手下也追了过去。

屋里安静下来，段白月放下茶杯，道："去吧，小心暴露身份。"

段瑶答应一声，转身出了门。

第二十七章

司空睿叹气："你我来此还什么都没做，便已经有麻烦自己找上门。"

段白月却摇头："也不算是麻烦，我原本要找的，也正是这个杀手帮。"

虽说帮派名字起得一言难尽了些，但若是要找杀手或是要找人护镖，在白象国百姓的心里，第一反应还是要找包掌门——毕竟生意规模大，路子也广，好办事。而先前在楚国行刺楚渊的杀手，也正是出自这剑帮。

"方才窗边那人曾拿出一样暗器，你可看清是什么？"段白月又问。

司空睿想了想，道："你是说那个木头盒子？"

段白月点头："那叫鬼木匣，产地是楚国大雁城。由于阴毒至极，所以被朝廷明令禁止不许再制。可惜地方官府为求利益铤而走险，与南洋商户勾结贩卖，迄今至少也有上万件流出。"

司空睿不满："这般厉害的暗器，你居然不顺道给我拿一个？"

段白月道："送你就算了，送给弟妹或许可以，估摸比搓衣板好用。"

司空睿投降："你赢，当我方才什么都没说。"

段白月笑笑："明日先去那包大渡家中，看看能不能借由做生意的名头，套出楚项的下落。"

司空睿点头，也是极其想知道，到底是个什么样的人，才能忍得了包大肚这样雷霆万钧的名字。

夜色逐渐降临，城里的百姓也陆陆续续回家休息。西头一处幽静的荒宅里，野草抽出一丈多高，树枝在墙上映出斑驳黑影，狰狞如同鬼魅。胆子小的人莫说是住，就算仅仅是看一眼，也会觉得心头发怵。

一个人影蜷缩在角落里，几乎与墙壁嵌在一起，许久也不见动一下，不知是生是死。

段瑶随手丢了个小石子过去。

人影瞬间站起来，月色下手中寒光一闪，却是握了一把匕首。

段瑶道："是我。"

黄鹂看清他的脸后，微微愣了愣，然后往后退了一步，没吭声。

"我和哥哥们是来做生意的，不是来寻事的。你白日里一声不响就跑来，身后还跟着一群家丁，我们自然不好插手。"段瑶道，"不过看你也有些本事，居然能甩掉那么多男人，一个人跑来这里躲着。"

黄鹂依旧没说话。

"走吧。"段瑶道,"现在没人跟着,带你回客栈。"

黄鹂道:"不用带我回客栈,若是少侠好心,送我前往码头,寻个好心的船主便可。"

段瑶叹气:"不瞒你说,我刚从码头回来,现在到处都是搜查巡逻的人,本地人出海要登记身份,外地客商想要走,也要先报出自己是何时抵达的白象国,核查记录无误之后才能离开。这当口,就算是再好心的船主,只怕也带不走你。"

黄鹂脸色愈发苍白,却也知按照包大渡的脾气与财力,的确有可能布下天罗地网,只为抓自己回去。

"所以喽,你还是先跟我回客栈吧。"段瑶道,"这荒宅也安全不了多久,况且总不能不吃不喝。"

黄鹂犹豫了一下,还是跟在段瑶身后,随他一道回了城。

街上的巡逻比起港口,只多不少。不过段瑶轻功超凡脱俗,很容易便将她带回了客栈。段白月与司马睿正在闲聊,见到黄鹂进门,笑道:"姑娘白日里好快的身手。"

黄鹂抱着包袱,心里依旧有些忐忑,也不知自己该说些什么。

段白月道:"先回房休息吧,不必担心,这里很安全,不会有人找上门。"

黄鹂声音很低道:"多谢大侠。"

段瑶带着她去了隔壁。司空睿道:"你我明日就要去剑门,她可是从那里跑出来的,不事先问两句?也好心里有个底。"

"萍水相逢,你怎知她一定会说真话。"段白月摇头,"有什么事,明日之后再说也不晚。"

这一夜过得风平浪静。第二天一早,段白月便与司空睿一道出了客栈,只是到了剑门才发现大门紧闭,连个守门家丁都没有,只在柱子上贴了一张榜文,用白象国以及楚国文字分别书写,说最近府中事务繁杂,所以暂时不接任何生意,开张日期不定,请诸位见谅云云。再一问周遭百姓,都说这告示贴出来少说也已经有十天了,大家伙都在猜原因,却也没谁能说个准。

"前一天还在照常做着生意,后一天就无故闭门谢客,还一关就是十余天。"司空睿道,"这可不像是有脑子的生意人。"

段白月对此却不意外,派人行刺大楚皇帝失了手,换作谁都会惊慌失措,关门看风向也是意料之中，说不定早已做好了跑路的准备。

"两位客人，若是着急的话，不如去找找金象镖局吧。"旁边有人懂汉话，见他二人一直站在门口，便好心道，"除了包掌门，金象镖局也算是数一数二的大镖局了，老板是本地人，押运一些普通货物出海进关，还是绰绰有余的。"

段白月点头道："多谢。"

"就在前头，拐过两个弯。"对方极为热情，"剑门现在暂时不接生意，金象镖局便紧俏了许多，客人还是快些去看看吧。"

"去不去？"司空睿问。

段白月道："自然去。"同行是冤家，更何况金象镖局的老板还是本地人，被外来客压了这么多年，心中也不大可能完全不梗刺。

两人顺着所指方向寻去，沿途也听有人在议论黄鹂的事，说包大渡最近走霉运，生意莫名其妙关了不说，想娶个姨太太冲喜压惊，人又跑了，现在还在满城找，也不知能不能找到，若是逼得跳了海，又是多一桩烦心事。

前头有人高声叫卖，手中举着一大张图吸引顾客，不少人路过之时，都会顺便扭头看一眼。

司空睿也扫了扫，道："大楚王都？画得还当真不错，看着富丽堂皇。"

段白月笑笑："繁华是挺繁华，却依旧不及实景一半。不说逢年过节，哪怕只是每月的集市，王城大街上也是人头攒动、车水马龙。"

司空睿感慨道："如此说来，那小皇帝还真有些本事，怪不得你当初执意要帮他。"

话还没说完，段白月却已经闪身进了书画铺子中。

司空睿纳闷，也跟进去道："怎么，要买画？"

段白月随手翻了几张，答："是。"

看着纸上那舞姿妖娆、身姿曼妙的波斯舞姬，司空睿发自内心道："原来你好这一口。"口味还不轻。

段白月："……"

书画铺子门口，小伙计笑容满面，用高丽文大声打招呼，司空睿听到后，也好奇一回头。

段白月不动声色，踢了他一脚。

司空睿："……又怎么了？"

金姝在门口笑笑，又看了段白月的背影一阵子，见他没有要转身的意思，便带着丫鬟仆役离开，并未再回头。

司空睿看出端倪，用胳膊捣了捣："方才那位，便是高丽公主吧？"

段白月丢下画像："你还当真什么都知道。"

司空睿道："当年传得沸沸扬扬，谁都知道高丽公主相中了西南王，街边还有人押宝，赌这桩姻缘能不能成。"

段白月有些头疼。

司空睿提醒："方才金姝看了你那么久，怕是认了出来。"

段白月皱眉。

"你我这回前来白象国，可没打算暴露身份。"司空睿道，"若我是你，便会想办法提醒一下那位高丽公主，以免说漏了嘴，又横生枝节。"

段白月揉揉太阳穴，颇想叹气。早知如此，方才便该换一条路走。

司空睿继续提醒："这可与你戴没戴面具无关，若当真喜欢一个人，只看背影，甚至只看手、只听声音，也能知道究竟是不是自己心里头的那个。"

段白月道："她现在已经成了亲。"

"也没说高丽公主现在还念着你。"司空睿啧啧道，"先前喜欢过的，那也一样叫喜欢，你拒绝了人家，便是爱而不得，罪状加倍，只怕此生此世都忘不掉了，化成灰也没用。"

段白月道："走吧，去金象镖局。"

司空睿道："喂，你当真不先去会会那位高丽公主？"

"你方才说的话，有些道理，却也有些杞人忧天。"段白月道，"按照金姝的脾气，若是成亲之后受了委屈，怕是早就一怒之下回了高丽。如今一直住在这白象国，便说明日子过得不错，既然日子过得不错，又何必要主动向她自己的丈夫提起昔日之事，自讨没趣？"

司空睿啧啧："看不出来，你还挺了解这位高丽国的公主。"

"好说。"段白月态度和善，"自然比不上司空兄对聂姑娘的了解。"

司空睿笑容瞬间僵硬。

"走吧。"段白月转身出了书画铺子,"去金象镖局。"

诚如方才那位路人所言,剑门不做生意,其余镖局武行可就得了大便宜,金象镖局自然也不例外。门口客来客往,几乎连门槛都要被踏平。

"两位客人。"一个管家模样的男子恰好又送了一拨人出来,见到段白月与司空睿正看过来,赶忙笑容满面,用略显僵硬的汉话打招呼,"可是要找我家老爷谈生意?"

司空睿笑笑,道:"正是。"

"快请快请。"管家笑容可掬,将两人让了进来,寒暄道,"看衣着打扮,二位是从大楚来的吧?"

"祖籍是在大楚,不过这些年一直住在望夕礁。"司空睿道,"不知先生可否听过?"

"自然,望夕礁也是个好地方。"管家命下人上了茶,笑道,"那贵客先稍坐片刻,我这就去请老爷过来。"

司空睿点头,目送他出了门。不久之后,门外便传来脚步声,一个身材魁梧的中年男子推门进来,恭敬弯腰行礼。

"这位便是我家老爷。"管家在身后介绍。

"打扰了。"段白月与司空睿也站起来,"不知该如何称呼?"

"我家老爷名叫坤山。"管家道,"他不懂汉话,却极喜欢与楚国人做生意,说是大地方来的客人,见过世面,豪爽又仗义。"

"过奖过奖。"司空睿道,"方才看这门前人来人往,还劳烦坤山老爷亲自来接待我们,也是受宠若惊。"

坤山示意请两人坐下,然后向管家说了一段话。

管家道:"我家老爷是说,不知两位是想做什么交易?"

司空睿道:"我想要雇佣十名杀手。"

管家面露难色,向坤山低声翻译了一遍。

坤山皱眉,连连摇头。

果不其然,片刻之后,管家道:"实在抱歉,现如今所有的杀手营生都停了,今年也不会再做,只有镖师与武行教头可以雇佣。"

段白月道:"我们可以出大价钱,三倍,甚至十倍。"

坤山依旧摇头："多大的价钱也不做，还请客人莫要为难我们才是。"

"如何能是为难？"司空睿不悦，"白象国的杀手行当早已声名在外，我们也是为此专程驾船前来，劳神劳力不说，现在掌柜的却不肯接生意，害我们白跑一趟。硬要说为难，也该是掌柜为难我们。"

"这……"管家语塞，又小声与坤山商议了几句，还是坚持道，"经商之人注重信誉，害贵客白跑一趟，我们也是过意不去，但着实是没办法啊。"

司空睿道："理由？"

管家道："有人坏了行当的规矩，为了不惹麻烦，只好暂时权宜。"

司空睿道："谁？"

管家摇头："这便是白象国诸多镖局之间的内部纠纷了，客人还是莫要再逼问才是。若实在想找杀手，或许可以去问问别家，但两位贵客像是有急需，我还是在此多嘴一句，哪怕是去大楚找，也不用再在白象国耗费时间了，短期内怕是没有人再敢接杀手的生意。"

"这样啊。"司空睿看了眼段白月，见他微微点头，便道，"那今日便打扰了，告辞。"

"告辞。"管家躬身行礼，坤山也站起来，亲自送两人出了金象镖局。

"看这架势，估摸着如今这白象国内的诸多镖局武行，都恨死了剑门。"司空睿道，"吃了熊心豹子胆，敢去刺杀大楚的一国之君，连累整个行当都没饭吃。"

段白月道："走吧，回客栈，问问那个小丫头可知道些什么。"

"现在不怕她说谎了？"司空睿问。

"昨晚刚来，换作谁都会紧张，自然不宜多问。不过现已经休息了一夜，又有瑶儿陪着过了一天，心里也该放下芥蒂。"段白月在街边买了包小点心，"你可知在大理城中，有多少姑娘喜欢瑶儿？哪怕是说一句话，都要脸红许久。"

司空睿遗憾："可惜我没侄女。否则近水楼台，还能先占着。"

段白月看了他一眼："下回有机会，你可以去会会大楚的刘大炯刘大人。"

司空睿不解："为何？"

段白月道："看着像是与你出自同门。"

司空睿面露疑惑。

段白月却已经拎着点心回了客栈。

段瑶正在与黄鹂聊天，见到两人回来，站起来打招呼。

"带了些点心。"段白月将手中纸包放在桌上，"不知道姑娘喜不喜欢。"

"多谢。"比起昨日，黄鹂看上去果真已经轻松了许多。

"今日我们去了剑门。"段白月道，"只是却大门紧闭，说是已经关了十多天。"

"几位爷要同剑门做生意？"黄鹂问。

段白月道："姑娘不必紧张，既然将你带回了客栈，自然就不会再将你交出去，否则岂非是自找麻烦。"

"说说看，剑门为何要闭门谢客？"司空睿递给她一杯茶。

"是已经关了十来天。"黄鹂道，"先前生意一直做得好好的，突然掌门有天就勃然大怒，府里人人都紧张得不得了，私下有人传，说是二少爷接了不该接的单子，惹了惹不起的人。为了躲麻烦，闭门谢客不算，还要将府里的每个人都审问警告一回，勒令不准在外头乱说，风声鹤唳的。原本四姨奶奶身怀六甲，下个月该生的，也因此受惊滑胎，老太太更是犯了心口疼的毛病，躺在床上起不来，还有人看见鬼。大奶奶请了法师回来，算出说府中犯了煞星，才会遇到接二连三的倒霉事，最好赶紧办一场喜事冲一冲。"

"所以包大渡便要娶你？"司空睿问。

黄鹂点头："我原本只是个端菜的丫头，掌门是看不中的，但情急之下也找不到别家姑娘，要办喜事，我是剑门唯一一个能说娶就娶的人。"

司空睿瞅瞅嘴角，这也行。

"谁教你的功夫？"段白月问。

"剑门是武行，里头人人都会功夫。"黄鹂道，"我是没资格学的，但是有个老镖头看我机灵，所以打小就爱教我几招，我也就学了一些。汉话也是他教的，他是楚国人，还有，家里的教书先生也教了些。"

"不想去做姨奶奶？"司空睿打趣。

黄鹂立刻摇头："我知道之后就想跑，却又知道自己跑不掉，所以……"

"所以便送朵花给我，见我像是好说话的人，又带着刀，就立刻收拾包袱自己跑来？"段瑶问。

黄鹂脸一红，水汪汪的眼睛看他一眼，当时也是急傻了，想不出别的主意。

段瑶立刻拍拍胸口："还好我媳妇不知道。"

司空睿失笑,这是假装有媳妇装上瘾了是不是。

段白月继续道："那位包大渡掌门,来历是什么?"

"来历?"黄鹂不解。

司空睿解释："意思就是,何时来的白象国?"

"没有何时来,是一直在这。"黄鹂道,"虽说祖籍是楚国,但包掌门上一辈就到了这里,一直开着剑门。"

"这样啊……"司空睿摸摸下巴,与段白月对视了一眼。若是祖辈就来此,听起来像是不会有什么问题。

段白月道："你既是上菜的丫头,那应当见过不少上门谈生意的客人。"

黄鹂点头："嗯,我机灵,所以回回上菜都是我。"

段白月继续问："楚国的客人多吗?"

"多。"黄鹂道,"这几年尤其多。"

段白月从怀中拿出画像,是临摹之作,只有一双眼睛:"有印象吗?"

黄鹂接到手中看了看,道:"有。"

司空睿啧啧,还真有啊。

"说说看。"段白月道。

"但那位客人,眼神可没这么和善。"黄鹂道,"也是大楚的客人,是来找二少爷的,我记得很清楚,就在不久前来的。"

"为何会记得清楚?"段白月问。

黄鹂道:"一来这位客人长得好,又高大,又英俊,还挺贵气,与一般的客商完全不一样,当时许多小姐妹都偷偷看,我能上菜,还被大家取笑嫉妒,可就是凶了些,看着有些害怕。"

段白月笑笑:"还有呢?"

"还有,家中有两位少爷,大楚的贵客向来都是由大少爷接待,这回却交给了二少爷,可是头一遭。"黄鹂道,"所以才能记住。"

段白月问:"两位少爷关系不好,对不对?"

黄鹂点头:"是不好,经常吵架,掌门偏爱大少爷,剑门里头人人都知道。所以当时大家都在嘀咕,为什么这回会将这一看就极为阔绰的大客人,交给二少爷。"

段白月道:"只是一桩生意,若是大少爷手中事务太多,交给二少爷也无不可,至于让府中人人都犯嘀咕?"

"可二少爷向来便不学无术,只能接些小单子。"黄鹂道,"大少爷听闻此事后,也不高兴,还亲自去了那几位贵客下榻的酒店,想要从中搅局拦截,却也没得手,后头才有人说,是客人点名要与二少爷做生意。"

包大渡虽说平日里偏爱长子,但手心手背都是肉,既然客人点名要找小儿子,也没有多做干涉。生意很容易就谈成了,订金也如期送上门,一切看上去都是有条不紊,任谁也没料到这批杀手此行竟会有去无回。包大渡因此勃然大怒,剑门内更是风声鹤唳人人自危,连说话都不敢大声。二少爷包岩被禁足关押,大少爷包玉则是连夜带人出了海,除了掌门人,没谁知道他究竟去了哪。

司空睿听得连连摇头:"这种坑爹的儿子,当真养了不如不养。"

段白月道:"你在上菜的时候,可曾记得那位大楚的客人聊了些什么?"

"我没有一直待在屋子里,只零星听到一点东西。"黄鹂道,"而且饭厅之内有丫鬟仆人,应当也不会谈什么紧要大事,大都是在寒暄客套,只有一句,那位客人往后像是要去星洲。"

"星洲?"段白月先前没听过此地。

"是一片荒芜的岛礁,也在这南海中。"司空睿倒是知道,"不过虽说荒芜,却风景秀美,是渔民们躲风暴时无意中发现的,据说夜晚能触摸到整片星河,位置也不错,勉勉强强可以与现如今的通商水路连为一体。"

"这么一个好地方,无人想去占着?"段白月问。

"那是一片荒岛,不是一座城镇。"司空睿道,"虽说无主,但若是占了,便要修房铺路,迁人开港,可不是一年两年就能完成的工程。况且南海之中岛国无数,谁若是先动手,那叫出头的椽子先烂。"

"听当时的意思,那位客人像是要常住星洲,还请二少爷将来去做客。"黄鹂道,"我知道的,大概就这些了。"

段白月点头:"多谢姑娘。"

"是我该谢谢几位才是。"黄鹂道,"这白象国里头,除了外乡的客人,没人敢招惹包掌门。先前也是没抱多少希望的,却没想到当真能命大逃脱。"

段白月让段瑶先带她回房,而后问司空睿:"星洲,离这里有多远?"

"不算远。"司空睿道,"乘一艘大些的货船,最近天气又好,估摸二十来天便能到,想去看看?"

段白月点头。

司空睿道:"也好,横竖现在剑门拒不接客,其余镖局人人自危,有尾巴的也会收回去,守在此处,也守不出个结果。"

段白月道:"听那小丫头方才所言,剑门或许还真没什么问题,有问题的是那位二少爷包岩。一直不得志,便铆着一股劲想要一鸣惊人,才会捅了篓子。如今他被关押禁足,还连累了全家人,甚至整个白象国的同行,应当也是悔不当初,恨死了楚项等人。"

司空睿道:"不如今夜去看看?"

段白月答应:"好。"

子夜时分,街上一片静谧。两人轻而易举便潜入剑门,就见里头也是黑漆漆一片,只有各个小院门口燃着红灯笼,看起来非但不喜气,反而有些阴森。守卫巡逻至少三队,除此之外,各个院子中是一点动静都没有。按照黄鹂所言,关押包岩的院落在最南边,外头果真有不少看守。段白月绕过所有人的视线,悄无声息地落在屋顶,俯身听了片刻,便起身出了小院,落回先前藏身的繁茂树丛中。

片刻之后,司空睿也回来,说主宅那头一样悄无声息,像是所有人都在闷头睡大觉,并无任何发现。

"与我们先前料想的一样。"段白月道,"继续守下去,未必守不到东西,却也未必能守到。时间有限,还是直接前往星洲吧。"

司空睿点头,与他一道出了剑门。

要出海,便要有由头,幸好望夕礁声名在外,既然白象国的武行不接生意,白跑一趟自是不划算,两人想要继续南下看看别的营生也不稀奇。

在动身前一天,段瑶带着黄鹂趁夜色避开海边巡查,神不知鬼不觉地登上了一艘北上大船,让她先躲进船舱底下,自己则是在第二天光明正大出港上船,打算先将人送到西南驻军所在的小岛上,再折返去与哥哥们会和。

段白月与司空睿则是继续南下,前往星洲。这艘大船是开往最南端的新毛国,不过船上的客人却大多是在中途就下船——一路少说也要停泊数十个岛国以及海港，只要有心，到处都是白花花的银子可赚，何必海路迢迢往最南边跑。

而段白月与司空睿，也顺理成章在距离星洲不远的一个港口下了船，就见段瑶正在一个小摊上吃面。

段白月失笑："速度倒是挺快。"

段瑶也看到了两人，几口吃完面跑过来。

"还以为要在此地等你。"司空睿道，"却没料到是你等我们。"

"我坐快船过来的，两头都是铁矛尖，比大船要快得多。"段瑶道，"前天就到了。"

"那小丫头安置好了？"段白月问。

"交给了段念，正好帮忙伙房打个下手。"段瑶道，"岛上没有姑娘家，大家都挺疼她。"

段白月笑笑，道："辛苦你了。"

"还有件事。"段瑶道，"我来这里的时候，恰好看到一艘开往星洲的货船离港，问了当地人，说上头都是木头和绳索，像是要盖房子。喏，那边是另一艘船，也是要去星洲的，上头是粮食和牲畜。"

"牲畜？"段白月道，"看来上头已经颇有规模，否则不会运送活物家畜上去。"

"看架势，说不定都开始过日子了。"司空睿道，"正好，借着这艘船上岛去看看，究竟在要什么花样。"

大楚云德城内，一处孤坟前头，一位头发花白的老婆婆正在躬身烧纸，墓碑上没有名字，只在左下角刻着一个红色标记，表明这座坟冢的主人与北行宫有关。

而城里头的人也对此议论纷纷，倒不是因为别的，而是因为当今圣上在前些日子，曾亲自前来送他最后一程。

可当真是有些身份。

"走吧。"燃尽手中最后一张纸，凤姑婆婆起身，颤巍巍拿起篮子。

旁边老伴扶着她："慢些。"

凤姑婆婆道："这么些年，我知道他在行宫里，你也知道他在行宫里。"

"知道又如何。"老伴抱怨，"他爱守，便让他守，还能撵走不成，显得我多在意他一般。"

凤姑婆婆笑着摇了摇头，替他整整衣裳，随着一道慢慢回了家。沿途她见着有卖鱼的，便拎了两条，正好明日女儿女婿回来，一家人也热闹。

夕阳西下，茫茫荒野，一片静谧安详。

而在边境白海，楚国战船正整齐停泊港口，风帆扬起之时，一眼望不到头。

……

夜半起了大风，船只在海中剧烈摇晃。船舱底部，司空睿接住一颗掉下来的大白菜，道："让我跟你遭这份罪，这笔人情，怕是下辈子你都还不清。"

段白月道："你想多了，我压根便没打算要还。"

司空睿扯过一个布口袋，低头狂吐。

段白月与段瑶齐齐扭头，并无人关照他是否还能撑住。

司空睿有气无力，生不如死。

幸好，在他将胃吐出来之前，大船先一步抵达星洲，停泊在了港口码头。

四周人声鼎沸，三人一直躲在船舱暗室内，直到天明之际，周遭都安静了下来，方才暗中下船上岸。岛上看起来依旧一片荒芜，只是草草修了个港口，人也不多。不过越往里走，烟火气息倒是越重，逐渐有了村落，甚至看架势还有一处市集。

"南洋各国都不敢轻举妄动，却叫外人捡了便宜。"司空睿听起来颇为遗憾。

段白月道："看衣着打扮有楚国人，还有一些不知来自何处。"

司空睿道："我也不认识，不过这南洋岛国多了去，民风迥异，不算奇怪。"

"等等。"段白月示意两人往前看，"觉得那里像什么？"

一片低矮的房屋整齐排列，像是豆腐一般方方正正，看起来极为整齐，少说也有几十间。

段瑶道："军队？"

段白月点头："寻常村落修建宅子，谁家会修成这样。"

"楚项在这里养兵？"司空睿啧啧，"得，这下估摸有得玩。"

"有人来了。"段瑶道。

三人迅速闪到一处巨石后。

片刻之后，果然就见一群人远远过来。打头之人锦衣玉带，气质华贵，与四周苍凉破败的景象格格不入，正是被贬黜的高王楚项。

司空睿道："还真是宫里头出来的，气场一看就与其余人不同。"

段白月问："找死的气场？"

司空睿："……"

段瑶在旁补充解释："当今皇上的气场，那才是与众不同。"

"那是，谁能跟皇上比，但我又没见过。"司空睿揣着手表达不满，"就算小时候有过一面之缘，人也是被你一把就捏断了胳膊疼晕，哪还能看出什么气场。"

段瑶闻言张大嘴，震惊地看着他哥。

你还做过这等禽兽不如的事？

第二十八章

"下一步要怎么办？"司空睿问，"楚项可是现成的就在眼前，这岛上兵马也不多，要将其擒获轻而易举，正好带去王城给小皇帝邀功。"

段白月却摇头："当初与楚项一起被流放的，还有刘锦德。楚项之所以不甘心做逍遥王爷，敢冒着掉脑袋的风险争皇位，一大半功劳要算在刘锦德头上，出谋划策调兵遣将，倒不如说他才是幕后主谋。"

司空睿猜测："你打算等刘锦德出来，再一网打尽？"

段白月道："这星洲新建不过两三年，想来大头还在别处，也不知究竟有多少人，但既然需要重新寻一处岛屿养兵，怕是早已成了规模，甚至不单单是刘锦德与楚项，更有可能是与南洋某个岛国联手，才能在短期内快速发展壮大。所以此时单单杀了楚项怕是没用，幕后主谋一日不除，这南海便一日不会安稳。"

司空睿道："南洋岛国虽多，规模大的却没几个，况且近年来大家都时兴与楚国通商做生意，赚银子都来不及，打仗作甚。起码就我知道的几个大国而言，是断然不会有此等念头。"

"可你也说过，这南洋大了。"段白月道，"惊涛漩涡加上茫茫白雾，莫说是藏匿数万人，就算是数十万人，也并非不可能。"

司空睿道："那你的意思？"

段白月道："先在这岛上大致看看，而后便暂时撤离。楚项既然选了星洲作为新的地盘，想来也不会离老窝太远。你我借着商人的名义在附近几个岛国先去打探消息，再定下一步要如何。"

司空睿叹气："可怜我那独守空闺、如花似玉、情意绵绵、急盼夫归的娘子，还不知要等多久，才能见到她英俊潇洒、玉树临风、潇洒不羁、情深倜傥的相公。"

段瑶默默堵住耳朵，四个字四个字，听多了晕。

段白月拍拍他的肩膀："有好处。"

司空睿赶忙问："是何好处？"

段白月答："此行之后，我便将那些信函都还给你。"

司空睿感慨："真是好大一个好处。"

段白月点头："我也如此认为。"

司空睿："……"

早就知道，不该与他比脸皮。

本来就厚，还戴个面具。

问世间谁人能敌。

西南王府内,南摩邪正被压着坐在石板凳上,疼得龇牙咧嘴。

金婵婢拿着篦子,一下下帮他梳头,下手快准狠,转眼便将那一头乱蓬蓬的白发束了个整整齐齐。王爷与小王爷不在,南师父便愈发没人管,新衣裳两天就能穿破,头发比鸟窝还要乱,昨日里去街上蹲着晒太阳,被一伙外乡人当成乞丐,片刻面前就落了一堆铜板,到现在城里头的男女老少还在取笑,简直丢人。

南摩邪垂头丧气,觉得自己昨日也算是赚了钱,赚了钱还要被梳头。

"南师父,金婵婢。"一个小厮急急忙忙跑进来,"有官家人来了。"

"官家的人?带去议政厅,通传王大人便是。"金婵婢道。

"不是,客人点名要找南师父。"小厮道,"看着派头大得很,是魏大人亲自陪着来的。"

"魏方魏大人?"南摩邪纳闷,那可是朝廷派往西南最大的官,莫非来的是钦差?

"不行,魏大人,魏大人,这里是后院,不能进啊。"几个家丁急急阻拦,"南师父的住处,院子里到处都是毒虫。要是被咬了可如何是好。"

魏方一脸为难,你拦着我也没用啊,没见是前头的祖宗要闯?

"这么急,可莫要是出了大事。"金婵婢听到外头的动静,也有些心里没底,连衣裳也来不及让南摩邪去换,站起来刚想出去看看,院门就被人一把推开。

看着门口站着的人,南摩邪目瞪口呆,觉得自己或许是眼花,或许是头皮拉扯太疼出了幻觉。

魏方在旁道:"南师父,皇上昼夜兼程来这西南府,有要事相商。"

四下一片安静。

金婵婢识趣行礼退下,楚渊微微一抬手,魏方也躬身离开。

南摩邪搓手干笑。

楚渊问:"他又不在,是不是?"

南摩邪发自内心道:"这回是真不在。"

"去了南洋何处?"楚渊问。

南摩邪咽了咽口水。

楚渊继续道："根本就没有找到天辰砂，为何要骗朕？"

南摩邪心里暗暗叫苦，怎么突然就什么都知道了。

见他沉默不语，楚渊心里已有端倪，玄天临终之前写了一封书信，告知自己段白月曾派段瑶私下前去找他，串通说天辰砂并不难找。可上古传说时的神物，怎么可能不难找。再退一步，就算当真找到了，流传下的只字片语都说天辰砂服下后能解百毒续经脉，实在不该是当日那副半死不活病厌厌的样子。更别提什么白眉仙翁——问了东海蓬莱星斗真人、南海染霜鬼手神医，以及诸多长居沿海的老人，都是闻所未闻，街边破烂小话本上倒是有不少类似的神仙，白眉仙翁、白须仙翁、白袖仙翁、白发仙翁，刚好可以凑齐一桌四人饭。

想到此处，楚渊几乎要怒火滔天："他人究竟在何处？！"

南摩邪后退一步，道："皇上，还是回王城吧。"

"朕自然要回王城，却先要还他一条命。"楚渊道："若是前辈不肯说，北海楚军已调拨完毕，随时都能出战。"

南摩邪浑水摸鱼跟着附和："皇上所言极是，只是我也不知道那孽徒现在何处，不如——"

"前辈不必再说了。"楚渊打断他，声音无风无浪，"实在不知道，也无妨。我大楚海军此前从未练兵，此番正好一个岛国一个岛国打过去，所有说不出人在何处的，一律视为西南府同谋逆贼，看最后朕究竟能将这先祖传下来的家业扩到何处。"

南摩邪目瞪口呆。

"告辞。"楚渊甩袖往外走。

南摩邪在后头泪流满面："白象国，白象国！"

楚渊嘴角扬了扬："多谢前辈。"

南摩邪一跺脚："我随皇上一道去！"

楚渊依旧笑："好。"

南摩邪很想学自己的小徒弟嚎大哭。早知如此，昨日就该将自己埋回坟堆里，也好躲清净。

官道上，一队马车轻快前行。楚渊靠在窗边，看着外头山色出神。

四喜道："皇上，歇一阵子吧。"

楚渊回神："你猜此时此刻，太傅大人该怎么想？"

还能怎么想。四喜公公笑容满面，心里却说，估摸着这回皇上回去，太傅大人非得拿出先皇留下的家法不可。

王城里，刘大炯专程出宫买了一大包火烧，拎着前往陶仁德府上。

"刘大人。"管家像是见着了救星，"您可算是来了。"

"老陶气死了？"刘大炯一脸关切地问。

管家被吓了一跳，赶忙摆手："大人莫要开玩笑。若是被我家大人知道，估摸着又要多躺两天。"

刘大炯拎着火烧，推开卧房径直走了进去。

陶仁德脑袋上顶着一块帕子，正在长吁短叹。

刘大炯道："看你这架势，倒像是医书里画的妇人滑胎。"

陶仁德坐起来，问："皇上回来了吗？"

"皇上回来作甚？"刘大炯道，"应当还在南边。"

陶仁德又倒了回去。

刘大炯道："火烧吃吗？"

陶仁德怒斥："都什么时候了，你还想着吃火烧。"

"什么时候？火烧刚出炉的时候，得趁热吃。"刘大炯打开纸包，"这朝中也不是只有你一人，别的大人都没事，只有你将自己折腾得一病不起，何苦。"

"毫无征兆便丢下朝中事务，要挥兵攻打南海，这——"陶仁德话说了一半，又将自己气得直喘。

"咱皇上已经不是刚登基那阵了，这四海九州，还不能有点野心？"刘大炯啧啧。

陶仁德道："野心暂且不论，可现如今连西南都尚未收回，锰祁河以南还姓着段，皇上非但置之不理，反而主动将西南大军调往北海，将锰祁河以北腹地尽数敞开，到时候倘若真与南洋开战，难保西南府不会趁机分一杯羹，到那时大楚腹背受敌，这疆土若再失去一寸，你我可就都成了千古罪人啊。"

"你能想到，皇上就想不到？"刘大炯道，"皇上想不到，沈将军总该想得到，九王爷总该想得到，既然他们都不管，谁又能肯定皇上此行就一定会开战？"

陶仁德皱眉。

"你还是听我一句劝，吃个火烧冷静一下。"刘大炯往床上盘了一条腿，慢条斯理道,"说不定皇上只是去游山玩水散散心,又或者是为了探听消息,慌什么?"

陶仁德神情凝重咬了一口火烧。

"这就对了。"刘大炯道,"先皇临终时将皇上托付给了你,你这叫关心则乱。有时候听听我的也没错。就算皇上当真有并吞八荒之心,就算总有一日大楚会宣战南洋,也不会是现在,咱皇上,精明着呢。这大楚的江山落在他手中,你我或许会多头疼几回,可却是百姓的福分。"

陶仁德沉默许久,眼皮子抬了抬,道:"老狐狸。"

刘大炯嘿嘿笑道:"这话往日都是我说你,这回我可就收下了。你也别在床上躺着了,出去吃个馆子喝杯酒,明日该干吗干吗,只管放宽心,等着皇上回来便是。"

北海是楚国南端最大的军备港口,自楚渊登基以来,虽说从未打过海战,海军人数却是逐年增加,从东海一直压到南海,起风之时,黑色战旗遮天蔽日无尽连绵,每日清晨准时响起的嘹亮号角声,几乎能传到天涯另一头。也正是由于这个原因,近些年前往南洋做生意的商人才会越来越多——身后有如此强大的国家支撑,自然不怕被外邦欺负,一来一往和气生财,日子也是愈发有滋有味。

而北海下属的关海城,就成了最重要的通商港,满载着瓷器丝绸的商船启航出发,逐渐隐没在朝阳里。楚渊穿着便装,坐在码头旁的小摊上吃了碗鱼丸汤。摊主是个年轻的后生,身后背着一个娃娃,一边做生意一边与自家媳妇说笑。楚渊听得有趣,便多坐了一阵子,直到四喜找来,方才放下一锭碎银起身。

"少爷。"四喜手里拿了一把雨伞,"看天色像是要落雨了,早些回去吧。"

"前辈呢?"楚渊问。

"就在前头。"四喜道,"西南府在这关海城中开了家铺子,专门收深海捕捞上来的珍珠,这几天恰好有府里的人过来收货,南师父便说顺道去看看。"

"珍珠铺子?"楚渊道,"走吧,我们也去看看。"

码头不远处,就是一条热闹繁华的大街。两边的商铺恨不能挤在一起,大多是做水产海货生意,一股子鱼腥味,不过楚渊倒是不嫌弃,一路走走停停,再与各个老板闲聊两句,最后停在一家商号前:"这里?"

"是。"四喜道,"南师父应当还在里头。"

楚渊掀开帘子走进去,不见有小伙计接待,倒是有个五六岁的小娃娃,正在后门口坐着玩手指头。听到有动静,小娃娃好奇地抬头。

楚渊见他粉白可爱,便笑着伸手:"过来。"

小娃娃站起来,奶声奶气问:"你们找谁?"

"我们找南师父。"楚渊蹲下,"你叫什么名字?"

"薛小满。"小娃娃答。

"小满?"楚渊点头,"名字不错。"

"南师父在后头。"小娃娃伸手指,"吃饭呢,娘亲也在后头。"

楚渊道:"我带你去找娘亲?"

"好。"小娃娃懒得走路,伸手等着抱。

楚渊将他抱起来,方才走到后院,就听到南摩邪的大嗓门,紧接着,便有一个女子从另一头过来,正是先前赵五从后山救回的锦娘——她前段日子一直在西南府忙碌做活,金婶婶看得心疼,便让她随着商队一道来收珍珠,一来散散心,二来也躲个清闲。

"娘亲。"小满伸手叫她。

楚渊猛然停住脚步,四喜公公神情也有些讶异。

"皇上。"看清来人是谁后,锦娘脸色瞬间变得煞白,腿一软便跪了下去。

南摩邪单脚跨进院门,见着这一幕后,诧异道:"出了何事?"

"先将孩子带下去吧。"楚渊将小满递给四喜。

"皇上,孩子是无辜的。"锦娘着急,跪着向前挪了两步。

四喜捂住小满的眼睛,一边哄一边去了前头。

锦娘见状站起来想去追,却被楚渊伸手拦住,扭头看见南摩邪,顿时如同见了救星,扑上前便跪,"南师父。"

"你先起来,先起来再说,好端端的这是怎么了?"南摩邪一头雾水,将她拉起来。

"朕自然不会与一个小孩过意不去,不管他的父亲是谁。"楚渊冷冷道,"楚项呢?"

南摩邪闻言略吃惊,楚项?

锦娘连唇上都失了血色,许久之后,方才断断续续说出实情。

锦娘原名薛婷儿,本是刘府中的一名舞娘,虽说姿色平平,舞姿却曼妙非常。楚项与刘锦德私交甚笃,几回宴请之后,便顺理成章将人带回了王府。薛婷儿出身低

第二十八章

微，自然没有资格做侧妃，几年之后楚项被流放海南，按照身份她原本可免罪，可却痴心不死，硬是一路跟到了海南。

"既然如此，为何又要回来？"楚渊问。

锦娘道："在初到海南之时，他感念我一片真心，也算是恩宠有加，甚至连逃离出海的时候，也不忘带上我。只是到了新地方，日子好过了，他却反而越来越暴戾，整日里非打即骂，甚至……"

"甚至什么？"楚渊问。

"甚至还想要重整旗鼓。"锦娘声音沙哑，"我心知他不自量力，他却看不清时局，被人日日在耳边吹捧，哪还有半分好好过日子的心。眼见他越来越疯魔，已无药可救，生下小满之后，我便逃了，我不怕死，却不想让儿子也被他教成偏执残忍之人，更不想让小满将来受牵连。"

楚渊道："离开海南之后，你们究竟去了何处？"

锦娘摇头："不知道，船只有许多天都是在茫茫白雾里穿行，有时甚至连日夜分不清。到了岛上之后，他也不许我四处乱走，那里的人打扮穿着极为奇异，有许多裹着黑色披风的巫师。"

南摩邪闻言，心里猛然一动。茫茫白雾、黑袍巫师，一切似乎都与传闻中的翡缅国一致。

楚渊扬扬嘴角，没说话。

南摩邪热泪盈眶，很想狠狠拍一下脑门，或者拍两下——找了这么多年的天辰砂，却没想到西南府中就有一个翡缅国出来的人，当初怎么就没多问两句呢。

如此，也不知该说造化弄人，还是该怨徒弟命苦。

南海离镜国，段白月正在客栈中擦拭玄冥寒铁，就见司空睿推门进来，手中抱着一摞搓衣板。

段白月打趣道："要带回去跪？"

司空睿满脸不屑道："我怎会跪此物？"

段瑶接话："对，都是跪钉板。"

段白月忍笑。一张嘴说不过两个人，司空睿无奈，自己拿过茶壶喝茶："既然是打着做生意的名号，总不能什么都不做，这离镜国专出产各类木具，澡盆浴桶搓衣板，我挑了半天，只有这个最轻巧。"

段白月道："我与瑶儿也打听到了些事。"

"说来听听。"司空睿来了兴趣。

"无人能说清星洲岛上的人是来自何处,却也有些隐约风声。"段白月道,"据说船只来自北边,要穿过茫茫白雾,若是航程中遇到风浪,船上备着的干粮不够吃,便会用一些草药向来往商船换些生活所需。"

"北边、白雾、草药,还得地方大。"司空睿啧啧,"除了翡缅国,我可想不出第二个。看来是你运气好,连老天爷也要帮忙,否则为何那楚项别的地方不待,偏偏挑这个。"

段瑶道:"可要怎么混进去?二哥带人在海上漂了大半年,也没找到翡缅国的具体方位。若是一天两天,倒是能隐在大船的底部混上岸,但从这里到翡缅国少说也要数月,光躲着可不行。"

司空睿道:"找个光明正大的路子混上去。"

段瑶不解。

司空睿道:"这城里有个地方,据说主子与星洲有些关系。"

段白月问:"何地?"

"说了你或许不信,可世间当真就有如此凑巧之事,我也是刚刚才打听到。"司空睿道,"这城里有个地方,名叫小飞鸾。"

段白月哑然失笑:"景流洞?"

"这可算是自己送上门。"司空睿道,"在将他绑回去交给景流天之前,或许还能有些别的用途。"

段白月点头:"甚好。"

离镜国的建筑都颇具特色,只有位于闹市中的小飞鸾,青墙灰瓦雕花木窗,颇有楚国江南的风韵。大楚飞鸾楼声名在外,据说这小飞鸾的主子是飞鸾楼主的弟弟,自然生意也差不到哪里去。

景流洞斜躺在榻上,看着面前舞娘献艺,颇为快活风流。这里距离大楚十万八千里,他自然不会担心会被哥哥找上门,因此也不避讳打出飞鸾楼的招牌。每日都有大笔的银子进账,又无人管东管西,快活赛神仙。

小厮噔噔跑上楼,说又有客人求见。

景流洞坐起来,挥手示意舞娘暂且退下。

司空睿推门进来,身后跟着一个戴银色面具的男子。

"两位客人。"景流洞站起身,"可是要打探什么消息?"

"正是。"司空睿态度恭敬,"打扰了。"

"好说。"景流洄笑笑,叫来下人奉茶,"不知要打探何事?"

"实不相瞒,不是在下,而是在下的这位兄弟。"司空睿道,"他如今背井离乡,想找个能赚银子的行当做一做,听说景楼主这里门路甚多,便斗胆前来一问。"

"赚银子的行当多了去,如此未免太过笼统。"景流洄摇头,"至少说一说想要做哪行,我再告诉你行不行,如此大家都方便。"

司空睿道:"我们也打听了一些日子,小打小闹的生意来钱太慢,我们也看不上。但见最近有不少大商船载着圆木前往星洲岛,像是个好营生,不知能否从中也分一杯羹?"

"要做星洲的生意?"景流洄道,"不可能。"

段白月问:"为何?"

"星洲岛上的主子,不接陌生人的生意,更不接楚国人的生意。"景流洄回答。

司空睿道:"大楚商帮实力何其雄厚,为何不肯与之通商?"

景流洄摇头:"这便不可细说了。"

"当真毫无通融的余地?"司空睿又道,"星洲岛的主子不喜欢大楚,我这兄弟也是被大楚逼迫到有家不能回,却又有几分骨气,不肯依附我偷生,这才不辞辛苦下南洋,想要靠着自己重整旗鼓。做生意的本钱,我这里要多少有多少,而且他功夫奇好,放在中原武林也是一等一的高手,更不必惧怕海盗。"

"功夫好?"景流洄来了兴趣,"有多好?"

段白月道:"以一敌百。"

景流洄存疑:"可江湖排行上并无阁下。"

段白月道:"功夫高低,一试便知,总比一张纸要更加令人信服。"

景流洄又问:"为何戴着面具?"

司空睿在旁道:"遭人陷害容貌尽毁,伤心往事不提也罢,不提也罢。"

景流洄想了片刻,道:"做生意怕是不行,但我这里却有另外一桩差事,也是与星洲岛有关。而且若是做得好,银子不比木材生意少。"

"当真?"司空睿喜问,"不知是何营生?"

景流洄道:"教头。"

"教头好。"司空睿击掌,又问,"可我这弟下手没个轻重,万一打死了人,该如何是好?"

"在练兵时都能被打死,便是废物,死几个废物,又能如何。"景流洄道,"只是在此之前，我要先试试阁下的功夫。"

段白月点头："好。"

景流洄又道："聊了这么多，还不知二位该如何称呼？"

"好说。"司空睿道，"在下是望夕礁的少当家司空睿，这位是我义兄，先前的名字不提也罢，现如今既要重新脱胎换骨，自然要取个响亮些的新名号，楼主称呼一声王富贵便可。"

景流洄被噎了一下，过了片刻才道："王兄。"

段白月冷静无比："好说。"

司空睿在旁揣着手，笑容无比诚恳。

约好的日子在三天后，待到段白月与司空睿前往之时，景流洄已经先一步抵达，身旁站着一人，正是楚项。

"阁下便是星洲的主子？"司空睿称赞，"果真器宇轩昂、卓尔不群，我这兄弟将来跟了阁下，还望多多提携才是。"

"兄台客气了。"楚项道，"只要是有本事的人，跟在我身边想吃亏也难。"

段白月问："要与何人比功夫？"

"不是与人比。"楚项按下身侧一块大石，地面竟缓缓裂开一道缝隙。

司空睿小声问景流洄："和鬼比啊？为何还得钻到地下？"

"去看了便知。"景流洄微微一笑，深不可测。

段白月纵身跃下，片刻脚底便接触到了土地，不算高。

其余几人也跟着跳入暗室，墙壁上用明珠照明，光线很暗，却也能看清在前头的一片空地上，整整齐齐列着十几座九尺铜人。

正是八荒阵法。

司空睿道："这是何意？"

"在其中一尊铜人的手中，有一枚红色玛瑙。"楚项道，"若是能在半个时辰内将它夺得，便算赢。"

司空睿恍然大悟："原来是阵法。"

楚项道："此阵颇为凶险，兄台还是小心为妙。"

段白月道："若我能破阵，是否就能前往星洲？"

第二十八章

"可不单单是星洲。"楚项道,"若能破得此阵,将来便是数不清的荣华富贵,小小一座星洲岛,兄台能看得上,我还看不上。"

段白月道:"好。"

其余几人向后退去,段白月赤手空拳,独自一人走入八荒阵中。

楚项按下机关,铜人如同有了生命一般,缓缓沿着地轨移动,打头铜人手臂骤然挥起,段白月闪身躲过,铜像左手重重砸入墙壁,灰尘扑簌落下,连脚下土地也在隐隐颤抖。

司空睿捂着嘴咳嗽,万分担忧道:"这洞穴当真不会塌?"

楚项并未理他,而是一直盯着段白月。

八荒阵之所以难以攻破,并不是因为铜人移动速度有多快,而是因为整个阵法骤然看上去混乱至极,几乎毫无规律可言,却又有迷魂口诀暗藏其中。被围攻之人初始或许可以勉强应对,但时间一久,便如同中了迷药,腿脚虚软神思恍惚,极易露出破绽。

司空睿看了一阵,猛然闭上眼睛,心中无端便开始烦躁。

楚项嘴角微微一扬,道:"若是难受,不如出去等。"

司空睿深呼吸了几口,重新睁开双眼,道:"见笑了。"

"阁下初见此阵,能盯着看上一盏茶的时间,已经算是高手。"楚项道,"只是比起你这位朋友,还是要略逊几分。"

言谈间,段白月手中匕首已然寒光一闪,竟是生生将那铜人的手腕斩断。一枚红色玛瑙被震到半空,段白月飞身而起,将其稳稳收入掌心。

楚项大喜过望:"好功夫!"

段白月跃出八荒阵,道:"承让。"

"能轻轻松松便破解这铜人阵,阁下可是古往今来第一人。"楚项道,"那中原武林有眼不识泰山,竟让此等高手一直寂寂无闻,害我险些错失一员大将。"

"过奖了。"段白月道,"前尘往事不想再提,只求将来能有口饭吃。"

"此言未免太过自谦。"楚项摇头,"阁下先在这离镜国暂且歇息两日,两日之后也不必再去星洲岛,随我一道去另外一个地方,共商大事。"

段白月道:"好。"

司空睿在心里啧啧,从小到大这些年,可算是见他走了回狗屎运。

回到客栈后，司空睿拿着先前谈好的价钱，前往小飞鸢付银子，景流洄却笑道："白日里那位雇主早已付了我三倍的价钱，阁下就不必再破费了。"

"这如何使得。"司空睿一边客套，一边赶紧将银票揣回袖子里，原本也不是很想给。

景流洄道："只盼着将来那位王兄若是发达了，千万莫忘我这小飞鸢便是。"

"自然自然。"司空睿笑容满面，心说算你命大，居然还当真有些用。那就先不抓了，等着反贼被一网打尽后，再将这小纨绔子弟带回中原也不迟。

过了两日，楚项果真亲自带人来接，司空睿情真意切，就差握住王大哥的手泪水涟涟，恋恋不舍。段瑶躲在暗处看，直牙疼。黑色大船启航离港，载着段白月与楚项等人，一道驶向北方。

当天夜里，司空睿亦是乘坐商船离开，打算先去西南军所在的岛屿，再做下一步计划。段瑶则是继续留在了离镜国，守着不远处的星洲岛，以免再出意外。

海上航行的日子，人多了自然热闹，人少了却难免乏味。楚渊坐在甲板围栏上，手中抱着一个椰子，看着远处的海鸥与流云。

南摩邪在后头小声道："皇上也能这么大刺刺地坐？"难道不该注重些皇家仪态，小话本里都这么写。

四喜公公道："陶大人不在，皇上想怎么坐，便怎么坐。躺着也行。"

听到他二人对话，楚渊回头："说说看，皇上该怎么坐？"

南摩邪赶忙道："皇上不管怎么坐，看着都极为威严高大。"

楚渊与他对视片刻，却先自己笑了出来。还当真像是某人的师父，说话都是一个调调。

南摩邪心想，皇上看着心情像是还不错。

而事实上，楚渊也的确极为轻松。人在白象国，又有了天辰砂的线索，一切似乎都在向着最好的方向发展。与其一直待在宫里怨天尤人，倒不如先将麻烦一件一件解决掉，然后再一并算总账，也不晚。众人此行的身份是大楚商帮，带队之人名叫唐苏安，名字听着诗情画意，却生了一张络腮胡子脸，先是段白月的心腹，后头就莫名其妙变成了楚渊的心腹，明里身份是王城绸缎行老板，经常会往来白象国做生意，因此对一切门路都摸得极清。

楚渊叫："糖蒜。"

唐苏安赶忙道："少爷。"

楚渊道："白象国的码头，日日都这么多人？"

"分淡季旺季，这是入冬前的最后一个走货期，人自然会多一些。"唐苏安道，"不过就算人再多，进出往来也要严格登记，这一点可不马虎，就算是塞了银子，少爷怕也要等一阵子。"

楚渊道："无妨。正好能四处看看，这可比折子里写的要鲜活许多。"

南摩邪偷偷往外溜。

八名侍卫齐齐挡在他面前。

楚渊扬扬嘴角："前辈想先替我去找人？"

"没有没有。"南摩邪咳嗽两声，道，"风大，去买顶帽子戴。"

楚渊道："来人！"

片刻之后，十几顶帽子被送到南摩邪面前，各色花式都有，惹来旁边一群大婶艳羡，也想要。

南摩邪嘿嘿干笑，心里替徒弟点蜡。不是为师不帮你，是这小皇帝着实太凶，还是自求多福罢。

待到众人终于进城，已然到了黄昏时分。在馆子里叫了饭菜，楚渊拿着筷子吃了还没两口，就见楼梯口上来一个人。

四目相接，金姝有些讶异。

"这位姑娘。"南摩邪先一步道，"你认识我家少爷？"

金姝回神，笑了笑，道："没想到会在这里遇到诸位。"

唐苏安拉开椅子，道："姑娘请坐。"

金姝将怀里抱着的女儿递给丫鬟，示意她去另一边等着。

楚渊问："是你的孩子？"

金姝点头："刚满五个月。"

楚渊笑道："早知如此，我便该带些礼物来。"

"刚出生就能见着少爷，已经是贤儿的福分。"金姝微微低头。比起刚进宫那阵，性子已然沉稳内敛不少，有了几分为人妻母的贤惠端庄。

楚渊道："在这里可还过得习惯？"

"嗯。"金姝道，"夫家的人待我都很好，连哥哥来过一回，都说我命好。"

楚渊打趣："你哥哥可没这么跟我说，还在哭穷要银子。"

金姝闻言也笑，气氛轻松不少，又道："少爷怎么会来这白象城？按理来说大楚天子南下，这白象国主该是求之不得才是，何必微服前来？"

楚渊道："此行不想大张旗鼓，只是为了找人。"

金姝看了眼南摩邪，道："找段……吗？"

楚渊点头："你见过？"

金姝道："嗯，不过是数月前的事了，在城里一家书画铺子里，偶尔看到一个戴着银色面具的人，应当不会认错。"

楚渊问："现在可还在？"

金姝摇头："应当早就走了。"

楚渊闻言皱眉。

金姝道："少爷若是想找，我夫家恰好负责码头来往商户的登记，只要知道登记的是何人姓名，查查便能知去了何处。"

话虽如此，但傻子也知道段白月不会用真名。就在南摩邪心思复杂，不知自己是该松一口气，还是该为徒弟多提一口气时，楚渊却已经起身，随金姝一道去了先前段白月下榻的客栈。

"大楚的商户？"小二见着金姝，自然不敢怠慢，赶忙抱出前几个月的所有簿子，一本一本仔细翻阅，总算找出了一个熟悉的人名——司空睿。

"对对，就是这三位客人。"小二道，"我有印象，其中一位戴着面具，想忘了也难。"

亏得此行为了不让人起疑，司空睿一直便用的是真名——横竖已经多年未见，外界从来就不知望夕礁与西南府还有关系，就当是正经带着友人出来探商路，被查也不怕。有了这个名字，再加上金姝从中相助，只用了两天时间便查到了几人离开时所乘坐的商船。

"多谢。"楚渊道。

"少爷客气了。"金姝道，"就当是替我那哥哥还些人情，也替我还份姻缘情。毕竟若非当年前往王城，怕是也不可能觅得良人。"

楚渊笑笑，转身上了商船。

"这连日奔波,还没好好歇上几天,昨日风寒才刚好一些。"四喜公公心疼楚渊,低声道,"南师父当初也不劝着些西南王,有什么话不能说开,弄得现在一个往天涯跑,一个往海角追。"

南摩邪蹲在甲板上,也是感慨万千。

大船在海上航行,如同段白月所预料,大致是向着传闻中翡缅国的方向。在即将抵达白雾边缘时,几乎船上所有人都拿出一条黑布带,蒙住了自己的双眼。

段白月问:"这是何意?"

楚项道:"并非在下多疑,只是王教头初来乍到,该守的规矩还是要守,待到将来相处的日子久了,进出迷雾之时,自然可摘下眼罩。"

段白月道:"看来先前我想错了,看这架势,主子可不是个简简单单的生意人。"

楚项摇头:"若只是个生意人,王教头跟了我岂不屈才。这般出神入化的武功,自当施展拳脚做番大事,好将先前丢了的东西,再重新夺回来。"

段白月自己蒙住双眼,并未再多言。

楚项对他极为满意,武功盖世又沉默寡言,懂得什么该问什么不该问,得此一人,将来可是能顶大用。

按照段白月先前所想,在进入白雾区后,余下的航程顶多还有一两天,却没料到竟是过了整整十日,船只方才泊入码头。而在这十日间,只要是拿下眼罩,身边便必然有人看守,连舱门都不得踏出一步。吃饭之时,众人往往被集中在舱底的大厅中,只用夜明珠照亮,绿莹莹幽暗暗,映着对面之人惨白的脸,修罗地狱一般。

段白月在心里摇头,正常人在此等环境下待久了,只怕也会疯。而打仗最怕的便是疯子——为了能摆脱这等压抑苦闷的日子,怕是个个都会拼命。

"王教头。"大船停稳之后,楚项亲自前来接他,"这便是荒石岛。"

段白月走出船舱,就见四下一片荒凉,比起先前的星洲岛来还要更破败几分,着实不像是住人的地方。

楚项道:"这是练兵用的海岛,四周海域遍布迷雾机关,绝对不会有外人闯入。"

段白月道:"主子也住在此处?"

楚项摇头:"这里此后便是王教头的地盘,我只会偶尔过来看看,若是缺少什么,尽管开口便是。"

段白月点头:"好。"

"在海上漂了这么多时日,也该累了,大家先各自回去歇着吧。"楚项吩咐,"晚上会在前厅设宴,为诸位接风洗尘。"

段白月随下人一道回到住处,沿途依旧是满目礁石荒草丛生,转过几个弯后,面前骤然出现一排屋宅,修建得整整齐齐,与先前在星洲所见大同小异,只是规模要大上不少。这片被白雾笼罩的海域范围极大,也不知究竟还有多少这样的海岛,偏偏楚项看上去又极为多疑,怕是短期内也打探不到什么消息。

既然上岛的身份是教头,那自然不可能什么都不做,然而要替叛党练兵对付大楚,这种事显然傻子也知道不能做。段白月躺在床上,后脑枕着手臂,看着床顶考虑下一步如何走。

海岛上的军队少说也有上千人,而且明显经过挑选,个个都有几分真功夫。按照楚项所言,这批人需在半年内出师,而后便会离开海岛,再换一批新人前来。

"今早我过来的时候,见港口那里似乎有不少人。"段白月道,"可是主子要走?"

楚项摇头:"今日有客要来。"

段白月道:"看架势,应该是贵客。"

楚项问:"王教头可曾听过翡缅国?"

段白月不动声色道:"自然听过,却没想到当真有,今日的贵客来自翡缅国?"

楚项点头:"可不单单是来自翡缅国,而是翡缅国中最有地位之人。"

段白月道:"主子有地位,结识的朋友自然也该有地位。"

楚项大笑:"已在这岛上待了将近半个月,才知道原来王教头也懂客套世故。"

段白月道:"实话实说罢了。"

楚项道:"今日来的是翡缅国的国主,名叫黑鸦,性子有些阴晴不定,但却与王教头一样,都是有本事的人。"

两人说话间,已有一群人从另一头远远过来。打头之人一身黑衣,身材比起普通南洋人要高大许多,虽说天气并不寒凉,却依旧裹着黑色斗篷,被海风一吹,倒是当真名副其实，如同一只黑鸦。

楚项笑着迎着上去，客套几句后，又转身指了一下段白月，像是在做介绍。

"王富贵。"黑鸦汉话说得生硬，却也勉强算流利，"好，我记住你了。"

段白月抱拳："国主。"

"国主为何这阵前来？"楚项道，"按照日子，该还在黎黎岛才对。"

黑鸦道："前段时日，荒野云顶那头海啸加上地震，我担心天辰砂会被冲走，便赶过去看了看。"

段白月心里猛然一动。

楚项皱眉："没事吧？"

"无妨。"黑鸦道，"只是被灰尘土块掩埋，清理干净之后，已重新找了个地方埋好，楚兄尽管放心。"

楚项松了口气，又道："可要换个地方？"

"荒野云顶是这白雾中最隐蔽的岛屿。"黑鸦道，"楚国皇上想要的东西，自然珍贵万分。就连楚兄自己也说，对方阴谋诡计层出不穷，不可不防。不过现在除非长了翅膀，否则没人能闯入荒野云顶。"

楚项点点头："我信国主。"

"我刚下码头就听说，岛上来了位神功盖世的教头。"黑鸦问，"可能打得过那中原武林的秦少宇与沈千枫？"

段白月道："或许可以。"

"据闻秦少宇当初曾单枪匹马一人，闯入漠北数万大军中大开杀戒，连沙漠里的圣河都被染红。"黑鸦道，"王教头将来若是当真能与之一战，那可是能载入史册的丰功伟绩。"

段白月笑笑，道："我也在等这一天。"

而在另一片海域，楚渊正坐在围栏上，看着四喜带人在港口查登记簿。这是个大港，一行人足足翻了大半个时辰，还没能找出司空睿的名字。就在楚渊丢掉手里的果子，自己跳下船打算去帮忙的时候，身后却骤然传来一声吆喝："司空睿，司空睿是哪位？船要走了！"

"哎！"司空睿背着包袱，怀中抱着一大摞搓衣板拨开人群，"来了来了！"

楚渊道："留步！"

"留什么步？"司空睿方才打发走一群算命的假瞎子，还当又是同伙，头也不回就往船上爬,"我知道我命好,不用再算了,后会有期啊后会有期。"

楚渊飞身上前,将他一把拎下来。司空睿毫无防备,险些摔了个大马趴,于是恼怒转身:"你这骗——"

"骗什么?"楚渊嘴角一扬看着他。

虽说已经十几年没见过,但他也看到过段白月手中的画像,再加上这般华贵的气度,司空睿几乎瞬间便确认了他的身份,于是笑容满面道:"翩翩佳公子。"

南摩邪与四喜听到动静后,也往这头过来。

楚渊往他身后看了一眼,道:"人呢?"

司空睿诚恳:"只有我一人。"

南摩邪叹气:"都到了这当口,就别再瞒了。"

"当真只有我一人。欺君是大罪,这我还是知道的。"司空睿于是赶忙又补充道,"一个在离镜国,还有一个随黑色大船去了翡缅国。"

楚渊眉头紧皱,孤身去了翡缅国?

"这里不是说话的地方。"四喜小声道,"先去客栈再说。"

司空睿怀中抱着搓衣板,眼睁睁看着船只离开,人也跟跟跄跄被南摩邪拖上了马车。

几人就近寻了一处客栈,还没等问,司空睿便一五一十,将先前的事情大致说了一遍。

南摩邪目瞪口呆:"他去了翡缅国当教头?"

司空睿道:"是啊。"

楚渊:"……"

南摩邪脑仁子直疼。

"不如先回离镜国?或许会有新情况。"司空睿小心翼翼建议道。

楚渊点头:"好。"虽说北海驻军已整装待发,随时都能开战,但谁也不知天辰砂究竟被藏在了何处,若被对方情急之下毁了,那可就当真是得不偿失。事到如今,自然是越稳妥越好。

南摩邪用最快的速度租来一艘商船,连夜扯起风帆前往离镜国。所幸风向洋流都在助力,速度比起先前快了许多。这夜天边满是繁星,楚渊站在船头看着远方,目色深邃。

司空睿总算是看出了几分端倪，于是用胳膊挤了挤南摩邪："师父。"

"我可不是你师父。"南摩邪赶紧摆手，"被你爹知道，说不定会从司空家祖坟里爬出来，躺到我的墓穴里等算账。"

离镜国内，段瑶正在码头的一个鱼丸摊子上收钱，很是喜气洋洋——出来混，自然要有身份，总不能日日抱着剑四处闲逛，恰好听说这小饭摊上少人手，便立刻跑来应征，顺利谋了个收钱的活计。这活计不仅有铜板赚，还有消息听。

比如说关乎星洲岛上的神秘主子，以及他离奇消失的娘子。

第二十九章

星洲岛与离镜国距离不算远,原本渺无人烟的荒岛骤然间开始大兴土木,自然会引来周边百姓议论。人们都说上头的主子看着英俊华贵,又家财万贯,身份极为神秘,一想便知将来定是要做大事的,很值得趁现在赶紧攀上一门儿女亲,也好有朝一日跟着一道飞黄腾达。但又有人说,那幕后主子华贵虽是华贵,性子却极为暴戾凶残,先前是有夫人的,后却也受不了打骂,带着刚满月的儿子偷偷逃走了,这么些年一直杳无音讯,怕是早已死在了海上。

段瑶一边洗碗洗盘子,一边在心里想,从海岛逃离,无家可归又带着满月的儿子,大楚的女子——莫非是二哥先前从后山虎口中救来的那个?

说不定真的是啊!越想越有可能,段瑶心里激动,方才一晃神,手中的盘子碗就跌入桶中,哗啦啦摔了个粉碎。

"哎哟!"老板赶忙过来查看,跺脚道,"怎么如此毛手毛脚不小心。"

"对不住对不住。"段瑶赶紧道歉,"我这就收拾好,损失从工钱里扣便是。"

"不必了。"身后有人说,"我替他赔。"

段瑶猛然回头。

楚渊笑笑,往桌上放了一张银票:"够不够?"

段瑶:"……"

"够够够。"老板大喜,他原本就是楚国人,自然知道这银票出自日月山庄的下属银号,信誉极好,拿到何处都能换钱,于是赶忙收起来。

"这么久不见,怎么混得如此落魄?"楚渊打趣,拿出手帕上前,将段瑶湿漉漉的双手擦干。

段小王爷再度很想大哭,虽然……但是!

司空睿也抱着搓衣板跳下船,后头跟着南摩邪、四喜,以及一个轻纱遮面的女子,正是锦娘。

"好了,先回住处吧。"楚渊道,"这里不是说话的地方。"

段瑶点头:"嗯。"

既然身份是无家可归的小伙计,住的地方自然不能太好,就是个破落的渔家小院,还是婆婆婶婶看他长得俊俏又嘴甜,想着或许能招成上门女婿,才愿意免费给住。段瑶泡了几杯甜甜的茶出来,然后就拉了个小板凳坐下,双手规规矩矩放在膝盖上,一五一十交代:"哥哥一直就没有回来。"

楚渊道："我知道。"

潮崖荒岛，段白月正站在练兵台上，看下头的士兵变换阵法。他此时此刻，倒是由衷地想要感谢师父——心法集众家所长，却又独创一门，哪怕是熟知自己武功招式之人，也无人能觉察出异端。内力邪门至极，动些心思稍加变换，练起来便等于是在自废功夫，将来倘若当真开战，这些人做了先锋队，倒也省事。

"王教头。"中午的时候，一个守卫上前禀告，"主子来了。"

"现在？"段白月皱眉。

"是。"守卫道，"还带了几位客人。"

段白月随他一道下了练兵台，前往港口去看究竟。

楚项远远向这边走来，身侧还跟了个人，身形佝偻，戴着黑色面罩，正是当日被击落山崖的裘戟。

没料到会在这里碰到他，段白月脚步顿了顿。

楚项笑道："王教头。"

"还以为主子下个月才会来。"段白月微微低头，错开裘戟的视线。

"恰好有朋友想来。"楚项道，"这位是裘先生，也是中原武林一等一的高手。"

段白月问："裘先生将来也会留在此处？"

"这倒不是。"楚项道，"实不相瞒，此番前来，是有事想要与王教头商议。"

"何事？"段白月问。

"裘先生不日便会折返大楚。"楚项边走边道，"不知王教头可愿一同前往？"

段白月意外："现在？"

"我知道楚地对王教头而言，是个伤心地。"楚项道，"只是欲成大事，这些个人恩怨还是放下些才好。"

段白月又问："为何要去大楚？"

"王教头也不是外人。"楚项看了眼裘戟，"说说看你的计划，不必隐瞒。"

"是。"裘戟点头，而后便道："前段时日得到消息，楚国的皇帝最近不在宫中。"

段白月问："去了何处？"

"似乎是江南，又似乎是西南，行踪颇为隐秘。"裘戟道，"只是查不出来也无妨，不管去了哪里，回王城的路可总共就那么几条。"

段白月沉默不语。

裘戟又道:"先前已经派了杀手前往大楚,不过楚渊身边高手如云,难保不会出纰漏。此次机会难得,所以我此番会亲自北上,埋伏在回王城的必经之路。听闻王教头武功高强,所以便来问一句,可要一同前往?"

段白月问:"你想刺杀皇上?"

"王教头也是聪明人,想来不至于都到了现在,还猜不出这些兵马粮草,将来是要备着对付谁吧?"楚项停住脚步,冷冷地回头问。

段白月道:"单靠这些人马?"

楚项嗤笑:"王教头莫非以为我的地盘只有这片荒岛与星洲?"

段白月迟疑片刻,然后道:"我去。"

"很好,本王生平最喜欢的,就是爽快人。"楚项拍拍他的肩膀,"只管放心,等事成之后,那大楚国境中曾有负于王教头的人,管他是王公贵族还是江湖高手,任杀任剐。"

段白月点头:"好。"

两日之后,一艘黑色尖头船离开荒岛。段白月依旧被蒙着双眼,不过此番驶出迷雾区,却只用了一天一夜的时间。想来先前登岛的时候,大船该是在海面上绕了不少圈子迷惑众人,才会花了整整十日。

裘戟一直坐在船舱内,微闭双目练功,平日里并不会多说话。

这天白日,段白月问:"星洲在何处?"

"回王教头,离这里还有三四天的路途。"船工知他是楚项面前的红人,因此态度很是恭敬,"向着东北方走便是。"

段白月点头,转身折返船舱。

裘戟睁开双眼。

段白月坐在他对面,道:"裘先生。"

"王教头找我何事?"裘戟问。

段白月道:"刺杀楚皇之人,都来自哪里?"

裘戟道:"都是主子的人,十八名杀手,已在岛上秘密训练了多年。"

段白月继续道:"是何时被派往楚国?"

裘戟道:"半月前。"

段白月又问:"可与中原武林有关?"

裘戟摇头:"没有,行动已失败过一回。外人不靠谱,还是自己人信得过。"

段白月道:"除此之外,可还有其余刺杀计划?"

裘戟不悦皱眉:"王教头的问题似乎有些多。"

段白月答:"既然答应行动,自然要问清楚些。"

裘戟重新闭上眼睛:"王教头若还想知道其他,将来找机会去问主子便是,恕在下无可奉告。"

话音刚落,脖颈处就传来一阵凉意,于是骤然睁开双眼。

段白月目光如刀。

裘戟心知有变,双手却已动弹不得。血液中如同有千万只蚂蚁咬噬,一点一点吞噬掉剩余知觉。

段白月丢掉手中蛊虫,伸手揭下他的面罩。

裘戟与他对视,心底闪过一丝慌乱。那双隐藏在银色面具后的眼眸,不再是先前那般回避怯懦,无风无浪。而是换上了似曾相识的杀意与血红狰狞——与当日在悬崖之时一模一样。

"西南王。"裘戟艰难地开口。

段白月道:"被千耳侵入血脉,能撑到现在不糊涂,你也算是蛊中高手。"

裘戟有些呼吸困难,撑着问:"为何?"

段白月道:"因为你不自量力。"

裘戟跌坐在地,大口喘息,很快便坠入一片黑暗。

船只调转风帆,一路昼夜不歇赶往离镜国。

渔家小院里头,楚渊正在翻看面前一摞奏报,都是这些日子以来段瑶打探到的消息,星洲岛、翡缅国,以及楚项与刘锦德。

南摩邪笑呵呵端着一碗蛋花酒敲门:"少爷。"

楚渊头也不抬:"我不回去。"

"不是。"南摩邪坐在对面,苦口婆心道,"师父给你发誓,等到那浑小子一露面,我就绑了送到王城,什么事也不许他再做,这回我坚决不站错队,成不成?"

楚渊道:"拿不到天辰砂,我不会走。"

南摩邪看着窗外,遥望大楚,晓之以理、动之以情道:"说是拿天辰砂,可实际上却是楚国对翡缅国的战事,此事非同小可。常言说得好,国不可一日无君,朝中事务繁杂,万民苍生还在翘首盼着天子回朝。现既然已经知道了天辰砂的下落,又确定

第二十九章

翡缅国与叛党沆瀣一气,大可重返王城光明正大调兵遣将,何必非要御驾亲征,皇上说是不是?"

段瑶趴在门外认真地听,感动非常——师父这回居然一个字都没有背错,语调也很铿锵,令人颇为欣慰。

南摩邪笑容满面转身,充满期待。

楚渊下巴抵在桌上,正在呼呼大睡。

南摩邪:"……"

此等睡姿,还是在瑶儿八岁时见过。

"如何?"见着他出门,院子里的段瑶与四喜齐刷刷地问。

南摩邪一脸憔悴,段瑶双眼充满同情。

四喜公公脑仁子直疼——这段王爷要是一直待在翡缅国,皇上还能一直等不成。

是夜月色清冷,段瑶安慰完师父后,便伸着懒腰回到自己的小院,推门却听身后有破风声,于是本能俯身躲过,反手扬出一排飞镖。

段白月一笑:"暗器倒是使得不错。"

"哥?"段瑶瞪大眼睛,"你怎么来了?"

"情况有变。"段白月道,"裘戟在我手中,这星洲暂时不用守了。你带着他即刻动身回西南,将人交给师父后,再令段念带着府中所有杀手北上,守住三条通往王城的官道。楚项已经派了人去刺杀皇上,情势危急,这一路要辛苦你了。"

段瑶道:"咳。"

段白月微微皱眉:"怎么了?"

段瑶往他身后指了指,小心翼翼道:"你可以自己同皇上说。"

段白月全身骤然僵硬。

段瑶缩着脖子,悄悄转身回了自己的房间,并且在关上门的一刹那,迅速趴在门缝边,偷看。

四周很安静,只有阵阵海浪声。

楚渊道:"你打算盯着那扇门板看多久?"

段白月握紧双手,咬牙跃向房顶。

司空睿斜里杀出,将他中途拦住,生生逼了回去。

段白月:"……"

段瑶将门打开一点点,招手让司空哥哥挤了进来,并且慷慨分给他一半门缝。

楚渊道:"继续跑啊。"

段白月依旧背对着他。

"你当你原本有多好看。"楚渊一步步走近他。

段白月闭上眼睛。

"你不愿见我,我也不会逼你。"楚渊在他身后停住脚步。

"回西南吧。"许久之后,楚渊冷冷道,"天辰砂我会替你拿到,然后我们便两不相欠。这南海将来会如何,我将来会如何,都与你再无关系。"

段瑶在屋里干着急,他哥是中邪了吗,这当口假扮什么闷葫芦,难道不该痛哭流涕解释缘由,毕竟小话本里都这么写。

司空睿惋惜道:"可惜那些搓衣板都在我房中。"

"不行,要想个办法!"段瑶站起来,"我有点紧张,你来想!"

"好!"司空睿架势看着挺足。

答应得如此干脆,段瑶反而一愣:"行不行啊?"

"管他!"司空睿推开门,横竖也不能比现在的状况更差了,死马当活马医。

"喂喂喂!"段瑶大惊失色,伸手要拉没拉住。

"皇上,实不相瞒,段兄他最近脑子有点问题啊。"司空睿语出惊人,一脸诚恳道,"发癫。"

段白月面色铁青,将他一拳揍了回去。

司空睿捂着胸口咳嗽,还是不是兄弟了。段瑶赶紧关上门,对未来很是悲观,因为不管是同胞哥哥,还是司空哥哥,看起来都像是脑袋出了毛病。

楚渊转身出了小院,海风很大,也很冷。

段白月在院中站了许久。

司空睿与段瑶蹲在门后,唉声叹气,大眼瞪小眼。

第二十九章

"傻徒弟。"天明之际，南摩邪在他身后提醒，"皇上要出海了，你还不去拦着？"

段白月嗓音沙哑："求仁得仁，为何又要拦？"

段白月死死握着双手。

"段兄到底在想什么？"司空睿简直百思不得其解，"又不是花魁，脸毁了又如何？我都没嫌弃他。"

段瑶道："可哥哥身上带毒。"

司空睿道："那至少能远远看着。"

段白月心里一片杂乱，转身冲出小院。

段瑶和司空睿击了一下掌。

南摩邪也松了口气。

"皇上。"四喜公公替他裹好披风，"外头风大，回去吧。"

楚渊站在船头，看着越来越远的港口，眼底越来越凉。

四喜公公在心里叹气。

楚渊微闭双眼，终是转身回了船舱。

片刻之后，船身猛然一晃动，四喜公公在外头惊呼："西南王？"

楚渊片刻犹豫也无，冷冷道："来人，抓刺客。"

天子下南洋，即便是微服，也少不了会有护卫暗中跟随。段白月自然不会当真与之交手，想要闪身躲开，却反而被逼至角落。于是四喜公公便眼睁睁看着船尾乱成一片，心里干着急，何苦来着。

锦娘也在这艘船上，原本她在渔家小院替众人准备好第二天的早饭后，都已经打算要回房歇息，突然四喜公公便来通传，说是计划有变，皇上要即刻启程前往翡缅国，也就来不及多问，急急忙忙跟着一道上了船。这阵突然听外头传来打斗声，第一反应便是有刺客，她也是会几下拳脚功夫的，从窗户里见四喜还站在一边看，担心他会受伤，便过去想将他拉回船舱，却恰好看到段白月，于是心里一愣，问："是王爷？"

"可不是。"四喜公公唉声叹气，皇上怎么还不快些让停下，这都打了快半炷香了，船都要散了。

"皇上。"锦娘不明就里，对着船舱道，"是王爷来了。"先前一直在找，找着了为何又平白无故打了起来。

这批影卫贴身跟了楚渊许久，虽不知太多内幕，却也知皇上与西南王之间的关系，绝对不像外界所传那般势不两立，因此打斗时也并未使出全力。锦娘自是敬重楚渊，心里却终归是向着段白月，怕他会吃亏，眼看局势僵持，索性趁着船身晃动之际，假装失足掉入了海中。

她随着楚项在海岛生活了这么些年，水性极好。但段白月与四喜见状却都下了一跳，楚渊听到动静似乎有些不对，总算是掀开帘子走了出来。

段白月飞身下水，将她救了上来。

"多谢王爷。"夜晚天凉，锦娘嘴唇有些哆嗦，看上去几近昏迷。

四喜忙拿来披风将她裹住，船上都是男子，照顾起来不方便就罢了，更是连一桶热水都没有。楚渊递过来一瓶伤寒药，面无表情道："回小院。"

"是！"船工赶忙调转方向，折返离镜国——幸亏没走多久，等回到住处时，天才麻麻亮。

"怎么了？"南摩邪与段瑶，加上司空睿三人，原本还在商量是要弄个船一道出海跟过去，还是先想办法去星洲看看，却没料到皇上居然又回来了。

"锦娘不小心掉到了海中。"段白月道，"去烧些热水，再送些风寒药物与汤水，实在不行，便暂时先找个婶子过来照顾。"

"好好好！"段瑶赶紧出门，南摩邪与司空睿也分头去忙活，影卫将锦娘送入房中，院子里只剩下了楚渊与段白月两人。

楚渊道："转过去。"

段白月顿了顿，问："为何？"

楚渊答："面具太丑。"

段白月："……丑吗？"

身后的人久久不说话，段白月只好先开口："我能转过来吗？"

楚渊答："赐你一丈红。"

段白月认输："我不转便是。"

楚渊继续道："锦娘是楚项的人，她在翡缅国生活了数年，虽说不知入口在何处，却也大致能做个领路人。大楚水军已整装待发，拿到天辰砂之后，朕自会送去大理。话就这么多，西南王听完就可以走了。"

段白月道："天辰砂在荒野云顶。"

楚渊皱眉："你还知道些什么？"

段白月道："知道的事情不少，但是要慢慢想。"

这句话如同十岁那年一样欠揍，楚渊忍不住又看了眼搓衣板。

段白月继续道："即便是当真要向翡缅国与楚项宣战，也不宜选在此时。大楚水军虽说人数众多，却大多是由西北军改编而来，内陆作战自是经验充足，海战却极有可能会吃亏。"

楚渊道："所以？"

"我这次出海，也带了一支军队，就在白象国附近的岛礁上。"段白月道，"他们曾受过训练，水中作战极为骁勇。"

"能有多少人？"楚渊道，"楚项可是处心积虑谋划了数年，甚至极有可能在他还在王城做皇子的时候，便已经有了这头的打算，否则当初刘府何必要出面施压，即便是同意贬黜，也不去西北，非要去海南。"

段白月道："想拿到天辰砂，也不一定要同楚项正面杠。既然知道了天辰砂在荒野云顶，不如等锦娘醒过来之后，先问问她是否知晓此地，再行定夺。"

楚渊道："好。"

段白月又道："等到三五年后——"

"三五年后的事情，又与西南王何干。"楚渊冷冷打断他，"拿到天辰砂之后，这南洋剩下的麻烦，便是朕一人的麻烦。"

段白月道："我……"

楚渊转身出了小院。

段白月眼睁睁看着他的背影消失。

司空睿蹲在屋顶，唉声叹气。

段白月皱眉："下来！"

司空睿道："若我是你，便会追出去。"

段白月问："追出去之后呢？"

司空睿跳到院中，道："自然是将所有事都解释清楚，别的不想说，至少要让皇上知道，你当初为何会走火入魔命悬一线，甚至不惜用金蚕线续命。"

段白月摇道"我当初受伤，与他并无关系。"

司空睿："……兄台，你当真听清我在说什么了吗？"

段白月绕过他出了小院。
南摩邪与段瑶正守在外头，笑靥如花。
段白月果断转身换了个方向，走远。
南摩邪忧心忡忡："这下该如何是好。"
段瑶啃了一口手中的果子："我来！"
南摩那不解："什么叫你来。"
段瑶一路跑出门。

海边很安静，楚渊正站在礁石上，看着远处出神。
段瑶在他身后道："皇上。"
楚渊转身。
段瑶道："要下雨了。"
楚渊笑道："这种天色，看着可不像是要下雨。"
段瑶也跳上礁石，问："皇上在看什么？"
楚渊道："星洲。"
"那里没什么好看的。"段瑶道，"上头虽说在建港口码头，却还未成气候。四周阻碍并不多，有朝一日倘若开战，大楚凭借着黑铁战船，便可长驱直入，一举攻下。"
楚渊道："打仗没这么简单。"
段瑶道："可大楚一定会赢。"
楚渊笑笑，伸手替他整整头发："想打仗吗？"
段瑶摇摇头。
"没有人想要打仗，可有些仗必须打。"楚渊道，"也不单单是为了天辰砂，而是为了大楚海防。依照楚项的野心，绝对不会仅仅满足在这偏远之地自封为王，他一直就想回大楚。"
段瑶道："那何时会开战？"
"有句话你哥哥说对了。"楚渊道，"现在开战，朕有把握会赢，却必然是伤亡惨重。若能再过三五年，将东海黑龙军重新整编，那时大楚的海军，才是真正的攻无不克。"

段瑶试探:"所以?"

"所以这回,朕只想拿到天辰砂,却不打算正面向楚项宣战。"楚渊道。

段瑶皱眉:"一旦这样,岂不是又给了楚项三五年的时间周旋?"

楚渊道:"可大楚海军也能因此多三五年的训练时间。楚项所依附的,顶多是这些年的老本与翡缅国,而朕坐拥万里河山,无论是粮草船只还是军队,都不是区区几个南洋岛国所能比,所以拖得越久,对朕而言反而越有利。"

段瑶点头:"嗯。"

"这回就跟在朕的身边吧。"楚渊带着他走下礁石,"长大了,也该学些军事谋略与治国之道,不能总是在江湖打打杀杀。"

段瑶一口答应:"好!"

楚渊笑笑:"想不想去集市看看?或许还能吃一碗面线。"

段瑶道:"要给师父他们带一碗吗?"说完又小声补充,"还有哥哥,他生病的时候,就喜欢吃面线糊。"

楚渊道:"病了?"

"是病了。"段瑶鼓鼓腮帮子,"司空哥哥说的,脑子有病。"

楚渊失笑。

段瑶小心翼翼道:"皇上生气吗?"

楚渊摇头。

段瑶满眼写满"我不信"。

楚渊道:"拿到天辰砂之后,朕便会回王城,其他事情,随他去吧。"

段瑶心说。

点一根蜡。

点两根。

或者三根。

段白月躺在屋顶,看天上流云变换。

南摩邪双手兜成喇叭状,然后放在嘴边大声道:"听说二十余年前,有人五岁了还在尿床。"

段白月面色僵硬坐起来:"师父!"

南摩邪道:"下来说正事。"

段白月问:"何事?"

南摩邪道:"方才锦娘醒了,她知道荒野云顶在何处。"

虽说落了水,但锦娘也算是习武之人,身体底子不算弱,因此等段白月与南摩邪过去时,她已经起床收拾停当,正打算去厨房给众人做晚饭。

"坐着。"南摩邪道,"外头那么多小馆子,还怕没了你,会饿死我们这群男人不成。"

段白月也道:"若是不舒服,便继续回屋躺着吧,那海水可是刺骨的冷。"

锦娘道:"我没事,见过王爷。"

段白月点头:"昨夜多谢。"

锦娘道:"我落水,王爷救了我,该我谢王爷才是。"

段白月笑笑:"你是不是存心落水我不知,不过我却知道,你是在存心装昏迷,好让船只能尽快折返。"

段白月坐在石桌边,问:"听说你知道荒野云顶?"

"是一处海岛的名字。"锦娘道,"岛上都是黑色巨石,寸草不生时有地动,因此人迹罕至。只是在每个日落之时,天上晚霞会将四周海面映成火烧般的颜色,站在岛上,就如同站在云之巅。"

"所以叫荒野云顶?"段白月问,"在何处?"

"我不知具体在何处,只知道七八月间从荒野云顶出发,若是顺风顺水,不多不少,整整十日便能抵达琉璃洲。"锦娘道,"而到了十月、十一月,便不能再行船,因为风大浪险,就算是用最精良的玄铁巨艇,也无法穿破惊涛。"

段白月微微点头:"多谢。"

"这番话是我奉茶时无意中听到的,当时楚项正在与人商议,每年若是要定期前往荒野云顶,该选在几月份,沿途还能顺便做些什么生意。琉璃洲出产上好的水晶杯,所以才会特意提到。"锦娘道,"不过这桩生意后头像是没做成,也没听他再提起过琉璃洲。"

段白月道:"七八月间从荒野云顶前往琉璃洲,需要十日。而在十一月间,则是寸步难行。知道这些,便已能推算出其大致所在,至于琉璃洲,司空兄倒是与之有些贸易往来,可以先打探打探。"

锦娘道:"王爷要去荒野云顶?"

段白月道:"我要去找一样东西。"

锦娘担忧道："那里虽说荒无人烟，应当没有重兵把守，可按照楚项谨慎多疑的性子，若上头真放了东西，该不会敞开任由外人登岛才是，定然遍布机关暗哨。"

段白月笑笑："这本王自然知道。不管怎么样，这回都多谢你，他日倘若当真要攻荒野云顶，说不定还要讨教些事情。"

锦娘点头："但凭王爷差遣。"

集市上，段瑶与楚渊坐在小摊边，一人要了一碗面线糊。

楚渊尝了一口，觉得生病就已经够难受了，为何还要勉强自己吃这玩意。

段瑶觉得自己有必要解释一下："西南府的厨娘做出来的，要更好吃一些。并不是哥哥口味奇特。"

过了会又补充："而且在练完菩提心经后，哥哥也尝不出来什么味道了。"

楚渊"嗯"了一声，没再说话。

"回去吧。"段瑶道，"先前我说了，这天当真会落雨。"

天边传来隐隐惊雷，黑云压境。海边的小摊贩们都忙着收摊，楚渊也带着段瑶回了小院。

南摩邪正在屋檐下呼呼大睡。

"师父，师父。"段瑶把他晃醒，"你怎么在地上就睡了，也不知道体面着些。"

南摩邪打个呵欠道："看了半天的南海地图，困。"

"南海地图？"楚渊问，"前辈为何要看这个？"

南摩邪嘿嘿笑："自然是与荒野云顶有关，锦娘恰好知道些东西。"

"当真？"楚渊眼底闪过一道光亮。

南摩邪道："若是运气好，这回或许当真能找到天辰砂。先前一直不敢提这三个字，怕希望越大，失望也就越大。可现如今种种线索都表明，像是连老天爷也看不过眼在帮忙。虽说已经练了菩提心经，但也仅仅是让金蚕线不再复活吞噬血脉，命是保住了，僵死的蛊虫却依然缠缚于心脉，等待着下一个死而复生的机会。而一旦有了天辰砂，便能用内力彻底逼出金蚕线，再想办法解去菩提心经中用来制服蛊虫的剧毒，休息个一年半载，容貌也就能慢慢恢复，到那时……"

"到那时，你可就是一人之下了啊！"书房里头，司空睿也正扶着段白月的肩膀，热泪盈眶。

西南王："……"

"真是万万没想到。"司空睿感慨万千，又叮嘱，"天辰砂都有了，你若是再躲着皇上，可就当真说不过去了。"

段白月道："还未找到。"

"你还非要等白米做成饭，才肯拿出去卖钱？"司空睿头直疼。

段白月叹气："虽说此言有些不敬，但我一直就没想通，为何司空伯伯小时候，无论如何也不愿意多给你请几位夫子，或者上个学堂，不然也不至于现在连个比方都不会打。"

"我这比方怎么了？"司空睿道，"若是换成我，稻子还在地里种着，便会先去同商户谈价钱，拿了订金过好日子，这才对得起自己。"

段白月道："琉璃洲附近，可有能藏匿军队的岛屿？"

"这怎么就琉璃洲了，稻子和米饭的问题还没说清楚，这回你得听我的。"司空睿挽住他的胳膊，亲热道，"待有朝一日，你位高权重——"

段白月抬手朝他命门劈去。

司空睿闪身躲开，旋即飞腿踢了过去。

两人儿时打架经常会如此，按照正常情况，段白月该后退三步避开才是。但好巧不巧，楚渊偏偏在此时伸手推开了门。

司空睿心里一惊，赶忙在空中腾挪旋转，稳稳落在地上。

段瑶问："你们又在打架？"

"自然没有。"司空睿立刻否认，道，"段兄嫌闷得慌，我打个拳替他解闷。"如此忠心耿耿，很值得立刻被皇上赏赐些锦缎金银。

段瑶一阵胸闷。

楚渊问："荒野云顶在何处？"

段白月伸手想去桌上拿南海图，却被司空睿抢了先，笑容满面地双手献上。

段白月："……"

"这里？"楚渊将地图放在桌上，指着一处被朱砂圈出来的地方。

"是。"段白月点头，忍不住抬头看了他一眼。楚渊却一直在看地图，睫毛很长，眼睛很亮。

司空睿后退一步，后退两步，后退三步，挤出门。

南摩邪将小徒弟也拎了出去。

屋里两人自然也听到了这番话，段白月有些哭笑不得。楚渊问："确定吗？"
"嗯？"段白月没明白，"什么？"
"荒野云顶的位置。"楚渊道，"天辰砂的位置。"
"依照锦娘给出的线索，这里的确是荒野云顶。"段白月道，"不过具体是与不是，还要司空再去查探一番，他与琉璃洲向来就有贸易往来，打听起消息更加容易。"
"你的军队在何处？"楚渊又问。
段白月指指地图。
"这里？"楚渊道，"多少人？"
段白月道："五千。"
楚渊问："够吗？"
"对付楚项自然不够，不过若只用来对付荒野云顶，够。"段白月道，"这批人是死士，功夫很高，用毒也是高手。"
楚渊道："我不想这次行动再出纰漏，当真不用大楚海军？"
段白月道："我也不想出纰漏，所以不必担心。"
楚渊又问："计划呢？"
段白月答："我打算让瑶儿先去将西南军带来此地，至于司空兄，正好借着这段时间去琉璃洲。若是一切顺利，两个月内应当能攻破荒野云顶，拿到……天辰砂。"说到最后，声音却小了几分。
楚渊只道："好。"
段白月一直看着他。
楚渊站起来，并未与他视线相交："计划既已定，朕便先回去了。"
段白月道："在下雨。"
楚渊道："一场雨而已。"
段白月嘴唇动了动，道："好好休息。"
楚渊笑笑，转身回了卧房。

段瑶抹了把脸上的雨水，扭头看着同样湿漉漉的师父和湿漉漉的司空哥哥。
"段兄到底行不行啊？"司空睿简直难以理解，此狂风暴雨的天气，居然放皇上独自一人离开。小话本若是写成这样，估计书商三天就能穷到卖裤子。

南摩邪学小徒弟拖着腮帮子，蹲在屋顶叹气。

早知如此，还不如回去睡大觉。

两日之后，段瑶乘船离开离镜国，昼夜兼程前去调拨驻军。司空睿亦是登上商船，打着做生意的由头去了琉璃洲——这回并没有带走搓衣板，全部留在了小院中，以备不时之需。

南摩邪日日不见人，也不知在做些什么。锦娘担心会被楚项的人认出，更是大门不出二门不迈，替众人做好饭菜后，便回房做衣裳想儿子，面也不露。

楚渊经常会去海边，大多数时候什么都不做，就只是看着天边的流云与飞鸟，想些事情。段白月也不知自己该不该去找，有时找过去，也只是远远看着守着。楚渊坐一整天，他便站着看一整天，直到暮色沉沉、星垂海野。

这岛上民风淳朴，日子一天一天，倒也过得挺快。

前往星洲的商船照旧三不五时便会入港出港，楚渊远远估算了一下上头牲畜与圆木的数量，也并未太将其放在心上。

"可要上去看看？"段白月在他身后问。

楚渊道："怎么，今日舍得露面了？"

段白月抖开臂弯的披风："要起风了，别着凉。"

"上船去查看就不必了，这一船两船也看不出什么。"楚渊道，"况且都是些生活必需物品，就算他将星洲建得富丽堂皇又如何，军队战船与火药，才是最该关心的东西。"

段白月道："星洲如今还算是荒岛，军队战船火药，怕是要再过几年才会运送。"

"那就再过几年再说。"楚渊跳下礁石，正欲往回走，却有侍卫急急来报，说是在离镜国不远处的一座小岛上，离奇出现了一艘商船，看旗帜应当是大楚的商船。

"哪座小岛？"楚渊问。

"荒岛。"侍卫道，"是我们的人日常巡视时无意中发现的，只远远看了眼，上头像是没人，觉得有些蹊跷，便先回来禀告皇上。"

"会不会是遇到了海盗？"楚渊问。

"这一带商路繁荣，不应该有海盗。"段白月道，"我去看看。"

楚渊道："朕也去。"

第二十九章

侍卫担忧:"皇上,那艘船看着着实邪门,还是由属下去吧。"

"一艘商船而已,再蹊跷又能如何。"楚渊道,"离这里有多远?"

"驾快船两个时辰。"侍卫道。

"走吧。"楚渊吩咐,"即刻动身。"

侍卫领命,先一步去海边准备。段白月问:"为何非要自己去?"

"方才小刀都说了,是大楚的商船。"楚渊道,"若上头的商人遭了海难,朕自然要带他们回家,免得孤魂无依。"

段白月问:"那若是陷阱呢?"

楚渊道:"若上头有陷阱,就更要去看看。倘若置之不理,最多两天三天,这离镜岛上的渔民们就会发现那艘船,到时候无论上头有什么,一旦出了乱子,这笔账都会记给大楚,以后楚国的商队,怕就没这么容易过港了。"

段白月道:"我去看也是一样。"

"哪里一样?"楚渊看他一眼,道,"除非你想谋朝篡位,否则大楚的事,与你有何关系?"

段白月:"……"

楚渊自己转身去了礁石边。段白月心里叹气,自然跟上。

礁石堆中停着几艘快船,借着沉沉暮色,找了条平日里没有人的水道,一行人很快便赶到了那处荒岛。这夜恰逢圆月,将四海照得一片银白明亮,无风无浪,船只微微摇晃。而在一片幽幽静谧中,那艘停泊在荒岛海岸的巨船,则是看得人心里有些发毛——这种商船在海里并不少见,一般都是出自极有实力的大商帮,上头至少也有数百人,平日里热闹得很,哪怕是连续数月的航程,甲板上也是时时欢声笑语、渔歌悠扬,哪里会有这般森然寂静的模样。

段白月道:"我去看看。"

楚渊皱眉:"船只与旗帜并未受损,不像是海难。"

"也有可能是海盗。"段白月道,"不管是什么,看了便知。"

楚渊有些不自在,低声道:"明日再说吧。"

"若当真有人使诈,白日里可是更容易被对方发现。"段白月道,"我有分寸的,别担心。"

"这南洋原本就不消停,哪怕只是一点小事,被楚项知道后也保不准能翻出风浪。"段白月道，"看完你安心，我也安心。"

楚渊道："此行的目的是找天辰砂。"

"嗯。"段白月笑笑，转身踏过海面，孤身去了那处荒岛。

楚渊心暗自揪起，盯着那艘狰狞巨船，眉头片刻也未舒展。

四周不像是有埋伏，段白月很轻松便登上了巨船，凝神听了片刻，确定当真没有人后，方才从怀中拿出一颗明珠照亮，一处一处仔细搜过去。

船舱里虽说摆设有些凌乱，却并无任何财物丢失，更有甚者，连一沓银票都胡乱丢在地上，显然不是遇到海盗。可如此巨大的一艘商船，在海上航行得好好的，为何上头的人会突然消失一空，连细软家当都不带？段白月又进到下一处船舱，桌上有不少账本，打开后大致看了一番，是来自徽州的商帮，做些瓷器生意，也无异样。

再往下走了一层，段白月却骤然停住脚步。空气中隐隐传来一股异样的气息——死亡的味道，以及一股浓浓的药味，混合在一起，闻之令人作呕。

联系先前看到的东西，段白月心里顿时明白几分，将明珠装回怀中，转而拆了块木板，燃起熊熊火把，抬脚踹开了面前木门。

恶臭迎面扑来，偌大的船舱内，满满都是尸体，说不清已经在海上漂了多久，才会顺着洋流搁浅在这处荒岛上。

身后传来脚步声，段白月猛然回身。

楚渊正站在他身后。

段白月神色一变，也来不及多做解释，伸手捂住他的口鼻，一步蹬上船弦，与他一道落在了地面，又往前带着跑了一阵。

"做什么？"楚渊挣开他，有些恼怒。

"离我远一些。"段白月道。

楚渊："……你再说一遍？"

段白月丢给他一瓶药丸，自己后退几步："将这个吃了，那艘船上的人得了瘟疫，看账目记录，少说已经身亡三月，趁早点火烧了吧。"

第三十章

楚渊道："瘟疫？"

"这是唯一的答案。"段白月道，"船上财物无损，不是海盗屠杀。而能让这么多人同时毙命，想来也不是普通的病症，若是过几天让离镜岛上的渔民发现这艘船，后果怕是不堪设想。"

楚渊问："你呢？"

"练过菩提心经后，便是百病不侵。"段白月道，"快些将手里的药丸服下，回去好好洗个澡，这里交给我便是。"

楚渊依旧不放心："你当真没事？"

"我是怕你出事。"段白月无奈，"先前都说了让你在下头等，怎么又自己跑上船。"

楚渊有些怒意："因为你已经在上头待了半个时辰。一点动静都没有，还当是被女鬼吞了！"

段白月顿了顿，答："因为船大，要一处一处查。"

楚渊服下药丸，看着段白月折返商船。片刻之后，船上燃起冲天大火，几乎要照亮半边天际。

两人回到船上，很快便驶离荒岛。回到小院后，南摩邪与锦娘都已经睡下，四喜这几日有些染风寒，楚渊也未叫他伺候。段白月在厨房烧了几桶热水，送到房中叮嘱："多洗几回。"

楚渊："……"

段白月又道："换下来的衣裳也给我，要拿去烧掉，不可疏忽大意。"

楚渊道："出去。"

段白月点头："我就在门外。"

屋门被掩上，楚渊泡在水中，深深出了口气。段白月靠坐在门口，一直守着他。直到听屋内传来脚步声，才轻轻敲了敲门："衣服给我。"

屋门被打开一条小缝，楚渊直直伸出来一只胳膊，拎了个包袱。

段白月笑着接过来，寻了处荒地烧掉，再回去时，屋内的烛火已经熄灭，想来人已经歇下。

南摩邪在后头幽幽问："去干吗了？"

段白月被吓了一跳。

南摩邪张着嘴打呵欠。

段白月头疼："师父好端端睡着觉，为何又要起来？"

南摩邪道："听你在外头折腾东折腾西，在做法抓鬼啊？"

段白月道："有一艘楚国的商船漂到了荒岛，我方才去查看，应当是在航海时沾染了瘟疫。上头的人无一幸免于难，为了防止这离镜岛上的渔民跑去看热闹致使疫情蔓延，便点火烧了那艘船。"

"船都烧了，你还跑进跑出作甚？"南摩邪依旧不明白。

段白月道："我与小渊一道去的。"

南摩邪："再说说。"

段白月一五一十交代："我练过菩提心经，自然没事。可那瘟疫看着来势汹汹，回来便烧了些热水给他沐浴，又烧了当时所穿的衣裳。"

南摩邪："这就够了？"

段白月道："还吃了青藤丹。"

段白月绕过他出了小院，南摩邪跟在后头。

楚渊躺在床上，听外头两个人越走越远，然后用被子捂住头。

睡着。

第二天一大早，段白月便起身出门，却见锦娘正急匆匆往这边走。

"出了何事？"段白月问。

"王爷。"锦娘道，"皇上今早起来便在发热，南师父正在替他诊治。"

段白月闻言，急忙赶过去。就见南摩邪正在桌边写方子，四喜也守在床边，手中端着盆冷水。

"怎么样？"段白月坐在床边。

楚渊脸颊有些红，嗓音也有些沙哑："无妨，染了风寒。"

"是啊。"四喜公公也道，"王爷不必担心。"

段白月转头问南摩邪："师父？"

"还真就是风寒。"南摩邪道，"不必担心，与昨晚的瘟疫无关。"

"瘟疫？"四喜不明就里，听到后手一软，险些将盆丢到地上。

"确定？"段白月又问了一回。

"为师如何会拿这种事开玩笑。"南摩邪摇头，"当真是风寒，我这就去煎药，烦请公公一道。"

四喜连连称是，将脸盆交给段白月，自己跟了出去。

楚渊撑着坐起来，咳嗽了一阵。

段白月替他倒了杯水。

楚渊脸颊通红，身上也出了汗。段白月本能伸手想试试他额头的温度，却又在中途停住，看着黑色手套。

楚渊问："不能摘掉吗？"

段白月勉强笑笑，道："手又不好看，还有毒。"

楚渊自己伸手摸了摸额头，道："不烫。"

段白月从他手中接过空杯子："师父在江湖上出名是因为用毒，可却也是看诊的高手。他说是风寒，那就好好发一身汗，会舒服些。"

楚渊抽抽鼻子，问："若当真是瘟疫要如何？"

段白月皱眉："不准乱说！"

楚渊道："你敢训斥大楚的天子。"

段白月："……"

楚渊靠回床头，道："段白月。"

"嗯？"

楚渊道："活该。"

段白月哭笑不得："活该？"

楚渊继续道："不过现在已经淡了。"

楚渊挥挥手："好了，退下吧。"

段白月道："我……"

"四喜！"楚渊扯着嗓子叫。

"皇上！"四喜赶忙跑进来。

楚渊躺回去："送客。"

四喜公公笑容满面地看向西南王："王爷？"

段白月只好站起来，道："你好好歇着，有事再叫我。"

楚渊慢慢扯起被子，坚定捂住头。

四喜公公将段白月送出去,小声道:"好了?"

段白月摇头。

四喜公公不满:"好了!"

段白月笑:"多谢公公。"

四喜公公一乐,揣着手,去厨房继续守着煎药。

段白月回头看了眼紧闭的卧房门。

是当真还没好。

但将来定然会好。

下午的时候,南摩邪到小院中,说是后两天的药都已经开好,顶多三天就会复原。

段白月放下手中玄冥寒铁,道:"多谢师父。"

南摩邪坐在他对面:"最近皇上染病体虚,你尽量少接近他,毕竟练过菩提心经,还是要小心为妙。"

段白月点头:"我有分寸。"

"还有件事。"南摩邪道,"你带回来的那衷戟,半个时辰前总算也醒了过来,我已经给他喂了些药,估摸现在已经能说话了。"

段白月起身:"走吧,去看看。"

卧房里头,楚渊吃完一碗粥,问:"外头怎么听着这么热闹?"

"回皇上,今日有庙会。"四喜公公道,"三个月才一回,可不得热闹。"

"原来如此。"楚渊靠回床头,"还当是对门阿婶总算放过瑶儿,重新寻了个后生嫁女儿。"

四喜公公道:"皇上别说,今早那阿婶还在问我,小王爷要何时才能回来,言谈间听着颇为想念。"

楚渊笑道:"得,看来一时半会是忘不掉了。"

"皇上再歇一阵子吧。"四喜公公道,"南师父也叮嘱了,服下此药后要多休息,方能见效。"

楚渊点头:"你去看看前辈那头,别让他太累。"

四喜应声退下,到卧房与厨房都找过了,不见人影。于是他便想去后院看看,结果才刚迈进一条腿,就听到一声惨叫,被吓下了一跳。

段白月打开屋门，道："惊到公公了。"

四喜惊魂未定，问："西南王这是在干什么？"

段白月答："刑讯逼供。"

屋内的裘戟闻言，又生生吐出一口血。

南摩邪蹲在他面前，道："都这样了，还不肯说？"

裘戟奄奄一息："我什么都不知道。"

段白月道："你知道的事情可多了去，若是想不起来，本王一件一件报给你。数十年前，你与那兰一展之间究竟有何恩怨，又为何会坚信他能死而复生，甚至不惜前往王城摆下棋局，只为诱他出现。焚星局的秘密是什么，你与潮崖有何关系，当初让蓝姬死而复生身带剧毒的人是不是你，最后为何又会出现在楚项身边？再往大了说，楚项的野心与计划，这南海的兵力布控，以及你当日所说的荒野云顶，听了这么多，还敢说自己什么都不知道？"

"知道又如何？"裘戟胸口剧烈起伏，"我也不会说。"

"啧啧。"南摩邪道，"还是个硬骨头。"

裘戟道："你杀了我吧。"

"杀你作甚。"段白月道，"本王想要的答案还没有得到，你想死，怕是没那么容易。"

裘戟硬着脖子，一声不吭。

"你不说，本王便只好猜猜看，正好这段日子也查到了些东西。"段白月坐在椅子上，"你与兰一展是同乡，而据家乡老人所言，他自幼便品行端正天资过人，比起你来不知强了多少倍，可是如此？"

裘戟眼睛猛然瞪大："你住嘴！"

"后来你与他同时拜入青衫教门下，依旧是他深受掌教喜爱，而你则时常会被忽视。"段白月一笑，"你气愤不过，索性拉着他自立门派，后又出海学艺。若我没猜错，应当是去了潮崖岛。"

裘戟挣扎怒吼，却被南摩邪往他嘴中塞了一块抹布。

段白月道："再后来，你与兰一展虽学成了功夫，他却不幸堕入魔道。自此之

第三十章

后,你的使命便只剩下追杀他,而在得手之后,你终于成了江湖中人口中称颂的大侠,第一次尝到了人上人的滋味。"

裘戟双目赤红,眼珠几乎要崩裂而出。

段白月道:"我的确不知当初你为何不肯将兰一展火化,而是要将人放入千回环布成的机关中。但我却知道,这么多年来,你一直处于恐惧之中,担心他会死而复生,甚至到后来想出癔症,觉得兰一展已经重入江湖。"

裘戟费力地将布块吐掉,道:"兰一展根本就没有死!"

"他已经死了。"段白月道,"若你的依据是九玄机中离奇失窃的焚星,那是我拿的。"

裘戟神色猛然一变:"你?"

"没错,我。"段白月道,"拿去玩两天,却没料到会引得你失心疯,真是对不住。"

裘戟呆愣片刻,生生吐出一口鲜血。

"兰一展当真是你所杀吗?"段白月蹲在他身边,轻轻道,"那般心智清明、天资聪颖之人,即便是堕入魔道,只要尚存几分本性,怕也会痛不欲生,不忍伤害无辜之人。你苦苦追了他这么些年,只怕恰好赶上兰一展痛苦不堪自绝于世,捡个便宜罢了。那玉棺山上的尸骨可有人查验过,虽说刀伤无数,致命伤却在胸口,看着不像是外人施力。"

裘戟怒道:"你住嘴!他是我杀的!是我亲手所杀!"

段白月冷笑:"你一辈子都想当高手做大侠,为人称颂,到后头发觉自己容貌尽毁、蛊毒发作之时,甚至不惜换个身份,只求让裘戟的名字能永远留在江湖中。如此处心积虑,若我将方才这一番话都说出去,你此生可就白活了。"

"你到底想做什么?!"裘戟疯狂咆哮。

"做笔交易。"段白月道,"只要你肯配合回答问题,方才那番话,本王可以不说出去。"

裘戟几乎要用目光将他千刀万剐。

段白月道:"此后江湖中的裘戟,到底是光明磊落的绝世高手,还是卑劣不堪、不敢以真面目示人、为了增强内力不惜以蛊毒续命的小人,全看阁下此时如何选择。"

裘戟挣扎着坐起来,双眼直勾勾看着他。

"本王没什么耐心。"段白月提醒,"拖得越久,变卦的可能性就越大,最好能快些做决定。"

过了许久,衮戟终于艰难道:"你想知道什么?"

段白月笑笑:"你为何会认识楚项?"

"数十年前,我去了潮崖岛,与那里的族人关系不错。"衮戟道,"后头又去了几次,发现那里多了不少黑袍巫师,据称来自南洋岛国。"

段白月点头:"继续。"

"再后来,我便跟着黑袍巫师一道出海,去了翡缅国。"衮戟道,"也在那里遇到楚项,被他收至麾下。"

楚渊这一觉睡得很沉很沉,似乎断断续续做了无数个梦,醒来之时,已经是第二日的清晨。

窗外海浪阵阵,阳光明媚。

厨房里头,段白月将药汁清出来,端过去之后,屋里却只有四喜公公一人,笑呵呵道:"王爷,皇上刚出门。"

"出门?"段白月闻言道,"风寒还没好,出门作甚?"

四喜公公道:"吃早点,皇上吩咐了不让人跟,说要去集市逛逛。"

段白月摇头,放下药碗也去了集市。

楚渊坐在面线糊的小摊上,正在拿着勺子搅。

段白月蹲在他身边。

楚渊看了一眼,问:"你来做什么?"

段白月无奈:"想吃这个,我替你买便是,何必自己跑出来。"

"房子里太闷。"楚渊道,"出来透透气。"

段白月道:"还生着病,也不怕回去又发烧。"

楚渊喝了一口汤:"瑶儿说的,面线糊能治百病。"

段白月:"……"

楚渊问:"吃吗?请你,有的是银子。"

段白月哭笑不得,替他裹上披风,秋末冬初又是海边,风一吹起来可当真是冷。

第三十章

楚渊吃完一碗热乎乎的面线糊，站起来慢悠悠往回走："听四喜说，你昨晚在审问裘戟？"

段白月点头："他已经招认了一大半罪状。"

楚渊问："包括荒野云顶的位置？"

"与锦娘所言一致，也与我们的推算一样。"段白月道，"应当不是在说谎。"

"为何突然就如此配合？"楚渊问，"你给了他什么好处？"

"保住他的大侠美誉。"段白月答。

楚渊不解。

"这里风太大，先回去吧。"段白月道，"内幕很多，怕是要说一阵子。"

两人往回走的路上，街边刚支出来一个炸甜年糕的小摊，看着生意挺好。段白月买了一根，用竹签穿着递过来。

楚渊接在手中，也没吃，就那么一路拿着回了家。恰巧看到南摩邪，便问："前辈可要吃？"

南摩邪笑容满面："多谢皇上。"

段白月："……"

楚渊将炸糕递过去，自己回房换衣裳。

南摩邪道："早上我也出去了一回，外头已经有人在讨论那艘被烧毁的大船，说什么的都有，甚至还有人说是被天雷所劈。"

"管他怎么说，过段时间也会逐渐消停下去，只要瘟疫不蔓延开便好。"段白月道，"徽州泽鱼帮，这是账本上的商号名称。将来回去之后，找机会去将真相告知其家人，此事便也就算过去了。"

南摩邪又道："亏是发现得早，否则若这岛上的人染了瘟疫，消息传开，将来楚国商人的日子可就不好过了。"

"等到司空回来，倒是可以问问他。"段白月道，"望夕礁的生意路子五花八门，或许会知道这个泽鱼商帮。"

南摩邪点头，咬了一口炸糕。

段白月问："好吃吗？"

南摩邪皱眉："什么玩意，又硬又甜，还一股子腥气。"

段白月颇为庆幸:"那就好,师父慢慢吃。"

南摩邪:"?"

段白月转身去了楚渊的住处。

四喜公公照旧笑着打招呼:"王爷又来了啊。"

楚渊从房中出来,换了身白色的衣裳,手中抱了热茶,看着有些孩子气。

段白月眼神便也跟着柔和起来。

四喜公公躬身退下,替两人关上院门。

楚渊道:"说说看,裘戟到底是怎么回事。"

"他与兰一展的恩怨,等你病好了再慢慢说,也不着急。"段白月道,"目前紧要的事情只有两件:焚星与焚星局的关系,以及楚项将来的计划。"

楚渊点头:"先说焚星。"

"焚星局是一套内功心法,瑶儿机缘巧合,在北行宫时随玄天前辈学过。"段白月道,"而潮崖岛上还有另一门功夫,名叫纵星局。"

楚渊微微皱眉。

"裘戟当初与兰一展出海拜师,故意引诱兰一展练了纵星局。"段白月道,"江湖中人人都说焚星能令人入魔,却不知真正的魔功乃是这纵星局。"

楚渊道:"兰一展也是因此入魔?"

段白月点头:"可他天性清明,即便是坠入魔道,也未曾放弃希望,一直想要练一门解毒的功夫,便是焚星局。只可惜当时玄天前辈不知此事,而那裘戟虽说偷得了焚星心法,却不肯给他。两人一路抢夺,江湖上也渐渐传开消息,说兰一展是魔头。殊不知那些灭门祸事,十有八九都是裘戟栽赃嫁祸。"

楚渊道:"罪无可恕。"

"后来兰一展绝望自杀,裘戟也终于达成目的,扬名立万成了大侠。"段白月道,"只是他为了能战胜兰一展,用了不少蛊虫激发内力,导致后来面目全非,为了保全名誉,便退隐江湖,在鬼村中住下,抓了小厮听他日日吹捧裘大侠,已有些疯癫入魔。"

楚渊道:"那又为何要重入江湖?"

"兰一展是他所知唯一能让焚星发光之人,为了探寻秘密,便没有焚毁其尸体,而是放在了玉棺山。"段白月道,"做下这么多亏心事,总归是惴惴难安。如此过了几十年,他骤然听闻九玄机中的焚星被盗,便认定是兰一展死而复生,要伺机向自己报仇,所以才会化名赛潘安与江湖妖姬相勾结,一面想要抓木痴老人,好破解机关重入玉棺山;一面在王城闹市设下焚星局,好将兰一展引诱出来。"

楚渊道:"这何止是疯魔,简直就是丧心病狂。"

"他本就是个疯子。"段白月道,"蓝姬死而复生,带着尸毒来找我寻仇,也是他的部署之一。在那之后,他便南下出海,经由关海到南洋,投奔了先前在潮崖岛上结识的楚项。"

楚渊道:"潮崖与楚项?"

"这便是第二件事。"段白月道,"翡缅国虽说地方隐蔽,外人又难以闯入,但毕竟离大楚不算近。所以楚项一早便派人占领了潮崖岛,也就是那些所谓的黑袍人。"

"所以潮崖岛上的一切乱子,根由都是楚项?"楚渊问。

"也不单单是他,若非岛民好逸恶劳,外人也不会有机可乘。"段白月道,"攻占潮崖对楚项来说,的确是笔划算买卖,一来说不定会有黄金,二来就算找不到宝藏,地理位置也极优越,周围可都是大楚的海域。"

楚渊暗自思索。

段白月道:"在想什么?"

楚渊靠回椅背:"先前忌惮刘府的威胁,才留他与刘锦德一条命,却惹来如今这堆麻烦。"

段白月道:"你若不想管,我——"

"这是大楚的事。"楚渊撇撇嘴,"不劳西南王烦心。"

段白月看着他笑。

楚渊扬扬下巴:"面具摘了。"

段白月一僵。

楚渊道:"知道你丑,先前也没多好看,摘了。"

段白月道:"袭戟的事还没说完。"

楚渊不悦:"抗旨不遵是死罪。"

段白月:"……"

楚渊索性自己伸手。

段白月先是想退，最终却只是猛然闭上眼睛。
楚渊轻轻拿掉他的面具。

四周很安静。

片刻之后，楚渊评价："比起上回为了躲金姝时的刀疤，还是要顺眼些的。"
段白月缓缓睁开眼睛。
楚渊又道："看着花里胡哨，挺好。"
段白月哭笑不得。
楚渊将面具丢在一边，凑近看。
段白月闪身站起来。
楚渊拍桌子。
"有毒。"段白月解释，"师父都说了，让我离你远些。"
"仔细看你一眼，能少活多久？"楚渊问，"三年还是五年？"
段白月："……"
似乎也不能这么算。
楚渊勾勾手指。
段白月坐回桌边。
楚渊吩咐："继续说衷戟的事。"
脸上没有任何遮盖，段白月有些不自在。
楚渊却不以为意，单手撑着腮帮子继续听，就如同面前这张脸从来就没变过。

直到过了午饭，两人才出门。
楚渊一个人去找四喜吃饭。
段白月回到房中，摘下面具，犹豫着拿起桌上铜镜。
镜子中映出来的脸依旧布满蓝色图腾，狰狞可怖。连他自己也想不通，先前明明连在西南府都要戴面具，为何竟会愿意在他面前露出真容——可方才看他的表情，听他的语气，却觉得也并非是一件大事，摘了也无妨。

南摩邪将脑袋伸进窗户，问："已经看了大半天，你是要去选花魁吗？"
段白月脸色一僵，扣下镜子。

第三十章

南摩邪招呼:"走,今日天气不错,出海去看看。"

段白月摇头:"师父多虑了,我并非在沮丧这张脸。"

"也没什么好沮丧的。"南摩邪道,"天辰砂就在眼前,服下之后再过个半年,你便会恢复容貌,说不定还会更加英俊几分,到那时,靠着卖画像也能赚银子。"

段白月伸手关上窗户。

南摩邪站在外头感慨,逆徒。

时间一日一日过去,司空睿先段瑶一步回了岛。

段白月问:"可有打探到什么消息?"

司空睿围着他转圈看,感慨艳羡道:"你可当真是命硬,老天爷都在帮你,若是运气好,不伤一兵一卒登上荒野云顶,取回天辰砂也非难事。"

段白月道:"当真?"

"骗你作甚。"司空睿坐回石凳,问,"你可知天辰砂到底是何物?"

"是什么?"段白月还未开口,楚渊先从门外进来。

先前还想着要卖关子,但如今既然是皇上开口,自然迴回不得。司空睿立刻站起来,蹲下马步环抱双臂,道:"回皇上,是块这么大的石头。"

楚渊:"……"

这尺寸,是不是有些不大对。

"说是天辰砂,这名字也不算准。"司空睿解释,"说是巨石反而更为妥当,相传是当初女娲娘娘补天时遗留下的神物。"

段白月摇头:"这世间有故事的石头,十块有九块都是这个出处。"

楚渊问:"何以断定那巨石就是天辰砂?"

司空睿道:"这还当真不是我的功劳,而是要多谢鬼手前辈。"

"染霜岛的鬼手神医?"楚渊心中一喜。

"正是。"司空睿道,"说来也巧,我这回方才到琉璃洲,便在岛上遇到了熟人,是追影宫的几位兄台,也是为了找天辰砂。"

"朕曾写书信给秦宫主,请他帮忙找寻天辰砂。"楚渊道。而鬼手神医是秦少宇的师父,又长居南海,会先众人一步打探到消息不意外。

"有鬼手前辈在,想来不会找错药。"司空睿道,"听闻那巨石通体赤红,即便是深埋地下，也会在夜晚透出红光，应当不难找。"

"如此大的一块石头，要怎么入药？"段白月疑惑。

司空睿爽快道："大不怕啊，抱着慢慢嚼，每天吃一口，有个三五年也就吃完了。"

段白月："……"

楚渊心情有些复杂，道："少当家可有问过鬼手神医，此物能否砸碎煎成药汁？"

司空睿笑容僵硬。

楚渊继续用疑惑的目光看他。

司空睿挠挠脑袋，道："皇上勿怪，平日里我与段兄贫嘴习惯了。这天辰砂既是石料，自然不必吃。鬼手前辈说了，放入冰室中每日运功打坐，有个半年一年便能解毒。"

楚渊松了口气。

段白月道："周围可有兵力把守？"

"没有。"司空睿道，"我拐弯抹角打探过多回，也乘着商船到附近查看过，那的确就是一处荒岛。海岛不比内陆，上头若是有人，就要有粮食清水，但周围百姓都说从没见过补给船上岸，更有甚者，索性说那里有妖魔鬼怪，传得神乎其神，应当是楚项散布出去的谣言。"仔细想想，不派人把守也是情理之中。毕竟只是一块巨石，不能跑不会丢，放着便很安全。若是岛上有人活动，反倒容易招人注意。

段白月还在摸着下巴沉思，锦娘却已经匆匆前来，说是方才去送饭时才发现，袤戟已经一命呜呼。众人闻言前往后院查看，就见南摩邪正蹲在尸体边。见到众人后摆摆手："身上蛊虫都在往外跑，莫要靠近。"

段白月伸手将楚渊拦在自己身后。

"用蛊虫续了这么多年命，五脏六腑皆已变形，又被你重伤两回，早就该死了。"南摩邪站起来，"用化尸水处理掉吧，省得蛊虫再害人。"

段白月道："有劳师父。"

"出去吧。"南摩邪从怀中取出一个小药瓶，示意段白月关上院门。

楚渊道："早知他如此命短，便不该手下留情，再多审几回，或许能多问出些关于荒野云顶的事情。"

"现在知道的消息也不算少。"段白月道,"荒野云顶的位置,洋流走向,以及裘戟先前也提到过这座岛上没有任何兵力,只是司空兄又确认了一回而已。"

楚渊道:"若是有机关陷阱呢?"

段白月笑笑:"行走江湖这么些年,什么大风大浪没走过,还会怕机关陷阱不成?"

楚渊依旧心事重重。

"至少事情发展到现在,都是对我们有利,别想了。"段白月道,"吃点东西?外头在祭海神,你若嫌闹,我去买了带回来。"

楚渊道:"四喜在煮饭。"

段白月道:"那我先送你回房。"

楚渊道:"我想单独去海边走走。"

段白月犹豫了一下,点头:"好。"

楚渊一个人出了宅子。

司空睿简直无法理解:"你为何不跟上去?"

段白月道:"难不成我要时时刻刻跟着?"

"那是自然。"司空睿道,段白月转身离开。

楚渊在海边礁石上坐了很久很久,旁边有个几岁的小姑娘看着他道:"这个大哥哥眼睛可真好看,亮亮的,像是天边的星星。"

又过了五日,段瑶也折返离镜国,说军队已安置在附近的岛礁上,为了隐匿行踪,是以商帮的名义出海,五艘商船只能带一千余人。

"若荒野云顶上当真无军队把守,一千人也多。"段白月道,"辛苦了。"

"不辛苦!"段瑶笑容满面意气风发,用邀功的眼神看皇上。

楚渊笑笑,伸手将他叫到自己身边。

既然人马已齐,那也没理由再拖延。众人商议出具体计划后,便乘船离开离镜国,破浪前往琉璃洲。

司空睿坐在瞭望台上,一脸神往。

"司空哥哥。"段瑶在他面前挥挥手，纳闷道，"你没事吧？"

司空睿道："不知将来皇上成亲之时，会不会大赦天下。我老家有个七娘舅，前阵子打瘸了邻居的腿，按律要坐三年牢。"

段瑶："……就在想这个？"

"说话啊。"司空睿递给他一根山楂条。

段瑶撑着腮帮子，兴致缺缺。

西南府也盼着成亲呢。

红绸子都堆了一房，也不晓得哪年才能用出去。

船队航程颇为顺利，很快就抵达琉璃洲附近，停泊两日补给后，又在一个黑夜驶离港口，顺着洋流扯起风帆加速前行，终在两日后的子夜抵达荒野云顶。

暗黑色的岛礁，荒凉而又寂静。

"这座岛看着不算大。"段白月道，"我先上去看看。"

南摩邪点头，还未说话，楚渊便道："朕也去。"

"皇上还是别去了。"段瑶道，"说不定会有危险。"

楚渊坚持："无妨。"

段白月道："我与司空兄前往便可。"

司空睿在旁抽抽嘴角，你与皇上起争执，为何要拉上我。

楚渊道："西南王。"

段白月："……"

楚渊看着他。

段白月看四喜。

四喜暗中连连摆手。

楚渊仗剑出了船舱。

段白月叹气，转身跟上去。

弯月惨淡，一片黑暗。楚渊踏过平静海面，稳稳落在地上。皇上都去了，其余人自然紧随其后，只有段瑶与锦娘留守船上，等着下一步指令。

四周很安静。

南摩邪道："分头去找，实在到了万不得已之时，再用信号弹相互联络，以免被楚项的人发现。"

段白月点头。

幸好,情况不像想的那么糟。

楚渊踩着面前枯枝。段白月紧走几步,在他前头开路。这座岛屿虽说看着不大,要真靠人找起来,却也要费些时间,况且又是黑夜,连走路都要分外小心。

楚渊不小心跟跄了一下,段白月一把握住他的胳膊,却又瞬间松开。

楚渊:"……"

段白月取出手套戴好,重新将手伸过来。

楚渊抬手扫开,自己继续往前走。

段白月道:"我手上带毒。"

楚渊道:"哦。"

段白月道:"我走前头。"

楚渊没说话。

"生气了?"段白月问。

楚渊道:"你别说话。"

段白月叹气:"我是怕伤到你。"

"让你别说话。"楚渊道,"看前头。"

段白月顺着他的目光看过去。

天已经逐渐发亮,在一片林地正中,似乎有什么东西正在隐隐透出红光。

楚渊扬扬嘴角,扭头看他:"喏。"

段白月笑道:"找到了?"

楚渊拍了拍他的胸口,自己向前走去。

两人小心翼翼接近那片空地,四周没有任何异样声响。

段白月抽出玄冥寒铁,重重插入地下,在没入两尺之时,剑锋像是接触到了坚硬的物体。

"埋得不算深。"段白月道,"小心一些。"

楚渊点头。段白月单手按在地上,骤然运气贯入一道内力。脚下土地嗡嗡颤抖,原本看着坚固如铁的地面泛起沙尘,如同被埋入无数管小炸药一般。

楚渊皱眉,什么邪门功夫。

段白月道:"菩提心经。"

楚渊道:"哦。"

段白月笑了笑,再次插入玄冥寒铁,这回很轻松便能将土翻开。

楚渊道:"我去找前辈与司空。"

"挖出这块石头用不了多久。"段白月道,"等会我随你一道去。"

楚渊点头:"也行。"

果然,不出一盏茶的工夫,段白月便已经将天辰砂差不多挖了出来,只在面上覆盖薄薄一层土。两人起身出了密林,与南摩邪及司空接头后,又一道折返。

"当真是块红色巨石?"南摩邪在路上就问。

"就在前头。"段白月道,"深夜发光,应当不会错。"

"找到就好,找到就好。"司空睿满心喜悦,紧走几步想要去先瞧瞧稀罕,却又像是听到了什么异常动静。

其余几人也停下脚步。

"嘶嘶"声由远及近,越来越明显。

"小心。"南摩邪吩咐。

西南府养了这么些年毒虫,自然对这种声音不陌生。众人屏息凝神继续往前走,在接近那处大坑之时,心里都道了声晦气——就见在天辰砂上,正盘着一条黑色巨蟒,头颅硕大,信子青黑,看身形,一口气怕是能吞下三个成年男子。

"乖乖。"司空睿道,"看着都快成精了。"

段白月道:"先按兵不动,师父去找瑶儿与军队过来,而后我去引开它,其余人抓紧时间带走巨石。"

南摩邪掉头去找段瑶。

楚渊却迟疑。

"放心。"段白月看出他的心事,"这里只有我不怕蛇毒,管它是精还是怪。你到时候与师父一道行动,好好保护自己便是。"

楚渊道:"小心。"

段白月点头道:"好。"

第三十章

过了阵子，南摩邪折返原地，说段瑶与五百将士已守在林地外，一声令下便可攻入。

段白月道："行动吧。"

南摩邪叮嘱："这蟒蛇看着不像善茬，不可大意。"

段白月答应一声，握牢玄冥寒铁走过去。楚渊几乎连呼吸都要屏住，一颗心悬在嗓子眼。巨蟒原本正要睡觉，却听到身后有动静，于是骤然扬起头，警惕地看着入侵者。段白月并未给它过多时间，直接拔剑便攻了上去。巨蟒在岛上横行多年，还从未遇到过如此胆大妄为的敌手，鳞片与剑锋相撞，发出"铮铮"回响，竟是未伤分毫。

司空睿道："皮厚。"

楚渊单手握住剑柄，随时打算上前相助。

巨蟒被成功激怒，高高扬起上半身，向着入侵者砸了过去。段白月闪身躲过，剑锋再次闪出寒光，在它相对柔软的腹部划出一道血痕——活了千年的生灵大多有灵性，既然在岛上并未侵犯渔民，他也不想一定置其于死地。

受伤的巨蟒愈发愤怒，血盆大口里吐出腥臊的臭气。段白月再次躲过它，转身向林地另一头跑去。巨蟒紧随其后，尾巴无意中卷过天辰砂，倒是将其又带出几分。天赐良机，南摩邪果断招手，段瑶带着军队迅速赶到，分工协作先将巨石用黑布罩住，又拿了绳索捆绑好，协力抬起冲向岸边。

司空睿也在帮着扛石头，累得气喘吁吁。别人都是上岛寻宝，只有自己，是替狐朋狗友偷石。宝贝与否暂且不论，沉可当真是沉。

巨蟒狂怒地吐着信子，尾巴狂扫，所经之处草木无生，一片狼藉。段白月跃上一棵大树，隐匿在了林叶后，屏住呼吸看着它。就见那巨蟒在原地盘旋片刻后，便放缓速度，最终盘在了一棵树下。算时间差不多众人已经登船，段白月也悄无声息下树，想要前去会和，巨蟒却骤然睁开了眼睛。

段白月只好顿住脚步。

两下僵持，足足过了半盏茶的工夫，那巨蟒方才重新盘卧回去。

段白月松了口气，想要继续走，耳边却又传来破风声，像是有什么东西一瞬而过。

一枚七星龙镖重重打在树上，赤红色的小蛇被钉住七寸，来不及挣扎便已毙命。

段白月心里一惊。

楚渊上前一把拉住他："走！"

巨蟒听到动静，双目重新猛然睁开。段白月来不及多想，反手丢下一枚烟雾弹，拉着楚渊一道向林外狂奔。巨蟒双目被刺痛，狂躁地将一条巨尾四处横扫，一棵大树倾斜欲倒，两人虽及时躲到了一边，可没料到树倒之后，竟有无数条方才那样的鲜红小蛇凌空落下，如同雨雾一般。

段白月暗骂一声，抽出玄冥寒铁扫开毒蛇，却依旧有一条蛇掉到了楚渊肩上。眼见它已经亮出毒牙，段白月干脆伸手将自己的胳膊送到毒蛇嘴边。

"喂！"楚渊大惊失色，想要挣开他，那红色小蛇已经牢牢咬住了段白月，牙齿鲜红涎液腥臭，一看便知剧毒。

下一刻，却是那小蛇全身僵直，掉到了地上。

"练过菩提心经，这林中没有什么比我更毒。"段白月手中玄冥寒铁划出凌厉剑气，生生杀出一条路。

"这边！"段瑶在船上挥手。

段白月带着楚渊凌空而起，几步踏过水面，稳稳落在了船上。

"开船！"南摩邪下令。

船只很快乘风驶离，失去目标的蛇群在岸边盘踞了一阵，也便各自散开。荒野云顶重新恢复寂静，朝阳升起一片灿金，就像是什么事都没发生过一般。

"半天不见出来，险些以为出了事，瑶儿都快要带人杀进去找了。"南摩邪道。

"是出了些乱子。"段白月道，"不过是小麻烦，林中除了巨蟒，还有毒蛇群。"

楚渊握住他的胳膊。

"不要碰。"段白月挣开他，"血有毒。"

"呀，哥你受伤了。"段瑶这才看到他的伤处，赶忙上前，"被什么玩意咬了？"

"三眼血。"段白月答。

"哦。"段瑶又坐回去，继续嗑瓜子，"那没事。"

第三十章

楚渊："……"

"是当真没事，西南府中有不少这种小毒蛇，瑶儿喜欢。"段白月道，"过一阵子就不流血了，包住反而好得慢。"

楚渊道："嗯。"

"高兴一点啊大家。"司空睿道，"如今天辰砂已经到手，段兄也就能回西南府解毒了。"七娘舅出狱指日可待，非常激动。

段白月扭头看了眼身边人。

楚渊和蔼一笑，提醒道："先前说了，拿到天辰砂后，便各不相欠。"

其余人瞬间出了船舱，极有默契。

楚渊自己倒茶喝。

段白月道："我……"

"朕让你说话了吗？"楚渊单手撑着腮帮子，另一只手敲敲桌子，"闭嘴。"

"等我回西南解完毒——"

"也不慌。"楚渊端着茶杯，极有深意地看他，"等到半年一年之后，有些账，朕再与西南王慢，慢，算。"楚渊说的时候十分亲切，并没有咬牙切齿。

段白月："……"

楚渊饮尽杯中茶，起身出了船舱。

外头三个人立刻蹦开，开始认真扎马步打拳。

强身健体，强身健体。

楚渊站在船头，看着海面无边碎金，眼底写满笑意。

这日在船上，段瑶道："楚项若是发现天辰砂被盗，不知会怎么想。"

"他要发现的可不单单是天辰砂被盗，还有离奇失踪的袭戟。"段白月道。

"以及王富贵。"司空睿补充。

段白月："……找死。"

"发现了又能如何？"司空睿继续道，"他也不会知道是何人所为，就算是怀疑皇上，看他现在的实力，也没胆子起兵北上。"

"皇上说了，还要几年才会考虑攻打南海。"段瑶道，"到那时再来看，也不知这里会是何模样。"

"怎么，还想来？"司空睿递给他一块点心。

自然是要来的。段瑶心想，皇上要打仗，哥哥自然会来，而哥哥来了，西南军就要来，自己与师父也就会跟来，或许连金婵婵都会来。

倒也热闹。

等到了白象国，司空便与众人道别，兴高采烈回去与娘子儿子团聚。大船停在岸边补给，段白月还在打坐运气，段瑶却敲门进来，道："哥，告诉你件事情。"

段白月道："何事？"

段瑶道："皇上也走了。"

段白月睁开眼睛："走？"

"一个时辰前就走了，不让告诉你。还有，皇上临走前说了。"段瑶道，"让你先解毒。"

段白月问："然后呢？"

段瑶道："然后就安心当你的西南王，不许北上，否则见一次打一次。"也是凄惨。

段白月失笑。

"还笑，人都走了。"段瑶撇嘴，盘腿坐在他面前。

段白月道："这么多年都过来了，何必急这一年半载。"

"你还真不着急。"段瑶双手撑着腮帮子。

段白月道："有些事急不来。"

段瑶鼓鼓腮帮子，显然不信这句话。

段瑶警惕："那西南府呢？"

段白月道："给你。"

段瑶悲愤，心想我就知道！

段白月重新闭上眼睛打坐。

"喂，你真不管皇上啦？"段瑶推推他，"不说别的，楚项的杀手还在王城官道上等着呢。"

段白月答："自会有日月山庄护驾。"

段瑶心说，要你何用。

"他是皇上。"段白月道，"总不能事事都由我做主。"

段瑶道:"先前你可不这么想。"满皇宫的眼线,连吃什么都要往西南府报,搞得自己好奇了许久,八珍酱菜到底是个什么玩意,为什么天天早上都要吃,也不见腻。

"先前是先前。"段白月道,"如今是如今。"

段瑶道:"说了等于没说。"

段白月笑笑:"等你长大了便会明白。"

……

半年后,西南府。

"哥哥!"段瑶手中挥舞书信,"出来接圣谕!"

段白月放下玄冥寒铁,推门出来。脸上的图腾已然淡去不少,只有凑近细看才会发现。

"银子。"段瑶将信藏在身后,讨价还价。

段白月道:"想要多少银子,去账房领便是。"

段瑶兴高采烈,将信双手递上前,顺便懊恼为何皇上不肯多写几封书信,否则自己怕是半月就能盖房买田当员外。

段白月笑笑,拆开看了一遍。

"说什么?"段瑶问。

段白月道:"那位温大人被召回王城了。"

段瑶好奇:"还有呢?"

段白月道:"只有这一件事。"

段瑶纳闷道:"召个大人回王城,还要特意写一封书信?"

段白月笑容慈祥:"是啊。"

段瑶敏锐闭嘴。

而后一个多月里,不断送来的密报也无数次提到了这位温大人——

皇上连吃了三天火锅,嘴角上火,只因温大人喜辣。

皇上与温大人彻夜长谈,两天后才将人放回去。

温大人提出水利改造之法,皇上大喜,赐了锦缎金银猪肘子。

温大人在皇宫旁买了一处宅子,走路溜达就能到宫门口。

皇上叫温大人小柳子。

皇上命御厨出宫,去向烤鱼铺子的师傅学调料秘方,因为温大人爱吃。
……

段瑶及时道:"那位温大人成亲了。"
段白月道:"哦?"
"是真的。"段瑶将最新的信递给他,"你看!"
段白月重新端起茶杯。

再往后,西南府送往王城的折子,便都是由这位温大人批复。与楚渊先前的寥寥数笔不同,温柳年批复起来极为认真,经常一个折子写不下,还要附一封书函。先是洋洋洒洒吹捧一番西南富庶、民风淳朴,而后便委婉提示,此等小事,以后千万不要再送折子了,累人也费马,皇上并不是很想看,西南王自己决定便是。

段白月:"……"

谋士小心翼翼问:"可还要奏?"
段白月点头,道:"奏!"
谋士为难,道:"可最近无事可报啊。"
段白月道:"那就找些事情。"
谋士头很疼。

于是过了月余,温大人便又收到了一封西南府送来的折子,厚。
"温爱卿。"楚渊推门进来,"这都深夜了,还不回去?"
"皇上。"温柳年起身行礼,"微臣看完这个西南府的折子,便回去。"
"哦?"楚渊饶有兴致,"这回又是为了什么事?"
温柳年老老实实道:"微臣没看懂。洋洋洒洒写了十几页,也不知要表达个什么意思,字体还乱,夹杂不少诡异文字墨汁疙瘩,看得眼睛疼,脑仁子更疼。"
楚渊大笑。
温柳年纳闷,皇上看着心情像是挺好?
"回去吧,四喜已经备好了轿子。"楚渊道,"这封奏折爱卿不必管了,朕亲自回给他。"

由于实在是无事可奏,因此这回西南府送来的折子仅仅是个请安折。前头先是洋洋洒洒吹嘘了一番圣恩浩荡,一看便知是从哪本旧书中随手抄下来,而后再用西南文插上一句——本王不喜这位温大人,再吹捧半天,又写,嗯,不喜。

笔力很是遒劲。

楚渊拿起朱砂,一手撑着腮帮子批复。

朕管你喜不喜。

"怎么还不回去睡?"叶瑾在外头敲门。

楚渊合上奏折:"进来吧。"

"这都什么时辰了。"叶瑾问,"明早不上朝了是不是?"

"你不也没睡?"楚渊往外头看了一眼,"千枫不在?"

"去宫外了,和人谈武林盟的事情,今晚不回来。"叶瑾道,"华山派有个老头气喘,今日谈事时说两句咳三回,看得心里闹。我便先回来替他做些药丸,明日再差人送去。"

"原来如此。"楚渊与他一道出了御书房,"听说最近来了不少江湖门派,王城里头应当很热闹吧?"

"不单单是江湖中人聚集,还有三月一回的大庙会。"叶瑾道,"三教九流都有,回来的时候还遇到一伙西南骗子。"

楚渊好笑:"什么叫西南骗子?"

"非要给我算命,甩都甩不掉。"叶瑾道,"后头见我不肯上当,又说要卖我画像。"

楚渊问:"谁的画像?"

叶瑾答:"段白月啊。"

楚渊:"……"

"你说这些人,一个个五大三粗的,成日游手好闲坑蒙拐骗也不羞愧。"叶瑾从怀里掏出一张破纸,"不跟你提我还忘了这茬,集市上人多不好扔。"

楚渊道:"给朕看看。"

叶瑾纳闷:"段白月有什么好看的。"

楚渊从他手中将纸抽走,打开之后,左拥右抱,青面獠牙。

叶瑾道:"噫。"

楚渊:"……"

叶瑾笃定:"一看便知极为淫荡。"
楚渊道:"嗯。"

段白月在西南打喷嚏。
段瑶躺在屋顶,道:"定然是皇上在念叨你。"
段白月将玄冥寒铁放在桌上,道:"或许当真是。"
段瑶坐起来:"别说你现在想去王城。"
段白月笑笑:"金蚕线之毒还没解,我就算想去也不能去。我说的念叨,是指玄冥寒铁最近似乎有些躁动,这可是他用血唤醒的。"

"是吗?"段瑶跳下房顶。
段白月道:"白日里一直在嗡嗡响。"
段瑶担忧:"不会出什么乱子吧?"
"一把剑而已。"段白月道,"苏醒了反而是好事,否则一直寂寂沉睡,就当真与破铁没什么两样了。"
段瑶叮嘱:"那你还是要小心。"
千万不要菩提心经的毒刚解,就又被玄冥寒铁所伤,那自己一定会号啕大哭三天。
或者四天。

翌日,南摩邪听到这件事,倒是丝毫不见担忧,反而还很高兴。
段白月道:"师父可以将笑稍微收一收。"
南摩邪道:"你可千万要争气,让为师在下回进坟堆之前,也见识一把这妖物的威力,好去向你爹吹嘘。"
段白月道:"若我压制不住其魔性会如何?"
"你不会压制不住。"南摩邪很是笃定。
段白月问:"为何?"
南摩邪答:"我说不会就不会,没有为何。"
段瑶:"……师父行不行啊。"

金婶婶拿着梳子进来。
南摩邪抱着脑袋满院子跑。

锦娘抱着儿子，在院门口看着笑。小娃娃手中拿着一块糕点，伸手要段白月抱抱。

段瑶也上前，捏了捏他白胖的小手，心思活络。虽说楚项自寻死路，可骨子里却还是大楚正统血脉，若是锦娘愿意，那这可是现成的小太子。

段白月笑笑，抱着他在院中晒太阳。

一切都刚刚好。

又过了一段时间，楚渊送来一封御笔亲书，要红甲狼。

"我都没有。"段瑶撇嘴。

"很难找？"段白月问。

"自然，那可是虫王。"段瑶道，"可遇不可求的，二嫂先前也想要，二哥都找不着。"

段白月道："下午便带人去找，越快越好。"

"说得容易。"段瑶瞪大眼睛，"你不如叫我去后山找金矿，或许还能快些。"

"既是西南才有的毒虫，如何会找不到，稀罕也不是没有。"段白月道，"人手不够就抽调军队，多带些蛊王将后山翻一遍，七八十只找不到，十几只总该有吧？"

段瑶眼底写满膜拜。

王城皇宫，楚渊正在看手中一摞奏报，关于东海海龙王。

多年前，东海一带倭匪横行，先皇御驾亲征出海剿灭，却不慎中了敌方圈套，眼看就要落败，幸而在危急关头有一支军队破浪前来相助，半日便扭转战局，赢了第一场海战。军队的首领名叫云断魂，乃是东海隐士高人。在此战役后，楚先皇感念其救驾有恩，又见熟知东海局势，便恳请能留在身边协助作战。也正是因为有了这支军队加入，大楚海军在日后的战事中才能如日中天所向披靡，匪徒很快便溃不成军落荒而逃，楚先皇龙心大悦，昭告天下赐云断魂为大明王。

据史书记载，在东海之战后，云断魂居功自傲不知收敛，后更心生反意，试图刺杀楚先皇。在计划失败后，便趁着夜色仓皇而逃，至今下落不明。

而百姓却说，大明王是遭人陷害，明珠蒙尘。只是不管真相如何，在云断魂失踪后，东海局势势必要重新找一个人维持。楚先皇便派外戚姜恒前往，赐皇姓，正是今日的海龙王楚恒。

叶瑾道："此人在外声名还不错，你当真觉得他有反意？"

"握着东海驻军不肯松手,不管他有没有反意,朕都不可能置之不理。"楚渊道,"这么多年暗中经营,他的势力不可小觑。"

叶瑾问:"你打算怎么做?"

楚渊道:"御驾亲征。"

叶瑾皱眉道:"如此严重?"

楚渊道:"东海驻军是大楚最精良的海军,军权不可旁落。"

"可要用什么理由?"叶瑾道,"楚恒不肯松手,总不能开战硬抢。一来定会有伤亡,手心手背可都是大楚的将士;二来当初先皇为了压制云断魂的余威,曾在一天内连颁七部诏书称颂楚恒,如今东海局势稳定,若是朝廷开始夺权,传出去也不好听。"

楚渊道:"若要开战,朕自然会找好理由。"

叶瑾依旧不放心。

楚渊道:"何况东海现如今可不是完全太平,当初云断魂的旧部青虬早已占据了白雾岛,勾结海匪养精蓄锐,打算犯我边境,战事一触即发,温爱卿的折子还在桌上放着呐。"

"可就算是要打叛军,也有楚恒与东海驻军在。这当口不管是你还是千帆,带兵南下都于理不合。"叶瑾道,"除非楚恒是傻子,否则他如何会觉察不到。"

"这是个问题。"楚渊道,"所以要找个好理由。"

叶瑾狐疑地看看他,看着胸有成竹,莫非已经有了点子?

"哥,哥!"大理阳光明媚,段瑶站在院中叫道,"皇上的书信!"

段白月丢给他一小锭金子。

段瑶心花怒放。

段白月拆开火漆,看完之后嘴角一扬。

段瑶道:"是什么?"

段白月道:"公务。"

段瑶失望道:"公务你笑什么笑。"

段白月道:"你后天怕是不能去江南了。"

"为什么?"段瑶闻言落泪,"我包袱都收拾好了,说好要去顾哥哥家里看虫。"

"下回让云川带来给你。"段白月道,"最近西南事务繁杂,师父又在闭关,你要好好守着王府。"

段瑶惊呆："那你呢？"

段白月道："我要率军前往沐阳城。"

"你去沐阳城做什么？"段瑶顿觉莫名其妙，去王城还能想通。

段白月道："祭祖。"

段瑶："……这是又走火入魔了吗，段氏先祖什么时候跑去了东海小城，咱爹知道这事儿吗？"

段白月拍拍他的脑袋："乖。"

"不是。"段瑶满头雾水，"你一个人去就罢了，还率军？"

段白月吩咐："将所有能调动的西南军全部调来，十日内汇合。"

段瑶呆呆张大嘴。

段白月又问："还有，红甲狼呢？"

段瑶答："还在找。"

段白月道："在我出发之前，若是还找不到，你便三年内不许出府。"

段瑶："……凭什么！"

段白月道："好了，叫段念来书房。"

段瑶心力交瘁："至少告诉我发生了什么事啊。"

段白月道："西南军日日操练，可惜近些年苗疆的寨子都消停得很。此番难得有机会能上战场，自然是人越多越好。"

段瑶道："上什么战场，皇上让你这么做的？"

"没有。"段白月道，"他只是想对付楚恒，而这是最快的方式。"

段瑶心情复杂。楚恒可是大楚的海龙王。人家又没招惹你，这名不正言不顺的，西南府要如何插手？

然而段白月做事向来雷厉风行，尤其是与皇上有关的事。

于是仅仅过了数十天，一个消息便在王城内传来。

西南王又反了。

至于为何是"又"，只因这多年来，段白月一直便以狼子野心的形象活在大楚百姓心中。街边小话本里，西南王大致每月都要反上三四回，什么时候若是不反了，买书的人还要向铺子老板抗议，西南王不谋反，便如同沈公子没有了毛茸茸的小

第三十一章

圆尾巴，那这破书还有何看头，要退钱！

故而当这回消息传到王城时，百姓的反应大多是，哦。

然后便接着聊天，吃饭、喝茶、嗑瓜子、洗衣裳。

很是淡定。

可朝中显然不会如此浪静风平。

且不说陶仁德刘大炯一派，就算是温柳年，听到后也吓了一大跳。

御书房内，叶瑾与温柳年都在。楚渊放下手中书信，道："随他。"

温柳年："……"

叶瑾："……"

随他？！

只因楚渊一句"随他"，段白月此趟行程可谓毫无阻碍，昆玉、翠染、镇南、九乡……每每临近一个大楚城镇，地方官员都是提心吊胆夜不能眠，生怕这位爷会一时兴起惹出乱子，而百姓亦是一颗心悬在嗓子眼，太平日子过得好好的，可千万莫要打仗啊。

不过现实却颇令人欣慰。

西南军所到之处，皆是军纪严明秩序井然。吃饭住店都会付账，有时还会给赏钱，甚至在路过绿渡口时，见当地在闹水灾，还义务帮百姓修了三天房，留了一车粮。

消息传回王城，朝中老臣一片哀叹，捶胸顿足。西南王这明显是在收买民心，其心可诛，其心可诛啊！

楚渊坐在御花园凉亭中，面前一炉清香一盏清茶，听远处琴娘抚琴。

叶瑾坐在他对面："今日怎么如此悠闲，听人说你没上早朝，还当是病了。"

"朝中那些老臣可都等着呢。"楚渊睁开眼睛，"无非又是要奏段白月，听了闹心，不如偷个懒。"

"这回可不怪那些老头。"叶瑾倒了一杯茶，"我也纳闷，怎么如此放心西南？"虽说已经问了许多回，可每回都是被楚渊糊弄几句遮过去，并无定心丸可吃。

"朕与段白月有盟约。"楚渊答。

"什么盟约？"叶瑾又问。

楚渊道："盟约是什么并不重要，重要的是，即便朕此时将国境防线敞开，他也不会乘虚而入，所以不必担忧。"

"当真这么放心？"叶瑾狐疑。

楚渊岔开话题："晚上留下与朕一道用膳？"

叶瑾摇头："千枫约了人，晚上我也要去。"

楚渊看着他笑。

"做什么？！"叶谷主傲娇一怒，"我跟去是为了吃饭！"

好不容易送走叶瑾，四喜又来通传，说是温大人求见。

楚渊隐隐头疼，别说又是为了段白月。

"微臣参见皇上。"温柳年行礼。

"爱卿免礼吧。"楚渊道，"看着脸色不大好，病了？"

"回皇上，染了风寒。"温柳年咳嗽。

"既然病了，就该好好在府里养着。"楚渊示意他坐下，"如此急匆匆前来，所为何事？"

"其实也不算急匆匆。"温柳年老实道，"只是微臣这几日一直在想西南王。"

楚渊："……"

"皇上信得过的人，微臣自然不会怀疑。"温柳年诚恳无比道，"只是皇上既然派微臣前往东海，那就早晚要与西南王碰面，所以微臣恳请皇上，至少透露一二，这回大楚与西南结盟，皇上给出的底线到底是什么，微臣也好有个谱。"

楚渊："……"

温柳年一片耿耿忠诚。

楚渊与他对视。楚恒的府邸在东海大鲲城，距离沐阳城仅十多天的路途。此番段白月如此大张旗鼓率军入大楚，楚恒身为王爷，自然要写奏折将此事告知楚渊。而楚渊也就顺水推舟，任温柳年为钦差大臣，前往东海与段白月"和谈"，实为盯着楚恒，以防他又横生枝节。

温柳年道："咳。"

楚渊摇头："爱卿多虑了，西南王此番只会留在沐阳城，不会有任何多余的要求。相反，在爱卿抵达大鲲城后，若是有事需要人帮忙，尽管暗中去找他便是。"

温柳年愈发疑惑。

第三十一章

"若无其他事,便退下吧。"楚渊道,"朕想一个人静一静。"

温柳年只好起身告退,却依旧满肚子疑虑。

宫外官道上,有个人正在等他。周身气场有些冷,眉眼极为锋利,正是在西北人人都要抢画像的赵越赵公子。

英俊得很。

温柳年小跑迎上前。

"今日怎么这么早?"赵越笑笑,"还当又要吃过晚饭,皇上才会放人。"

"皇上今日有心事。"温柳年道。

"皇上也是人,人自然会有心事,何至于一脸费解之色。"赵越带着他翻身上马,"想回家还是想去吃馆子?"

"去城外走走吧,安静。"温柳年道,"我想想事情。"

赵越点头,上了小路。

沿途百姓看到后,纷纷热情跺脚,将手中刚摘下的野果递过来——温大人爱吃,全王城都知道。而且这可是大楚第一才子,若是能趁机摸一摸手,说不定自己能学会吟诗。

但即便是大楚第一才子,也有脑袋打结的时候。温柳年也是头回知道,原来皇上与西南王彼此居然能如此信任。朝中众人都在议论,说皇上敞开了大楚边境。可换一方想,西南王也是彻底丢下了大理——这当口皇上若派沈将军南下,只怕西南十六州在数月内便可收回,还要捎上苗疆七十二寨。退一步,就算朝廷什么动作都没有,西南王也要在沐阳城待至少一年,待等到大楚军队重整国库充盈,有足够底气来对付楚恒的时候,才能回大理。

在山间坐了足足两个时辰,直到日落月升,温柳年还是一头雾水,没想明白皇上究竟给了西南什么好处,才能让段白月如此死心塌地不图回报。他自幼便天资聪颖,从来没有看不清的真相、想不明的内情,这还是头一回。

而在被楚渊当朝训斥过几回后,朝中的臣子们也总算是消停了一些,至少不会再以首叩地,涕泪满面说一些"西南王狼子野心,皇上万万不可掉以轻心"之类的话。四喜暗中松了口气,这事可算是过去了,自打消息传来王城,诸位大人来了一茬又一茬，就没见皇上的眉头舒展过片刻。

这日午后，王城日月山庄的商号中，一个老管家正在院子里头惬意地晒着太阳，听到木头门一响，睁眼瞧瞧，赶紧站起来道："叶谷主回来了。"

叶瑾神情恍惚道："嗯。"

"谷主？"老管家见状不解，"出了什么事？"

"没事。"叶瑾道，"我有些晕。"

老管家还当是他中暑，赶忙张罗着吩咐下去，让厨房煮些酸梅汤送来。叶瑾无力摆摆手，也不想多说话，一个人坐在后院台阶上，看着院子里头的大水缸想事情。

方才他进宫，恰好看到太医院门前有人在卸货，三辆马车上堆满了药材与珠宝，还有七八个骷髅头颅，于是被惊了一下。太医院管事见状赶忙解释，说是西南王送来的，药材归太医院，珠宝稍后会送往国库，至于这些骷髅，则是些不长眼的苗疆部族首领，试图侵犯大楚边境，烧杀抢掠扰民，所以全部被西南王"咔嚓"，如此已经有半年了。

叶瑾抽抽嘴角，去御书房时，顺便提了一句，却没料到楚渊的反应却有些……一言难尽，最后更是找借口躲去了户部。

叶瑾在御书房里待了一阵子，终于后知后觉将所有事串起来，重新想了一回。

有些决定，站在天子的立场来想，的确过于草率，可若站在知心至交的立场，却无需任何理由就能想得通。

身为大楚皇子，理应为国效力。

分内之事，分内之事。

于是好不容易才歇息下的楚渊，就又被弟弟摇起来，念叨了一晚上"我也要去东海"。

"你去东海作甚？"楚渊心力交瘁。

"你管我。"叶瑾盘腿坐在床上，一仰头。

楚渊："……"

全楚国都知道，小王爷决定要做的事情，那便没几个人能劝得住，沈盟主不行，皇上也不行。于是数日后，叶瑾便随温柳年一道出发，离开王城，前往东海大鲲城。

第三十一章

段白月身形微微晃了一下。

"王爷。"段念道,"没事吧?"

"没什么。"段白月摆摆手,"方才恍惚了一下。"

段念依旧担忧,毕竟菩提心经的毒刚解没多久,理应好好休息才是。

段白月边走边问:"大军安顿得如何了?"

"回王爷,已在郊外安营扎寨。"段念道,"这沐阳城的县令昨日便递送了信函,想要见王爷一面。"

段白月道:"明日吧。"

段念点头:"是。"

沐阳城街道上很热闹,虽不及王城繁华,却也别有几分海边城镇的意趣。一个和尚正站在大街上,周围挤了不少百姓,闹闹哄哄的,也不知在做什么。

"是金光寺的和尚,游方来此,据说极为灵验。"见段白月在看,段念解释道,"所以百姓都赶来请他看相。"

段白月点点头,绕过人群想要走,却被那大和尚叫住:"施主留步。"

百姓虽没见过段白月,但都知道西南王已经来了沐阳城,此时见他俊朗高大气质不凡,衣着也极为华贵,自然能猜出身份,因此纷纷噤声,周遭立刻便安静了下来。

段白月微微一笑:"大师有事?"

"这位施主,面相可当真是好。"大和尚感慨道,"富贵命。"

段白月道:"多谢大师。"

"只是有一个人,将来施主务必要小心。"大和尚又道。

段白月问:"何人?"

大和尚顺手从道边一扯,递过来。

段白月接到手中。

百姓好奇,也纷纷踮着脚看。

是一片柔韧的、圆圆的、嫩绿的小叶子。

段白月问:"大师这是何意?"

那和尚伸手,道:"十两纹银。"

百姓暗中咋舌,可当真是天价。

段念递给他一锭碎银。

和尚接到手中,仰天大笑,转身离去。

段念:"……还当付了银子,便能求个解释,走了是怎么回事?"

百姓却一脸崇拜,因为小话本中的癫狂神僧都这样,笑起来一定要狂放。

段白月笑笑,并未多做计较,道:"走吧,我们也回府。"

此番抵达沐阳城后,西南军在郊外安营扎寨,段白月更是干脆在城中买了处宅子,看架势像是要长住。地方官府自是胆战心惊,却也无计可施——朝廷看架势是要置之不理,只说会派人和谈,可到现在也迟迟不见人。去求助海龙王,却也仅要自己静观其变,当真不知要靠谁。

段白月倒是心情极好,甚至还弄了一个鱼塘,养了一池金红锦鲤,几只翠绿鹦鹉。

段念心说,王爷这是打算来此养老不成。

官道上,几架马车正在不紧不慢前行,温柳年问:"点心吃吗?"

"不吃。"叶瑾摇头,继续思绪纷飞。

"谷主在想些什么?"温柳年好奇。

叶瑾道:"在想苗疆蛊术里,有没有哪种能惑人心智,却又看不出来。"

温柳年糊涂:"既是被迷惑了心智,自然会癫狂痴傻,如何能看不出来?"

"不是这个意思。"叶瑾道,"比如说一个人,好端端的,突然就哭着喊着要与街上一个流氓成亲,旁人拉都拉不住。"

温柳年:"……"

"但除此之外,其他却都极正常。"叶瑾问,"可有这种蛊?"

"应当是有的,但本官也只是在书中看过。"温柳年道,"谷主是江湖中一等一的神医,若是有人中蛊,应当能查出来才是。"

"我就是查不出来啊!"叶瑾愤愤一拍大腿。

温柳年趁机问:"谁中了蛊?"

叶瑾冷静坐直:"并没有谁。"

温柳年啧啧,反应还挺快。

王城与大鲲城间路途迢迢,等众人抵达时,已经到了飘雪时节。所有人心里都明白,这段时间,已经足够让楚恒精心做准备,掩盖旧时一切罪证。想要将他扳倒,便只有等,等着他下一个破绽出现,也给远在王城的皇上争取时间。

第三十一章

虽说是东海重镇,大鲲城却并不富裕繁华,甚至连一般的中原小城都比不过。房屋破败不堪,百姓也仅是靠着捕鱼为生,若是遇到天灾,便只有缩在家中,等着朝廷的救济过活。城里没有学堂,也极少有书画铺子,听街上的人闲聊,这里的后生最好的出路便是投军,加入海龙王的东海黑龙军,一家人的生活也就有了保障,甚至还能给弟弟妹妹攒些彩礼嫁妆。

"大楚的军饷有这么高?"叶瑾问。

"自然没有。"沈千枫道,"黑龙军的军饷,是大楚别处军队的三倍,甚至四倍五倍。"

叶瑾眉头紧锁。

"楚恒可不会空手变白银。"沈千枫道,"这些年皇上往东海拨了多少银子,分到百姓手中的又有多少?前些日子路过集市,还有百姓为了一碗米大打出手,日子穷着呢。"

叶瑾道:"浑账!"

"也不着急,这笔账,皇上自然会与之清算。"沈千枫道,"你我安心在这住着便是。况且还有个温大人在,想来往后这一年楚恒也会收敛安分许多,百姓不至于太苦。"

叶瑾又道:"这几天有些上火,我泡些清火茶给你。"

沈千枫点头,看着他忙活,又道:"亏得有西南王。"

叶瑾顿时叉腰怒道:"关段白月什么事!我们和他又不熟。"

"自然关西南王的事。"沈千枫没听出他的意思,"西南军驻扎沐阳城,一来震慑楚恒,二来也能保护温大人,三来也是最重要的一点,现在无论皇上如何调兵遣将,甚至是御驾亲征率军南下,都能解释成是为了对付段王,将一切都变得合情合理,不会打草惊蛇令楚恒起疑。"

叶瑾道:"哼!"

沈千枫道:"你似乎很不喜欢他?"

叶瑾道:"对!"

沈千枫好笑:"为何?"

叶瑾唰往茶壶里丢了一把冰糖:"因为他非常下流!"

沈千枫狐疑:"你怎么会知道?"

"我当然知道啊!"叶瑾强行有理有据,"叫这种名字的,十个有九个都非常下流!不能再有道理了。"

沈千枫："……"

然而温大人却没工夫管西南王下流与否，自打来了这大鲲城，有处叫三尺浪的海域便没消停过，几乎日日都有海寇来犯，楚恒三不五时便会亲自带兵迎战，却每每都是无果而返——此事明摆着是个局。毕竟若是海域不安稳，那么这破烂不堪的城镇与饥寒交加的百姓，便都有了借口来解释，更有甚者，往后若是朝廷再拨来银子，按照楚恒的胆子，只怕依旧敢扣押充作军饷。

这样下去可不成。温柳年愁眉苦脸，还在思考应对之策，便已经有人找上门，是段白月的心腹，名叫段念。说是西南王已经来了大鲲城，想请温大人前往一叙。

温柳年想了想，很爽快便答应了下来。毕竟出发前皇上就说过，等到了这大鲲城，不管有什么事情，大到排兵打仗，小到想吃火锅，都能找段白月。

而段白月也极为期待能见着这位温大人。

且不说那些年递往西南府的密报，就算是近些时日，也经常会有宫中的信函送上门。朕的温爱卿要来，温爱卿不会功夫，你要好生保护，温爱卿爱吃肘子，你多送他几个，炖烂些……如此叮嘱三四页，也没有多余的话，落款处草草一个楚字，龙飞凤舞，写认真些都不肯。

所以在听说温柳年已抵达大鲲城后，他便也暗中启程，想来会一会这传说中的大楚第一才子，看看到底有何本事。

"王爷。"段念敲门，"温大人来了。"

段白月道："请。"

温柳年推门走了进去。

段念关上门，抱着剑在外头守，心说这温大人生得可当真是好看，眉清目秀唇红齿白，文质彬彬的，与诗文中的才子一模一样，笑起来也挺招人喜欢。段白月却对此长相很不满，相比而言，他倒是极喜欢上一届的状元王文才，五大三粗脖子短，又黑，脸上一个大痣，痣上还长着一撮毛，极为赏心悦目。

"成亲了是吗？"西南王问。

温柳年身边还跟着几名追影宫暗卫，当保镖用。一见他问，立刻七嘴八舌道："成了，早就成了，我们都非常羡慕。"

第三十一章

温柳年满腹狐疑，西南王生得如此高大英俊，传闻中也说狡猾阴险得很，为何爱好却如此"婆姨"，一张嘴就问别人成没成亲。

段白月不紧不慢地喝着茶。

温柳年心思活络，打算试着说服西南王，随自己一道平定三尺浪之乱。看着武功颇高，不用白不用。

屋外，段念打了个呵欠，看看天色，心说也不知王爷在与温大人聊些什么，居然这么久还不见出来。肚子咕咕叫，段念下去买了包点心吃了大半，方才见温柳年带着人出门。

"王爷。"段念敲门进去，"方才属下见温大人似乎心情不错，可是相谈甚欢？"

"相谈甚欢谈不上，他要本王出面，去查清三尺浪那头的猫腻。"段白月用手轻轻扣了扣桌子。

"王爷答应了？"段念问。

"暂时没有。"段白月道，"三日为期。"

段念点头："那属下去吩咐小二，送些餐食上来。"

段白月答应一声，随手翻开木盒，脸色却是一惊。

"王爷？"段念问，"怎么了？"

段白月"啪"一声，将盒子里的三只红甲狼倒出来，却不像往日那般到处乱窜，而是蔫头蔫脑趴在桌上，看着像是快死了一般。段念张大嘴，为了抓这三只小祖宗，西南府的山几乎都被翻了一遍，一路上都好好的，这怎么突然就要死了？

"去将温柳年给本王找回来。"段白月道。

"温大人？"段念提醒，"温大人是读书人，应当不会医虫才是。不如属下去找叶谷主？他也住在大鲲城中，是江湖一等一的神医。而且退一步说，这虫本来就是要送给他的，万一真没救了，更该趁着还有口气送出去，免得白忙一场。"

"旁人没用。"段白月道，"速去速回，休得拖延。"

"是！"段念不敢再马虎，转身出了客栈。

于是原本都已经打算回家睡觉的温大人，就又被请到了客栈。在西南王充满威胁的眼光下，交出了两只自己的虫——也是红甲狼，背壳却泛金色——金甲狼。

感受到虫王的气息，那三只半死不活的小红甲狼，果真又活了起来，嗖嗖到处跑。

段白月:"……"

温流年挠挠脸蛋,挺胸抬头。什么叫天赐良机,此时不讲条件,还待何时。谁让本官的虫这般争气!段白月咬牙切齿,却又无可奈何。权衡再三,最后只得答应,亲自前往三尺浪查看究竟。

王城宫中,楚渊难得没有待在御书房,而是在寝宫回廊下独自温酒看雪。墙角梅树开得灿烂,前阵子迂回时被好好施了肥,所以长得极为茁壮。

"皇上。"四喜替他加了件披风,"该歇息了。"

楚渊微微有些醉意,红着眼角看他。

"来,老奴扶皇上起来。"四喜公公道,"再待下去,要着凉了。"

楚渊问:"酒还有吗?"

"有,有,这回多得很。"四喜公公一边走一边道,"西南府送来了三大车绯霞,私窖里都快堆不下了。"

楚渊坐在床边,让四喜伺候着洗漱完后,脑子清醒了些,却依旧懒得动,躺在床上出神,觉得时间过得可当真是快。

二十年啊……楚渊翻了个身,眼底有些落寞。直到沉沉睡去,心里头也依旧纷杂。

临近年关，时间总会过得分外快一些。这日下了早朝，难得御书房前没有人等着议政，四喜笑呵呵道："皇上可要出宫去走走？最近大街上热闹得很。"

楚渊道："可有何喜事？"

"大喜事没有，小喜事日日不断线。"四喜道，"这快过年了，商人们都在挖空心思招揽客人，有不少各地来的稀罕物。办婚嫁的人家也多，据说想请唢呐班子还要靠抢，连敲锣开道的价钱都涨了五倍不止。"

"你倒是打听得清楚。"楚渊失笑，"也罢，出去散散心也好。"

四喜伺候他换上便装，主仆两人也未坐轿，步行出了宫。街上当真是热闹至极，娶亲的人家也当真是多，还遇到一家大户边走边撒喜糖，花生酥里夹着碎莲子，甜蜜蜜的麦芽糖一拌，取个好兆头。

百姓在道两旁笑着接糖，沾喜气，小娃娃更是蹦蹦跳跳跑进跑出，却不小心摔倒，黏糊糊的小手拉住楚渊衣摆一擦一蹭，留下黑乎乎的印子。

"啊哟，你看着。"四喜着急。

"无妨，小孩子不小心罢了。"楚渊笑笑，示意他莫要吓到小娃娃，"走吧，前头就是千帆的府邸，正好去看看病好了没，这都三日未见他上早朝了。"

"是。"四喜替他擦了擦衣摆，挤过人群前往将军府。日月山庄是江湖门派之首，给三少爷修的宅子自然不会小，飞檐翘角画栋朱甍，牌匾上的字是楚渊亲手所题，远远看着便极有气势。

"皇上。"后头有人小声叫。

楚渊转身。

刘大炯手里拎着几包补品，小跑过来道："皇上这是要去沈将军府上探望？"

楚渊点头："这么巧，在这也能遇到刘爱卿。"

"实不相瞒，微臣也是要去探望沈将军，这都病了两三天，叫人担心。"刘大炯晃了晃手里的红纸包，"这可是好东西，大补。"

楚渊笑着打趣："若朕没记错，刘爱卿的侄女上个月已经成了亲。"

"四侄女成了，五侄女还没成。"刘大炯很实在，"这沈将军可是香饽饽，松懈不得。"

四喜直牙疼。楚渊也对他这爱好哭笑不得，令四喜上前叩动门环。前来开门的却不是老管家，而是个八九岁的少年，看打扮像是外族人，眼眸有些灰，却透着光。

"你们找谁？"少年问。

"我们是沈将军的朋友。"四喜道,"听说将军病了,便来探望他。"

"这样啊。"少年侧身,"沈将军在后院。"

"多谢。"四喜问,"忠叔呢?平日里都是他开门。"

"忠叔去买年货了。"少年关好门,"我要看门,不能走,你们自己进去吧。"

四喜道谢之后,三人一道往后院走。楚渊道:"灰眸少年,像是来自弯月国。"

四喜与刘大炯对视一眼,沉默。

这是哪儿?

没听过。

不知道。

楚渊笑道:"西域一个小国家,与大楚来往甚少,不过千帆出身江湖,府里有这些朋友不算奇怪,朕也是随口一提罢了。"

虽说府邸不小,下人却没多少,临近年关更是大半都回了老家,看着有些空空落落。

"你看,我就说,沈将军早就该成亲了。"刘大炯道,"过年都冷冷清清,没媳妇没孩子,宅子再大,总不像个样啊。"

"爱卿就莫要打边鼓了。"楚渊道,"这大过年的,就不能让朕耳根消停片刻?"

"咳咳。"刘大炯识趣闭嘴,成成,不说不说。

楚渊伸手推开后院门。

刘大炯笑容凝固在脸上。

沈千帆正在树下与人聊天,对方是个俏丽的红衣女子,五官明艳身姿妖娆,黑发如瀑垂落腰间,腕间佩着五彩璎珞,正在往这边看。

"朱砂姑娘?"楚渊笑道。

"末将参见皇上。"沈千帆行礼,心里暗暗叫苦——怎么也没个人通传。

"皇上。"朱砂也有些意外。

"你这看着可不像是有病的样子。"楚渊笑道,"免礼吧。"

沈千帆咳嗽两声道:"多谢皇上。"

"上回见着姑娘,还是在西北大漠中。"楚渊道,"既然来了王城,怎么也不来宫中做客?"

"前天才刚到。"朱砂道。

"所以有人便病了三天。"楚渊拍拍沈千帆的肩膀,别有深意。

沈千帆顿时面红耳赤。

刘大炯看得想垂泪,白忙活了大半年,原来喜欢的是这一类,也不早说。

朱砂道:"我是来王城找药的。"

"找到了吗?"楚渊问。

"嗯。"朱砂道,"本来还打算明日去宫中拜会皇上,顺便送一张地图。"

"地图?"楚渊道,"哪里的地图?"

朱砂道:"翡缅国。"

楚渊微微讶异。

"上回听皇上提起天辰砂,我便多留了几分心。"朱砂道,"我族人以巫医为生,向来居无定所四处游历,十几年前,也有人曾去过南海,替翡缅国的公主治伤。"

"哦?"楚渊问,"姑娘的族人现在何处?"

"已经亡故了。"朱砂道,"他没有留下任何东西,只有这翡缅国的海域图,是阿九在整理父亲遗物时才发现。"

"如此。"楚渊了然,"多谢姑娘。"

"皇上言重了,举手之劳而已。"朱砂道,"那我回房去拿地图。"

楚渊微微点头,目送她离开后,用颇有内涵的眼神看着沈千帆。

"皇上。"沈千帆头皮发麻,"朱砂姑娘只是来末将府中借住。"

"这王城内有多少客栈,非要借住在将军府?"楚渊挑眉。

沈千帆道:"客房多得是,空着也是空着。"

"你啊。"楚渊拍拍他,"死心眼。"

刘大炯也在一旁哭丧着脸。

沈千帆头隐隐作痛。

幸好楚渊知道他的性格,也并未多说什么,拿了地图之后,便与四喜一道告辞,顺便拎走了刘大炯。

这张地图绘制得有些潦草,只能看出翡缅国是一个由二十三座岛屿组成的国度,在白雾海内错落分布,范围极广。除此之外就只标注了几处淡水源地,并无其他有用的消息。东海之乱尚未平定,现在提翡缅国为时尚早。楚渊将地图收好,又拆开桌上一封折子,草草看了一遍。

"是温大人送来的吧?"四喜替他斟茶,一边笑着问。

楚渊点头。这封奏折的内容极为详细,温柳年在里头高高兴兴,先是说已与西南王取得了联系,王爷还送了叶谷主三只红甲狼,后头又说,楚恒一直派人在三尺浪装神弄鬼,亏得有西南王从中相助,与沈盟主他们一道,三更半夜炸毁了战船,火光照亮天穹,惊得楚家父子目瞪口呆,近些日子看着,果然是消停了许多。

楚渊笑笑,若有所思。

再往后,便是除夕新年。宫里头设宴请文武百官,沈千枫与叶瑾回了日月山庄过年,大鲲城里,温柳年正下箸如飞吃着团圆饭。至于段白月,也入乡随俗端了一盘饺子一壶酒,对月独酌。段念一边替他斟酒,一边在心里头叹气。翻了年,王爷可就三十了,还不成亲。

十八岁就扯好了红绸缎,到现在还没用出去,金婵婵怕是要急死。

翻过年,时间过得就愈发快。王城里头看似浪静风平,知道内幕的人却都提心吊胆,等着将来开战的那一天。

"老陶。"这日下早朝后,刘大炯用胳膊肘捣捣他,挤眉弄眼,"咱皇上,怎么样?"

陶仁德高深莫测,看了他一眼。

"哎呀,啧。"刘大炯感慨,"怕是用不了几年,你我便能回乡养老。先帝爷当初可想多了,咱这皇上,哪里用得着你我这样的老朽辅佐二十年,十年都嫌多。"

陶仁德道:"现在说这种话,为时尚早。"

"怎么就早了?"刘大炯道,"皇上这回想做什么,旁人不清楚,你这老黄鼠狼还不清楚?"

陶仁德道:"四海升平是一回事,纳妃立储又是另一回事。皇上只做了前四个字,后面那件事,可还影子都没一个。"

"这就靠你了。"刘大炯揣着袖子,"但我觉得吧,难!"

陶仁德瞥他一眼道:"今日不吃火烧了?"

刘大炯眉开眼笑:"吃!你付银子。"

长街之上,一队银甲将士正在策马前行,刘大炯慌忙捂住火烧,生怕会落了灰。

陶仁德道:"是银甲亲卫军。"

刘大炯凝神吃火烧,并不想被别的事打扰。

这支亲卫军是由沈千帆一手建立,在平定了东北雪原叛军后,便一直秘密养在北海鱼嘴礁,对外只说是被派往日月山庄,仅有极少几个人知道真相。现如今的西北边境,大漠诸国叛军已除,再往北,罗刹国亦是因战元气大伤。而七绝国更是与楚国结盟,联合挖掘水龙脉,将新河道与古老的丝绸之路连为一体,商路直通大陆最西端的出海港,子民衣食不缺,生活安稳和乐。而在东北雪原,前朝余孽作恶多端已被清剿。常年生活在风雪边境的百姓,被有计划地分批南迁,生活再也不必被天气所扰,粮仓与衣橱都塞得满满当当。

如此一来,先前压在北部绵延国境线上的兵力便可抽身而出,重新调拨,不必再有后顾之忧。

楚渊在信上落下火漆印记,差人八百里加急送往东海沐阳城。

数月后,一道晴天霹雳在大楚炸开。

西南王反了。

"这回不一样,这回是当真反了啊!"王城街头,小话本价格飞涨,却依旧供不应求。百姓就算是打破头,也要买上一本《西南王秘史》来看,好求个明白,这好端端的,怎么就真反了呢——千万莫要一路打到王城。

沐阳城最大的优势,便是易守难攻。西南军连夜包抄了知府衙门,将地方官员全部投入大狱,紧闭城门,黑压压的炮口对着官道,教人心里发麻。如此天高皇帝远的地方,朝廷大军自然无法及时赶到。此时唯一能指望的,便是大鲲城里的楚恒与黑龙军。

楚承怒道:"若我没记错,大人可是皇上派来与段白月和谈的!"

温柳年语调悲愤道:"我谈了啊,没谈下来,怪谁,怪我吗,还能不能讲些道理!"

楚恒面色阴沉,示意自己的儿子勿要多言。

楚承愤然甩袖出门。

在东海盘踞这么多年,若说毫无实力,自然无人会相信,只是楚家父子却也不想出兵迎战段白月。朝廷里的那位自登基以来，摆明了要将军权逐步收回，这当口最该做的，便是要保存实力与之抗衡，而不是替他卖命冲锋——否则若当真与西南军正面杠上，斗个一年半年，待到两方都精疲力竭之时，大楚军队也恰好赶到，坐享其成收个渔翁之利，那自己多年心血岂非毁于一旦。

"父亲。"楚承道，"可要我亲自去会一会那位西南王？"

楚恒沉默不语。

"他想要白江以南，我们想要白江以北，并不矛盾。"楚承道，"将这天下分庭而治，总好过被朝中那位一点一点削权。对自己的亲生兄弟尚且心狠手辣，你我父子二人顶多算个外戚，莫非还能指望他会手下留情？"

楚恒微微点了点头。

楚承会意："孩儿明白。"

数百里外的官道上，楚国大军正在急速前行，九龙旗帜遮天蔽日，一眼望不到头。

楚渊身穿明黄软甲，仗剑行于千军万马之前，年少桀骜，意气风发。

"到底为什么要御驾亲征啊！"大鲲城里头，叶瑾恨铁不成钢，用手捶墙，"派个人来不行吗？"

沈盟主头很疼。

"皇上。"数日之后，沈千帆在前方调转马头，回来禀告，"前头有处江湖门派，名叫天鹰阁。掌门人是末将的儿时好友，不如今晚就在此暂歇？"

楚渊点头："好。"

"末将这就去安排。"沈千帆领命离去。天鹰阁的阁主名叫厉鹰，幼时在日月山庄住过三四年，与沈家兄弟的关系不错。前十几天就听到消息说大军要路过，哪里还用得着吩咐，早就自发做好了准备，把十里八乡的猪头腊肉羊腿都收了个干净，等着给楚军将士们做饭吃。

"赶了这么多天路，可算是有个像样的宅子睡了。"四喜公公腰酸背痛道。

楚渊看得好笑："早就说了让你待在宫中，非要出来。"

四喜公公道："那可不成，老奴要伺候皇上。"

"再不瘦一些，就该朕找人伺候你了。"楚渊拍拍他的肚子道，"好了，歇着吧，朕去看看千帆。"

"是。"四喜公公心里琢磨，这回见着小王爷，不知道还能不能要些药草泡水喝，减肥。

前厅里，厉鹰正在与沈千帆闲谈，听到弟子说皇上来了，赶忙出门迎接。

"阁主不必多礼。"楚渊道，"朕只是随意来看看，没打扰到二位吧？"

"皇上言重了，只是在说些儿时的事情。"沈千帆道，"还有，方才厉兄还在庆幸，没有将妹妹嫁给西南王。"

楚渊："……"

"皇上有所不知，我那妹妹是个死心眼。"厉鹰道，"六七年前去西南的时候，不知怎得就相中了西南王，回来后非要让我去提亲。"

"哦，还有这回事。"楚渊态度很是和善。

"当时家父尚且在世，无论如何也不同意，说西南王不像是能本分过日子的人，狼子野心，嫁不得。"厉鹰继续道。

楚渊点头："令尊所言极是。"

"后头由父亲做主，将她嫁给了渭河帮的少帮主。"厉鹰叹气，"只是她也着实命苦，成亲没几年，夫家也出了些变故。"

沈千帆问："那厉姑娘人呢？还在渭河帮吗？"

厉鹰摇头："我还没来得及派人去接，她便自己拿着休书回来了，哭着要改嫁。"

沈千帆只能道："也好。"

"不说我这糟心家事了。"厉鹰道，"皇上与沈兄当真后天就要走？不妨多住几日。"

"战事迫在眉睫，一日也耽误不得。"沈千帆道，"好意心领，等返程时再说吧。"

"也罢。"厉鹰道，"那在下便在此恭候大楚铁骑大胜而回。"

沐阳城下，楚军依旧在不断叫骂——楚渊既已亲自率军南下，楚恒自然不能什么都不做，因此便派了两千黑龙军前往讨伐。或者说名为讨伐，实为吵架。日日只是在城墙下问候一番对方祖宗，而后便鸣金收兵，再给楚渊上个折子，表明自己已经尽到了本分。

第三十二章

段念在城墙上看了阵热闹，便打着呵欠回房，打算歇息。王爷近几日不在，连开城门吓唬这群人的心情都没有，爱骂多久骂多久。

山间小路上，火云狮四蹄腾空，如同一道黑色闪电一般。一座座城镇被甩在身后，天际流云飞逝，变幻出壮阔形状。

"驾！"段白月挥手扬鞭，衣摆飞扬。

"来来来！卖糖糕，天鹰阁秘制糖糕！"热热闹闹的山下集市，小贩正在叫卖，还有卖烤鱼的，卖米线的，卖绣花鞋的，全部都是天鹰阁祖传产业——也难怪，这十里八乡，天鹰阁可是最大的江湖门派，小商贩都喜欢沾些亲带些故，吆喝起来有底气，不怕地痞流氓，也好做生意。

段白月将马留在客栈中，从后山绝壁一路攀上顶峰。向下看去，山坳间一大片屋宅连绵不绝，白墙黑瓦极有气势，正是天鹰阁。

已经过了吃午饭的时间，楚渊没什么胃口，只是喝了一壶果茶，此时正在院中小憩。虽说闭着眼睛，却总觉得有人似乎在暗中盯着自己。

……

"皇上。"见他起来，四喜赶忙道，"可要吃些点心？"

楚渊摇头："朕想一个人出去走走，谁也不准跟来。"

四喜领命，心里却纳闷，按照先前约好的时间，沈将军估摸着就要来了，这当口皇上要去哪儿。

沿着林中小路，楚渊一个人慢悠悠地往前走，脚下落叶沙沙，更显四周静谧。

段白月跟在他身后，距离越来越近，却未说话。

楚渊停下脚步。

过了许久，方才道："毒解了？"

"嗯。"段白月点头。

楚渊继续道："可还记得，当日朕说过什么？"

"忘了。"段白月道，"你也忘了。"

楚渊声音里有些笑意，懒洋洋道："朕可没打算原谅你。"

段白月道："给我个机会。"

楚渊看了好一阵子,然后道:"还是一样。"

段白月道:"嗯?"

楚渊道:"丑。"

段白月道:"我当初可不是因为丑,是因为毒。"

"因为毒,就能走了?"楚渊看着他,"现在回来也晚了。"

段白月扬扬眉梢,正想说话,林地外却突然传来脚步声。

"你说你,在家好端端的,为何又要跟着皇上与沈将军去东海?"厉鹰脑仁子直疼。

厉鹊靠着树,道:"自然是为了西南王!"

楚渊蹲在树上,看热闹。

段白月莫名其妙,与我何干?

"那西南王如今都是反贼了,你还要如何?"厉鹰目瞪口呆。

"反贼我也认了。"厉鹊一咬牙,"当年我在西南游玩时,早已与他有了夫妻之实,你这回无论如何,也要答应放我前往东海!"

厉鹰头皮发麻,觉得他妹疯了:"你再说一遍?"

"再说十遍也是一样。"厉鹊道,"总之我这回一定要去找那姓段的,你到底答不答应?"

楚渊眼神高深莫测,单手撑着腮帮子,扭头看了眼身侧之人。

西南王一头雾水,头一回知道了,什么叫天降横祸,无妄之灾。

"你……你怎可如此荒唐!"厉鹰气得脸色煞白,抬手欲打她。

"我荒唐?当年我就说了,非段白月不嫁。是你与爹将我强行塞进花轿中,送去了渭河帮。"厉鹊道,"现如今却反而说我荒唐?"

厉鹰被她气得几欲昏厥,狠狠跺了一下脚道:"罢罢罢,此事到此为止。那西南王如今已是反贼,不管先前发生过什么,以后都休要再提了,可曾记住?"

厉鹊拧着手帕不肯说话。

"唉!"厉鹰狠狠叹了口气,带着她一道回了山庄。

段白月:"……"

楚渊似笑非笑,瞥他一眼。

段白月与他对视。

楚渊从树上跳下来。

"我连她是谁都不认得。"段白月跟在后头哭笑不得。

楚渊道:"哦。"

"哦是什么意思。"段白月道,"旁人不信我就罢了,你可得信我。"

楚渊突然反手朝他攻了上去。

段白月吃了一惊,侧身躲开。

楚渊默不作声,却招招紧逼。

段白月自然不会对他出手,因此只是一味闪躲。楚渊迎面又是一掌,段白月刚欲避开,却没料到他此番只是虚晃一招,腾挪闪动间,左手已顺势拔出了自己腰间的玄冥寒铁。

"想解释?"楚渊飞身而上道,"先打赢朕再说。"

段白月抓住他的手臂,"这可是你说的。"

楚渊咬牙,反手便是一剑。

段白月眼底带笑,陪着他在林地中过了几十招,方才一掌拍在他肩头。楚渊只觉手臂一麻,宝剑哐当掉在地上。

"赢了。"

楚渊面无表情道:"你居然当真敢赢朕。好大的胆子,好大的胆子,好大的胆子。"

段白月:"……"

楚渊挣开他,拍拍衣摆上的灰,头也不回往山庄里头走。

段白月跟在他身后道:"总之横竖都是我无理,是不是?"

楚渊道:"嗯。"

段白月笑出声,紧追几步与他并肩:"随我一道去客栈?"

楚渊不理他。

"好不容易才解了毒。"段白月道,"就算当初我是做错了,也不至于就是死罪。"

楚渊懒洋洋道:"朕现在没打算原谅你。"

"没关系。"段白月道,"我这人没别的优点,就是耐心好,脸皮厚。"

楚渊气定神闲,很是淡定。

两人一道回了小院,四喜公公原本正在打盹,见着段白月后惊了一跳,还当是自己眼花,蹦起来半天没回过神。

楚渊道:"四喜。"

"哎,皇上。"四喜公公赶忙上前扶住他。

"送客。"楚渊推门进屋。

四喜公公满面为难,看向西南王。

段白月自然不会走。

四喜公公看着他进屋,提心吊胆地在外头等了半天,确定里头没动静,王爷不会再被赶出来,方才乐呵呵转身出门,差人去准备晚膳。

段白月道:"毒解了,心跳自然便会恢复。"

楚渊没说话,许久才低低"嗯"了一声。

酒菜很快便准备好,楚渊依旧没什么胃口,却知道面前这人若是赶起路来,定然又是不眠不休昼夜兼程,于是也坐到桌边,陪他一道吃饭。

两人谁都没提战事,也不想提战事。

简单用过晚膳后,四喜公公又送来沐浴用的热水。段白月坐在桌边,单手撑着腮帮子,觉得像是又回到了数年前——也是这般场景,一模一样。

恬淡安静,连风里也带着花的香。

第二日一早,沈千帆便急急来找皇上,却被四喜打发了回去。

"末将有急事啊。"沈千帆道。

"急事也不成,皇上龙体欠安,打扰不得。"四喜道,"除非是火烧了眉毛。"

沈千帆其实有些糊涂,因为连他自己都不知道,此事到底是算急,还是算不急。

"那就是不急了。"四喜好心道,"将军还是中午再来吧。"

"也成。"沈千帆道,"皇上可是染了风寒?"

"是。"四喜点头。

第三十二章

沈千帆道:"军医看过了吗?"

"看过了,看过了。"四喜道,"将军快些回去吧,皇上这头有老奴照顾,不必担心。"

"那就有劳公公了。"沈千帆抱拳,转身大步出了小院。

楚渊睁开眼睛:"什么时辰了?"

"还早。"段白月道,"四喜方才说已备好了粥饭,吃一些?"

楚渊摇头:"没胃口。"

"没胃口也要吃,不然该病倒了。"

楚渊想了想,道:"笋丝香油粥。"

看他一脸认真,段白月不由便笑出声。

楚渊道:"明日便回去吧。"

"好。"段白月答应,然后又叹气,"这笔账,我可就算到楚恒头上了。"

楚渊:"不准提他。"

段白月允诺:"好,不提。"

楚渊闭上眼睛,依旧带着三分笑意。

楚渊的烧已经退下去不少,段白月看着镜中的人:"我可就走了,你一路小心。"

楚渊道:"嗯。"

段白月刚打算走,四喜公公却在外头禀报,说是沈将军求见。

段白月打开门。

"王爷。"四喜满面为难。

"出了何事?"楚渊问。

"回皇上,沈将军那头像是当真有急事,昨日已经来过一回,今早又来。"四喜道,"就在院外候着,皇上您看……"

"宣。"楚渊道。

"是。"四喜赶忙去复命。段白月则纵身跃上房梁,屏住呼吸看着下头动静。

沈千帆推门进来:"皇上。"

"可是出了什么大事?"楚渊问。

"此事也不知该说它大还是小。"沈千帆道,"皇上可还记得,厉阁主说过他还有个妹妹?"

"自然。"楚渊点头,"她怎么了?"

"昨日她暗中来找末将,说了一件事。"沈千帆道。

段白月心中顿时涌上浓浓不祥预感。

楚渊不动声色,道:"何事?"

沈千帆道:"厉阁主的妹妹名叫厉鹊,她告诉末将,在数年前曾与西南王有过一段夫妻之实。"

段白月扶住额头,果然。

"有过夫妻之实又能如何?"楚渊问,"莫非还想让朕赐婚不成。"

"末将当时对此事存疑,可厉鹊却说西南王曾给过她一件信物。"沈千帆道,"还说自知叛乱是死罪,不敢奢求皇上能饶西南王不死,只求能让她随军南下,在战乱结束后,以妻子的名分,给亡故之人填坟立碑。"

段白月目瞪口呆。

青天白日活见鬼。

楚渊心情复杂:"是何信物?"

沈千帆从袖中取出一个小锦盒。

段白月在房梁上留神看,也极想知道,里头究竟是个什么玩意。

楚渊打开盒子。

待到看清里面装的是什么之后,段白月脑海里却轰然一响。

楚渊面色铁青,"啪"一声合上盖子。

沈千帆试探:"皇上如何看此事?"

"此事暂且不要外传。"楚渊道,"待朕想过之后,再做下一步决断,将军先退下吧。"

"末将遵旨。"沈千帆抱拳行礼,转身退出房门。

楚渊将锦盒重重放在桌上。

段白月纵身跃下道:"你听我解释。"

楚渊冷冷问道:"朕送你的紫龙玦呢?"

段白月道:"咳。"

第三十二章

楚渊与他对视。

"这……"段白月认输,"我有错,我错不该瞒你,可这紫龙玦当真不是我送出去的,而是不慎丢了。"在十多年前,有人向朝廷进贡了一块紫龙石,稀罕得很。段白月当时也在宫中,听到内侍提起,便也跟着问了两句,后头就回了西南府,也未将此事放在心上,却没料到会有人替自己放在心上。

楚渊极少主动开口要东西,在楚先皇的记忆里,这还是头一遭,自然不会不给。于是除了紫龙石,更赐了不少稀罕物件到东宫,还引来不少暗中嫉妒。

而后,楚渊便亲自差人出宫找了工匠,将石料雕刻成一枚小小的玉玦,八百里加急送往西南府。余下的料子也没丢,自己学着雕了个小老虎,一直随身戴着——丑眉丑眼,不仅兄弟们嘲笑,连楚先皇见了也是哭笑不得,说好好一块难得的珍宝,怎么就雕了个这玩意。

楚渊摸摸腰间,坚定道:"儿臣喜欢。"

楚先皇连连叹气,儿子什么都好,就是眼光着实堪忧。

对这件礼物,段白月自然珍惜至极,贴身不离,每每到王城都要拿出来给他看。

可是偏偏事有不巧,过了几年,这玉玦居然丢了。当时不单是西南府,就连大理城都几乎被翻了个遍,可就是死活不见影子。段白月懊恼至极,下回再到王城,就一直提心吊胆,生怕被发现。

可偏偏,怕什么来什么。

楚渊道:"紫龙玦呢?"

段白月笑容满面道:"放在了西南。"

楚渊"啪"一声放下筷子。

段白月暗暗头疼,又想,就一回忘了带,都如此生气,若是被知道丢了还了得。

于是在回西南后,他便派人四处搜寻,也是命大,居然当真找了块差不多的石料回来,让工匠凭记忆重新雕了一个。

楚渊狐疑:"怎么看着颜色淡了?"

"谁知道呢,风吹日晒的。"段白月漫不经心地回答,将此事强行糊弄了过去。

只是万万没料到,居然会在这天鹰阁里,重新见到遗失已久的紫龙玦。

"当年随父王一道北上,回西南后没多久,那块玉玦就丢了。"段白月道,"我先前当真是一直好好带在身上,等发现不见了之后,连大理城都被翻了三四回,却一直就没再找着。"

楚渊皱眉:"为何不早些告诉我?"

"怕你生气。"段白月老老实实道,"这么多年,我可一直在找。"

楚渊往桌上扫了一眼。

段白月继续道:"或许是有人盗用了我的身份,在西南骗财骗色,再或许,就是那个厉鹊在撒谎,至于目的是什么,我定会查清楚。"

"那战事呢?"楚渊问。

"战事自当为重。"段白月道,"所以你得给我时间,此事有些蹊跷,容我先回去理一理,总之无论如何,我都会给你个交代。"

楚渊道:"可要朕将厉鹊带到东海?"

"若能如此,自然最好。"段白月道。

楚渊扫他一眼。

段白月道:"不带也行。"

楚渊轻描淡写道:"好了,回东海吧。"

"就这么将我打发走了啊?"段白月蹲在地上耍赖。

楚渊道:"以后未经朕的同意,不准离开东海半步。"

"先说好,你就算是生气,也只能因为我丢了紫龙玦,又找了个假的骗你。"段白月道。

楚渊站起来,看也不看他一眼:"四喜!"

段白月:"……"

"皇上。"四喜公公赶忙进来。

"送客。"楚渊转身进了内室。

四喜公公看着西南王,试探:"王爷?"

段白月头疼,出门之后小声道:"帮本王多看着些,若是一直在生气,还请公公务必说一声。"

"王爷尽管放心。"四喜公公笑呵呵允诺。

东海战事一触即发,段白月就算再想查明紫龙玦之事,也只有先折返沐阳城,心里横竖都憋屈。

晚些时候,楚渊命沈千帆将厉鹊带了过来。

"民女参见皇上。"厉鹊行礼,微微低着头。

"免礼吧。"楚渊道,"姑娘不必紧张,朕只是想问几个问题罢了。"

厉鹊道:"皇上请讲。"

"这块玉玦,"楚渊拿起桌上锦盒道,"听说是西南王的贴身之物?"

厉鹊点头:"正是。"

楚渊道:"何以断言?"

"此物是西南王亲手赠予民女。"厉鹊道,"七年前,在大理城。"

"七年前,姑娘为何要去大理?"楚渊继续问。

"在家里闷,出去散散心。"厉鹊答。

楚渊道:"然后便与西南王一见钟情,私订终生?"

厉鹊道:"是。"

四喜在旁伺候,听得是一头雾水,这又是哪里冒出来的事情。

"当初他将这块玉玦赠予姑娘之时,都说了些什么?"楚渊又问。

"什么也未说。"厉鹊道,"民女与他一道在城中观花阁住了五日,最后一天醒来的时候,枕边就放着此物。"

楚渊道:"既已私订终身,为何姑娘当初在成亲之时,不想办法告知西南王,而是依言嫁去了渭河帮?"

厉鹊道:"送了书信,却无回信。"

楚渊摇头:"这听着就有些混账了。"

四喜:"……"

"民女自知谋逆是死罪,并无其他奢望,只求能见他最后一面。"厉鹊跪在地上,"求皇上成全。"

楚渊笑笑:"姑娘先起来吧,朕答应你。"

厉鹊闻言大喜:"多谢皇上。"

"至于令兄那头,想来应当也不会答应。"楚渊道,"不过无妨,交给千帆去说便是。"

果然,厉鹰在听说此事后,颇有几分被惊雷劈中的感觉。

沈千帆道:"皇上已经答应了厉姑娘,这事可就没有转圜余地了。"

"你说这……这算什么事啊!"厉鹰连连跺脚。

"只是去见西南王一面而已。"沈千帆道,"而后便会将人原封不动地给厉兄送回来,也不会有其他人知道。虽说西南王是谋逆之罪,可厉姑娘情深义重,皇上念其一片痴心，也不会因此降罪天鹰阁，不必担忧。"

"若当真与西南王有什么，如今皇上都知情了答应了，我这当哥哥的想阻止也无能为力，不如随她去。"厉鹰道，"可这种关头冒出这种事，到时候若是因为阿鹊耽误了战事，那我天鹰阁可就成了罪人，万死难辞其咎啊。"

"厉兄大可放宽心。"沈千帆道，"我自会一路派人看着厉姑娘，不会让她有别的动作。"

厉鹰无奈答应，连连叹气。

沐阳城内战事依旧，段念正在营帐中百无聊赖打盹。

段白月从外头进来，见状笑道："怎么，困了？"

"王爷。"段念站起来，"你回来了。"

"外头怎么样了？"段白月问。

"与先前一样，日日也是来了就叫骂，打一阵子就收兵。"段念道，"楚恒派使臣来过几次，看着像是要和谈，都被属下找借口打发了回去。"

段白月点头："辛苦了。"

"这哪叫辛苦，都快闲出花了。"段念替他倒了杯茶，"黑龙军那头更闲，听说每回上战场的时候，先锋官都要在队列前念一篇檄文，是温大人写的，辞藻华丽引经据典，听完之后，下头的将士能睡着大半。"

段白月忍笑。

"估摸着就这两日，楚恒还会派人前来和谈。"段念道，"王爷可要见？"

段白月摇头："等到最后再见。"

大鲲城里，叶瑾也在收拾包袱，打算去接楚渊。

"带这么多药？"沈千枫随手拿起一瓶问道，"给军中将士准备的？"

"不是，给段白月。"叶瑾道，"闻一下，菱三年！"

沈千枫淡定放回去。

"好了，走吧。"叶瑾道，"连夜出发。"

"现在？"沈千枫哭笑不得地拉住他，"说好去福泉城接皇上，这阵出发，会不会太早了些？"

"不早。"叶瑾认真道，"要赶在段白月前头。"

"就算只是做样子，西南军还在与黑龙军交战，西南王又如何会丢下战场北

第三十二章

上？"沈千枫将他按回椅子上，"听话。"

那很难说啊！叶谷主愤然地想。

楚国大军继续南下，沈千帆派了五名亲信，一直暗中盯着厉鹊，一路并未发现有任何异常。

福泉城是距离大鲲城最近的重镇。这日，一封信函被送往楚恒手中，说是皇上三日后便会抵达福泉城。

"到了福泉城，再到大鲲城可就仅有几天的路途。"楚承道，"可段白月一直就不肯见我们。"

"他不会不见。"楚恒道，"若不肯与我们合作，凭数千西南军想要对抗大楚数万将士，螳臂当车，死路一条。只有加上东海黑龙军，他才有胜算。"

"这也难说。"楚承道，"对方可是段白月，与秦少宇一样都是难缠的主。当初秦少宇也是单枪匹马深入敌营，一夜毁了整个漠北部族联盟，轻视不得。父亲当年也教过孩儿，行军作战，可不单单是靠人多，若无八成以上的把握，想来段白月也不会轻易出兵。"

楚恒沉思片刻，道："罢，这回你亲自去。"

楚承领命："是。"

福泉城里，叶瑾正在看着楚渊。

兄弟二人久别重逢，高兴是高兴的，气氛却有些诡异。

"咳。"楚渊道，"可要留下一道用膳？"

那自然是要的。叶瑾点头。

裹着被子坐在床上，叶瑾用非常诚恳的姿态，向亲爱的哥哥描述了一下段白月的近况。

"开了三家青楼，娶了十几房小妾，沉迷酒色夜夜春宵，胖了能有几十斤，下巴三层，还因为纵欲过度秃了顶。"

楚渊："……"

叶瑾继续补充："中间秃。"这下连细节都有了，想不信都不行，很逼真。

楚渊用被子捂住头。

叶瑾目光炯炯看着他。

"王爷。"沐阳城内,段念小声道,"楚承来了。"

段白月笑笑:"总算是坐不住了。"

楚承来的目的很简单,开门见山便说要结盟,一道对付楚渊。

段白月失笑:"世子倒是个爽快人。"

"如何?"楚承问。

段白月微微颔首:"好。"

楚承对此并不意外。毕竟这段日子以来的所谓"战事",明显是对方在故意拖延时间,应当就是在等自己先开口。

待楚承走后,段念道:"可要写一封书信,将此事告知楚皇?"

段白月摇头:"本王亲自去。"

段念:"……又走?"

三更半夜,火云狮被牵出马厩,不满地打了个响鼻,段白月揉揉它的鬃毛,翻身上马出了大营。他多少也有些担心,不知厉鹊那头还会闹出什么乱子。先前一个金姝,便已经是头大,却没料到一山还有一山高,天鹰阁里的这个,才是当真令人头疼。

清晨朝阳洒下融光,叶瑾站在卖花生汤的小摊前,双眼热切地看着老板。

"小王爷。"老板笑呵呵打招呼道,"可要吃碗糖水?"

叶瑾摇头:"老板尽管做你的生意,不必管我。"

"……哎。"老板心下纳闷,见他一直盯着自己的脑袋看,忍不住就抬手摸了摸。莫非是想要替自己治秃头不成。

叶瑾在心里盘算,什么时候要把他哥拉来吃一碗花生甜汤,再顺便看一眼老板。

"小瑾。"沈千枫也问道,"站在这里做什么?"

叶瑾道:"想些事情。"

"哪有人站在闹市当中想事情,也不怕被来往马车刮到。"沈千枫带着他往回走,"先前都跟皇上聊什么了,那么久。"

叶瑾道:"聊淫贼。"

沈千枫闻言顿了顿,然后哭笑不得道:"以后见面了,可不准这么说西南王。"

"你看,我一说淫贼,你就知道是他。"叶瑾感慨,出名了都,全楚国都知道。

沈千枫:"……"

路过一个小药铺，叶瑾道："等会，我买些草药。"

"皇上不舒服？"沈千枫问。

"不是。"叶瑾拍拍衣襟，"是我不舒服。"

沈千枫闻言皱眉："哪里不舒服，怎么不早些告诉我？"

"这两天经常做梦，"叶瑾道，"老觉得要出事。"

"担心战事？"沈千枫猜测。

我担心战事作甚，大楚稳赢。叶瑾清了清嗓子，严肃道："我担心段白月。"

沈千枫头疼："怎么又是西南王。"

除了他也没别人啊！叶瑾傲娇一哼，一个人施施然去小药铺子里，买了些平心静气的药物，顺带捎了三大包紫幽草——做成不举药漫天撒可以有！

沈千枫也不知是该哭还是该笑，将人带回家后，好不容易吃了半碗饭，就又丢下筷子跑，说是要去后院坐坐，吹风散心。只是万万没料到在驿馆的小花园里溜达了没几圈，一个人便从天而降。

看清来人是谁后，叶瑾倒退几步，五雷轰顶。

沈千枫的头隐隐作痛。

"咳咳。"段白月道，"二位，这么巧？"

叶瑾缓慢抬头看向楼上。

楚渊站在窗口，也有些……瞠目结舌，为何偏偏是此时？

叶瑾冷静了一下，撸起袖子，愤然冲上楼，怎么能这样呢，一点都不省心。

"喂！"段白月想要跟上去，却被沈千枫拦住。

一盏茶的工夫后，楚渊还在解释："西南王来此，当真只是为了商议战事。"

为什么不去找温大人商议？！叶瑾用非常痛心的目光看着他哥，一国之君，卧房里藏个秃子，传出去丢不丢人，丢不丢人，丢不丢人。

楚渊心力交瘁。

院内，段白月与沈千枫扭头对视，眼底颇有几分……惺惺相惜。

当然，看在大战在即的份上，叶瑾并没有把人宰掉，但还是雇来卖花生汤的老板，在大街上来回走了三四趟，给他哥看看什么叫中间秃。

"以后离远些。"叶瑾叮嘱。

楚渊道："好好好。"

回到房中，段白月正在桌边饮茶。

楚渊道："你打算何时回沐阳城？"

"自然是与你一道回去。"段白月递给他一杯茶，"楚恒既想联合我一道对付你，这当口自然不会闹出大阵仗，有段念与副将驻守军中，足够。"

"厉鹊还在城中客栈住着。"楚渊道，"你打算何时见她？"

段白月先观察了一下他的神色，然后问："你说呢？"

楚渊淡淡道："与朕何干。"

楚渊笑笑。

"以后不管有什么事，我都会告诉你。"段白月看着他，"再也不瞒着了。"

"说得好听。"楚渊，"到现在也还没说清楚，究竟为何会练功会走火入魔。"

段白月语塞。

楚渊却没有要换话题的意思。

段白月道："习武之人，练功稍有不慎，随时都会有危险。"

楚渊道："四喜。"

段白月一把捂住他的嘴——四喜好说，千万别又招来四喜隔壁的小祖宗。

楚渊冷冷扫开他的手，背对他。

段白月头疼，妥协道："是上回为了平隋洲之乱，不顾师父劝阻提前出关，才会命悬一线。"

楚渊没说话，也没转身。

段白月又道："连师父都没想过后果会如此严重，不过都已经过去了。"

"意外而已。"段白月道，"都过去了，就当是老天爷设下的绊子。"

楚渊还记得多年前，自己给他写的那封信里是什么内容。

要隋洲，要裂山，要楚江的命。

回信按时送来，只有一个字——"好"。

过了三个月，楚江在打猎时不慎坠落悬崖，隋洲便归了自己，而此事也就再未被提起过。却不承想，他竟会因此走火入魔命悬一线，饱受十年金蚕线之苦。

段白月惋惜叹气道："百姓都说西南王狼子野心，这锅可背得冤，我老了顶破天就想当个员外有人伺候，就这还不一定能成。"

楚渊总算被他逗笑。

"肯笑了啊？"段白月也笑，"既然还要在这里住一阵子，那明日想不想出去散心？我带你去三婆婆山。"

"那是哪里？"楚渊问。

"福泉城外的一座孤山，沐阳城在打仗，附近镇子里的百姓也不敢出门，山里应当很安静才是。"段白月道，"去不去？"

楚渊点头："去。"

第三十三章

第三十三章

三婆婆山距离沐阳城不算远,山脚下就是个小村子。段白月买了一包咸饭一包鸡爪,带着给他路上吃。既是散心,那自然就不必赶时间。楚渊走得很慢,遇到一洼小小的水塘,里头有几尾活鱼正在游,也要驻足看上半天,不算高的一座山,两人却也直到中午才登顶。

往远处看去,楚军大营排列整齐,细听似乎还能听到号角声响。段白月寻了块干净的石头,道:"坐下歇一阵子。"

楚渊四下看看:"这里有些像景太山。"

"这里可没景太山那般戒备森严。"段白月道,"不管走到哪里都有人。"

"故意的。"楚渊从他手里接过筷子。

"我就知道。"段白月打开包着咸饭的树叶,叹气。当年千里迢迢前往王城看他,还以为能在山中一道赏景游玩,结果到之后才发现,他身后几乎时时刻刻都跟着侍卫。

楚渊道:"好吃。"

"肚子饿,自然吃什么都好吃。"段白月递给他一个鸡爪子,"可惜没有带酒出来,西南府刚酿好了一批新酒,名叫绮风,入口比绯霞更甜,想来你会更喜欢。"

楚渊问:"你酿的吗?"

"要送你,自然是我亲自酿,如何会交给旁人。"段白月道,"不过也无妨,再放上一段日子,饮起来会更醇,战后我亲自送往王城。"

楚渊点头:"好。"

山间阳光正好,暖融融的。楚渊看着天边流云出神。

"在想什么?"段白月问。

楚渊道:"什么都没有想。"

段白月拿掉他头上的一片小叶子。

"待平了东海与南海之乱,便将锦娘与孩子一起送进宫吧。"楚渊看着他。

"好。"段白月点头,过了会儿又道,"不知会不会又将那位陶大人气死。"如果是这样,那还挺好。

"又来。"楚渊揪住他的头发,"与其在这念叨太傅大人,不如想想这一路要如何应付小瑾。"

提到那位神医,段白月头果然就开始隐隐作痛。

楚渊警告:"不准欺负他。"

"我如何能欺负他？"段白月大为委屈，告状道，"他不欺负我便已是万幸，平日里见着都恨不得躲着走。亏得是有沈盟主，否则只怕我想带你出来透透气都难。"

楚渊闷笑。

"命苦。"段白月感慨，"没辙。"

楚渊找出一个舒服的姿势，道："我想睡一阵子。"

段白月点头。

客栈中，叶瑾看着空荡荡的客房，和笑容可掬的四喜，握拳，深吸气，要冷静，不能咆哮！

沈千枫道："小瑾。"

"你不要说话！"叶谷主叉腰挥手，气势汹汹。

四喜公公暗中使眼色。

沈千枫会意："有风寒药吗？"

"你着凉了？"叶瑾果然皱眉。

沈千枫道："头晕。"

叶瑾伸手试了试他的额头温度，觉得似乎是有些烫，于是拉着人回隔壁吃药——房留着待会再拆。

楚渊却是一夜都没有回来。

第二日清早，山间草叶上沾满露珠。段白月将烤好的鱼递过来，道："出门忘了带盐巴，先垫垫肚子，回到驿馆再吃早饭。"

楚渊问："你打算何时回沐阳城？"

段白月道："明日。"

楚渊点点头："我也会在三日后启程前往大鲲城，楚恒狼子野心，此时怕是早已迫不及待，想着与你联手一道对付楚军。"

"所以这场战事用不了多久。"段白月道，"只要双方开战，你我内外夹击，两日内楚恒必败无疑。难缠的是东海白雾岛，这伙叛军才真叫人头疼。首领名叫青虬，是当年云断魂的旧部，自幼在东海长大，风里来浪里去，对潮汐洋流天气变化都极为了解，那白雾岛四周又遍布机关，摸不清对方兵力如何，楚军的铁甲战船想闯进去都难。"

"棘手也只能硬战。"楚渊道,"父皇将此事交给了我,我可不想再交给下一任楚君。"

"放心吧,有我帮你。"段白月道,"小时候就说过,要助你平定四海,九州归一。"

楚渊撕下来一块鱼肉道:"赏你的。"

段白月问:"南征北战的,就赏这个?"

楚渊将手收回来道:"不要算了。"

"就这一条鱼,我可不舍得吃。"

楚渊拍拍手,淡定站起来:"走吧,回去。"

驿馆里头很安静。

四喜公公笑道:"沈盟主将小王爷带出去了,一早就走了。"

楚渊明显松了口气。

段白月心想,待这次回了西南府,定要挑上几坛好酒送往日月山庄,交给沈千枫。

"还有厉鹊的事。"楚渊坐在桌边喝茶,"她一路上都极为消停,像是就一心只等着见你。"

段白月道:"打算何时放她?"

"大战之后,至少要等到与楚恒的战役之后。"楚渊道,"不清楚她究竟想要做什么,还是小心为妙。"

段白月点头道:"你决定便是。"

楚渊提醒:"小瑾回来了。"

楼梯上并无任何声响。

楚渊忍笑。

段白月商量:"下回要吓我,用别人成不成?哪怕说是有鬼呢。"

楚渊摇头:"不成,小瑾最好用。"

西南王深深叹气,发自内心,很是苦恼。

这日,待叶谷主回来之时,段白月已经离开了驿馆。

走了好!叶瑾将从外头买来的吃食分了一半给他哥,叮嘱道:"以后也不要再见了。"

楚渊咬了一口红薯，配合地用力点头："嗯。"

段白月抱剑躺在屋顶上，哭笑不得。

两日之后，楚军浩荡启程，一路前往东海大鲲城。段白月亦是暗中折返，先一步回到沐阳城。

楚家父子心怀鬼胎，只等此次与西南府联手，先置楚渊于死地，而后便能率军北上，一路攻入王城，与段白月将这河山一分为二，从此一南一北，各自称帝。

"至于将来会如何，可谁都说不准。"楚承道，"待到你我父子打稳了根基，想要收回白河以南，甚至是锰祁河以南，也并非不可能。"

楚恒微微点头，令他再差人前去与段白月联络商议，务必要万无一失。

楚渊抵达大鲲城时，是几日后的清晨，太阳很暖，照着巨石砌成的城门，气势恢宏。然而入城之后，却是满目荒凉——低矮的屋舍、破烂的街道，以及低头跪在两侧瑟瑟发抖的百姓。

楚渊的手紧紧握住马缰，面色冷峻，不发一言前行。在先前看各府州志时，他也曾见过关于大鲲城的记载，这里有全国最大的出海港口，遥望东海诸国，地理位置极为关键，因此历代君王都相当重视。且不说前几朝如何，就连先皇在位时期，大鲲城在大明王云断魂的统辖下，也是书声琅琅渔歌悠扬，云家军日日在东海巡逻，将海匪远远驱逐，百姓丰衣足食、房屋高大宽敞，哪里会是如此满目疮痍的模样。

"皇上。"待回到王爷府后，楚恒道，"东海贼寇近些日子，又愈发猖獗了几分，百姓莫说是捕鱼，就连家门都不敢出啊。"

"在先前送来的折子里，可不是这样。"楚渊放下手中茶碗道，"东海黑龙军威名赫赫，却连区区海寇都无法抵挡，连这一方百姓都守护不了？"

"皇上有所不知。"楚恒语调波澜不惊，"这东海局势不同往日，自打温大人来之后，强行将黑龙军的饷银降了三成，又放出风声说要裁军，大家伙儿虽嘴上不说，心里却难免不会多想，军心不稳，自然不敢轻易出战，更别提沐阳城中还有西南叛军，越发马虎不得。"

楚渊点头："倒也是。"

"东海贼寇由来已久，数百年来一直对我大楚虎视眈眈，杀之不尽，倒也不必担心。"楚恒道，"只是西南那头狼子野心，还是趁早解决了才好。"

"自然。"楚渊道,"朕此次御驾亲临,为的就是段白月。"

"咳!"叶瑾抱着一只捡来的猫,在一旁严肃地清嗓子。

身为九五之尊,以后不要随随便便提一个秃头的名字。

沐阳城内,段白月连打了三个喷嚏,方才觉得稍微舒服了些。

段念道:"王爷着凉了?"

段白月道:"本王倒是宁可着凉。"

段念不解。

段白月挥挥手:"去军营中看看,大战估摸就在这几日,不可掉以轻心。"

"是。"段念低头领命,转身出了房间。

段白月坐在桌边,拇指摩挲过掌心的小小玉坠——是一只丑模丑样的紫色小老虎。

沐阳城中的百姓在刚被封城的前几日里,尚且惴惴不安,生怕会被屠城。可后头见西南军似乎也并无什么残暴举动,除了将知县老爷丢进了大牢,换了城头上的旗子,最多就是在菜市口贴了张榜文,说城内集市一切照常,若是家中没了米粮,还能到军营里领,看起来像是要走收买民心的路子。因此大家伙也就渐渐放了心,甚至街上还有了早点摊子。只是安稳了没几日,却又有新的消息传来——当今圣上与海龙王一道,率军要攻沐阳城。

这下怕是无论如何也要开战了啊!百姓惊慌失措躲入家中,准备好了足够半个月吃的米粮,甚至将屋门也紧紧钉死,一颗心悬在嗓子眼熬日子。

这日一大清早,便有沉闷风声呜咽长空。楚国大军在城外整齐列队,玄色战甲银色长刀,旌旗一眼望不到头。楚渊横刀策马立于万军之前,冷冷与城墙上的段白月对视。

随着楚渊一声令下,数百名黑衣将士立刻飞身而起,以迅雷不及掩耳之势冲上墙头,须臾便与西南军战成一片。步兵亦是架起圆木冲撞城门。双方战事打响,楚恒却微微抬手,数十枚信号弹在天际传出清脆哨声,似乎只是一眨眼的工夫,便已经有明晃晃的钢刀架上了楚渊的脖颈。

天地间一片萧瑟。

楚渊冷冷与他对视。

"楚恒,你好大的胆子!"温柳年大惊失色,十分逼真,扯着嗓子饱含感情地大喊。

负责保护他的一圈暗卫耳朵嗡嗡响。读书人,声音怎怎大。

楚恒眼底猩红,狞笑着向楚渊喊道:"自此之后,这江山会一分为二,与你楚家再无任何牵连!"

楚渊轻轻闭上眼睛。

楚恒抬手,段白月在城墙上弯弓满月,数支利箭穿云呼啸而来,四周刺客应声倒地,楚渊毫发无伤。

叶瑾松了口气。

楚恒却是大惊失色。

楚承见势不妙,登时便掉转马头,想要率领部下杀出一条血路,却见楚军正整齐向两边列队散开,如同被刀劈一般。下一刻,沈千帆策马疾驰而出,吼声响彻四野。

"不降者,杀无赦!"

城门轰然打开,西南军潮水般涌出,与楚国大军一道死战杀敌。黑龙军猝不及防,几乎毫无还手之力,这场战事短暂到不可思议,日头还未西落,战场上便已是一片萧条。叛军溃不成军、一败涂地,楚恒被擒,唯有一点,在双方恶战之时,东海白雾岛叛党首领青虬带着报丧鸟从天而降,劫走了楚承。

"无妨。"楚渊道,"这一战后,下一个目标便是白雾岛,他逃不掉。"

叶瑾点头,转身下了高岗,与他一道回了营地。

黑龙军叛党已除,大鲲城所遗留下的烂摊子却不少,想要从头收拾,尚且需要花费一番力气。楚渊一连忙了数十日,才稍微得以片刻喘息。叶瑾替他开了安神汤药,四喜公公看着厨房熬好后,端着一路送往卧房,却见段白月正在院中。

"王爷。"四喜小声道,"皇上正在屋内歇息。"

"给我吧。"段白月接过托盘。

四喜点头,躬身退到一边。

屋内,楚渊睡得不算安稳,听到院内有人说话,便已经醒了过来。

段白月将药放在桌上,坐到床边将他扶起来:"怎么样?"

"无妨。"楚渊道,"比起昨日好多了。"

"吃完药再接着睡。"段白月在他背上拍了拍。

楚渊靠在床头,从他手中接过药碗。

苦,涩,又酸。

"闭着气,一口喝掉。"段白月道,"桌上有蜜饯,喝完再吃。"

楚渊将空药碗递给他,觉得……被苦清醒了。

段白月问:"不睡了?"

楚渊摇头,慢慢将蜜饯吃完,又伸手拿了一粒:"你还记得有个厉鹊吗?"

段白月干脆利落:"不记得。"

楚渊与他对视。

段白月嘀咕:"记得,不想主动提。"

楚渊:"如今这场战事已定,厉鹊一直有人看守,并不知你是敌是友,估摸还当你是叛军。"

段白月道:"那又如何?"

"也该放她出来见你了。"楚渊道,"看她究竟要做什么。"

段白月道:"你决定便是。"

楚渊点头:"那就今晚。"

段白月道:"好。"

两人正在屋里说着话,四喜却在院外大声道:"九王爷啊。"

段白月:"……"

楚渊闷笑。

叶瑾端着一大盘刚做好的包子,莫名其妙道:"公公这么大声音做什么?"

四喜咳嗽两声,道:"王爷是来给皇上送吃食的?"

"嗯,我包的,加了些酸咸菜,能开胃。"叶瑾推开门,见楚渊正坐在床上翻书,于是又一怒道:"叮嘱了八九回要好好睡觉,怎么就是不肯听,知不知道什么叫医嘱,知不知道什么叫神医的医嘱?"

楚渊道:"小瑾。"

叶瑾坐在床边,给他试了试脉相,而后道:"比昨日好了些,但还是要好好歇着。"

楚渊道:"好。"

"吃点东西。"叶瑾递给他一个包子。

楚渊不动声色,往房梁上扫了一眼。

西南王满脸郁闷,蹲在上头正双手撑着腮帮子。

楚渊忍不住就笑出声。

"怎么了?"叶瑾不解。

楚渊道:"没什么,想起了些事情罢了。"

叶瑾双眼狐疑:"段白月打算什么时候回去?"

楚渊摇头:"不知。"

叶瑾叮嘱:"快些打发走。"

楚渊道:"好。"

段白月扶住额头。

叶瑾看着他哥吃包子,依旧忧心忡忡。

楚渊问:"又怎么了?"

叶瑾直白道:"怕你被人欺负。"

楚渊愣了愣,然后摇头。

楚渊笑着看他。

叶瑾莫名其妙:"你笑什么?"过了阵子,又怒道:"你是说我欺负你?"

"朕可什么都没说。"楚渊按着他的肩膀坐下,"不过弟弟欺负哥哥,理所应当。"

叶瑾从鼻子里"哼"一声。

"有件事,要你帮忙。"楚渊道。

叶瑾问:"什么事?"

楚渊道:"帮朕找个东西。"

"要什么?"叶瑾问。

楚渊道:"花虹银。"

"毒蛇?"叶瑾道,"这可比五步蛇还毒,不是闹着玩的,你要它做什么?"

楚渊道:"送人。"

"琼花谷中有,下回替你捉一条过来。"叶瑾随口问,"要送谁?"

楚渊答："没名字,是朕在民间的暗线,一直便喜欢这些东西。"

叶瑾点头："好。"

楚渊将手指擦了擦,道："包子也吃完了,回去歇着吧。这几日辛苦你了。"

"你睡觉。"叶瑾道,"我在这守着你。"

楚渊咳嗽两声："千枫呢?"

"他在与温大人商议战事。"叶瑾踢掉鞋子,自己也爬上床,打算打个盹。

段白月:"……"

"小瑾!"楚渊猛然坐起来看着他。

"怎么了?"叶瑾莫名其妙。

"朕突然想出去走走。"楚渊很是冷静。

"还受着风寒,出去走什么走,又着凉。"叶瑾试了试他额上的温度,"不行,快些睡。"

"已经没事了。"楚渊果断下床。

叶瑾盘腿坐在床上看着他。

"咳。"楚渊咳嗽,"小瑾?"

叶瑾双眼狐疑:"是不是出了什么事?"

"战事初定,到处都是事。"楚渊答。

叶瑾抬手在自己脑袋中间画了个圈圈。

楚渊配合道:"嗯。"

"好吧,我陪你出去走走。"叶瑾总算肯挪下床。

段白月瞬间松了口气,眼看着两人出门,却又有些哭笑不得。

十几年前那大和尚说得也不对,这哪里是过了三十岁便一切顺遂,前是金蚕线,后是叶神医,半斤八两,八两半斤。

"王爷。"四喜公公在外头敲门,"皇上与九殿下已经走远了。"

段白月拉开屋门,道:"叫向冽来偏院见本王。"

"是。"四喜公公点头,前去通传。

既然皇上下旨令自己近期听从西南王调遣,那便是多了个主子,此番听完他的吩咐后,也没有多话,转身便退下去做准备。

一处小屋内,厉鹊正坐在桌边,心神不宁。

屋门被人推开，灌进一股冷风。厉鹊抬头，就见是皇上身边的贴身侍卫，于是站起来行礼："向统领。"

"双方战事已歇。"向冽道，"姑娘可还要去见西南王？"

"他……被俘了吗？"厉鹊犹豫着问。

向冽并未回答，只是道："若在下是姑娘，便不会想与其扯上关系。现在想回天鹰阁，还来得及。"

厉鹊摇头："我此生只看中过他一人，无论将来会如何，今日也要再去见他最后一面。"

"姑娘请吧。"向冽侧身，"我带你过去。"

厉鹊问："我可否换身衣裳？"

向冽点头，去院外等着她。

片刻之后，厉鹊从屋内出来，施了粉黛，头发并未像寻常少妇般盘起来，而是散落肩头，依旧是未出闺阁的模样。

向冽带着她一路走向段白月的住处。自然，此事也被侍卫低声通传给了楚渊。

"怎么了？"叶瑾问。

楚渊摇头："没什么，一些朝政之事罢了，朕回去看看。"

叶瑾问："要帮忙吗？"

"不必了。"楚渊替他整整衣领道，"朕一人回去便可，去找千枫吧，他近些日子也该累了，替朕谢谢他。"

这种事为什么要交给我，又不熟。叶神医抬抬下巴，独自溜达去了厨房，打算炖些大补汤给那个谁。

段白月正站在窗边，看着远处的云海浪涛。

身后木门吱呀作响。

段白月微微皱眉，却并未转身。

厉鹊也未出声，只是站在门口，盯着他的背影。

楚渊跃过后院院墙。

段白月："……"

楚渊端了个小板凳，坐在窗下，气定神闲。

段白月哭笑不得。

第三十三章

楚渊挥手，催促他快些去演戏。

段白月只好转身。

屋内光线很是昏暗。

段白月道："姑娘到底是何人？"

厉鹊走近几步，像是要看清他的眉眼五官。

段白月不自觉地后退，用后背堵住窗口，带着一丝不确定道："我们认识？"

厉鹊胸口剧烈起伏，许久之后，方才道："我要见段白月，你不是他。"

"姑娘说笑了。"段白月道，"我若不是，又为何会被羁押此处？"

"他走了，是不是？"厉鹊压低声音道，"留下你在此顶罪。"

段白月哑然失笑："若当真如此，那倒也好了。"

厉鹊断言道："你不是他。"

"姑娘若是执意不信，那便不信吧。"段白月道，"只是恕本王多言一句，这普天之下只有一个西南王，无论先前发生过什么，姑娘怕都是被人骗了。"

厉鹊片刻恍惚，用手撑住桌子，依旧死死看着他。

"听向统领说，姑娘是天鹰阁的小姐。"段白月继续道，"实在不愿相信，为何不去问问沈将军，自然便知真相为何。"

厉鹊转身跑出了房间。

"三言两语，便将人打发走了？"楚渊问。

段白月伸手，将人从窗户里拉了进来。

楚渊拍拍衣襟，道："原来翻窗是这般感觉。"

段白月道："不打发走，难不成还要与她叙旧？沈将军算是这城内与厉鹊最亲近的人，有些事除了他，旁人还真未必就能问出来。"

"有人冒充你骗姑娘。"楚渊道，"先前可有听到过风声？"

段白月摇头。

楚渊也有些不解，这些年西南府的名声是不好，可却都只是说他狼子野心图谋不轨，别的就当真是没有了——孤家寡人一个，从未听说与谁纠缠不清，否则金姝当年也不至于非君不嫁。

"若厉鹊所言不虚，当年那人可是在大理城冒充西南王。"段白月替他倒了杯茶道，"虽说胆子着实不小，可傻子也该知道，此事千万不能闹大，所以我倒是更愿意相信，对方只是为了骗厉鹊一人。"

"冒充你，骗天鹰阁的大小姐？"楚渊依旧想不通，"目的是什么？"

"这就要看沈将军那头了。"段白月道，"或许是她知道些什么，被人套话，再或者是为了从她手中拿走什么，现在谁也说不准。"

楚渊点头道："千帆向来脾气好，与天鹰阁主的关系也亲近，厉鹊应当会告诉他一些事情。"

另一边的小院内，沈千帆听得极为费劲："姑娘先不要哭，有话慢慢说。"

厉鹊道："屋中之人，当真是段白月？"

"自然。"沈千帆点头，"那可是西南王，谁能认错。"

厉鹊指甲深深刺进手心。

听她连问了三四遍这个问题，沈千帆也已猜到一二，于是试探道："姑娘可是遇到了有人冒充西南王？"

厉鹊沉默不语，眼眶却又通红，眼泪像是断了线的珠子。

沈千帆从袖中掏出一方锦帕，看了眼不舍得，又重新塞回去，继续好言好语安慰道："若当真如此，不如将事情始末悉数告知，也好早日替姑娘讨回公道。"

听他一直劝慰，厉鹊许久才将情绪稳定下来。

沈千帆递给她一盏茶。

整件事情说简单也简单，数年前厉鹊在江湖游荡之时，偶尔到了西南，在大理城外遇到了一个高大俊朗的年轻男子，带着数十仆役，自称是打猎归来的西南王段白月。厉鹊情窦初开，又是被人宠惯了的，没见过多少恶人。被对方三言两语便哄得心神不宁，与其私订终身，更是将天鹰阁中三大圣物之一的玲珑盏相赠，从对方手中换来了那块紫龙珙。

"玲珑盏？"沈千帆闻言道，"可厉兄前段日子才举办过祭祀大典，三大圣物分明一件不缺。"

厉鹊犹豫了片刻，低声道："那玲珑盏是我新找的仿制之物。"

"所以真的还在对方手中？"沈千帆问。

厉鹊点头。

沈千帆又道："先前只是一直在听厉兄说，却从未详问过，这玲珑盏究竟有何用途？"

厉鹊道："是一味药，能令中毒之人死而复生。"

第三十三章

"姑娘可还记得当日那人是何模样？"沈千帆问。

厉鹊点头。沈千帆招来下属，令他用最快的速度，在大鲲城内寻了一名画师前来府中。

段白月却懒得关心什么画师不画师，他倒了杯茶，问楚渊可要出去走走。

"这城里如今一片萧条，出去怕是连盏灯都没有。"楚渊道，"要做什么？"

"散心。"段白月道，"不在乎外头有没有景致，怕你在屋里闷坏了。"

楚渊坐在石凳上，道："不想动，累。"

"你是心里累。"段白月道，"厉鹊这头交给我便是，你留着精力，安心处理军政。"

楚渊轻轻叹了口气，闭着眼睛晒太阳。

"待白雾岛这头的战事结束，打算何时对付楚项那头？"段白月问。

楚渊道："此战之后，大楚海军会重新调拨，顶多用一年时间来休养生息，而后便会一举南下，直攻敌巢。"

段白月点头："那我先回西南，替你守着关海城一带。"

楚渊笑笑："嗯。"

"当真不出去走走？"段白月又道，"就当是偷个闲，这王府里来来往往到处都是人，吵得慌。"

"温爱卿晚些还要来。"楚渊道。

那就更要走了。段白月将他拉起来，强行带出了府。

楚渊用折扇拍拍他的脑袋："大胆。"

段白月问："这回要罚什么？"

"罚你三天不准吃肉。"楚渊在街边买了个斗笠，拿在手里晃悠道，"既然出了门，那去海边？"

段白月点头，两人沿着曲曲折折的小巷子，一道往城外走。

海边风有些大，也没什么人。暮色沉沉，远处隐约有咆哮声传来，海浪在黑色岩石上溅得粉碎，连脚下土地都在颤抖。

楚渊道："在这里待一阵子，心里头的确会畅快些。"

"喜欢海边啊？"段白月道，"在望夕礁附近有一处海岛，我买下来？"

"仔细算算，你少说也已经占了十几处宅子了。"楚渊好笑地看着他，"从大漠到南海，真要当地主员外不成。"

"还有好几十年呐。"段白月道，"两三年一换，海边住腻了就去山里，免得总在一个地方嫌闷。"

"哪有这么多事，二十余年，还不是照旧过来了。"楚渊裹紧披风。

段白月道："看天色要落雨了，回去？"

楚渊摇头："再待一阵子。"

段白月道："再待一阵子，就该淋雨了。"

楚渊反问："淋了雨又如何？"

"是不会如何，可风寒还没好，想淋雨也要等以后。"

楚渊跟他一路进城。天色已经逐渐昏暗下来，天边黑云滚滚，眼瞅着就要落雨。两人停在一处客栈门前，一串红色灯笼随风摇曳，牌匾历经风霜洗礼，只剩斑驳四个大字——海涯小筑。

"还当要去哪里，"楚渊道，"一处客栈而已。"

"这城里也没有别的地方可供歇脚。"段白月道，"虽说看着外表破旧了些，里面却也干净整洁，饭菜烧得不错，不如今晚在此过夜？"

"对面就是王府，为何要住客栈？"楚渊问。

"这里清静。"段白月道，"就当是体恤民情。"

小二正在柜台后打盹，听到声音后赶忙站起来，却没料到是皇上亲临，登时吓得跪在地上，又伸手揉了揉眼睛，像是在做梦。

"平身吧。"楚渊问，"可有上房？"

"回，回皇上。"小二结结巴巴道，"这里没上房，都一样。"说完又赶紧补充道，"掌柜已经回家了，小人这就去叫他前来。"

"找个视野最好的房间。"楚渊道，"朕只想找个安静的地方听听风雨声，不想惊扰他人，你家掌柜好端端睡着觉，就莫要打搅了。"

"是是是。"小二连连点头，他只在皇上进城那日远远围观过，因此并不认得段白月，以为是侍卫或者大官。于是赶忙收拾出两间相邻的房间，便弯着腰退下楼。

进屋之后，楚渊四下看看，的确有些旧，却也的确干净。

段白月问："还冷吗？"

"不冷。"楚渊推开窗户，一股风登时钻进来，夹杂着细小雨丝。往下看恰好是一条小小的街道，三两个急匆匆的路人正在往家里赶，刺啦啦的油锅声传来，循声望去，不远处有一家糖糕店还开着门，红色的灯笼在寂静的黑夜中照出一圈光晕，分外温暖。

"想吃吗？"段白月问。

楚渊点头："嗯。"

"等我。"段白月拍拍他，转身下了楼梯。

楚渊靠在窗口，看着他跑出客栈门，踩着地上的小小水洼到了糖糕店的屋檐下，同老板说着什么。片刻之后，又抱着一个纸包跑回来，一只手挡在额前遮住雨，微微有些狼狈。

"来，趁热吃。"段白月推门进来，把纸包放在桌上，拍了拍身上的雨水，"刚出锅，老板说要趁热吃，里头加了红豆……怎么了？"

"没怎么。"楚渊道，"只是觉得这样很好。四周很安静，没有人打扰，困了随时都能闭起眼睛睡觉，什么都不用想。这样温柔的岁月，就好像是先前在云德城里，那些静谧悠然的夜晚，也曾想过要让时光变得无比漫长，最好永远都不要天亮。"

王府中，沈千帆拿着一幅画像，眉头微微皱起。

叶瑾敲门："方便进来吗？"

"自然。"沈千帆赶忙上前打开门，"这外头还下着雨，谷主怎么来了？"

"给千枫炖了汤，顺便给你送来一碗。"叶瑾将食盒放在桌上，余光扫见画像，不解道，"你在画……皇上？"

"谷主也觉得这像皇上？"沈千帆道，"这幅画像是城中画师根据厉鹊口述所绘，据她所言，少说也能与当日之人有个八分像。"

"厉鹊，所以这是段白月？"叶瑾狐疑，又拿起画像看了一眼。虽说与楚渊并非十成相似，然而硬要说此人是段白月——除非是瞎。

"的确像皇上，却也能是另外一个人——"沈千帆道，"高王楚项。"

"我没见过他。"叶瑾放下画像，"所以按照你的意思，是楚项曾在大理城中冒充段白月？"

沈千帆点头。

"理由呢？"叶瑾继续问。他先前只是听沈千枫说了几句厉鹊的事，对个中原委并不清楚,因此一头雾水。

　　沈千帆道:"暂时不好说。"

　　"怎么又和段白月有关?"叶瑾摇头,转身往外走,"我去找皇上。"

　　沈千帆提醒:"皇上不在。"

　　"不在?"叶瑾唰啦扭头,"去哪儿了?"

　　沈千帆道:"听四喜说,应当是去了海边。"

　　"这狂风暴雨的,去海边做什么。"叶瑾瞪大眼睛,风寒才刚好,怎么也不自觉些,若是病情又重了怎么办。想了想,他继续盘问道:"和谁一起去的?"

　　沈千帆这回反应神速:"没和谁,一个人,带了影卫。"

　　一个人才怪。叶瑾胸闷握拳,心说为何只是片刻不盯着,就又偷偷摸摸跟着秃子跑了,还能不能好好做一个皇上了。

　　客栈里头很安静,外面的海浪声与风雨声便愈发明显起来。偶尔有一丝风从窗户里钻进来,吹得烛火与床帐一道微微摇曳。

　　楚渊睁开眼睛,静静待了一会儿,又闭上。

　　侧身,继续方才未曾做完的梦。

　　段白月却是一夜未眠,直到夜色一点点散去,细碎的金色光线照进窗棂,方才将他唤醒。

　　有人推门而入。

　　楚渊不想睁眼,问:"天亮了?"

　　段白月道:"昨夜你说的,要早些回去。"

　　"嗯。"楚渊坐起来,"传了些地方官员,大军过几日便要出海,这大鲲城里的事情还有不少要交代。"

　　段白月道:"我随你一道去攻打白雾岛。"

　　"西南军大多不谙水性,不准。"楚渊摇头。

　　"谁说西南军要去了?"段白月将衣服替他取过来,"楚军要出海,这大鲲城又战乱初歇,难保没有余孽作乱。与其从别地调拨军队来此,不如将西南军留下维持秩序,待将来你大胜而归,我再回去也不晚。"

　　楚渊道:"所以你想留在大鲲城?"

　　"是西南军留在大鲲城,我随你出海。"段白月道,"若是叶谷主不答应,又追着我满院子跑,你可得帮忙。"

第三十三章

楚渊拍拍他的胸口:"看情况。"

"看情况怎么成?是一定要帮的。"段白月正色道,"毕竟那神医凶得很,人人都怕。"

这家客栈虽说看着斑驳,饭菜却当真做得不错。楚渊吃了一大碗面,又叫了点心拎着,方与段白月一道回王府。因为时间早,所以一大半人都没醒,倒也清静。段白月一路将人送到书房后,方才转身离开,却恰好在途中遇到沈千帆。

"将军。"段白月道,"可是要去书房?"

"是。"沈千帆点头,"厉鹊的事情已经问明了大半,去回禀皇上一声。"

"皇上身边现在都是人,院中还守着三个地方官,怕是要到下午才会空闲。"段白月道,"将军问出了什么,可否先告知本王?"

沈千帆点头:"自然。"

见他如此爽快,段白月倒是有些意外。

沈千帆道:"皇上先前便吩咐过,对王爷想知道的任何事情,都不得有半分隐瞒。"

沈千帆与他一道回了小院,将厉鹊所言大致说了一遍。

"楚项?"段白月皱眉。

"这是画师昨夜所绘。"沈千帆从怀中取出一卷纸,"虽说不是十成十相似,但也差不了太多。"

"若当真是楚项,那厉鹊先前在面圣时,怎未表现出异样?"段白月不解。

"那夜房中灯光昏暗,她又一直就没抬头,诚惶诚恐。"沈千帆道,"或许压根就没看清楚皇上的长相。"

"原来如此。"段白月将画卷放在桌上,"所以说楚项这般大费周章,最终目的就是为了从厉鹊手中拿走玲珑盏?"

"这世间除了南摩邪前辈,他人死而复生,当真没几分可信度。"沈千帆摇头,"但不管作何用途,楚项想要玲珑盏是真的。除此之外,我还有一事不明,为何他要假扮成王爷行骗?毕竟西南府野心声名在外,寻常楚国的姑娘小姐一听是段白月,估摸吓也吓得够呛,哪里敢私订终身——更别提还是在大理城中冒名顶替,若是传出去,岂非又给自己找了一桩大麻烦。"

"或许是想挑起天鹰阁与西南府之间的矛盾?"段白月猜测,"而天鹰阁主与将军速来交好,知道自家妹妹受此侮辱,定然咽不下这口气,又不能直接对西南府出手,八成会求助将军。"

沈千帆若有所思。

"将军若是答应相助,动用朝中的兵力不大可能,却还有个日月山庄。"段白月道,"没有人想要轻易招惹中原武林第一门派,西南府也不想,毕竟日月山庄后头,可是整个江湖。"

"而后楚项便会出面,说服王爷与他一道成事,摆脱这孤立无援、朝廷武林两不落好的境地?"沈千帆道。

段白月点头:"八九不离十。"

"只是他没料到,皇上与王爷是一条船上的人,也没料到厉鹰会选择隐瞒,硬是吞下这口气。"沈千帆道,"那下一步要如何?"

"将计就计?"段白月替两人倒了茶。

沈千帆道:"可王爷已与皇上联手,此事怕早已传遍天下。"

"熙熙攘攘,皆为利来利往。"段白月道,"西南府这么多年的名声,可不是一场战役便能洗白的。楚皇给的好处比楚承多,我便答应与他联手。可楚皇若是过河拆桥,西南府大可翻脸不认人。"

"若如此能引得楚项出现,倒也省事。"沈千帆道,"能在如此短的时间内平东海定南洋,皇上怕是千古第一人。"

段白月笑笑,又递给他一盏茶。

这日直到下午,楚渊方才空闲下来。

"皇上。"四喜在门口道,"可要传膳?"

"没人了?"楚渊走到院中,总算是透了口气。

"先前温大人倒是来过,"四喜道,"不过被王爷中途拦住,说是有事明早再来,打发走了。"

楚渊哑然失笑:"他还能将温爱卿打发走?"

四喜道:"用了三大包点心,还有一方上好的普洱砖。"

楚渊点头:"不错,温爱卿赚了。"

"可本王亏了。"段白月从院门外进来,身后跟着沈千帆。

"王爷,将军。"四喜公公行礼,又提醒道,"皇上还没用膳呢,这才刚歇下。"

"无妨,送些清粥小菜来便好。"楚渊道,"留着肚子晚上再吃,据说追影宫的诸位少侠要煮火锅。身为一国之君,这种饭也是能蹭一顿的,毕竟那可是追影宫,向来只有占别人便宜的份。"

"是。"四喜公公赶忙下去准备。楚渊也未进门,坐在院中小凳上,问道:"有事?"

"是厉鹊之事。"段白月将事情说了一遍。

沈千帆又补充:"厉鹊还在房中,等她情绪平稳一些,末将便差人送她回去。"

楚渊却若有所思。

"如何?"段白月问,"再一起演一场戏,骗楚项上钩。"

楚渊摇头:"不准。"

段白月意外:"理由?"

"不准就是不准。"楚渊站起来,对沈千帆道,"送厉鹊回家之时,顺便告诉厉鹰,此事若再让多一个人知道,以叛国罪论处。"

"是!"见他神色阴沉,沈千帆低头领命,识趣退出院中。

"怎么了?"段白月小心询问。

"楚项怎么想,朕管不着,这账以后再算。"楚渊道,"只是从此之后,西南府都只能是大楚的盟友,也不必再演什么戏了。"

"为何?"段白月问。

"你是什么样子,在天下人眼中就该是什么样子。"楚渊看着他,"这江山的安稳,不该建立在你背负的骂名上。"

段白月摇头:"又在胡思乱想些什么,这么多年都过来了——"

"这么多年都如此,是因为我无能,要你保护我,替我杀人,替我讨好父皇,替我扫清外敌。"楚渊打断他,"可现在我已经坐稳了皇位,也想保护你。大鲲城之战后,好不容易才让西南府的名声好了些,无论如何也不想再抹黑一次。"

"好了。厉鹊的事,当我没说,你想怎么做就怎么做。待打完东海,我再陪你一道出战南洋,如何?"

楚渊点头:"好。"

"还有件事。"段白月继续道,"若骗厉鹊的人真是楚项,那他可就见过紫龙块了。"

楚渊道:"西南府向来以紫为尊,这石料虽说不常见,却也没罕见到全天下就一块,你能有不稀奇。况且当年一听到消息,我便去向父皇讨了来,楚项连见都没见过,估摸着早已忘了这回事。"

段白月点头:"那就好。"

三日之后,沈千帆派亲信将厉鹊送回天鹰阁,此事就算暂时告一段落。在马车出府之时,刚好楚渊进门,负责护送的侍卫要行礼,却被他抬手制止。四喜随着楚渊一道走小路回住处,厉鹊正好掀起车窗帘,往外扫了一眼。

那晚没敢抬头,这回却恰巧见到了天子真颜。一身明黄龙袍,黑发被玉冠束着,眼尾微微上挑,看着无端便有些熟悉。厉鹊愣了一下,再想探出身子仔细看,马车却已经出了府。

又过了十日,楚国大军正式出战白雾岛,清晨号角响彻海天之间,渔家百姓纷纷挤在岸边,祈福妈祖娘娘保佑,让大军得胜归来。

叶瑾坐在围栏上,啃水梨,顺便监视西南王,没事不要随随便便到处跑!

沈千枫哭笑不得,楚渊倒是心情不错,海上的日子总归无聊,他还挺喜欢看两人闹。

虽说大楚海军装备精良,但青虬毕竟是当年大明王云断魂的部下,在东海盘踞已久,对这一带熟悉无比,白雾岛又云雾茫茫,谁也说不清里头究竟有什么,因此没人敢掉以轻心。时间一晃便是月余,主战船上的人已经习惯了九殿下追着西南王到处跑,这日一听说叶瑾独自一人驾船走了,第一反应便都是被西南王气走了。

"可别出事啊。"小兵很担忧。

"能出什么事,沈盟主当下就追了过去,温大人与赵大当家也去了。"又有人接话,"两个高手,再加上温大人的嘴皮子,莫说是一个九殿下,就算是九个九殿下,那也能带回来。"

"我可冤枉。"船舱内,段白月摊手,"大军在此停泊取淡水,我也在帮忙,哪有时间去招惹他。"

"难道是与千枫吵架了?"楚渊猜测。

"给些好处。"段白月道,"而后我便告诉你,他们是去做什么。"

楚渊狐疑:"你怎么会知道?"

"我不知道,可我会猜,也知道这片海域是谁的地盘。"段白月道。

楚渊考虑了一下，做决定："没有好处，爱说不说，不说出去。"

西南王颇为受伤："当真不听？"

楚渊挥手赶人："出去出去。"

段白月举手投降："认输，我说便是。这一带是彩虹口。"

"彩虹口怎么了？"楚渊单手撑住脑袋。

"彩虹口有鱼尾族。"段白月道，"这你总听过吧？"

楚渊怔了片刻，点头："嗯。"虽说叫鱼尾，却不是鲛人，而是生活在东海的一支部族。他们水性极好，擅长冶金炼铁，能制造出这世间最精良的兵器与机关。在数年前曾追随大明王东征西战，扫灭无数海匪，是渔民的保护神。而在那场变故之后，云断魂生死未知，鱼尾族也就彻底销声匿迹，再也没有出现过。

"有温大人在，或许当真能说服鱼尾族人，加入大楚海军。"段白月道，"有他们相助，能抵得过数千军队。"

"就算能找到，对方怕也不会愿意。"楚渊摇头，"当年发生的事情……这些日子以来，温爱卿其实时常旁敲侧击，说一些先前海战的事情。虽然没有挑明，可我能看出来，他一直便坚信大明王始终未曾变过，是父皇受人蒙蔽，陷害忠良。"

"温大人想替大明王平反？"段白月问。

"或许吧。"楚渊道，"当着旁人的面，我只能装糊涂，可对着你，我不想装。"

"你也清楚大明王绝非奸佞之徒？"段白月坐在他身边。

"说不准，可他当年若是谋划反，一路有太多机会。"楚渊道，"当时大楚海军力量薄弱，又无水上作战的经验，比不上云家军三成。而且在海战之后，大明王三个字在东海一带，可是比楚皇还要威名赫赫，想反轻而易举，又何必一路追随到王城，甚至同意让云家军分散编入大楚军队，将自己置于孤立无援之地后再反。"

楚渊闭着眼睛，没再说话。身居此位，有些事情就算知道了真相，也只能假装不知道，否则若是被有心之人拿来煽风点火，只怕又是一场动乱战事。

"不能下旨澄清，那便做些别的事情弥补。"段白月道，"先皇做下的错事，没道理让你来承受后果，别想了。"

"若我知道小瑾此行是为了鱼尾族，也不会答应。"楚渊道，"当年险遭灭门之祸，好不容易有了安生日子，对方怕是躲都躲不及。"

"大家也是为了战事。"段白月道,"去试试总无妨,万一当真能行呢?"

楚渊沉默了一阵子,点头:"嗯。"

若当真能行,那这场战事的胜算可就多了不止一分。

第二日清晨,叶瑾一行人如期驾着小船折返,只是看上去心情都不怎么好,一问,果然是被对方拒绝,非但不答应加入大楚海军,甚至连刀剑弓弩都不愿卖。

"无妨。"楚渊勉强笑笑,虽说没抱希望,可也当真是有些……失望。

段白月转身去找沈千枫。

"王爷要去鱼尾族?"沈千枫吃惊。

段白月点头。

"算了吧。"沈千枫道,"我们昨夜也未找到鱼尾族人居住的岛屿,是他们主动现身,说不愿再被打扰。"

段白月坚持:"我不会强人所难,可至少再试一次。"

沈千枫道:"王爷对这一带也不熟悉,就算是到了彩虹口,也未必就能遇到鱼尾族人。"

"可也未必就遇不到。"段白月道,"我下午便会出海,盟主只需帮一个忙便好。"

沈千枫问:"看着小瑾吗?"

段白月道:"正是。"

沈盟主哭笑不得:"这段日子得罪王爷了。"

段白月豁达摆手:"盟主客气,无妨无妨。这段日子挺好,以后继续这样也成,只求不要变本加厉,当真漫天撒起了药。"

"你要去捞贝壳?"楚渊闻讯纳闷问道,"捞什么贝壳?"

"替瑶儿捡些稀罕东西。"段白月道,"前头的海域里有花针螺,可以用来养蛊。"

"好玩吗?"楚渊问。

段白月笑容满面道:"不怎么好玩,无聊得很。"

楚渊爽快放行:"快去快回,小心风浪。"

段白月松了口气。

第三十三章

倒是叶瑾，听说是去捞花针螺，心心念念也要去，扒着门不肯走，最后被沈千枫连哄带骗，强行带回了船舱。

这几日天气很好，海面上风平浪静。段白月与段念一道驾船顺利驶向彩虹口的方向。行至半途，段念却道："王爷，后头似乎有船在追我们。"

段白月回头看过去。

一艘小型战船正在火速前行，上头挂了不少旗子，又是"我家公子能呼风唤雨"，又是"一统三界"，还有"我们根本就不认识"和几个墨疙瘩，看着无比破破烂烂。

一看这魔障一般的风格，便知是何人前来。

西南王很头疼，段念也很头疼。

追影宫暗卫争先恐后，挂在栏杆上激烈挥手，热情，且热情。他们原本是被秦少宇打发来保护温柳年的，由于平日里实在太聒噪，吵得旁人着实受不了，于是被楚渊单赐了一艘小战船，挂在战队末尾随大军一道前行。但由于海上的日子实在太枯燥，所以三不五时便会自己驾船窜来窜去，帮沿途海岛上的百姓卖卖货、砍点柴、拉个媒，然后再扛着三四坛子喜酒，喜气洋洋地追赶大部队，将日子过得十分充实。这回便是又中途去了雨花岛吃大黄鱼，才会在折返时撞到了段白月与段念出海。

"王爷要去何处啊？"暗卫问。

段白月答："哪里都不去。"

暗卫笑容满面："哦。"

段白月头疼道："跟可以，若是捣乱，本王便告知秦兄。"

暗卫立刻点头道："那完全没问题！我们怎么会捣乱呢，公子向来便教导我们，要乐于助人，不能闯完祸就跑。至于王爷嘴里的这位'秦兄'是谁，我们也并不是很清楚，也不知为何要特意提一提。"

彩虹口距离大军取淡水的海岛并不算太远，一个下午再加上一个夜晚，第二天清晨便能抵达。

四周都是茫茫海面，段念道："这可不像是有海岛的样子。"

"彩虹口，就是这里没错。"段白月道，"找找看吧，至少还有三天时间，说不定当真能找到。"

话音刚落,身后便"扑通"一声,有人跳到了海里。

段白月:"……"

其余暗卫坐在甲板上,继续有说有笑地嗑瓜子。

足足过了一盏茶的时间,那暗卫才哗啦从海面冒头,吐掉嘴里的咸水,顶着一片海菜道:"往东南走,那里有人住。"

段念张嘴,这样也行?

第三十四章

跳海的暗卫原本就是在东海一带出生，从小在海里长大，后头到了蜀中追影宫，也是经常去河里泡着睡午觉，水性比鱼还要好。

段白月半信半疑，顺着他指出的方向继续前行。又过了一个时辰，果然四周便出现了礁石群。

"多谢诸位。"段念大喜。

暗卫连连摆手道："举手之劳而已，况且我们也很想凑热闹，瓜子吃吗？"

段白月示意船只暂时停下。

"怎么了？"暗卫纷纷精神抖擞站起来，伸长脖子向前头看去。

一艘黑漆漆的大船正停在水面上，上头站着不少人，手中拿着明晃晃的银枪，在日头下折射出刺目光线。

"王爷。"段念小声道，"应当就是鱼尾族，据说暗器机关精妙无比，还是小心为妙。"

"哎！"暗卫大幅度挥手，扯着嗓子打招呼。

段念："……"

"别来无恙啊！"暗卫声嘶力竭，青筋暴起——没办法，离得远。

段念吃惊："诸位见过？"

"没见过啊。"暗卫答得理所当然。

段念胸闷，那为什么要别来无恙？！

对方的黑色大船缓缓驶近，段白月握牢剑柄，暗暗提高警惕。

暗卫笑靥如花。

"阁下是谁？"船头站着一个年轻男子，脸上画着油彩，看不清模样，背上背着一把弓箭，像是已经有了些年份。

"在下是西南府的人。"段白月道，"跟随大楚海军一路来此，想要求见鱼尾族的族长。"

年轻男子摇头道："鱼尾族早就已经消失，阁下怕是找错了人，请回吧。"

"当真没有通融的余地？"段白月道，"在下不会强人所难，却也是真心想要求助，还请务必给个机会。"

年轻男子转身想要离开，余光却扫见他腰间的玄冥寒铁。

段白月识趣地将剑解下来。

"你的?"年轻男子问。

段白月点头:"家师所赠。"

"这是我们的东西。"年轻男子伸手,道"还回来!"

段白月爽快地将剑丢过去:"剑给你,换十船刀剑弓弩如何?"

"十船?"年轻男子道,"还真是狮子大开口。"

"这可是玄冥寒铁。"段白月道,"即便原本就属于鱼尾族,在下也算是物归原主,辛苦一趟,总不能一点好处都不落。"

年轻男子道:"若我不答应呢?"

段白月道:"那这玄冥寒铁,在下也就只有收回来了。"

年轻男子脸色一变,四周的人立刻将寒光闪闪的铁矛对准小船。

暗卫赶紧安慰:"有事好商量,好商量。"毕竟我们是嗑着瓜子来看热闹的,并不想打架。

"走!"年轻男子冷冷道。

段白月嘴角一扬,飞身跃上大船甲板。

"放肆!"年轻男子拔刀出鞘,身后却传来一声呵斥,"住手!"

鱼尾族人纷纷退了回去,年轻男子明显心有不甘,却又不敢多言。

一位体态健硕的中年男子走出来,穿着普通布衣,气场却是不凡,身后跟着两个年轻人,一个稳重,一个活泼,有些像是十六七岁时的段小王爷。

暗卫争先恐后打招呼:"云前辈。"这种到处都是熟人的感觉,简直美好。

段念:"……还当真认识?"

"前辈。"段白月歉意道,"在下莽撞闯入,还请前辈见谅。"

"方才我在船舱里都听到了。"云断魂道,"西南段王?"

"正是在下。"段白月道,"原本不该打扰的,可这场战役对大楚对百姓都极为重要,若能得鱼尾族与前辈相助,想来会少走许多弯路。所以即便温大人前几日已经来过一回,在下也依旧厚着脸皮,想再试一试。"

"行军打仗,绝非一个人或者一个部族便能定胜负。"云断魂摇头,"我族人过了这么多年安稳日子,早就忘了该如何对敌作战,不是不想帮,而是不知该如何帮。"

"哪怕只是卖在下一些刀剑,"段白月道,"以护我大楚将士。"

"早就不冶剑了,剑窑也已沉入了海底。"云断魂从年轻男子手中拿过玄冥寒铁，丢回段白月手中，"这海上要起风了，请回吧。"

"前辈。"段白月皱眉。

云断魂却已经转身回了船舱。

段白月索性跟了进去。

其余鱼尾族人也想跟，却被暗卫笑容满面地拦住。

来来来，嗑瓜子，嗑瓜子。

"西南王何必强人所难。"云断魂叹气。

"在下知道，大楚欠了前辈、欠了这东海族人不少债。"段白月道，"只是先皇当初被奸人蒙蔽双眼，所犯下的错事，又何苦要让当今皇上与无辜的大楚将士承担后果。前辈若是心中不忿，在下甘愿代为受罚。"

"这事与你又有何关系？"云断魂道，"我绝非睚眦必报之人，如今的皇上，也的确与他的父皇不同。可既然是九五之尊，顾虑和想法却都是一样的。有些决定，与在位者是昏君或者明君无关，你懂吗？"

"我懂。"段白月苦笑，"只是不甘心罢了，总想着若是再试一试，说不定前辈就能答应，至少也能让在下带些刀剑回去。"

"鱼尾族的弓弩，只有鱼尾族的人才会用。"云断魂道，"大楚如今兵强马壮，就算没我，也定然能一举攻下白雾岛。况且还有阿越与小柳子在，沈盟主也是绝世高手，这场仗不会输，回去吧。"

段白月道："那前辈可会关注这场战事？"

云断魂道："既是在东海开战，我就算想避开也难。"

段白月道："多谢前辈。"

云断魂道："只是会听到些消息罢了，为何要言谢？"

段白月道："前辈义薄云天，若是知道楚军会遇险，自然不会袖手旁观。"

云断魂笑道："这是在给我扣帽子？"

段白月道："肺腑之言。"

云断魂却没再接话，而是问："方才你说这把剑是你师父所赠，可是南摩邪？"

段白月点头道："前辈虽说隐世不出，对世事却也是了如指掌。"

云断魂又问："还在坟里？"

段白月叹气："没看好，给钻出来了。"

云断魂闻言大笑，伸手拍拍他的肩膀。

第三十四章

片刻之后，段白月从船舱中钻出来。暗卫赶紧丢下瓜子壳站起来，问："如何？"

"走吧。"段白月抱拳，向先前那年轻男子道歉，"方才多有冒犯。"

男子草草回了个礼，显然依旧不是很欢迎这群不速之客。

怎么就走了呢，暗卫很是茫然，直到上了船还在问，到底大明王是帮还是不帮。

段白月道："没说帮，也没说不帮。"

暗卫发自内心道："一般我们说这种话时，九成九都不会帮。"

当然，在返程之时，众人还是在海底捞了些螺上来——至少要应付一下叶谷主。

楚国战船依旧停泊在淡水岛周围，第二日清晨才会离开。待段白月回到船上，已经过了子时，楚渊的船舱中却依旧有亮光透出。

段白月推门走进去。

楚渊床头嵌着夜明珠，正在看一本书册。

"又没睡？"段白月坐在床边。

楚渊道："睡了一觉，又醒了。"

"醒了难道不该接着睡？"段白月将小册子从他手中拿走，合上之后封皮巨大四个黑字——菩提心经。

段白月："……"

"小瑾给我的。"楚渊道，"他听说你练过之后，就给我了。"

第一页还特意用朱砂圈出来，练完会不举，哐当一下，就不举了的那种不举。

……

段白月道："当年有不少人都想要抢菩提心经，师父便找秀才写了几十本，每一本内容都不同。"

"这倒也是个办法。"楚渊道，"满大街都是，拿到真的也会当是假的。"

"这功夫阴毒，假的也不许你再看。"段白月道，"睡觉。"

"花针螺找到了？"楚渊伸手，"给我看看，长什么样。"

"灰红色的小螺，有什么好看的。"

虽说白雾岛上的叛军盘踞已久，势力不可小觑，可段白月却并未对这场战事有太多担心。毕竟大楚海军的力量已不同往日，且有当日与云断魂的约定，至少能保证在危急关头，对方会施以援手。

双方开战的前一夜晚，楚渊在甲板上站了许久，看着远处连绵不绝的火把，眼底光芒细碎。段白月替他披上外袍，问："不打算睡了？"

楚渊道："天快亮了。"

"嗯。"段白月道，"你若不想睡，我陪着你到各艘战船上再看看？"

楚渊摇头："我并非在担忧什么，只是觉得今晚月色很好罢了，船舱里太闷，这里畅快些。"

"这场战役，你猜会持续多久？"段白月问。

"不会超过十日。"楚渊裹紧外袍，"若一切顺利，我甚至想在三天内将其结束。"

"真到了这一日，却舍不得了。"段白月道，"战役结束后，不如我不回西南了，随你一道去王城如何？"

楚渊道："不准。"

"为何？"段白月委屈。

楚渊道："怕太傅大人会被你活活气死。"

段白月爽快点头："那倒的确有可能。"

楚渊看着他："不胡闹了。这场役结束后，楚项那头定然会有所反应，大楚海军要在一年内休养生息重整旗鼓，我要做的事情太多。"

"所以就顾不上我了？"段白月叹气。

楚渊拍拍他的肩膀，安慰道："想开些，毕竟将来是要穿金戴银的人，现在吃点苦，不亏。"

段白月深以为然："也成。"

还有一个时辰便会开战，楚渊就算回到船舱，也只是眯了一阵子，便被外头的嘈杂声吵醒。段白月在旁道："今日可不能让你赖床，将来想睡多久便睡多久。"

楚渊穿上衣裳。

走出船舱，叶瑾与温柳年已经守在外头，大军号角呜呜吹响，层层白雾中，只能模糊看清岛屿的轮廓。

"皇上。"沈千帆上前禀告，"大军已集结完毕，随时都能出战。"

"对方有何异动？"楚渊问。

"回皇上，对方一切如常。"沈千帆道，"岛上一直便是安安静静，也未听见报丧巨鸟声音。"

楚渊点头，转身走上高台。

"开战！"

楚军战船上的震天火炮将海面翻起数丈高，巨大的石块泥土冲天而起，又呼啸着重重砸入水中。战事持续了整整一个白天，直到傍晚时分，白雾岛上方才暂时安静下来。段白月刚想着要让楚渊回去休息一阵子，叶瑾却急匆匆跑进船舱，说对方又有了异动。

星星点点的幽光在对岸聚集，先前以为是巫术或者磷火，后来却发现，竟然是一双一双的眼睛。

"是海猴子。"段白月道。

"海底的妖物？"楚渊问。

"这东海茫茫，谁都说不清下头到底有什么。"段白月道，"管它，先炸掉一批再说。"

沈千帆挥手下令，炮火声再次密集响起，处于最前方的一批海猴子惨叫着落入水中，鲜血瞬间染红海面。位于后方的同类见状大怒，嗷嗷叫着蜂拥而上，接二连三跳入海里，细长的前爪迅速划水，顶着炮火向大楚战船扑来。

沈千帆当机立断，令两艘最大的铁甲战船挡在最前方，保护其余战船不被这些妖物接近。段白月拍拍楚渊的肩膀："自己小心。"

楚渊道："见机行事，莫要逞强。"

段白月点头，纵身跃上最前方的战船，玄冥寒铁在夜色中泛出寒光，将一只又一只的海猴子劈成两半，下一瞬间，却又有更多的同类从海面冒头。

尖锐的指甲与尖牙只需要片刻工夫，便能将一艘战船撕出裂口。青虬站在岸边，举着火把狞笑出声。眼看着越来越多的大楚战船受损，叶瑾急道："要不要先撤回？"

话音刚落，身后便又有人来报："后方也有敌军！"

众人闻声看去，就见一艘巨大的旧船正在白雾中缓缓驶近，上头依旧是密集的眼睛，幽绿而又狰狞，看着至少有数百只。对方显然早有准备，楚渊微微闭了闭眼睛定神，而后便沉声道："往前冲！"

叶瑾与沈千帆对视一眼，这的确是目前唯一的出路，可……只怕会伤亡惨重。

号角声呜呜响起，段白月将身边的最后一只怪物砍入海中，想回去楚渊身边保护他，远处却传来一阵惊呼声。茫茫夜色中，一艘巨船正急速破浪而来，山峦般的风帆落满星辉。而在巨船两侧，则是无数包裹着铁甲的战船，年轻的东海战士手握刚刀弓弩，呼声震天。

"是大明王！大明王来了！"楚军中有人曾是东海渔民，自然听过无数关于他的传说。

段白月心里一喜，楚渊转身几步踏上瞭望塔，远远看着巨船越来越近。

"皇上？"沈千帆试探询问。

楚渊微微点头，也不知自己该是何心情。

沈千帆领命，而后大声下令："后退！"

精疲力竭的大楚海军终于有了片刻喘息，巨船以势不可当的姿态碾压而来，布满铁刺倒钩的天蚕丝网被撒入海中，用剧毒将一群又一群的海猴子斩杀一空。鱼尾族人站在船头，弯弓满月，闪着寒光的利箭在空中交织成网，穿透一颗又一颗心脏。青虬见势不妙，想要逃跑却被生擒，楚承亦被赵越斩杀。天色初亮，这场战事便已经接近尾声。再看大明王的船队，却早已消失得无影无踪，像是从来就没有出现过一般。

楚军大获全胜，东海一带自是欢欣鼓舞。这日下午，段白月敲敲门，道："我进来了？"

楚渊道："不准。"

段白月推开门走进去。

楚渊懒懒道："你敢抗旨不遵。"

"听四喜说今日连午饭都没吃。"段白月坐在他对面，"仗都打完了，还在忙什么？"

"我想将云府重新建起来。"楚渊道。

段白月问："给大明王？"

楚渊摇头："大明王怕是不会回来了，在东海乐得逍遥，比在这大鲲城中要自在许多。只是二十年前父皇受小人蒙蔽铸成大错，二十年后我做不成别的，至少能将云府重建，改成善堂或是书院，让这一方百姓也有个念想。"

段白月道："你做决定，我替你去做便是。"

"顶多两个月，我便要班师回朝了。"楚渊道，"这场仗打得算是顺利，大军并无太多伤亡，用不了多久，就能再度开战，直攻南洋。"

楚渊笑笑："出去走走？也在这屋子里闷了一天。"

第三十四章

段白月刚站起来,四喜却在外头禀报,说是沈将军求见。

"皇上,西南王。"沈千帆身上有些沙土,估摸着是刚从海边大营赶回来,还未来得及沐浴更衣。

"可是出了什么事?"楚渊问。

"回皇上。"沈千帆道,"方才末将接到天鹰阁的传书,说厉鹊跑了。"

楚渊道:"跑了?去了何处?"

"不知道,不过十有八九,怕是会去找先前骗他之人。"沈千帆道。

"可她连对方是谁都不知,如何去找?"楚渊问。

"厉鹰也在头疼此事。"沈千帆道,"又不敢光明正大在全江湖找,也不知她到底跑去了何处。"

段白月道:"所以朝廷要帮忙找人?"

"普通江湖事,朝廷自然不会插手。"楚渊道,"可当年厉鹊遇到的那个人,却极有可能是楚项。"

沈千帆道:"末将明白。"

"暗中搜寻便是。"楚渊道,"西南府也送封书信过去,既然当初是在大理遇到的,难保她不会再去大理找一次。"

段白月点头:"我这就修书一封,派人送去给瑶儿。"

西南府中,南摩邪顶着一头花白的头发,正在掰着手指头算日子。

"师父。"段瑶蹲在他身边,拱拱他道,"还有没有黑豆蚕,再给我两条。"

南摩邪从怀里掏出一个瓶子:"拿去。"

段瑶嘿嘿笑道:"多谢师父。"

"你说这仗都打赢了,西南府的红绸缎是不是就能用了?"南摩邪问。

"东海是打赢了,可还有南海。"段瑶撇嘴道,"而且就算是南海平定了,那也还有朝中一帮老臣。听说他们喜欢动不动就跪在殿外,咣咣磕头磕出满脸血,一天不谏就浑身难受,比中蛊还吓人。"

南摩邪唉声叹气。

段瑶安慰地拍拍他。

这日,大鲲城内欢声笑语,是百都正在迎海神。楚渊微服出去逛了一圈,回到府中已是深夜，房中却空无一人。

四喜贴心道："西南王原本是在的，只是方才有人来找，所以回了隔壁。"

"谁来找他？"楚渊问。

四喜道："看着像是江湖中人。"

楚渊点头，也未再多问。独自在卧房中看书，又过了足足一个时辰，方才有人推门进来。

"谈完事了？"楚渊问。

"是飞鸢楼的楼主。"段白月坐在他身边说道，"刚走。"

"景流天？"楚渊道，"来做什么？"

"还能是什么，又是为了他那弟弟。"段白月道，"我当初将景流洄的踪迹告诉他之后，险些将人气死。"

楚渊问："为何？"

"还能是为何，那可是与叛军勾结。"段白月道，"虽说景流天答应暂时不会将他带回，就当是大楚安插在楚项身边的一颗棋子，还能多探听些消息，将功补过。可心里总归惴惴难安，于是派了不少心腹前往南洋，暗中盯着他。"

楚渊递过来一杯茶："盯出什么了？"

段白月道："星洲岛四周的水路现已被完全封闭，附近的渔民都在传，说岛上在闹鬼，而且是厉鬼。"

楚渊摇头："无稽之谈。"

"放任楚项一行人在东海，余下这一年还不知会折腾出什么。"段白月道，"家中出了这么个弟弟，景兄也是心里窝火，所以此番特意前来告知，若大楚他日开战，飞鸢楼也愿助一臂之力，出人出银子都可，只求最后能留景流洄一条命。"

楚渊道："此事你决定就好，不必问我。"

"那我可就答应他了。"

楚渊撑着脑袋，道："饿。"

段白月突发奇想："我做给你？"

"你还会煮饭？"楚渊眼底充满不信任。

段白月道："嗯。"

楚渊想了想，摇头道："我不信，你要做自己去吃，我要传膳。"

"试一次，就一次。"段白月道，"我当真会煮饭。"

楚渊:"先前怎么没听你说起过。"

段白月道:"先前是不会,前天刚学的。"

楚渊拒绝再和他说话:"四喜!"

段白月捂住他的嘴。

楚渊与他对视,实在很不想点头允诺。

楚渊坐在一个小板凳上,看他站在灶台边半天不动,于是问:"你是打算施法吗?"

段白月不死心道:"当真吃红烧鱼?炒蛋吃不吃?"

楚渊摇头道:"不吃。"

段白月只好从房梁上解下一条鱼。

楚渊提醒道:"要炸成花篮的形状。"

段白月:"……"

楚渊与他对视片刻,妥协道:"好吧,熟了就成。"

亏得鱼在白日里已经被处理好,段白月在锅里倒上油,然后将鱼小心翼翼地放了进去。

楚渊一心一意等饭吃。

片刻之后,刺刺啦啦的声音传来,甚至还有些许香味,段白月觉得应当挺靠谱。糊锅底是自然会糊的,但胜在至少能熟,将碎了吧唧的鱼肉盛出来后,又加了些盐巴与酱油。

楚渊问:"好了吗?"

段白月看着盘子里黑乎乎的一堆,冷静道:"还没。"

楚渊道:"哦。"

段白月又剁了些葱花放上去,愈发惨不忍睹。

楚渊站起来往前走。

段白月果断将盘子用锅盖扣住,拉着人大步出了厨房门。

两个月的时间,说长也长,说短却也短。

东海事务已经处理的七七八八,新调拨的地方官员也已走马上任。

第二日清晨，楚军班师回朝，段白月亦率领部下，一路向着西南而去。百姓站在道路两旁，都很是不舍，一来不舍皇上，二来也不舍西南王，毕竟在这段日子里，西南驻军三不五时便会给大家伙发米发面，甚至还有腊肉干货，大理山林中的菌干拿来煲汤，嘴里留下的滋味能鲜到明年。

还没吃够，怎么就走了呢。

大理城外，段瑶迫不及待踮着脚，欢欢喜喜挥手："哥！"

段白月翻身下马，笑道："一年多不见，又长高了。"

"哥。"段瑶跑上前，向他身后看了眼，没见马车，于是小声问："皇上呢？"

段白月道："回王城了。"

"啊？"段瑶闻言沮丧道，"你还当真没把人带回来啊。"

段白月着实不想再讨论此事，于是问："师父呢？"

段瑶答："去南海了。"

"南海？"段白月脚步一顿，"去南海干什么？"

"与旁人没什么关系，师父收到了一封书信，说是故友寄来的，邀他前去南海仙山住上一段时日，好像是为了给谁贺寿。"段瑶道，"师父看着颇有些迫不及待，当天下午就骑着驴出了王府。"

段白月惊道："师父还有故友？"

段瑶摊手："我先前也这么想，后来金婶婶说，破锅还有烂盖配。"

段白月又问："师父可曾说是去了哪座岛屿，何时才能回来？"

"哪座岛屿不清楚，不过倒说过顶多走半年，在楚军攻南洋前，定然会赶回来。"段瑶道，"师父还说了，反正你这一年半载肯定成不了亲，他留在府中也白留，不如出去散心。"

翻来覆去都是这几句话，段白月脑仁子直疼。

叶瑾被沈千枫带回了日月山庄，总算没有人再日日念叨秃头了，楚渊的耳根子却没有多清静。

"皇上。"四喜公公在外头喊道，"陶大人求见。"

楚渊继续批折子，道："说说朕在忙。"

四喜公公赶忙道："陶大人说了，这回不是为了选秀之事。"

楚渊丢下折子道："宣。"

陶仁德进到御书房，看着心情像是极好。

楚渊打趣道："莫不是刘爱卿给太傅大人做了个媒？"

"皇上。"陶仁德赶忙摆手，"绝无此事，绝无此事啊。若是让家中的诰命夫人知道，还得了。"

楚渊道："那太傅大人此行所为何事？"

陶仁德道："今日老臣收到一封书函，来自象国。"

"白象国，金姝写来的？"楚渊皱眉。

"是白象国的国主亲笔所书。"陶仁德道。

"白象国主？"楚渊总算有了些兴趣。

"他想借两国之力，在南洋重新开辟一条新的商路。"陶仁德道。

楚渊失笑："胃口倒是不小，现如今的船只数量，莫非还不够他吃不成？"

陶仁德道："正是因为现如今南洋商贸越来越繁荣，所以航路才会越来越拥挤，商人都是无利不起早，白花花的银子放在那里，可是人人都想分杯羹。"

"开新航道，绝非一年半载就能完工，大意不得。"楚渊摇头，"况且即便是开了新航道，白象国从中获取的好处也是远远大于楚国，如此劳民伤财的工程，他莫非想单靠几封书信便定下来？"

"所以白象国主想要亲自进宫面圣，"陶仁德道，"共商此事。"

"要亲自前来？"楚渊问，"何时？"

陶仁德道："看对方的意思，像是要越快越好。"

楚渊道："与他见一见，倒也无妨。"

"那老臣这就亲自拟一封书函，差人加急送往南洋。"陶仁德道，"请白象国主前来大楚皇宫一叙。"

楚渊允诺，看着他退下后，便叫来四喜，说想去御花园走走。

忙了这么些时日，好不容易见着皇上有心情赏景，四喜赶忙吩咐内侍在凉亭里准备好了点心果品，又沏了一壶上好的江南青。

"江南青，是温爱卿送来的茶吗？"楚渊问。

"回皇上，正是。"四喜道，"是温大人自家的茶山，据说还是温大人的娘亲带着丫鬟，一片一片亲自采茶炒制而成，半分男子浊气也未沾过。"

"那可就稀罕了。"楚渊笑道，"温爱卿两袖清风，难得送朕东西，这茶需得好好喝才是。"

话音刚落,一个老头就从前头远远走来。

"木痴前辈。"楚渊对他很是恭敬。

"参见皇上。"木痴老人行礼。与先前逃亡时比起来,在这宫中可谓是吃得饱穿得暖,还无人追杀,所以日日逍遥自在,红光满面,眼瞅着木痴老人胖了好几圈。

"前辈要去何处?"楚渊问。

"回皇上,我原本是在假山下打盹的。"木痴老人道,"只是却闻到了一股茶香,便过来看看。"

楚渊笑道:"原来前辈是好茶之人。"

"这茶香闻着熟悉。"木痴老人道,"可是采自江南?"

楚渊点头:"正是。"

木痴老人问:"哪座茶山?"

"知道是哪座茶山,前辈怕也买不到,这茶不卖。"楚渊道,"朕送前辈一些便是。"

"那这茶山的主人是谁?"木痴老人打破砂锅。

楚渊不解,猜测道:"前辈与这茶山的主人认识?"

"先前我在江湖中被人追杀,这茶山的主人对我算是有救命之恩。"木痴老人道,"可惜我当时重伤昏迷,也未看清恩人的模样,只记住了这茶的香气与甘甜。"

"还有这种事?"楚渊微微有些意外。茶山是温家的,江南十几辈的书香门第,一个会拳脚功夫的人都没有,居然还会救江湖中人?

"皇上。"四喜公公低声道,"温老爷虽说文弱了些,却也是侠肝义胆之人,先前还曾救下过天涯海阁的女侠,如今是温大人的干娘。"

楚渊:"……"这种事也能打听得如此清楚?

"前辈可方便告知,在茶山上到底发生了什么事吗?"楚渊问。

"其实事情也不复杂。"木痴老人道,"九年前我被仇家追杀,慌不择路跑进了一座茶山中,却因体力不支晕了过去。昏昏沉沉间,只记得像是被人拖到屋中藏了起来,再次醒来的时候,四周便是这一模一样的茶香。"

楚渊又问:"是何人在追杀前辈?"

木痴老人苦着脸:"是白象国的人。"

"白象国?"楚渊吃惊道,"前辈还与白象国有恩怨?"

"恩怨谈不上,顶多算是生意谈不拢,恼羞成怒罢了。"木痴老人道,"皇上有所不知，那白象国主听着也是个残暴冷血之人，不管有无野心，都要早些提防才好。"

"白象国主凶狠残暴？"楚渊问，"前辈是从何处得知此事，莫非亲眼见过？"

木痴老人道："倒是未曾得见，可派来的那些人却个个都如同吃了炸药，一言不合便要骂要杀，亏是我跑得快，又有茶山的主人出手相救，否则怕是早就被绑了去。"

楚渊继续道："可否再请问一句，对方想要与前辈谈什么生意？"

"当时没细说，后头见我硬要问，便推说是些寻常的木柜与椅子。"木痴老人道，"可谁都不是傻子，若只想要桌椅板凳，大雁城中人人都会做，甚至有些手艺还要强过我，放着价格低廉的熟手不要，却硬要拉我下南洋，谁能信？"

楚渊道："正好过段日子，白象国的国主要前来与朕议事，还要多谢前辈此番提醒。"

"还要亲自来？"木痴老人吓了一跳，连连摆手道，"可千万莫要被他知道我在宫里。"

"前辈多虑了，就算知道又如何？"楚渊笑笑，"区区一个南洋岛国，还敢在朕手里抢人不成？"

"是是是，皇上所言极是。"木痴老人拍了拍脑袋，"也是我这脑子，先前在江湖中东躲西藏惯了，迟迟打不过弯。"

"既然来了，便坐下一道饮杯茶吧。"楚渊道，"至于这茶山的主人，最近不在宫中，朕过段日子再替前辈打探。"

东海之战结束后，温柳年就告假半年，与赵越一道去游山玩水，天南海北蜀中江南，估摸要半年才会回王城。朝中老臣都在说，皇上对这位温大人可当真是宠得没边，如此有求必应，估摸着寻遍全天下也无第二人。只有四喜公公一边听，一边揣着手呵呵笑，皇上对温大人自然是宠的，可若说起宠得没边，那还得是西南王。

段瑶围着满满十车奇珍异宝转圈看，喜极而泣，擦口水。

段白月道："丢人现眼。"

"多看几眼，有何可丢人的！"段瑶往小布兜里塞了把金子，"要回礼吗？"

自然要回。段白月亲自前往酒窖，挑了十坛最好的绯霞，快马加鞭送往王城。

段瑶瘪嘴："回回都送这个？一点都不阔气。"

段白月拍拍他,随手拆开一封今日刚送来的书信,依旧是自家师父狂放不羁的狗爬字,段瑶也凑过来费力辨认半天,才失望道:"师父又不回来了啊?"

"挺好。"段白月淡定折起信纸,"清净。"

海中孤山上,南摩邪全身湿漉漉的,脑袋还滴水,正在围着火堆撕扯鸡腿喝烧酒,突然就觉得鼻子痒痒,猝不及防狠打了一串喷嚏,将自己震得老眼昏花鼻子通红,于是不满地吹了吹胡子。

逆徒!

王城里头,楚渊这日在处理完政务后,难得有空余时间,于是带着四喜前往御花园散心。不知不觉便走到了一处大院,门开着,院中老人们正在自己准备午饭,有说有笑,乐呵呵的,看着挺好。

"都是些老宫人。"四喜小声解释,"在此颐养天年。"

楚渊微微点头:"莫要打扰到他们。"

四喜称是,心里却有些不解,这院中有何景致可看,皇上怎还不挪步了。

一名老人将米淘干净,而后便倒进锅里,加水添柴盖锅盖,最后拿着一把小蒲扇,坐在板凳上慢慢扇。

楚渊转身离开,慢悠悠地边走边想,洗米似乎也并不是很难。

"皇上。"沈千帆从对面树丛里钻出来。

楚渊笑:"将军这是在做什么?"

"回皇上,去林子里折了些花。"沈千帆道,"末将有一友人想要红昙,前阵子问过薛太医,他说尽管来这林子里挖便是。"

楚渊摸摸下巴:"友人?"

沈千帆正色道:"末将还有一事要奏。"

"慌什么,朕也没打算问'友人'是谁。"楚渊补一句,"况且不说也知道。"

"咳咳。"沈千帆道,"厉鹰写来了一封书信。"

"哦?"楚渊道,"关于厉鹊的下落?"

"正是。"沈千帆道,"据说是出了海,自关海城下南洋。"

楚渊道:"南洋?"

"是南洋。"沈千帆道,"天鹰阁的人虽说中途跟丢了,不过大致方向应该不会错。"

楚渊摇头："看样子厉鹊是打探到了些什么，如此都敢下南洋去找，胆子不小。"

"厉鹰也颇为头疼。"沈千帆道，"他一直便作风低调，也不知为何，居然会教出一个如此离经叛道的妹妹。"

"既然有了线索，天鹰阁可要派人去追？"楚渊问。

"这便是厉鹰写信前来的目的。"沈千帆道，"事关重大，还是要先奏请皇上才是。"

楚渊在他耳边低语几句。

沈千帆领命，转身出了御花园。

与此同时，西南府亦是收到了一封信函，是飞鸾楼主亲笔所书，也说厉鹊应当是出海去了南洋。

"何苦来着。"段瑶将信纸点燃，"骗子也要追。"

段白月道："为了情之一字，这世间钻牛角尖的人多了去，你不懂。"

段瑶道："我是不懂，也不想懂。"

"将来总要娶媳妇的。"段白月敲敲他的脑袋，"难不成想一辈子打光棍？"

"成亲有什么好？"段瑶道，"成天吵吵闹闹的，还多个人管我。"

段白月哑然失笑。

"不同你说这些，我去练功了。"段瑶转身往外走。

段白月拍桌而起，一掌向他脑顶劈去。

段瑶忙不迭闪开，怒道："还是不是同胞哥哥了！头也打！"

金婶婶端着两碗面，还没进院子就见两人从围墙顶跃了出去，很是头疼。这先前弟兄两个都吵着肚子饿，要吃牛肉要吃菜炒面，好不容易做好了面送来，怎么又去比武了。

后山练武场很空旷，裂云刀与玄冥寒铁都被插入地下，两人赤手空拳过了百余招，段瑶侧身与他的拳风擦过，在树梢间如同一只鸟雀，身姿轻快灵巧，像是能摘星揽月。

段白月带着他落到地上。

段瑶意犹未尽："不练了？"

"这便是焚星局的全部招式？"段白月问。

"嗯。"段瑶道,"与师父教的功夫并不相冲,甚至还能相辅相成,我便继续练了。"

段白月道:"玄天前辈在教授你此套内力时,可有说过来历?"

"来历没说,只说学会这套功夫,说不定能救你的命。"段瑶道,"我当是与金蚕线或是天辰砂有关,就答应练,可后头似乎也没用到。"

段白月笑笑,伸手替他整整头发:"先前辛苦你了。"

"多学一套功夫而已。"段瑶大刺刺摆手,很是爽快。

只要你能身强力壮,早点成亲,那就什么都好说!

时间过得不算慢,转眼便过去了半年,温柳年与赵越一道,拉着好几车特产腊肉,喜滋滋地折返王城。

十日之后,楚皇下旨昭告天下,拜温柳年为相,列百官之首,辅佐天子理政。

西南府在宫中的眼线甩了甩酸痛的手腕,心累。

皇上今晚与温大人一道用膳。

皇上今晚依旧与温大人一道用膳。

皇上今晚……

皇上……

……

段白月策马扬鞭,火云狮仰天长嘶,四蹄踏碎山风。

"老陶,老陶。"这日散朝后,刘大炯道,"走,吃涮肉去。"

陶仁德瞪眼:"平日里都是火烧,为何今日成了涮肉?"

"有好事啊,可不得庆祝。"刘大炯道,"白象国主不远千里前来觐见我大楚天子,这可是开天辟地头一遭。如此盛世江山,自当吃顿涮肉庆祝。"

陶仁德道:"你付银子。"

"我付便我付。"刘大炯与他一道往外走,顺便打招呼,"温大人可要一道去吃涮肉啊?李大人呢?来来来,周大人也一起来。"

陶仁德抽抽嘴角,心道这人,抠门起来是真抠,大方起来也是真大方。

一群大人高高兴兴出宫吃涮肉,楚渊听着后笑着打趣:"这就不厚道了,刘爱卿好不容易做回东,居然不叫上朕。"

"皇上今晚也出去逛逛吧。"四喜道,"最近东西南北四处夜市都多了不少稀罕的小摊,人头攒动,听说热闹得很。"

楚渊欣然点头:"也好。"

在御书房批了一下午折子,也没什么胃口吃东西,看着天色已经慢慢暗下去,楚渊换了便装,带着四喜一道出了宫。

果真是极热闹。光是跑来跑去的小娃娃,便已经吵闹得脑仁子疼,夜市里更是无处落脚,几乎每个小摊前都挤满了人,吃喝玩乐,样样不缺。

"该将这地方扩一扩了,否则百姓也不方便。"楚渊转身,"走吧,出去正阳街逛逛。"

"皇上不吃些东西?"四喜小声问,"若是嫌闹,可要去山海居坐坐?"

"没什么胃口,走一阵子吧。"楚渊道,"告诉侍卫,不用跟了,朕想一个人静一阵子。"

四喜犹豫:"这里人多,皇上怕是不可掉以轻心啊。"

"朕有分寸。"楚渊踩着石板往前走,"你也别跟了,坐下吃碗热汤圆吧,歇一阵子。"

"啊?"四喜公公为难,这……

楚渊却已经独自走远。

穿过热热闹闹的正阳街,走过跑马桥,绕过望月楼,后头便是个灯火昏黄的小巷道。

一个人正抱着剑,靠在墙上挑眉看着他。

楚渊气定神闲:"还当你会一直跟着我走遍整座王城。"

段白月笑着摇摇头,几步上前低声道:"我先去了宫里,没人,又不知你去了哪里,便只有四处乱找。"

"然后呢?"楚渊问。

"这王城可不算小,从玲珑塔过来时,到处都是求姻缘的男女,走都走不动,险些被挤下桥。"段白月道,"有人见我一直在左右看,便问是不是与友人走丢了,他嗓门大,能帮着找人,喊一次一文钱。"

楚渊闷笑。

"要他喊做什么。"段白月道,"这不一样能找到,还省了银子。"

楚渊:"冷不冷？怎么穿得如此单薄？"

"不冷。"段白月道，"饿。"

楚渊叹气:"出息。"

"是当真饿，忙着赶路，中午就吃了烧饼与清水。"段白月道，"又硬又冷。"

"走。"楚渊道，"我们去吃张泉的馄饨。"

"你还记得这里有个馄饨摊？"段白月倒是有些意外。

"我不单记得，还一个人来吃过。"楚渊道，"你躲在西南府，装死那阵。"

段白月："……"

比起先前，馄饨摊的生意要红火许多，坐都没地方坐。段白月买了两大碗，又加了辣椒与香醋，端着与楚渊走到一个僻静处，坐在别人家的大门台阶上吃鲜肉馄饨。

院中有狗在狂吠，楚渊问："若是冲出来怎么办？"

"那就吃快些。"

楚渊答应一声，大口喝汤。

巷道口，温柳年笑容满面，将一群同僚招呼走，不吃馄饨了，不吃了啊，去吃山海居！有新厨子与新菜，江南新送来的笋，加上蜀中腊肉一道煮，不好吃不要钱，好吃也不要钱，请客请客。

诸位大人兴高采烈，中午刘大人请吃涮肉，晚上温大人又请吃山海居。

还当真是个事事顺心的好日子。

夜色一点一点变得深邃起来，街上的小摊散了，游人也散了，馄饨摊的老夫妇慢悠悠收拾好板车，一个推一个拉，说说笑笑往家的方向走，车上挂着一个铃铛，声音小小的、脆脆的，一路丁零零。

正阳街上寂静清冷，两人并肩而行，任月光将身影拉得很长很长。

四喜先一步被打发回了寝宫，原先还在担忧，觉得千万莫要出事，该不该去找找向统领，后头却见西南王与皇上一道进了门。

房中有淡淡药香，段白月进屋就问："身子不舒服？"

"是药香炉。"楚渊坐在桌边，"小瑾前段日子刚差人送来的，都是些安神药物，反而觉得比寻常的熏香要好闻些。"

"最近依旧睡不好？"

"习惯了。"

段白月无奈："嗯？"

楚渊道："不说这些了，赶路累不累，去泡温泉？"

"泡了温泉就好好睡，明早不准再去上朝了。"段白月带着他一道站起来。

四喜很快就差人收拾好了温泉殿，乳白色的浴汤有些天然药香，楚渊趴在温泉边沿，整个人都被雾气笼罩。

"怎么了？"

"没什么，前几日练功的时候不小心撞了一下，有些淤青。"楚渊道，"敷了三天药，已经好多了。"

"与谁一道练功，怎么把自己伤成这样？"

"千枫。"

段白月道："沈盟主也在王城里？"

"走了，三天前就回了日月山庄。"楚渊笑，"知道你怕小瑾，他这段日子出了海，应当是去拜访鬼手前辈。"

段白月："咳。"

"对了，还有件事。"楚渊道，"过几日白象国主要来。"

"白象国？"段白月意外，"没听人说过，这一路也没风声。"

"先前他便差人送过一封信函，"楚渊道，"想与大楚联手，一道开辟新的通商航道。"

"倒是会做买卖。"段白月道，"且不说如今南洋局势波诡云谲，就算是四海升平，开辟新航道又岂是嘴上说说就能成的事。"

"所以我才让他暗中来王城。"楚渊道，"若真心想与大楚合作，这事还有得商量，若心怀不轨，那也好决定下一步对策。"

"心怀不轨，你怀疑他会被楚项收买？"段白月问。

楚渊点头："还有，这回不止他，金姝与她的夫家人也会一道前来。所以这可不单单是南境之事，若白象国当真有问题，高丽国也会被牵涉其中。"

金姝所嫁之人名叫坤达，家中产业横跨南洋数岛，如此有财有势，又有金姝的公主身份在，白象国主会带他一道北上不算稀奇。

"金泰虽说笑起来看着蠢，却也是一国之君。"段白月道，"白象国与大楚，傻子也知道该怎么选。"

"所以我也不算太担心。"楚渊道，"正好你在，也能一道看看，这回白象国的目的到底是何。"

段白月点头："好。"

四喜公公端进来一个托盘，又悄无声息地退了出去。

楚渊道："酒？"

"先前跟你说过的，绮风。"段白月斟了一杯，"在酒窖里放了数月，此时入口才刚刚好。"

楚渊饮下半杯。

段白月问："如何？"

"比绯霞甜，却也比绯霞淡。"楚渊道。

"喜欢吗？"段白月又问。

楚渊点头："喜欢。"

"我就知道你会喜欢，若是酒里加了月昙，会更醇些，只可惜路途迢迢，只有等你何时回西南再试了。"

外头冷风阵阵，四喜坐在房中，抱着热茶打盹，不知做了个什么梦，打了个激灵清醒了。

泡过温泉之后，楚渊这一夜睡得很安稳——就算寝宫内的药香炉被西南王强行换走，也一样很安稳。

醒来已是中午。

刘大炯揣手感慨："咱皇上可是许久都没病过了。"

陶仁德踢他一脚："胡说什么！"

"你懂什么，小病小灾是福气。"刘大炯振振有词。

陶仁德实在很不想与此人说话，坐着轿子回了府。白象国主过几日就会到，虽说是暗中来访，也马虎不得，甚至还要更小心周到。

秋高气爽，连吹来的风都是稻谷香。

这日宫里做了杂粮饭，宴请百官一道庆贺丰收，顺便忆苦思甜。待他回来之后，段白月问道："好吃吗？"

楚渊答："不好吃。"过了阵子，又问，"你今晚吃了什么？"

段白月道："炖猪蹄、燕窝红枣，还有烩海参。"

楚渊道："哼！"

段白月哭笑不得："这也是你叫御厨做给我的。"

楚渊想了想，还是觉得糙米与窝头不好吃，就算是先祖定下来的规矩，寓意也好，那还是一样难吃。

段白月只好道："那我带你出宫去吃馆子？"

楚渊道："怕是不行，白象国主稍后便会进宫。"

段白月意外道："这么快？"

"快什么。"楚渊自己倒了一盏茶，"比起先前预想的日子，还迟了七八天。"

"那也不至于今晚就要见。"段白月道，"都什么时辰了。"

"对方是暗中前来，自然不能住客栈，势必要接进宫中。"楚渊道，"既然都进了宫，就算今晚不议事，也总是要见一见的。"

"那我出去替你买些点心？"段白月道，"你喜欢的香酥肉饼。"

楚渊摇头道："你随我一道去见白象国主吧。"

"易容？"段白月问。

楚渊答："屏风后。易什么容。"

西南王摸摸下巴，噢。

当然，在出发前往御书房之前，段白月还是让四喜端来了一碗花生甜汤，看着他吃下去后，方才放人。

宫外，温柳年也坐着轿子，急急往宫里赶，到了御书房外，下轿时险些摔了一跤。

"大人小心。"四喜赶紧扶住他，"不必着急，白象国主还未到呢。"

"就是因为他没到啊！"温柳年满脸惶急，"还请公公快些禀告皇上，白象国的人像是失踪了。"

"啊？"四喜大惊失色。

"失踪？"楚渊闻言亦是一惊。

"是啊。"温柳年道，"微臣也是刚刚得知消息，追影宫几位少侠恰好来王城办事，已经去帮着查了。"

一行十余人，踪迹全无，只在山道上留下了一根簪子，是金姝之物。

段白月道："我去看看。"

楚渊点头："小心。"

温柳年赶紧道："阿越也在眠鸦山，可以一道找。"

至于为什么本该在大理的西南王，却会突然出现在皇上身边，温大人则是没有表现出一丝疑惑，极为淡定。要不怎么说是大楚第一才子，光凭这一点，其余大人就算是跑马都赶不上。

眠鸦山上小路众多，除了前往王城的商客，附近的百姓也经常会进山砍柴采药，顶峰有个陶然亭，文人更是经常聚集赏景、听风饮酒，因此白日里相当热闹，入夜才会变得安静。

山道上火把连绵，是官府正在寻人，虽说调拨了不少军队，却整整一夜也没发现任何线索。众人心里都犯嘀咕，这么大一座山林，莫说是丢了十几个人，就算是丢了一支军队，怕也不好找。

宫里，刘大炯担忧道："一直这么漫无目的地找下去，也不是个办法啊。"

"几位爱卿有何想法？"楚渊道，"说出来听听。"

"皇上。"陶仁德道，"倘若当真是遭人偷袭，十有八九，怕是南海叛党所为。"

"楚项？"楚渊点头，"朕也这么想。"

在此之前，白象国与大楚的来往不算频繁，这回国主亲自北上，算是两国近些年来最亲密的动作。因此即便是楚渊，也仅仅对白象国有粗略了解，此番纳瓦离奇消失在城外荒山，朝中众人两眼一抹黑——即便是能推断出幕后主使是楚项，也不知他究竟意欲为何，是想杀人栽赃，还是想将人绑架做筹码，再或者是要趁机攻占白象国，用作将来对付大楚的筹码。任何一种推断都有可能，却又都不能确定，只能干着急。

从御书房中出来后，四喜公公小声道："皇上，西南王回来了。"

楚渊匆匆回了寝宫，就见段白月正站在桌边喝水。

"如何？"楚渊问。

段白月摇头："一无所获。"

楚渊叹气："一个时辰前向洌回来，也说没有任何线索。"

"对方明显是有备而来，那么大一座山，能轻易找到才该奇怪。"段白月道，"如今各个入山口都已封闭，大不了多费些时日，总能找到，不必担心。"

"若找到的是尸体呢？"楚渊问。

"幕后之人不傻，留着纳瓦与金姝的命，要比留几具尸体划算得多。"段白月道，"更别提金姝的丈夫坤达，那可是横跨数国的大商帮，哪怕是先勒索一笔银子再杀，也是好买卖。"

楚渊问道："你这算是宽慰？"

"这叫就事论事。"段白月将茶杯递给他，"纳瓦有个弟弟，名叫纳西刺，在纳瓦不在白象国的这段时日里，政事应当是交由他处理，听说是个刺头，不好招惹。"

"那就更要快些将人找到了，"楚渊皱眉道，"否则又白白多招惹一个敌人。"

段白月蹲在他身前，道："急傻了？"

"什么？"楚渊坐在凳子上，与他对视。

"先前我在白象国的时候，可是听说纳西刺与他的哥哥纳瓦关系并不好。"段白月道，"这种你争我夺的兄弟关系，你理应最熟悉不过。"

楚渊点头。

"纳瓦此番北上是暗中动作，他定然比谁都更怕消息会流出，免得被其余南洋岛国知道，先一步派出使臣来大楚，分走这杯羹。"段白月道，"只是其余人能瞒，自家人却瞒不了。"

"你的意思是纳西刺与楚项勾结,泄露了纳瓦此次行踪?"楚渊问。

段白月道:"只是猜测而已。"

"再过一两日,估摸着金泰也会来王城。"楚渊道,"原本是说来看妹妹,却出了这档子事,到时候又有的闹。"

"今天御林军还在山里找,我过阵子也会再过去。"段白月道,"晚上就不回来了。"

"山上也不差你一个人。"楚渊道,"别来回跑了,就像方才刘爱卿所言,一直这么瞎找总不是办法,一夜没睡了,好好歇着。"

"放宽心。"段白月,"交给我便是。"

"交给你,就能将白象国一行人变出来?"楚渊问。

段白月道:"嗯。"

楚渊与他对视片刻,哭笑不得,抬脚踢了踢:"我在说正事。"

"我知道。"段白月站起来,开门让四喜送些膳食过来。

楚渊道:"没胃口。"

"就当是陪我吃。"段白月坐在他对面,"在山里待了七八个时辰,连水都没能喝一口。"

楚渊:"辛苦你了。"

段白月笑着摇头:"多大点事,就这般愁眉不展。西南王谋反了十几年,怕是也没见你叹过这么多气。"

楚渊道:"累得慌。"

段白月道:"那用完膳后,睡一阵子?"

楚渊道:"好。"

"怕什么,"段白月道,"天塌下来也能给你顶回去。"

膳食都极为清淡,两人用罢之后,四喜公公又来通传,说是礼部李大人求见。

"有急事吗?"段白月问。

四喜公公道:"看着不像太着急。"

"不见。"段白月道,"明日再来。"

四喜小心翼翼看了眼皇上,就见他下巴抵在桌子上,像正在看着前头发呆,于是低头允诺一声,赶忙退了出去。

楚渊用手捂住耳朵。
段白月于是又打开门,道:"除非当真十万火急,否则今日谁来都不见。"
四喜道:"是。"
楚渊看着他,道:"你假传圣旨。"

看着人睡下后,段白月又策马出城,去了眠鸦山。新调拨来的军队与御林军一道,几乎要将山团团围住。虽说有人诧异为何西南王会突然出现,但见他与赵越、向洌都相谈甚欢,估摸着皇上也知情,因此并无人多问。

西南山多林广,段白月也算是在山中长大,对这类地形了若指掌。不多时便与大军错开,沿着一条小溪向里走去。秋天的草丛已经有些干枯,河流水位下降,两岸的泥巴被太阳一晒,干裂出现龟纹,若是有人踩上去,痕迹便分外明显。

一蓬乱遭遭的水草被人踩倒,茎秆处还有些汁液残留,再往前头看,又是一大片断裂的草茎,甚至还有些……血迹。

段白月不动声色,右手握牢剑柄,一步一步向水草深处走去。

四周悄无声息。

一双绣鞋上沾满了泥巴,罗裙在泥水坑中露出一丝鹅黄,再往上看,是戴着玉镯,年轻女子的右手。

段白月缓缓拨开面前的草丛。

金姝双目紧闭,大半个人都淹没在泥水中,看不清是死是活。

段白月将人一把拉出来,探了探鼻息,尚且还有一丝微弱呼吸,于是从怀中取出药丸喂进她嘴里,带人一路出山回了皇宫。

几乎整个太医院的大夫都被请到偏殿,会诊过后,都说并无大碍,只是中了迷药,不多时就会醒。

"不说别的,"段白月道,"至少金泰那头是有交代了,待到金姝醒来,便能知道是发生了什么事。"

四喜在外头道:"皇上,陶大人与刘大人求见。"

段白月白眼几乎要翻到天上。

楚渊好笑:"态度好一点。"

第三十五章

"偏不。"段白月道,"反正他又看不着。"

"谁说看不着了?"楚渊拍拍他的肩膀,对四喜道,"宣。"

段白月:"……"

"坐。"楚渊道,"现如今人人都知道你来了王城,还想躲不成?"

西南王心情甚好,挑了个最软和的椅子坐。

陶仁德进屋,却没料到段白月居然在,登时愣了一下。

刘大炯揣着手,倒是极为冷静——他原本就是来看热闹的。

楚渊问:"两位爱卿可有事?"

陶仁德看了段白月一眼。

西南王笑容极为和善。

陶仁德:"……"

刘大炯眼底充满同情之色,还能所为何事,回回都是那几句,颠倒来颠倒去,西南王狼子野心,大理城不可不防。这下可好,咣当撞上了正主,一句都不能说,估摸老陶能活活憋死。

楚渊又道:"打进门就一直盯着看,莫非太傅大人是专程来看西南王的?"

段白月笑容越发友好,受宠若惊。

陶仁德顿了顿,道:"正是。"

段白月谦虚道:"这怎么好意思。"

刘大炯:"噗。"

……

一时之间,殿内气氛很是诡异。

幸好太傅大人及时找到了新的话题,道:"微臣听闻,西南王从山中救回了高丽公主?"

"就在里头。"楚渊道,"太医正在诊治,说过阵子就会醒。"

刘大炯道:"那就好,那就好。"

话刚说完,便有太医来报,说金姝醒是醒了,只是……

楚渊问:"只是怎么了?"

太医跪地道:"回皇上,那高丽公主似乎失忆了。"

一听到失忆二字,楚渊不自觉便转身看向段白月。

西南王眼神甚是无辜，失忆了，看我做什么，难不成还能只记得我？

刘大炯小心翼翼道："可要过去看看？"

楚渊点头，一行人赶往偏殿，就听里头传来清脆的玻璃碎裂声，以及女子骂人的哭喊声。

段白月叹气："得，看来有得头疼。"

"参见皇上。"太医院章医官额头红了一片，衣襟上也有不少药汤，与平日里斯文白净的模样判若两人。

楚渊道："在发脾气？"

"是。"章明睿道，"高丽公主自打醒来之后，先是喊着要见哥哥，后头又说要去南洋找相公，微臣试着询问她别的事情，却都记不起来，直嚷嚷头疼，药也不吃，端着碗到处乱扔。"

段白月却松了口气，幸好还记得相公。

然后就听章明睿继续道："不过皇上不必太过担忧，高丽公主虽说失忆，却不像是伤了脑，更像是受了刺激才导致的。"

"只记得金泰与坤达？"楚渊问。

章明睿道："刚开始是只记得这两人，方才又想起了西南王。"

段白月："……"为何？

章明睿又道："既然西南王恰好在宫中，那不妨进去试着劝一劝，对公主的病情也有好处。"

段白月道："咳。"

楚渊瞥他一眼："去吧。"

段白月与他大眼瞪小眼，这就让我去了？

楚渊道："如今金姝失忆，金泰还未赶到王城，坤达又生死未卜，只有西南王去试试看了。"

陶仁德也在一旁帮腔："是啊，有劳西南王了。"

段白月胸口发闷，很想扯一把他的白胡子——与你何干。

见他站着不动，楚渊问："西南王还有问题？"

没有。段白月揣着手往里走，不敢有。

待他进屋后，刘大炯小声嘀咕："西南王的脚步为何看着如此虚缓？"

陶仁德及时答疑解惑："因为练过菩提心经。"

刘大烔被噎了一下,这都多久了,居然还记得那本从追影宫手中买来的破书。

陶仁德还在感慨,要不怎么说是威名赫赫蜀中追影,出产的小话本就是很实在——说了练完会不举,西南王脚步果真便很虚弱,一点都不夸张,非常良心。

楚渊只当自己什么都没听到。

卧房里,金姝刚发完火,此时正坐在床头,气喘吁吁地发呆。

段白月走进去。

金姝立刻警觉地抬起头。

段白月定住脚步,道:"公主。"

金姝与他对视许久,像是在仔细辨认他的相貌,足足过了半盏茶的时间,方才开口问:"这里是大楚的皇宫?"

段白月点头,拖了把椅子坐在床边:"公主还能认得我?"

金姝道:"化成灰也认得。"

段白月:"……"

"我相公在哪里?"金姝又问。

"这个问题,该是本王问才对。"段白月道,"太医说公主失忆,记不起来先前的事情,可你必须得记起来,这样才能救你的相公与朋友。"

金姝眉头紧皱,像是极为难受。

段白月起身,到桌边给她倒了一盏茶。

两人在房中待了许久,眼看已经临近子时,楚渊差人将陶仁德与刘大烔送回去歇息,自己继续坐在院中等。

"皇上。"四喜公公小声道,"不如回寝宫等?也是一样,还要暖和一些。"

楚渊道:"无妨。"

四喜公公叹气,又往房中看了一眼。

待到月色渐渐被晨光驱散,段白月总算是推开了房门。

楚渊站起来。

段白月上前将他扶住:"四喜呢,怎么一个人坐在这里?"

"我让他先回去歇着了。"楚渊道,"一个人清静些。"

"外面多冷。走吧,回寝宫。"

"怎么这么久？"楚渊边走边问。

"她受了刺激，稍微想久一阵子就会头疼，要缓许久才会好。"段白月道，"我一次也不好问太多事，怕加重她的病情，只能聊一阵子，再让她休息一阵子。"

休息的时候，你就不能出来？楚渊踢他一脚。

段白月无奈道："她不肯让我走。"

楚渊："……"

楚渊道："那问出什么了？"

"她说话断断续续，大半时间都在重复要见金泰与坤达。"段白月道，"只提了一个门派的名字，名叫流觞剑阁。"

"流觞剑阁？"楚渊停住脚步。

"你听过？"段白月问。

"是承州一个江湖门派，刘府的人，也是楚项的人。"楚渊道，"后来刘锦德与楚项被流放后，流觞剑阁也就逐渐沉寂，近些年更是差不多隐匿武林，阁主名叫潇潇儿。"

段白月道："一听这名字，就知足够讨人嫌。"

"金姝为何会提起流觞剑阁？"楚渊问。

"断断续续的，也没说清，不过依照我的判断，应当是绑架她的人曾提到过这个地方，所以才会记在脑子里。"段白月道，"若在承州，离眠鸦山也不算远，绕过官道光走小路也能到，对方倒是的确有可能前往。"

楚渊点头："至少多了条线索。"

"我去看看吧。"段白月道，"救人这种事，赶早不赶迟。金姝既然已经跑了出来，多少会扰乱对方的计划，这当口，多拖无益。"

楚渊道："这宫里的高手多如过江之鲫。"

"可此事非同小可。"段白月道，"白象国加上暹远国，若当真被楚项拉拢，对大楚而言半分好处都没有。"

楚渊道："所以你就要亲自去？"

段白月道："交给旁人，我也不放心。倘若翡缅、暹远、白象连为一体，再加上个星洲，南海局势可就彻底变了，那时大楚再想开战，至少要等到五年后。"

楚渊自顾自往前走，一路沉默回了寝宫。

段白月笑："外头天都快亮了，今日还上朝吗？"

楚渊点头。

段白月道："十天，十天之后无论结果如何，我都会回来，如何？"

楚渊与他对视。

"况且就算被发现，还怕我闯不出流觞剑阁不成。"段白月坐在床边，"现如今中原武林，能与我为敌的可没几个。"

许久之后，楚渊道："要小心。"

过了不多会儿，四喜便在外头小声唤，说是该上早朝了。

"你去睡一阵子吧。"楚渊坐起来，"即便要去流觞剑阁，也是明日的事。我会给你一队影卫。"

段白月道："我此行也带了西南府的杀手。"

楚渊摇头："不够。"

待到楚渊走后，段白月回屋靠在床头闭眼休息，不知不觉便睡了过去，直到听到外头的动静才醒来。

楚渊进屋道："接着睡。"

段白月打量他："不高兴？"

楚渊道："嗯。"

段白月与门口的四喜对视一眼。

四喜公公冲他打手势，与王爷无关，是朝中各位大人在争执。

白象国主此番来王城，行踪只有几人知道，失踪自然也只有几人知道。其余大人虽隐约听到消息，说最近皇上在眠鸦山找人，却也不知个中缘由，因此依旧该奏什么奏什么——偏偏还没几件是好事，这里发了水，那里塌了山，就连一向消停的贺州府都失火烧了半座城，虽说并无百姓伤亡，重建却也是个费人费银子的大工程。再想想莫名其妙消失的纳瓦，不知里头有什么古怪的流觞剑阁、局势紧张的南海，以及不日就会来的金泰，楚渊只觉一个头两个大，丢下吵吵闹闹的群臣甩袖出了金殿，留下众人噤若寒蝉、面面相觑。

陶仁德犹豫再三，原本想去求见，却被刘大炯拖走。这当口触什么霉头，吃火烧去。

屋内很安静。

楚渊将被子掀开，与他对视。

"烦了？"段白月问。

楚渊道："嗯。"

"那不做皇上了？"段白月问。

楚渊没说话。

段白月轻笑："睡吧，天大的事情，也要等睡醒了再说。"

四喜将宫人都打发走，又吩咐御林军守着门，说皇上在歇息，天大的事也不准打扰。四周变得安静起来，只能听到风声与雨声，雨水一滴滴打在房檐上。

"下雨了。"段白月将被子拉高，"正好睡觉。"

楚渊道："金泰估摸明日就会到。"

"我留下？"段白月问，"将他打发走之后，我再去流觞剑阁。"

楚渊摇头："不必了。"

"那说好，他若是一哭二闹三上吊，可别惯着。"段白月道，"打一顿板子丢出去便是。"

楚渊皱眉："大小是一国之君，怎么被你说的像个泼妇一般。"

"我还不清楚他。"段白月，"为了讨好处，没事也要折腾出事来。更何况这次是当真出了事，仔细算起来，也是大楚保护不力，理亏在先。"

楚渊道："这么多年，来来回回也习惯了，只要他消停，大楚一直养着也无妨。"

"不说这些了。"段白月道，"好好睡。"

楚渊低低应了一声，没再说话，心里头依旧乱糟糟的，过了许久方才慢慢睡着，梦里也不安稳。

虽说朝中繁杂事务一大堆，但眼瞅着皇上在早朝时震怒，也没谁会不识趣到这阵子求见，陶仁德与刘大炯一直在府中下棋，温柳年则是拎着木桶，溜溜达达出了城，听说是去山中钓鱼消遣。于是其余大人也便作鸟兽散——即便是天塌了，明早再奏也不晚。

于是楚渊便难得一觉睡到了晚上，睁眼已经是掌灯时分。段白月吩咐御厨做了清淡的鸡汤面，一点油星也不见，加上几碟小菜，在风雨之夜吃起来滋味正好。

第三十五章

楚渊问:"你也吃这个?"

段白月笑道:"难不成在你心里,我就该顿顿啃猪蹄吃牛肉?"

楚渊道:"嗯。"

过了阵子,四喜又送来点心与酒。

楚渊问:"你传的?"

"这可不是御厨做的,打发段念刚从外头取回来的。"段白月道,"酒虽说比不上绯霞绮风,却也甘洌香醇,偶尔可以饮上一回。"

楚渊揭开封口闻了闻,觉得的确不错,于是问:"去外头?屋里闷。"

段白月点头:"随你喜欢。"

天上还在飘雨,屋顶不能待,两人索性在回廊中摆了个小案几,就着一盏昏黄灯火、一盘酥皮点心、几枚酸枣杏干,观雨听风对饮。

"酒叫什么名字?"楚渊问。

"锦绣行的老板自己酿的,没有名字。"段白月道,"西南府出来的人,个个都会酿酒,这原本是他准备嫁女儿的时候用的,被我提前讨了一坛。"

雨丝落入酒杯,楚渊仰头一饮而尽。

段白月坐在对面,又替他斟满一杯。

这场秋雨直到后半夜才停,楚渊微微有些醉意,被他扶着回了寝殿。

第二日一早,段白月便出了宫,带着西南府的杀手与大内影卫,暗中前往流觞剑阁。与之同行的,还有虽然搞不清楚出了什么事,但依旧紧赶慢赶来凑热闹的追影宫暗卫。

段白月:"……"

追影宫暗卫喜气洋洋,觉得还是朝廷的小伙伴友好,不像日月山庄与七绝国,回回见面都要打他们英俊的脸,令人十分心塞。赶了一天路后,晚上众人露宿山林,一群人闹哄哄地烤肉,段白月独自靠在树枝上,看远处星辉闪烁。

皇宫里头,楚渊正坐在龙案后,一语不发看着金泰。旁边站着温柳年,少说也打了十九个呵欠,最后实在忍不住,问:"高丽王可要喝点水?"声泪俱下了这么久,累不累先不说,看着就渴。

金泰第十八遍重复:"还请楚皇务必要还阿姝一个公道啊!"

楚渊道："好。"

温柳年赶紧道："目前当务之急，便是找出幕后凶手是谁，幸而公主尚且记得兄长，高丽王这几日倘若能多陪着说说话，或许公主便能快些恢复记忆，也好早日将凶徒绳之以法。"

金泰道："如今阿姝——"

温柳年声情并茂打断他："若是浪费时间拖重病情，公主怕是会一直这样，再也想不起来幕后之人是谁，到那时，高丽王肩上的罪责可就大了啊。"

金泰莫名其妙，为何成了我肩上的罪责？

楚渊道："来人！"

"皇上。"侍卫推门而入。

"送高丽王去见公主。"楚渊站起来，"太医说什么，都照做便是，直到公主恢复记忆为止。"

金泰还想说话，楚渊却已经转身去了内室，只好作罢。

"王爷。"城外荒山，影卫道，"追影宫的人先走了。"

"去了流觞剑阁？"段白月问。

影卫点头："是，可要属下去将人追回来？"

"不必了。"段白月摇头。

"可……"影卫面露难色，此行处处都是未知，本该万分小心才是，偏偏那伙人又极为魔障，就这么走了，还不知会出什么事。

段白月笑笑："追影宫出来的人，还真没什么值得担心。就算实在倒霉捅了篓子，想来秦兄也不会袖手旁观，到那时反而是我们占便宜。"

影卫应声退下，心里却依旧是没底。

流觞剑阁距离王城不算远，几日后的清晨，众人便抵达了城门口。这里勉强算是天子脚下，看着也是富足繁华，城中有不少外地客商。段白月在茶楼要了壶毛尖暂歇，临近中午，段念上楼坐在他对面，道："是羽衣会。"

"何为羽衣会？"段白月问。

"属下也是刚刚才打听到。"段念道，"这里每隔三年就会办一次羽衣会，天南海北的布料坊、锦绣庄、成衣店都会带着得意之作前来，既与同行交流经验，顺便也能谈几笔生意，规模自然比不上江南蚕桑会，却也能有不少人。"

"流觞剑阁呢？"段白月问。

"流觞剑阁也会参与。"段念道，"虽说是江湖门派，却也沉寂了多年，现在更像是本地商帮，会参加羽衣会不稀奇。"

段白月道："地点？"

"王爷也要去？"段念摇头，"怕是不妥。赶来的都是商人，要么有创新织布之法，要么有染色妙诀，至少也要有几件新颖的衣裙长衫，我们两手空空前去，未免太过引人注目。"

段白月道："就不能是外地商户，前去收购新布？"

"属下方才打听过，这还当真不成。"段念道，"商人订货，另有春夏两次的赏锦节，这羽衣会九成九都是手工匠。"

段白月摸摸下巴，若有所思。

段念问："不如先回客栈？"

段白月扫了眼大街，却是一笑："这里也能遇见熟人。"

段念顺着他的目光向下看去，就见是个十八九岁的少年，白衣黑发，看着同小王爷挺像。

段白月道："是云无影。"

"大明王的义子？"段念道，"东海之战后，还当他也一道回海外仙山了。却没想到会出现在此处。"

无影踮着脚看，心里刚盘算是挤进去买个芝麻糖吃，还是回客栈睡觉，就有一个油纸包举到了面前。

段白月一笑："小公子。"

无影："……"

段白月道："公子也是来参加羽衣会的？"

无影摆手："我只是恰好路过而已，后天就要走。"

段白月直白道："不知公子可否帮本王一个忙？"

无影拼命摇头："我可不管朝廷的闲事，中原武林的闲事也不管。"

段白月道："不是管闲事，只想讨教一件事。"

无影问："什么事？"

段白月道："上回在彩虹口时，见鱼尾族的人身穿黑衣如同鳞片附身，不知是何物？"

无影答："布。不然还能是什么？"

段白月问:"公子有吗?"

无影心里飞速盘算,要不要说实话,似乎又有麻烦要上门的样子——有自然是有的,毕竟回东海的航路漫长,时不时就需要下海游泳消磨时间。

段白月又道:"若有,本王愿重金相购。"

无影问:"若没有呢?"

段白月道:"那本王便借小公子几日。"

无影:"……"

借衣裳和借人,显然是前者划算些。无影也不想与他搞得太僵,毕竟是少爷的温大人的皇上的西南王,而且南摩邪与义父的关系像是也不错。

无影将小包袱乖乖双手送上。

段白月道:"多谢。"

黑色衣物看似平平无奇,一旦入水却能即刻变得光亮滑腻,如同鱼皮一般。段白月与段念易容成东海客商,一路去了翠羽楼。

羽衣会办了三日,有不少人都已经做成了生意,准备打道回府,因此楼里的人比起刚开始已经少了许多,余下的人里最大的商户便是流觞剑阁,一个五十来岁的男子正在靠着柱子打盹,问过之后才知,是流觞剑阁的二当家,名叫风雷。

段白月将包袱放在桌上。

风雷打了个呵欠,抬起眼皮看了他一眼,见对方其貌不扬穿着破烂,连站都懒得站起来,随口问:"要买布还是卖布?"

段白月道:"卖布。"

"拿出来看看吧。"风雷站起来,使劲伸了个懒腰,一条裤管空荡荡的,只有一条腿。

段念打开包袱后,风雷草草扫了一眼,而后便嗤笑:"二位若是想便宜出破烂陈货,可不该来找我流觞剑阁,丐帮想必会极为欢迎。"

"掌柜的还没仔细看过,又如何能断言我这货是破烂?"段白月不悦道,"还说大楚是礼仪之邦,现在看来,却也不过如此。"

"快些走吧。"风雷摆摆手,懒得再与他争口舌之利。

段念随手拿起旁边的茶壶,哗啦浇了一壶水在包袱中。

第三十五章

"放肆！"一旁的家丁见状，还当是挑衅，于是上前厉声呵斥，引得四周商户也纷纷往这边看。

段白月对风雷道："掌柜的如今还不愿与我做生意？"

风雷微微皱眉，一瘸一拐又挪近了些，右手试探着摸了一下湿透的布料，却是一惊——入手滑腻，不像是织物，倒像是鱼皮。

见他神情有异，周边的商户也心生好奇，于是纷纷围过来想要看热闹，风雷却已经一把合住了包袱，单手拄了拐杖，道："方才失礼了，不知二位可愿前往流觞剑阁一叙？"

段白月点头："自然。"

家丁也是懂眼色的，虽说不知发生了什么事，却也知包袱里定然是了不得的东西，于是赶忙下去准备软轿，将段白月二人与风雷一道送了回去，只留下一圈商人交头接耳，猜测究竟是何等了不起的货样，竟能让流觞剑阁的二当家都如此震惊。

软轿一路穿街过巷，最后停在城外一处山庄，看着极为气派，却无牌匾——估摸是如同楚渊先前所言，在楚项倒了之后，这里也就沉寂了下来。

将两人请进正厅后，风雷道："二位先在这里喝杯茶，我这就去请阁主前来。"

段白月点头，过了片刻，下人鱼贯送上茶点，只是这头方才端起茶盏，外头却已经传来脚步声。

进屋的男子看着约莫三十出头，细眉细目，脸色极白，白到毫无血色。

"阁主。"段白月抱拳。

"二位久等了。"潇潇儿道，"这山庄中事务繁杂，还请勿要见怪。"

"自然不会。"段白月道，"只要能做成生意，多等一阵也无妨。"

段念双手送上包袱。潇潇儿方才已经听风雷提过一二，因此接到手中后，便直接倒了一盏茶水上去，一摸布料，顿时大喜："如此精妙的织造之法，在下先前可是闻所未闻。"

"阁主过誉了。"段白月道，"只是这布料价钱可不便宜。"

"自然。"潇潇儿道，"价格好商量，只是不知阁下手中有多少存货？"

段白月道："成衣约百十来套。"

"布料呢？"潇潇儿又问。

段白月摇头："我族人只卖成衣，一回顶多出一百套，不卖布料，更不传授织造之法。"

"凡事都可商量，又何必说得如此笃定。"潇潇儿道，"做生意，还会嫌银子多不成？"

段白月道："先祖传下来的规矩，非我一人能改。"

潇潇儿问："阁下来自东海何处？"

段白月道："无名小岛，即便是说了，阁主也未必知道。"

"兄台何必如此硬邦邦，生意场上，讲究的是和气生财。"风雷在一旁帮腔，"不如在这流觞剑阁中多住几日，也好细细商谈。"

段白月坚持："莫说是多住几日，就算是多住几年，我能卖的，也只有这百余套成衣。"

"至少能交个朋友。"潇潇儿道，"这山庄内恰好进了一批好酒，晚上在下设宴，还请两位赏脸。"

段白月犹豫了一下，答应："也好。"

"带客人去休息。"潇潇儿吩咐，"告诉下人，好生伺候着。"

风雷答应一声，领着两人到了一处客院前，丫鬟下人一个不缺，甚至门外还有不少守卫。

段白月道："阁主这是要将我二人软禁？"

"贵客多虑了。"风雷道，"流觞剑阁是江湖门派，自然武夫要多一些，虽守在门外，却断然不会干涉二位的自由，不必放在心上。"

段白月道："原来如此。"

"那二位就先休息。"风雷单手行礼，而后便拄着拐杖离开。目送他的背影远去后，段念道："看着功夫不弱。"

"方才他都说了，这里是江湖门派，二当家如何会是手无缚鸡之力的人。"段白月倒了一盏茶，"门外守着的那些，也算是高手。"

"这回也算是歪打正着。"段念坐在他对面，"既然是楚项的人，自然知道将来必会有一场海上恶战。今日看到这鱼皮布料，估摸着无论花多大代价，也要找到织造之法。"

段白月道："如此正好。"

"只是门外这么多人，晚上不方便暗探。"段念道，"流觞剑阁不算小，即便白象国一行人当真关押在此，只怕也不好找。"

段白月道："不好找，却不是找不到。关押人犯的地方，总会露出蛛丝马迹，留意观察便是。"

段念点头，随手摸了个点心吃，欲言又止。

段白月道："有话便说。"

那我可就说了啊。段念清了清嗓子，道．"东海之战后，王爷是不是就能成亲了？"

段白月："……"

"金婶婶让属下问的。"段念道，"府里的红绸子都潮了，要重新定新的，这回上头还会绣龙凤，放久了金线要掉色，可不提前订也不成，毕竟织锦婆婆年岁大了，每年就接几笔生意，要靠抢。"

段白月沉默与他对视。

掌灯时分，潇潇儿设下一桌宴席，又亲自来接，态度极为恭敬。推杯换盏，酒过三巡，气氛虽好了许多，段白月却仍旧坚持只出售成衣，见他如此，潇潇儿也并未再强求讲条件。宴罢撤了酒菜，又叫来歌女与舞姬助兴，直到子夜时分方才散去。

风雷依旧将两人送回院落，段白月道："不知何时才能签约付定金？我也好去将货物拉回来。"

"不必着急。"风雷坐在轮椅上，笑道，"二位只管在这山庄中安心住下。"

"二掌柜这话就不对了。"段念道，"我们是来做生意的，哪有住在流觞剑阁不走的道理？"

风雷并未答话，用手臂转着车轱辘离开。段念想要追上去，却被段白月拦住："进屋吧。"

段念看了眼宅子四周持刀的守卫，怒气冲冲地进了内室。

段白月关上门道："演得不错。"

段念道："同小王爷学的。"

段白月失笑："看来为了得到织布之法，潇潇儿是打定主意要软禁你我了。从明晚开始，我会在夜间出去查探，你留在此处随机应变。"

段念点头："是。"

外头的守卫听了一阵，觉得这两人尚且算是消停，便也放松了警惕，回到各自的位置继续值夜。第二日白天，小院里一直就很安静，潇潇儿没来，风雷也没来。夜深人静之时，段白月悄无声息掠过树梢，在数十守卫的眼皮底下出了小院，竟无一人觉出异样。

　　流觞剑阁占地极广,光是客院就有十八九座,更别提无数偏院杂院与暗室,段白月选了处高地,大致扫了一眼,就见处处都是守卫与火把,那便是处处都有可能关押人质。

　　"王爷。"西南府的杀手落在他身边。

　　"如何?"段白月问。

　　"属下昨晚已查过一回,没发现哪里关押着白象国的人。"下属道,"就连监牢中也是空空如也,灰都落了两指厚。"

　　"宫里的人呢?"段白月又问。

　　"也无发现。"下属道,"至于追影宫的人,中途遇见过一回,看着也不像是有收获。"

　　段白月道:"继续找,直到找到线索为止。"

　　下属领命离开。抬头看看天色将明,段白月也跳下高岗,回了小院中。

　　第三夜、第四夜,依旧一无所获。

　　第五夜的时候,看着面前从天而降的追影宫暗卫,段白月问:"板栗好吃吗?"

　　暗卫殷勤递过来一把,加了糖,好吃!

　　段白月捏开一个栗子:"听说诸位这几夜也没闲着,不知可曾查出什么?"

　　暗卫拍拍手上的栗子皮,在他耳边低语了两句。

　　段白月笑道:"多谢。"

　　"不必客气。"暗卫笑靥如花道,"追影宫向来助人为乐,我家公子教的。"

　　西南府的人与大内影卫远远看着,都很想与这些人打一架——为何回回都被抢了先机?

　　这日中午,风雷总算再次露面,坐着轮椅独自前来小院。

　　段念蹲在石凳上,一脸漠然。

　　风雷笑道:"贵客这是生气了?"

　　段白月问:"究竟何时才肯放我们走?"

　　"贵客像是弄错了一件事。"风雷道,"阁主吩咐的事情,在下只有照做,却无权更改。"

"我兄弟二人来大楚，只是想把手中的货售出。"段白月道，"如今却被软禁在这流觞剑阁中，究竟是何道理？"

"我方才就说了，这是阁主吩咐下来的事情。"风雷道，"他最近在忙别的事务，怕是没空再来这客院。识时务者为俊杰，二位还是如我先前所言，安心住着吧。"

段白月试探："那二当家可否行个方便，放我们走？"

风雷闻言摇头："贵客果真是异乡人，说话口无遮拦，可这话若是被阁主知道，只怕我此生也就到了头。"

"就算是在下求二当家。"段白月见他像是态度松动，于是又道，"若能顺利脱身，他日必有重谢。"

风雷抬起眼皮，打量了他片刻。段念的心暗自悬起，还在听他要说什么，风雷却已招手叫来守卫，推着轮椅出了客院。

段念道："老狐狸。"

段白月笑笑："既然今日来了，就说明有戏可唱，等着便是。"

书房中，潇潇儿放下手中书册，问："还是不肯答应？"

风雷摇头："不肯。"

潇潇儿冷哼一声："果真是小地方来的，死心眼。"

"一直这么耗着总不是办法。"风雷道，"不如交给毒五，还快当些。"

"我可是当真想要这批布料。"潇潇儿提醒他，"交给毒五，还能有命活着出来？"

"阁主只需吩咐一声，留口气便是。"风雷道，"横竖这二人也只是负责卖货，并非工匠。只要肯乖乖招认出海岛的下落，就算是死了，又能如何？"

"这话倒也是。"潇潇儿想了片刻，点头，"去叫毒五过来。"

风雷抱拳领命，转身出了书房。

晚些时候，段念肚子咕咕叫，抱怨道："生意没谈成，就连饭都不给了？"

段白月笑着说："只怕不单单是没饭。"

段念不解："王爷这话是何意？"

段白月放下手中茶杯，看着从门外涌入的一大群家丁爪牙。

"放肆！"段念警惕，"你们想做什么？"

为首的是个中年男子，穿着眉环与鼻环，看着一脸凶蛮之相。

段白月也问："阁下这是何意？"

"废话少说。"毒五挥手，"将这二人带到百足池！"

家丁一拥而上，被一群人用铁链拴住后，段念在心里替自己憋屈，都这样了，若王爷这回还不成亲，对得起谁，就说说，对得起谁！

百足池，一听这名字就知不是个好地方。跌跌撞撞进了一处树林，看着脚下色彩斑斓的各色毒虫，段念脸色煞白，喊道："快放开我！"

段白月咬牙怒道："这就是流觞剑阁的待客之道？"

"识相的，就快些交出我家阁主想要的东西，"毒五晃了晃手中的鞭子，"否则只怕你会没命出这流觞剑阁。"

"行不行啊？"远处高岗上，追影宫暗卫很是担忧，伸长脖子使劲看，盘算着要怎么救人。西南府的杀手却无暇搭理江湖吉祥物，还在忙着跟大内影卫说，若我家王爷真被抽了顿鞭子，还请原封不动转告皇上，描述得越惨越好，半死不活最好。

"怎么样，有没有想清楚？"毒五骤然甩开蛇鞭，在地上炸开一道尘土。

段念打了个哆嗦。

"织造之法是我族人千百年来传下的秘密，就算你杀了我，也不可说。"段白月语速缓慢，却没有半分商量的余地。

毒物冷笑一声，又把目光投向段念："你呢？也不肯说？"

"我不是不肯说。"段念先是看了一眼段白月，见他似乎没什么反应，方才小心翼翼道，"而是的确什么都不知道。"

"不知道？"毒五又问了一次。

段念点头："的确不……"一句话还没说完，便被蛇鞭缠住腰，倒刺如同利齿一般钩住皮肉，凌空狠狠甩向爬满各种毒物的百虫池中。

"你！"段白月骇然，冲上前看似想要与毒五理论，却被人用刀架住了脖子。

惨叫声不绝于耳，西南府的影卫远远看着，颇不以为意，倒是江湖吉祥物神情严肃，双眼充满同情，十分感同身受——这位兄台未免也太倒霉了些，将来若是来蜀中，定然要招待他一顿火锅，牛肉与腰片敞开吃的那种。

第三十五章

待到段念拼尽全力,从毒虫池中爬出来时,整个人已是奄奄一息,满身是血,连嘴唇都开始发紫,看着命不久矣。

目睹他的惨状,段白月身体摇摇欲坠,几欲昏厥。

"怎么,还不肯说?"毒五冷笑。

段白月胸口剧烈起伏,弯腰想要将段念拉起来,却在看到那满身毒虫时,又将手收了回来。

"识时务者为俊杰,若是识趣,阁下便可不受这噬心之苦,我也能早些交差。"毒五问,"如何?"

"我……想一下。"段白月终于退让一步。

毒物爽快点头,吩咐手下将二人带回了住处。

屋门关上后,段念在兜里摸了半天,先是摸出来一枚药丸服下,后头又摸出来一只红翅鞘,装进了一个白瓷瓶中,打算回去送给小王爷。

段白月笑:"那一池死鱼烂虾中,你居然还能找到这等值钱货,委实不容易。"

"下一步要如何?"段念问。

段白月道:"想办法与风雷单独见面。"

"王爷确定对方会帮我们?"段念盘腿坐在地上,"不知根不知底,属下总觉得心里没数。"

"若追影宫的人所言非虚,那风雷三更半夜都在屋内怒骂潇潇儿,更养了小鬼贴上生辰八字诅咒,该是结怨颇深才是。"段白月道。

"结怨颇深又如何?"段念继续问。

"看架势,他是一心想置潇潇儿于死地。"段白月道,"而我们若供出布料的织造之法,那潇潇儿与流觞剑阁在武林中的权势可就不比今日,他又岂会允许这种事情发生。"

"所以王爷便赌风雷会来找我们?"段念道。

"倘使你我方才毙命于百虫池,对他而言,这件事便到此为止。"段白月道,"但偏偏事情不如他所愿,所以我打赌他必然会有下一步举动。"

外头传来脚步声,段念迅速躺回地上,一副半死不活的面相。

风雷推门进来。

段白月并未看他,只是道:"我还没想好。"

"这里并无外人。"风雷反手关上屋门。

段白月冷笑:"原来二掌柜是将我当成自己人。"

"我先前便说过,阁下是走是留,不是由我做主。"风雷坐在他对面,"阁主说什么,我做什么,仅此而已罢了。"

"那这回二掌柜又是为何事而来?"段白月语气依旧冰冷。

"会功夫吗?"风雷问。

段白月反唇相讥:"即便是会功夫,二掌柜还怕我会逃了不成?"

"阁主的脾气,我是知道的。"风雷扫了一眼蜷缩在墙角的段念,继续道,"你这位族人命短,可阁下的命只怕也长不了。"

"二掌柜休要欺人太甚!"段白月怒道,"我已答应会考虑,又何必如此恶语相向。"

"答应了阁主条件,你当你就能活命?"风雷笑容不屑。

如同一根闷棒当头打下,段白月看上去有些呆滞:"你……"

"织造之法,你既能说给阁主,也就能说给其余人,到那时,流觞剑阁岂不是要白白将嘴边的肥肉分出去。"风雷道,"想要永远保住这个秘密,最好的方法便是将阁下变成死人,这个道理不会不懂吧?"

"你究竟想做什么?"段白月情绪有些激动,"既打定主意要杀我,又为何要告诉我这些?"

"我什么都不想做,只是看阁下可怜,一时心中不忍罢了。"风雷道,"若是会功夫,便逃吧。"

"二掌柜愿意帮我?"听闻此言,段白月眼底划过一丝光亮。

"我帮不了你。"风雷拄起拐杖,慢吞吞站起来,而后用几不可闻的声音道,"去玲珑塔。"

段白月猛然抬起头。

"最底下是一片水池,有地道能通向外头。"风雷继续道,"既是出身东海渔岛,水性该不错才是。"

"多谢。"段白月道,"若在下当真侥幸逃脱,他日定有重谢。"

"我这把年纪,重谢怕是用不上了。"风雷缓慢转身,拄着拐杖出了门。

"玲珑塔。"段念再次坐起来。

段白月道:"你这直挺挺一起一睡,倒是颇有诈尸的风采。"

段念:"……"

"风雷想将我引入玲珑塔中。"段白月道,"理由?"

"想不明白。"段念道,"这流觞剑阁里的人都有些神神道道,说好听了叫鬼神莫测,说不好听了,便是脑子有问题,我可不信风雷会有此等好心,会主动放王爷一条生路。"

段白月道:"既是猜不出来,那便不猜了。"

"王爷要去?"段念问。

段白月点头:"自然。"

"妥当吗?"段念皱眉,"对方明显不是诚心要放王爷走,那塔中或许会有机关。"

"瑶儿十三岁的时候,便能徒手拆了九玄机,本王又岂会被这一座玲珑塔困住。"段白月道,"不必过虑。"

段念只好将嘴边的话又咽了回去。

子夜时分,窗户传来细碎声响,而后便见一个暗卫钻了进来,鬼影一般。

段念有些糊涂,即便不是西南府的杀手,也该是大内影卫才对,为何会是追影宫的人?

见他面色疑虑,暗卫主动解释道:"我们靠抓阄选人。很合理,而且比打架要文明。"

段念:"……"

"外面情况如何?"段白月问。

"毒五回禀潇潇儿,说王爷已经答应交出秘方,潇潇儿看着心情甚好并未起疑,还说要后天再过来。"暗卫道,"哦,对了,最后还额外叮嘱一句,说要看牢玲珑塔,免得生出事端。"

"又是玲珑塔?"段念啧啧,"看来里头还真有秘密。"

"去看过了吗?"段白月问。

暗卫点头:"自然。有这种热闹,那必须要前去一探,只可惜里头空空如也,什么都没有。"

"空的?"段白月不解。

"的确是空的。"暗卫很肯定,"我们的人来来回回,找了少说也有八回。"

段念默默道:"就这还叫防守严密?八回。"

暗卫眼神无辜，那还能如何，难道怪我们功夫太好？

"风雷白日里来的时候，曾说最底层有一片水池。"段白月道，"可曾见到？"

"有倒是有，也下去找了。"暗卫道，"那就是个水池，里头摸遍了也没有机关。"

"只是个寻常水池？"段白月道，"据风雷所言，那水池可直接通向流觞剑阁外。"

"不大像。"暗卫道，"四处敲遍了，都是实打实的泥壁，莫说是暗道了，就连暗格也没一个。"

"看吧，我就说。"段念道，"整座山庄都神叨叨的，一片乱，又透着几分诡异，摸不清对方究竟想做什么。"

段白月想了片刻，在暗卫耳边低语两句。

"好。"暗卫点头，"王爷放心，保管做到。"

第二日中午，风雷果然便又来了小院中。

段念依旧在低声呻吟——他原本是想干脆装死的，却又担心死了会被埋，不大好演，于是只好继续半死不活，力求既能自保，又不会被对方嫌弃补两刀。

果然，风雷进屋之后，连看也未看他一眼，直接问段白月："阁下怎么想？"

"好。"段白月点头，没有一丝犹豫。

"今晚子时，是这小院防守最松懈的时候。"风雷道，"玲珑塔修建在西南山坡的最高处，沿途防守不算严密，趁着夜色潜入便是。"

段白月道："多谢二掌柜。"

风雷摆摆手，起身一瘸一拐地离开，嘴角始终都挂着笑意。

待他走后，段念伸手，搓了搓自己身上起的鸡皮疙瘩。

时间一点一点过去，夕阳落山，流觞剑阁内也逐渐安静下来。

天很黑，无风无星亦无月。

西南府的杀手隐匿在小院的各个角落，凝神盯着下方的动静。临近子夜，果然便有另一拨家丁前来换岗，双方交接完毕后，前一拨人打着呵欠闹哄哄离开，四周又重新寂静下来。房顶上闪过一个黑影，速度极快，快到不像是缺了一条腿。

暗卫啧啧感慨，看着挺像是当真来救王爷的，如若这般，仔细想想，那还有些感

第三十五章

人。这头还没寻思完，一身夜行衣的风雷已经手起刀落，将门口的守卫打晕，全部拖到了阴影处。

更夫打更路过，院门被人推开一条缝隙，段白月警惕地四处看了看，见果真无人看守，便大致分辨了一下方向，直奔玲珑塔而去。

沿途都很安静，安静到有些异样，甚至没有一个巡逻的家丁，空气中有淡淡的血腥味，越靠近玲珑塔的方向，便越浓烈。

天上乌云散去，一轮弯月尖尖冒出头，将四周景象挑亮了些。

风吹过，玲珑塔上挂着的残缺铃铛响起，段白月抬头看了一眼，而后便闪身进了宝塔。

"阁主！大事不好了！"一声惊呼响彻山庄，风雷满身是血，靠着轮椅跌跌撞撞闯入院中。

看守被吓了一跳，赶忙将人扶住。

潇潇儿披着衣服，急匆匆出来："出了什么事？"

"阁主。"风雷奄奄一息，唇边溢出鲜血，"那东海来的客商打昏看守，一路去了玲珑宝塔，属下想要阻拦，却反被他打伤，险些丢了性命。"

"什么？"潇潇儿大惊失色，也来不及多问，带着人便赶了过去。待到四周都安静下来，风雷方才恢复了如常神色，双臂发力，缓缓从轮椅上站了起来。

吉祥物一边啃桃，一边蹲在树上看着他，猜测他下一步会有何举动，却万万没想到片刻之后，在那空荡荡的裤管中，竟然生生长出了一条腿。

……

装瘸子？暗卫脑海中刚闪过这三个字，风雷便已经骤然跃起，身影如同长臂灵猴，须臾便消失在了夜色中。暗卫不敢懈怠紧随其后，山庄内早已乱成一片，四处都是举着火把的家丁。玲珑宝塔更是被人团团围住，呼声震天。

不断有看守的尸体被搜寻到，很快便摆满了道路两侧，潇潇儿眼底布满血丝，杀气毕现。

风雷站在一处高岗上，亲眼目送潇潇儿进了玲珑塔，唇边的笑意越来越瘆人。暗卫看得心里发毛，刚想说这人是魔障了还是快疯了，就见他双手挪开一块山石，从里头取出了一柄弯月弓。

三支利箭被抽出箭囊，带着压抑多年的恨意，与一切都即将结束的畅快，风雷激动到连手都在颤抖,刚想对准塔顶机关,一阵剧痛却已经从右肩传来。

箭羽偏离原本的目标,有气无力冲上天。暗卫看了眼手心的暗器,带着浓浓的不满回头,说好各司一职,到底是哪家的小伙伴前来抢生意。

然后就见楚渊身披大氅,正站在不远处的山石上。

江湖吉祥物觉得或许是自己眼花。

"你是何人?"风雷捂住肩头,血不断汩汩涌出,眼底写满恨意,五官几乎要扭曲变形。

"塔里有什么?"楚渊淡淡地问。

风雷怪叫一声,扑上来想要与他同归于尽,却被暗卫用铁鞭挡住。

"看着他。"楚渊并未多浪费时间,只吩咐了一句,而后便转身下了山岗。

暗卫齐声领命,且沾沾自喜,也算是救过驾的人了啊。

山下,潇潇儿在进到玲珑塔后,并未发现里头有何异样。还没等他仔细搜寻,却有心腹急匆匆跑进来,说有一个守卫只被打晕,方才苏醒之后说暗杀他的人不是东海客,而是风雷。潇潇儿闻言脸色大变,来不及多想其他,当即便转身出了玲珑塔,管家却又气喘吁吁跑来,通传外头来了一支军队,已将山庄团团围住,说是要捉拿叛贼。

军队?段白月隐在暗处,听到之后,微微有些不解,刚打算去看看究竟是怎么回事,身后却传来脚步声,于是警惕转身。

楚渊与他对视。

段白月:"……"

楚渊看着他半出鞘的玄冥寒铁,幽幽道:"你居然听不出朕的脚步声。"

段白月也不知自己该是喜还是气,上前一把握住他的肩膀:"你怎么来了?"

"因为金姝的记忆恢复了。"楚渊道,"听她所言,局势似乎有些复杂,我担心你,便来了。"

段白月又往山下看了一眼。

军队已经攻破山门,与流觞剑阁的人战成一片。四处皆杀声鼎沸、火光熊熊,潇潇儿被大内高手团团围住,看起来双方实力相差甚多,胜败几乎毫无悬念。

"风雷也在山上被生擒,他原本想开启塔里的机关。"楚渊继续道。

"我未进塔。"段白月道,"或者说只是进去了极短一段时间,便从暗处撤了出来。"

"你知道风雷要对付潇潇儿?"楚渊问。

"刚开始不知道,不过却能断定塔里定然有鬼。"段白月道,"后头看到潇潇儿急匆匆过来,也就猜到了五成,若不是你出面制止,现在只怕潇潇儿也活不成。"

"我出面,他将来也一样活不成,多苟延残喘几日罢了。"楚渊道,"与楚项沆瀣一气,又偷袭白象国国主与高丽公主,死十次也不够。"

"可我还未找到白象国一行人的下落。"段白月道,"如此贸然行动,会不会有问题?"

"按照金姝的说法,这些人是想带着纳瓦与坤达一行人前往翡缅国,最后交给楚项,所以人质定然还活着。"楚渊道,"至于究竟关押在何处,抓到幕后主谋,严加审问便是,何必再潜伏在此浪费时间。"

段白月点头:"也好。"

"走吧。"眼看潇潇儿已被擒获,楚渊转身往山下走,"一道去看看。"

段白月跟上,想了想,又紧追几步,二人并肩。

整座山庄已被大楚军队控制,天色微微发亮,潇潇儿与风雷被五花大绑,丢在了楚渊面前。

"白象国的人在何处?"楚渊开口问。

潇潇儿半瘫在地上未回应,风雷则是一直用怨毒的目光盯着他,像是要将其剜肉饮血。

"不肯说?"段白月已卸去了易容的面具,见他二人如此,却是一笑,"不如做笔交易如何?"

潇潇儿依旧死咬着牙关。

段白月道:"说出白象国一干人的关押地点,我便替你将他关在玲珑塔中,千刀万剐。"

潇潇儿闻言猛然抬头,却见段白月看着的人不是自己,而是风雷。

"如何?"段白月继续问,"这是你唯一报仇的机会,也是最后的机会。"

风雷喘着粗气:"你说话算话?"

"你疯了!"段白月还未接话,潇潇儿先是癫狂地瞪大眼睛,失控道,"我哪点亏待过你,你竟如此叛我?"

"哪点亏待过我？"风雷目色赤红，一头乱发上沾满污物，看着着实像个疯子，说出来的话却如同闷雷，在潇潇儿心间炸开。

"你还记得十年前死在玲珑塔中的凤山吗？他是我的儿子！"

潇潇儿闻言脸色惨白，像是要说什么，却又没有发出声音。

"说吧。"段白月蹲在风雷面前，"人在哪里？"

"玲珑塔下。"风雷道，"暗道入口在后山九牧亭，从左数第三根红柱下。"

"除了白象国的人，玲珑塔中还有何机关？"段白月又问。

"没有机关。"风雷回答。

段白月摇头："千辛万苦诱哄仇家进塔，莫非只是要他在里头转圈不成？"

"玲珑塔中的确没有机关。"风雷道，"只有炸药。"

此言一出，潇潇儿的脸色愈发惨白了些，他先前无论如何也不会想到，身边这个看似老实巴交的人，居然在暗中做了这么多的准备，只为了取自己性命。

玲珑塔地下原本只有一层暗室，用来安置一切见不得光的人和事。后来风雷逐渐取得了潇潇儿的信任，便借着扩暗室之名，又往下新修建了一层，并且储满了炸药与火油。除他之外，所有参与过的工匠都被暗中灭口，所以即便是潇潇儿，也不知这中间的手脚。

依照风雷的供认，侍卫很快便在暗室中救出了白象国众人，一个不缺，只是个个都昏迷不醒。段白月看后说是中了蛊虫，不算严重，带回王城便能解救，现在多睡几日也无妨，归途中还能耳根清净些。

等处理完流觞剑阁的残局，回到驿站后，天色也已大亮。段白月安排完接下来的事情，便转身回了卧房。

楚渊拈起他的衣服问道："你这几日都没洗澡？"

段白月识趣地站起来，笑道："区区一个流觞剑阁，都不放心让我一个人来，再有下回还了得？"

楚渊问："你还想要下回？"

段白月流利答道："不想。"

"原本是不担心的。"楚渊道，"只是金姝说得有些急切，我便也过来看看。"他半撑着坐起来，胸前滑下一枚小玉牌，用红绳系着挂在脖子里。

"什么时候多了个这小玩意?"段白月握在手里,"石料倒是不错。"

"这个?"楚渊从里衣里拽出来道,"差人代我去金光寺求来的,替你祈福保平安。"

"你一说,我这头也想起来了。"段白月道,"先前在东海的时候,也见过一个胖和尚,自称来自金光寺。"

"替你算了一卦?"楚渊问。

"也挺准。"段白月道。

"是什么?"楚渊又问。

段白月道:"让我小心一片小叶子。"

楚渊:"……"

"叶谷主没来吧?"段白月问。

楚渊道:"来了。"

段白月很想将头塞进柜子里。

楚渊道:"还没到,估摸着过阵子才会回宫。"

段白月问:"住多久?"

"你怕是盼不走小瑾了。"楚渊拍拍他的胸口,"楚项已经骑到了大楚头上,战事在即,小瑾与千枫此番也会一道南下迎战。"

段白月摊开四肢,看着床顶长吁短叹。

楚渊道,"说到金光寺,倒又想起来一件事。你可听过南普小叶寺?"

"自然,在关海城。"段白月道,"几乎与北少林齐名,内有不少高手。"

"小叶寺的僧人此番也会随楚军一道出战。"楚渊道,"方丈妙心前些日子刚刚送来一封书函。"

"这可当真没想到。"段白月啧啧,"出家人慈悲为怀,也会愿意做此等杀戮之事?"

"楚项的势力若是扩大,首当其冲的便是南海的渔民与百姓,僧人既然身怀绝技,自当尽己所能保护故土。"楚渊道,"有金刚怒目亦有菩萨低眉,这才是出家人的慈悲心,我可一点都不意外。"

"这倒也是。"段白月点头,"打仗这种事同打架一样,帮手越多越好。管他是僧侣还是屠夫。"

"你见过妙心吗?"楚渊问。

段白月摇头。

"那这回可以见上一见。"楚渊道,"先前他在宫里的时候,经常会与我一道谈天喝茶,对事别有一番见解,是世间难得的清醒之人。"

段白月意外:"还去过宫里?"

楚渊道:"怎么?不成啊?"

成自然是成的,但……咳,段白月摸摸下巴:"睡觉。什么时候冒出来的大和尚,还经常一道喝茶,在宫里那么多人,居然没有一人曾在密报中提起过?"

楚渊挑眉:"若我想躲着,你以为那些眼线还能跟?"

段白月:"……"

"也不是我想躲,是妙心不愿见人。"楚渊嘴角弯起。

"这些年你还有多少事,是我不知道的,嗯?"段白月审问。

楚渊想了想,道:"不少。"

"温大人。"屋外,向洌正在往前走,还没进院就见温柳年正蹲在门槛上吃面,于是颇为不解,这是没桌子还是怎的。

"向统领。"温柳年站起来,"可是来找皇上的?"

"正是。"向洌往院中看了一眼,"皇上还没起?"

"皇上龙体欠安,染了风寒。"温柳年流利无比打发人,"向统领还是先回去吧,晚上再来。"

晚些时候,赵越一路找过来,带着温柳年回去吃饭。仔细想想,大楚的丞相也着实是不好当,不仅要辅佐天子议政,还要帮天子守门。

温大人道:"要吃肘子。"毕竟也是在门口干巴巴坐了好几个时辰,风吹日晒的,要补一补。

"外头天都快黑了,也别出门了。"屋内,段白月道,"想吃什么,我去传些送来房中。"

"叛党还在监牢中,不管了?"楚渊问。

"回宫后再审也不迟,或者你若是嫌烦,全部丢给我便是。"段白月道,"何必急于这一时半刻。"

第三十五章

楚渊却没有再说话，像是在发呆想事情。

第二天一早，楚渊便率人离开了承州，留下温柳年与赵越，同地方官员一道处理流觞剑阁的后续事宜。马车里头，段白月端着一盏银耳汤，道："吃不吃？"

楚渊道："没胃口。"

段白月："……"

"王爷。"段念从后头打马上前，道，"潇潇儿已经醒了，说是要见皇上。"

"他倒是着急。"段白月道，"连回王城都等不及。"

段念问："见吗？"

"不见。"段白月道，"晾他几天。"

段念点头，调转马头回了队伍最末尾。

而相对于潇潇儿来说，风雷则是要狂躁得多，不过再狂躁，也与西南王没什么关系，因为他直接将人丢给了温柳年。

楚渊："……"

看着监牢中不断咆哮怒骂、头发炸起、试图要挣开铁链冲上来的人，温大人脑袋嗡嗡作响，躲在赵越身后，很想辞官归乡。

王城里头一切如故，两人回到宫内还没歇一阵子喝杯茶，四喜便来通传，说是陶大人求见。

段白月趴在桌上，装死。

又来，不来成不成。

"起来。"楚渊扯扯他的袖子，"随我一道去御书房。"

"去倒是行，不过万一哪个老头被我气死了，你可不准生气。"段白月嘴里敷衍，依旧不想动。什么叫由奢入俭难，尝过不务正业的滋味，谁还想要管劳什子的江山社稷、南洋叛匪，谁爱要谁要，赶紧回西南才是正事。

楚渊将他强行推起来，拖着一起出了门。西南王半途伸手，偷偷摸摸揉了揉头皮——此等用梳子的狂暴手法，和金婵婵有一比，将来怕是要被扯秃。

御书房内一众老臣等了许久，才总算是等来了皇上，与西南王。

"陶大人。"段白月态度极其友好。

"西南王也有事要奏报皇上？"陶仁德道，"那我等可以先行退下，稍后再来面圣。"

"大人客气了。"段白月道，"本王没什么可奏报的，就跟来看看。"

陶仁德："……跟来看看？"

楚渊吩咐内侍给众人赐了座。

段白月拖着椅子，哐啷啷挪得离龙案更近了些，方才拍拍衣袖满意坐下。陶仁德心情复杂，不知自己该说些什么，直到奏完事情，从御书房出来，依旧是脚踩棉花。

"会不会是，西南王……"另一位大人欲言又止，四下看看确定周遭没外人，方才捻捻手指，小声道，"下蛊啊。"

此言一出，其余大人也觉得极有可能。楚国疆域辽阔，附属国与各地封王不算少，但离经叛道的七绝王慕寒夜，顶多也就是逢人吹嘘，并且强迫别人进行赞美，除此之外，也就没别的了。哪里会如同今日御书房内的西南王一般，拖着椅子丁零哐啷到处乱跑，此等失礼的行为，皇上居然也不管——当真很像是中了蛊。

"那可如何是好？"大家七嘴八舌，都极为担心，很是盼望着九殿下能早些来，或者是沈将军回来也成。

楚渊趴在桌上闷笑。

段白月单手撑着腮帮子，在对面饶有兴致地看着他。

"走吧，去看看纳瓦他们。"楚渊道，"先前服了解药，现在也该醒了。"

"皇上。"章明睿正在给坤达看诊，金姝守在旁边，楚渊示意众人不必行礼，简单问了几句之后，便去了隔壁房中。

床上躺着一个黑瘦的男子，颧骨高耸，神情虽有些疲态，却也能看出几分皇室气度，正是白象国的国主纳瓦。

正如先前段白月所预料，由于南洋商贸的兴起，越来越多的人一夜暴富，想从中分一杯羹的人也越来越多。人多了，生意也就不好做了，各方竞争激烈港口日渐拥堵，这当口，谁若能开出一条新航道，那可就都是白花花的银子。纳瓦深知有此想法的不止自己一人，想拉拢大楚的也不止自己一人，故而此番行程除了几名亲信之外，再无外人知晓，却没料到还是泄露了行踪。

第三十五章

"国主可知幕后之人是谁？"段白月问。

纳瓦摇头，想了片刻，又道："不知可否请楚皇帮个忙？"

"请讲。"楚渊点头。

纳瓦道："恳请楚皇暗中派人前往白象国，看看那里如今情况如何。"

楚渊点头："好，朕答应你。"

纳瓦道谢之后，便又沉默了下来，看上去似乎并不想多说话，幸而楚渊也未再多问什么，只说让他好好歇息，便与段白月一道离开。

温柳年那头的审讯倒是极为顺利——没几天就派人送来厚厚一摞折子。多年前在潇潇儿手下有一弟子，名叫凤山，是风雷的独子。闯荡江湖时寻个门派暂时落脚，也是经常有的事情，因此风雷获悉后也并未放在心上。只是下回再收到书信，却是惊天噩耗，说是凤山已因病暴毙。

中年丧子，风雷自是悲痛万分，却又有知情人送来书信，说凤山不是因病离世，而是被潇潇儿拿来祭了玲珑塔，莫说是遗体骨灰，就连魂魄也不会剩下。为了替子报仇，风雷易容伪装成独腿，咽下血海深仇混入流觞剑阁，虽是一步步取得了潇潇儿的信任，却始终无法将他也困于玲珑塔中，祭奠自己冤死的儿子。直到纳瓦一行人被绑架，而段白月又偏偏凑巧自己找上门，他才最终决定孤注一掷。

"下一步要怎么审？"段白月问，"还要去监牢中看潇潇儿吗？"

"关了这么多天没自尽，看来还是想活。"楚渊道，"只要想活，那便有的是办法撬开他的嘴。"

"我去？"段白月道。

"嗯。"楚渊点头，"审完之后留着一口气，即便是要死，也让他死在玲珑塔中，算是告慰无辜的年轻人。至于风雷，身负累累杀孽，无论当初的理由是什么，也早已罪无可恕。"

阴森的地牢里头，潇潇儿正坐在一蓬稻草上，背对着监牢门。

段白月示意牢头打开铁锁，金属碰撞的声音在黑暗中动静颇大，潇潇儿却依旧没有回头。

段白月道："风雷早已招认了所有事，你还打算嘴硬？"

潇潇儿缓缓回头，与他对视，目光充满愤恨。

当下局势，就连傻子也能想清楚。风雷既是凤山的爹，那必然恨不得让楚皇将自己千刀万剐，就算没有罪名也会捏造出一堆，更何况流觞剑阁这些年来，的确一直就在替楚项暗中做事。旁人或许不知个中内幕，风雷身为二当家，可是实打实能接触到信使与密报的人。此时此刻懊悔识人不清已经没用，唯一能做的便是与朝廷配合清贼，以减轻罪责，却没料到从承州到王城这一路，压根就没有人理自己，甚至有时连饭菜都会忘了送，连着饿两天也不是没有过，更别提是审问。

而现在好不容易来了个人，连身官袍都不穿，也不知究竟是什么官职身份，却张口就说自己嘴硬？

潇潇儿拼命压制住怒意与憋屈，道："我要见皇上。"

"皇上也是你能见的？"段白月看着颇有几分欺男霸女的员外架势，挪了把椅子坐下，单脚放在桌上，懒懒道："说吧。"

潇潇儿又咬牙重复了一遍，拔高声调："我要见皇上。"

"楚项都没资格面圣，更何况是你。"段白月嘴角一弯，目色却逐渐冷下去，"你可要想清楚，倘若此时再不说，怕你下一刻就没命说了。"

"皇上。"偏殿里，四喜公公道，"可要传膳？"

"过阵子吧。"楚渊道，"吩咐御膳房，煮些清火的甜汤待会一道送来。"

"是。"四喜公公领命退下，楚渊靠在软榻上歇息，随手翻阅一本书册。外头的天色渐渐暗下来，风呜呜刮着，段白月却依旧没有回来。

审问个潇潇儿，怎么这么久？楚渊心里纳闷，命四喜替自己更了衣，独自前去监牢看究竟。

狱卒正在打盹，没料到皇上会来，赶忙跪地行礼。楚渊往里看了一眼，道："西南王呢？"

"回皇上，还没出来，一直在里头。"狱卒答。

楚渊自己推门走进去，拐了还没两个弯，就听到一声惨叫。

……

觉得里头的人大抵已经血肉模糊，楚渊有些头疼，加紧几步走过去看究竟。

"啊！"潇潇儿继续惨叫。

段白月依旧坐在椅子上，单手摸摸下巴，看着无比悠闲。

楚渊伸手推开监牢门，里头的人都转身看过来。

"皇上！"段瑶兴高采烈。

第三十五章

"瑶儿？"楚渊有些意外，"你怎么来了？"

"二哥回了西南府，说要住一段日子，我就来王城了。"段瑶拍拍手，将手里的虫装回布兜里。

潇潇儿顿时松了一大口气，双腿发软，整个人看着半死不活，脸色煞白。

楚渊抬手将段瑶叫到自己身边，再抬头看了一眼潇潇儿，就见他衣衫整齐并无外伤，着实不像刚受过严刑拷打的样子，那方才在叫什么？

"我可当真没刑讯逼供。"段白月把桌上一摞纸递给他，"这是方才记下来的口供。"

楚渊翻了翻，就见里头杂七杂八，写了不少事情。

"走吧。"段白月道，"其余的事情，回去再说。"

楚渊点点头，也没再多问。直到出了监牢，楚渊方才道："为何他一直在大喊大叫？"

"我刚刚审问完，瑶儿就溜了进来。"段白月道，"结果那潇潇儿一见他，就骇得魂飞魄散、几欲昏厥。也是意料之外。"

"哦？"楚渊道，"还有这种事？"

"几年前我出门玩的时候，在大理城外见过他。"段瑶道，"当时不知其身份，就听村民说那段日子老是被人刨祖坟，也不知是人是鬼，行径着实可恶。"

"是潇潇儿所为？"楚渊问。

"嗯。"段瑶点头，"后来我在山间潜伏了十余天，才将他抓获。逼问尸体的下落，他却说全部运出了海，去配阴魂。村民听到之后要将他活活烧死，但哥哥平时一直就教我，要让西南部族的人也遵从大楚的法律，所以我便将他们劝了下来。"

段白月嘴角微微一扬。

楚渊果然便用赞许的目光看了一眼他。

西南王心情甚好，打算这次回大理后，便打发所有人都去抄《楚律》，一个人抄十张，或者二十张。

段瑶继续道："但挖人祖坟，这种事实在太下三烂，于是我便将他喂了蛊虫，又丢给村民揍了一顿。"

楚渊问："什么蛊？"

"平时自己养来玩的，入骨后会生不如死三月余，不过三月之后蛊虫死了，也就没事了，小作惩戒而已。"段瑶道，"再后来我便将人交给了地方官，再没过问过，却没想到居然会被他逃脱。"

"怪不得他今日一见你就惨叫。"段白月拍拍他的肩膀，"对了，还顺道又问出了一件事。"

"什么事？"楚渊问。

段白月道："你可还记得厉鹊？"

楚渊点头，自然记得，光凭当日在天鹰阁那一句"我已与西南王有了夫妻之实"，就能记一辈子。

"她也是同一时间在大理城中遇到的楚项。"段白月道，"潇潇儿也已经供认，说当年那批尸体是楚项指明要的东西，运到南洋后，最终的目的地是翡缅国，估计又是什么巫蛊之术。"

"那楚项为何要冒充你去骗厉鹊？"楚渊又问。

段白月摇头："潇潇儿只说了楚项那段时间在大理，却不知道具体理由，更不知道还有个厉鹊。根据他今日的供词，流觞剑阁虽说一直在为楚项做事，却也算不上是心腹，在楚项逃亡南洋后，为了避免被朝廷发现端倪，来往就更少。"

"嗯。"楚渊答应一声，伸手替他拿掉头上一片小枯叶。

段白月笑笑："至于这次白象国一事，潇潇儿也只是收到楚项的密函，命他将人暗中绑架后送往白象国，并没有说明原因。"

"送往白象国？"楚渊不解。

"我当潇潇儿口误，又确认了一回，的确是白象国，说自会有人接应。"段白月道，"他没必要在这件事上说谎，至于这其中的缘由，或许问纳瓦与金姝会更清楚。"

"过几日吧，纳瓦的状态看上去也不大好。"楚渊道，"不急于这一两天。"

"随你。"段白月带着他往回走，"吃过饭了吗？"

"没有。"楚渊答，"等你，瑶儿也一道吧。"

由于多了个人，因此晚膳也格外丰盛。段瑶饿了一路，肚子早已咕咕乱叫，端着碗就开始闷头吃，下箸如飞颇有几分温大人的神韵。楚渊没什么胃口，陪着段白月吃完后，又让四喜端了一盏汤进来。

"是什么？"段白月问，"一股子药味。"

"可以清火，今早起来听你嗓子都哑了。"楚渊将勺子递给他，"平日里让你少

第三十五章

吃些辣椒，又不肯。"

"我肯，怎么就不肯了。"段白月低声道。

楚渊笑笑，看着他一勺一勺喝汤。

楚渊道："瑶儿一路也累了，早些去歇息吧。"

段瑶站起来，跑得飞快。

段白月吃完汤水，道，"今晚我要练功。"

"黑天半夜，练什么功。"楚渊道。

"菩提心经，每月十五都要运功。"段白月道，"不过不是因为伤，涤清内力罢了。"

"我陪你？"楚渊想了想。

"也好。"段白月点头，"正好给你看看，菩提心经的内功招式。"

宫里有一大片空地，是楚渊平时练武的地方。屏退宫人之后，楚渊独自坐在石凳上，看段白月练功。或许是因为月色如华的缘故，白日里不起眼的玄冥寒铁此时看上去，也有了几分熠熠光辉。铮鸣作响之间，连周围的树叶也被带着一道震颤。

谁也说不清菩提心经到底是何处玄妙，甚至看起来处处都是破绽，丝毫也没道理被称之为天下绝学。楚渊看了一阵子，便随手抽出兵器架上一把龙吟剑，纵身攻了上去。

没料到他会突然出手，段白月错身闪开，看着三尺寒刃从自己面前扫过。楚渊的功夫一半来自宫里的师父，一半却是来自日月山庄，抬手渺若清风，与菩提心经的处处出其不意比起来，招式要流畅轻灵许多。段白月嘴角勾起，将玄冥寒铁反手回鞘，徒手陪他过招。

"咱皇上这黑天半夜的，还在练功啊？"刘大炯远远路过，心里惊奇。

"回大人，可不止是皇上，还有西南王。"内侍回答。

"什么？"刘大炯还没说话，一旁的陶仁德先是大惊失色，后说道，"这西南王的功夫可高得邪门，阴招又多，身上还带毒，皇上怎可如此大意？"

刘大炯拉住他："习武之人，总不能每天找个木桩子练。咱皇上也算是高手，这又眼瞅着要出兵南海，多练练功没坏处。"

"那也能与旁人练，西南王练不得啊。"陶仁德急得直跺脚。

"怎么就练不得了，老陶，老陶！"刘大炯小跑着追过去，居然拉都拉不住。

"咳。"刘大炯伸手扶住旁边的内侍，做出老眼昏花、看不清周遭事物之相。

陶仁德却是大惊失色，厉声道："快些放开皇上！"

刘大炯耳边嗡嗡响，暗中龇牙。

"皇上。"陶仁德急匆匆跑上前，"可要传御医？"

段白月："……"

"太傅大人多虑了，西南王只是与朕比武切磋而已。"楚渊面不改色道，"并未伤到。"

"那就好。"陶仁德松了口气。一来就看到西南王从背后锁着皇上，还当是要弑君篡位，老命都丢掉了半条。

"这么晚了，太傅大人怎么还在宫中？"楚渊问。

"回皇上，老臣今晚与刘大人一道去了藏书阁，将关于南洋……咦？刘大人呢？"陶仁德说到一半转身，看着空荡荡的身后，觉得异常纳闷。

段白月幽幽道："走了。"

"太傅大人也早些回去吧。"楚渊道，"否则嘉裕该担心找来了。"

"那老臣就先告退了。"陶仁德躬身行礼，走了没两步，想想还是不放心，于是转身道，"西南王也走吧？一道。"

段白月胸闷，我分明就没说话，为何也要与你一道走。

楚渊忍笑，抬手叫来影卫，将陶仁德半强迫半哄骗带回了府。

"将来你这老头不会找麻烦吧？"

"不必担心。还怕朝中这些人会吃了你不成。"

"我不怕他们吃了我。"段白月，"先帝在离世时将你托付给了他，平日里没什么，可一旦与江山社稷扯上关系，他可是既能打你也能罚你。"

楚渊在月光下看着他笑。

"我是说真的。"段白月无奈。

"还真当我是初登基那阵？"

段白月点头。

"除了你，这世间还真没人能打我。"楚渊慢悠悠地往回走。

段白月睁大眼睛："我何时打过你？"

楚渊立刻道："方才。"

段白月:"……"

楚渊补充:"还有初见那年。"

段白月:"……"

怎么这么记仇,给你打回来成不成?

第三十六章

夜色寂然，四喜公公在殿外乐呵呵看月亮，顺便打了一套太极拳消磨时间，打算过阵子若皇上再没事，就回去休息。

方才沐浴完，外头却突然传来一阵骚动声，像是有人闯入，却又没有打杀之声。

"叶谷主，叶谷主！"大内影卫不敢拉，西南府杀手只好硬着头皮上，"皇上歇息了。"

"皇上歇息了，你们在这里做什么？！"叶瑾惊怒交加。

"到时候你要帮我压住他！"日月山庄的商号中，叶谷主"嗖"一声，从包袱里拿出来一把做手术时用的刀，极其锋利。

"西南王可当真没招惹过你。"沈千枫有些好笑，把刀从他手中抽走，"好好吃早饭。"

"有什么可担心的，就算朝中老臣到时候会有异议，那也要分拦得住还是拦不住。"沈千枫道，"现如今还留在王城里做官的，可都是些老油条，血染长阶冒死劝谏这种事，若是知道自己的死会让皇上回心转意，那倒也值得一做。可现如今皇上是一年比一年强硬，鹤州刺史案、洛阳王氏、庆阳刘家，甚至是北嫡王贺询案，哪次没有臣子拼死阻拦，可又有哪次当真拦住了？"

叶瑾依旧握拳。

"哪怕是换作两年前，眼看朝中闹成一片，贺询或许当真会留一条命。"沈千枫道，"但今时不同往日，从捉拿他下狱到赐死，连十日都不到。午门问斩那天大臣半数称病，早朝时金殿空了大半，剩下的人中还有一大半在叩首求情，可最终贺询依旧难逃一死，甚至连口薄棺都没落到。"

叶瑾道："那又如何？"

"皇上现在是什么性子，你我清楚，朝中那些人更清楚。"沈千枫道，"待到平定了南洋之乱，可就是真正的天下大定四海归一，那时的大楚帝王只会更加令人敬畏，他要说的话、要做的事，没人能阻拦得了。"

"若是那群老头搬出先帝呢？"叶瑾问。

沈千枫笑笑："若现在有人拿先帝压你，说要你留在宫中老老实实做王爷，你会如何？"

叶瑾目露凶光，举起一根手指："宰掉他。"

"你都如此，更何况是皇上。"沈千枫道，"好了，去院中走走消食，而后我便与你一道进宫。"

叶瑾还是很想抓着他哥的领子摇晃!

宫里头,段白月躺在御书房的屋顶上,看天看地看御花园,顺道满脸嫌弃地看院中一群大臣。

楚渊坐在龙案后,一本一本看折子。下头站着的官员担忧许久,还是忍不住道:"皇上可是龙体不适?"

楚渊披着外袍,摆摆手:"无碍,爱卿接着说。"

段白月在上头听到,更想叹气,这都忙一早上了,到现在连午膳都还没吃。

"皇上。"温柳年将折子双手递上,"这些都是关于西北玉门兵防的调拨安排,沈将军昨日刚送来的。"

楚渊打开后看了两眼,捂着嘴小声咳嗽。

四喜公公在旁边皱眉,朝温柳年使了个眼色,又指了指自己的肚子。

"皇上。"温柳年会意,"玉门这事虽说不算小,可也不算急。皇上也在这御书房中坐了一早上,该歇会了。"

"是啊。"四喜公公在旁帮腔,"午膳都已经热了三四回,皇上再不用,可就成晚膳了。"

"也罢。"楚渊道,"告诉院里头的诸位爱卿,也去吃饭吧,吃过饭再来。"

温柳年应了一声,出去告知其余人。四喜也赶忙吩咐内侍传膳,又问:"皇上可要去御花园用膳?屋子里头闷,今日天气不错。"

"就在这吧。"楚渊道,"传几道清淡些的小菜便可,瑶儿与小瑾可曾来过?"

"回皇上,段小王爷一早就出了宫,九殿下与沈盟主还没见着。"四喜道。

待四喜离开后,段白月推门进来,看着龙案上厚厚一摞折子,"我帮帮你?"

"嗯。"楚渊伸了个懒腰,"也好。"

上奏之人是齐州知府,此人什么都好,唯有一点,是个话痨,又爱拽文。段白月云里雾里看了大半天,才弄清楚是他娘要过寿,又谨记圣谕要克勤克俭,因此并未大操办,只是在家中摆了一桌酒,举家团聚之际,满腔感慨,遥祝皇上龙体金安,大楚盛世清明。

西南王提笔回复:哦。

楚渊闷笑。

楚渊道："此人向来疑神疑鬼，胆子又小，收到后怕是又要对着这墨疙瘩忐忑许久。"

"没做亏心事，有什么可忐忑的？"段白月看着四喜将午膳端进来，便将面前一方龙案收拾干净，"先吃饭。"

楚渊问："瑶儿去了哪儿？"

"在西南府中闷了这么些日子，让他出去闹闹也无妨。"段白月将面条拌好放在他面前，"晚些时候自会回来。"

楚渊点头，也未多问。

山海居里头，段瑶正在一个人大吃大喝，食欲甚好。掌柜的不在，小二也不认得他，因此只是殷勤上了菜，又说有事叫一声后便下了楼。过了阵子，叶瑾也走了上来，见四处都没空座，于是便问："这位小哥，可能拼个桌？"

"自然。"段瑶咬着一根鸭腿，含含糊糊点头，"尽管坐。"

叶瑾吃饭口味很淡，因此只叫了一碗素面、几盘小菜，与对面的段瑶形成鲜明对比。

看着他小口小口文雅细致的吃相，段小王爷觉得自己这般狼吞虎咽，似乎有些像是饭桶，于是也便稍微克制了一下，舀了一碗汤慢慢喝。

一顿饭吃到一半，有个老婆婆背着背篓从楼梯处上来，看着像是临近村子里的人。这山海居自打开业来就定了条规矩，凡是七八十岁的老人家，来吃饭都不收银子，因此每日都有老者前来吃饭歇脚，虽是免费，小二却也一样热情招待，丝毫不会怠慢，笑容满面将她让到了椅子上。

看清老婆婆背篓里的东西后，叶瑾眼前一亮，刚想站起来，段瑶却已经先他一步跑了过去："老人家。"

"公子。"老婆婆一瞧他干干净净的模样就喜欢，于是笑着问，"公子想要买野菜？"

"我不买野菜，只买这个。"段瑶从那堆碧绿的山菜中抽出一朵红花，"老婆婆卖吗？"

叶瑾瞪大眼睛，喂喂！

"公子就要这朵花？"老婆婆摇头，"这就是山间折下来的，吃不得，看也看不了多久，公子若是喜欢拿去便是，不用钱。"

叶瑾开始气势汹汹撸袖子。

"那可不成。"段瑶从小布兜里取出一锭银子,塞到她手中,"这花是药材,旁人看来不值钱,我却能用得上,不能白白占便宜。"

老婆婆被惊了一下:"值这么多银子呐!"

"还有,这花有毒的,虽说山里大概就这一株,不过老人家将来看到还是要小心,不能随便碰。"段瑶道谢之后站起来,捏着红花回了自己的位置,取出布包装了进去,而后便继续啃猪蹄。

叶瑾在对面看着他,目光幽幽。

段瑶觉得头皮有些发麻,于是犹豫着抬头。

叶瑾与他对视。

……

"这位公子?"段瑶擦擦嘴,心虚,刚才还好好的,怎么突然就两眼发直,中邪了还是怎的。

叶瑾压低声音,用接头的语调道:"见面分一半。"

段瑶:"……"

叶瑾握紧双拳。

段瑶:"……"

虽然面前的人有些莫名其妙,还有些不讲道理,但毕竟是在王城里头,不好闹事的。于是段瑶将剩下的一个蹄膀推到他面前:"请你。"

叶瑾:"……"

段瑶见他不肯动,于是艰难道:"不够吃啊?那剩下的都是我吃过的,你要不嫌弃,都拿去也成。"

怎么这么蠢呢。叶瑾拍拍桌子:"我是说方才的鹤顶花。"

段瑶迅速捂住小布包。

叶瑾道:"这么小气做什么,那花三天后就会蔫,你也用不完。"

段瑶依旧犹豫,并且很想跑路。

叶瑾道:"我拿绿昙和你换。"

段瑶眼前发亮:"你有绿昙?"

叶瑾从怀中拿出一个小瓶子:"前日刚磨成粉。"

段瑶接过来,用手指沾了些一舔,顿时兴高采烈:"换换换!"

叶瑾倒是有些意外,他百毒不侵,是因为多年行医尝遍百草,却没想到对面的少年也能逮着毒药随便吃。

段瑶将红花分了半朵给他,很是爽快。

叶瑾道:"不知小公子尊姓大名?"

"我——"段瑶一句话才刚说了一个字,便又有人从楼梯口上来,"小瑾。"

"哟,沈盟主来了。"小二恰好上完菜要往回走,见着他后笑着大声道,"快里面请。"

看清来人是谁后,段瑶倒吸一口冷气,迅速转身背对他坐好。

"小瑾。"沈千枫走过来。

"家里的事情处理完了?"叶瑾问他。

"我只是去看看罢了,其余事下午再说。"沈千枫坐在他身边,"方才陪天水帮的人吃饭,听下人说你胃口不好独自出了门,猜你便是来这里吃面。"

"误打误撞,找到了半朵红花。"叶瑾道,"是对面这位……公子?你没事吧。"捂着脸干吗。

段瑶深吸一口气,转身就往窗外跳,事到如今,傻子也能想到这个"小瑾"是谁,还是赶紧跑了才好。叶瑾被吓了一跳,沈千枫虽不知到底出了什么事,却也知定然是有鬼,于是纵身追上去,轻而易举将人拎了回来。

段瑶与他对视,很想号啕大哭,冤孽啊。

"段……小王爷?"沈千枫愣了一下,火烧一般放开手。

段瑶乖巧道:"沈大哥。"

"你们认识?"这回轮到叶瑾愣住了,问道,"公子到底是谁?"

"在下段瑶。"段小王爷答,"西南府的人。"

叶瑾:"……"

沈千枫很懊恼,自己方才究竟为何要追出去。他大概这辈子也忘不了,当年顾云川将人丢来沈家时,面前这个少年穿裙装戴黄花,当着爹与二弟的面,冒充女子风情万种勾引自己的模样。段瑶也是满嘴血泪往下吞,当初被师父打晕丢到江南,醒后憋了一肚子火,因此到哪里都是捣乱,却没料到今日自己与沈家大少爷之间会有此等千回百转的亲戚关系——早知如此,当初抛什么媚眼,不如直接挖眼。

"在下叶瑾。"叶谷主心情也很复杂,方才还觉得或许会遇到一位知己,但是一碗面还没吃完，对方就成了那个谁的弟弟。

那个谁，的弟弟。

"见过叶谷主。"段瑶抽了下鼻子。

"小王爷要进宫吗？"犹豫了一下，叶瑾还是开口询问，毕竟礼数要周全，而且那个谁秃头，是那个谁的事，不能搞连坐！

段瑶道："是。"

叶瑾道："我也要进宫，不如一道？"

段瑶道："……好。"

沈千枫眼睁睁看着他二人离开，叶瑾走在前头，段瑶在下楼梯的一刹那，以迅雷不及掩耳之势回头，与沈千枫深深对望了一眼——内含千言万语。

沈盟主双手抱拳，你不说我不说，此事便无人会知。

段瑶顿时松了口气，很想抱着他的大腿痛哭道谢。

从山海居到皇宫的距离不算远，两人骑着马慢慢前行，倒也不赶时间。段瑶一路都极为沉默，行至半路，叶瑾突然问："南摩邪前辈这回也一道来王城了吗？"

"没有。"段瑶赶紧回话，"师父还在南洋访友，估摸着得过一阵子才能回西南。"

"还当能见着。"叶瑾自言自语，毕竟那可是传闻中死了还能活的人物，身上各种虫又多，很值得拉到房间聊个三天三夜。

段瑶很想立刻冲去南海，将师父绑架回来。

待两人到了宫中，内侍却说皇上还在御书房里，不少大人都在外头候着，估摸着少说还得两个时辰。于是叶瑾邀请道："可要去太医院看看？"

"好啊。"段瑶欣然答应。

两人在途中遇到陶仁德，段瑶态度恭敬道："陶大人。"

叶瑾一见到他就头疼，匆匆打过招呼之后，便带着段瑶加快脚步离开。留下陶太傅独自一人在后头，看着两人的背影，很是头疼。最近皇上对西南府着实是纵容得有些过分，谁劝也不听，甚至还有同僚险些因此被革职。这回好不容易九殿下来了，还以为能帮着说一说，却没料到这阵看上去，九殿下与西南府的关系也差不到哪里去，简直想要深深叹气。

第三十六章

御书房里,楚渊好不容易才送走最后一个人,向后靠在龙椅上,觉得全身都不大舒服。

段白月道:"不会再有人来了吧?有也不准再见了。"

楚渊问:"什么时辰了?"

"快酉时了。"段白月道,"去御花园透透气,而后再用膳好不好?"

楚渊道:"腰疼。"

"过会儿再躺,"段白月哄道,"不然该闷坏了。"

拗不过他,楚渊勉强站起来,两人一道去了御花园。夕阳才刚刚准备下山,天边云霞似火,倒也有几分壮丽。

"去亭子里坐坐?"段白月问。

楚渊点头,方才拐向小路,前头草丛里却像是有人在说话。

"小心着点。"段瑶叮咛。

叶瑾撸着袖子,正在往外刨一株植物。两人看起来都是全神贯注,像是在做什么了不得的大事。

段白月与楚渊对视一眼,都觉得有些纳闷。

"好了好了,你抓着上头。"叶瑾道,"千万注意,这些根须断不得,断了就没用了。"

段瑶屏住呼吸,依言照做。

"你们在做什么?"段白月问。

"啊!"没料到身后会突然传来声音,叶瑾被吓了一跳,小铲子顺势一歪,将那株草叶连根铲断。

段瑶呆呆张大嘴。

叶瑾:"……"

"刨什么呢?"楚渊亦是不解。

看着手中还在不断往外渗出汁液的残株,叶瑾深呼吸,不能杀人,要冷静!

"可惜了。"段瑶遗憾道,"长了两年,好不容易才结了果。"

"还有些事,就先走了。"段白月果断转身,拉着楚渊就原路折返。

"等等!"叶瑾在背后叫住他们。

声音略凶残。

叶瑾觉得自己需要静一静。

然后四周也的确很安静。

片刻之后，段白月冷静地问："我们可以走了吗？"

叶瑾有气无力："还有件正事。"

"嗯？"楚渊转身。

叶瑾道："不算好事。"

"何事？"楚渊微微皱眉。

叶瑾道："白象国像是已经被楚项一干人拉拢了。"

"你是从何处得到的消息？"楚渊问。

"前些日子，少宇与凌儿一道去南海探望鬼手师尊，在归途时听闻白象国似乎有异，便绕道去看了一眼。"叶瑾道，"却发现有楚项的人进出皇宫。"

"不算意外。"楚渊道，"朕前些日子曾送了封书信前往日月山庄，说白象国国主纳瓦要与大楚合力开辟新航道，你应当已经知道了这件事。"

叶瑾点头。

"纳瓦带着坤达与金姝亲自来了，却被楚项的人中途绑架，刚救回来没多久，"楚渊道，"情绪甚是低落，朕也不好多加盘问，正好你在，可以替他去诊治一番。"

"若这样，那此时白象国便是由纳瓦的弟弟纳西剌执政，他被楚项收买了？"叶瑾猜测。

"有可能。"楚渊道，"前去南洋的人还没回来，不过结合种种线索，也能大概推断出个中缘由。否则纳瓦的行踪不会被泄露，他也不会在苏醒之后，只要求朕派人前往白象国暗中一探究竟，其余则是一概闭口不言。"

"被自己的亲生弟弟算计，的确丢人现眼，不想说也是情理之中。"段白月道，"看来楚项的动作比我们先前所想要更快。"

"走吧。"楚渊道，"回去再说。"

四喜还当皇上逛完御花园便要歇息，却没想到又回了御书房，于是心里忍不住便叹气，事情一桩接着一桩，这眼瞅着又要打仗，可别把人累坏了，西南王与九殿下也不劝着些。

众人都还未来得及吃晚膳，因此楚渊传了些点心果品进来，多少能垫垫肚子。

南海虽说岛国众多，真正成气候的却没几个。白象国是其一，暹远国是其二，两国向来关系密切，现如今白象国出了变故，暹远国国主吴登必然会听到风声，只是暂时还不知他会选哪条路走。

"要将战事提前？"叶瑾吃惊。

"也不算贸然决定。"楚渊道，"大楚早已准备好了要开战，只是一直在等待最好的时机而已。"

"那要何时出征？"段白月问。

楚渊答："一个月后，十月初十。"

"好。"段白月点头。

叶瑾瞪大眼睛，还未与百官商议，这就"好"了？

楚渊又问："要先回西南吗？"

段白月道："你若打定主意要出战，我自然会先回西南做准备，待你率军南下之际，再一道汇合关海城。"

"嗯。"楚渊道，"此行辛苦你了。"

段白月笑笑："那今日就到此为止，早些回去歇着？"

楚渊道："好。"

段瑶默默挪开板凳，离叶瑾更远了些，并不想被伤及无辜，为什么这么杀气腾腾。

叶谷主满心悲愤，眼睁睁看着两人离开，更加确信他哥一定是被下了蛊，八种蛊。

"开战之事，我是认真的。"楚渊道，"现如今大楚海军装备精良，士气高昂，已是最好的时机，我不想再拖延了。"

"我自然知道你是认真的。""三日后我便折返西南。"

楚渊道："好。"

"这是最后一场仗了。"段白月道，"打完之后，大楚边境便是固若金汤了。"

"锦娘与孩子怎么样了？"楚渊问。

"我亲自教那小鬼,你觉得他会怎么样?"

叶瑾对月长吁短叹。

第二日在散了早朝后,一行人便去了纳瓦的住处。坤达正在院中晒太阳,金姝在旁陪着他,看起来颇为恩爱。

"纳瓦国主就在里头。"楚渊道,"进去看看吧。"

叶瑾点点头,拎着药箱与沈千枫一道进了内室。坤达被人打伤了后脑,因此楚渊并未让他起来行礼,差人往院中放了几把椅子,坐着闲聊。

金泰前几日就回了高丽,少了他的大嗓门,院子里倒是清静不少。金姝只在段白月进院时看了一眼,便继续替相公喂水。倒是坤达,在知道了此人就是西南王之后,顿时警惕起来,毕竟当初全大楚都传得沸沸扬扬,他也不可能毫无耳闻。

"太医方才说了,再有十余日,这伤势便能痊愈。"楚渊将段白月拉到自己身后,神态自若道,"纳瓦会暂时留在大楚,二位若是没有急事,最好也能留在宫中,暂时就别回去了吧。"

"我们明白。"金姝点头,"一切凭皇上决定。"

"暹远国境内,在二位离开之时,可有何异常?"楚渊问。

"没有。"金姝道,"当时正在办商会,热闹得很。国主也亲自来了家中,还说若是明年人再多,便要与白象国合开一场商会,后头又聊了些事,也都是要坤家好好做生意,并无什么特殊的表现。"

"金泰也算是自家人,朕就不拐弯抹角了。"楚渊道,"白象国如今局势未明,依公主所见,暹远国是否有可能被叛党拉拢?"

金姝摇头:"按理来说不可能,暹远国主一直便想与大楚拉上关系,不过若是刀架在脖子上,可就说不准了。"

这几年间,南海上头波诡云谲,总有人能觉察出异常,因此风言风语也有不少,都说翡缅国境内有神鬼兵,听着神乎其神,倒更像是精怪传说。

"若叛党铁了心要对付大楚,而暹远国主又一直不肯配合,那刀架在脖子上,也并非全然不可能。"楚渊道,"朕了解他的性子。"

至于这个"他"是谁,金姝自然能猜到几分,却也没多问,只是道:"大楚必然会胜。"

屋门吱呀作响,叶瑾从里头走出来。其余人都站起来,楚渊道:"纳瓦国主伤势如何了?"

"扎了几针,精神好多了。"叶瑾道,"他说有话要讲。"

楚渊掀开门帘走了进去。

纳瓦正靠在床上,看着脸色果真红润了不少——当然,也有可能是扎针着实剧痛,还被武林盟主按着不让乱挣扎,所以气血上脑。

"楚皇,西南王。"见到两人进来,纳瓦微微低头。

"国主不必多礼。"楚渊道,"听小瑾说,国主有事情要告诉朕?"

"是关于我那不争气的弟弟。"纳瓦长叹道,"还请楚皇将来能饶他一死。"

段白月心里摇头,这天下惹人头疼的弟弟也着实是太多,这里一个,飞鸾楼算一个,外头的神医……咳,也算一个。

叶瑾坐在院里晒太阳,顺便唰啦抽出一把刀,将周围的人都吓了一跳。

"要做什么?"沈千枫问。

叶瑾一言不发,幽幽盯着房里的秃子。

楚渊余光扫见,于是用眼神示意四喜,去关上了门。

在南洋诸多岛国中,白象国显然能算得上是最有势力的,再加上地处交通要道,因此楚项曾暗中托人拐弯抹角,拉拢了不止一次。只是纳瓦为人向来耿直谨慎,对这位落魄皇子的计划并不看好,一门心思只想与楚渊搞好关系,共同开发航线,因此回回都是打太极将说客劝走,任凭对方许下的好处越来越多,也是一样毫不动心。

只是纳瓦虽拒绝了对方,纳西刺却未必与大哥一心。他向来便野心勃勃,对大楚的地广物丰更是早就垂涎,楚项或许是得知了这一点,所以便改了策略,开始频繁派人与纳西刺接触。

纳瓦得知此事后勃然大怒,派兵包围了纳西刺的府邸,责令他闭门思过。三个月后,纳西刺痛哭流涕跪地谢罪,发誓以后再也不会与叛党有任何关联,再加上母亲求情,纳瓦才勉强原谅了这个弟弟。

"这件事已经过去了两年,我以为他当真已经浪子回头了。"纳瓦长叹,"其实如今想想,在我为了北上做准备的这段时间里,他的确有许多时间都表现异常,像是迫不及待希望我离开。当时不觉得有什么，此时再回忆起来，却连骨头缝都发凉。"

"朕的弟弟前日回王城，也说白象国似乎有异动。"楚渊道，"楚项的人频繁进出皇宫，这回可不是偷偷摸摸，而是光明正大。"

纳瓦闻言，脸色愈发苍白了几分。

"不过无妨。"楚渊拍拍他的肩膀，"国主对我大楚一片赤诚，朕自会帮你夺回王位。不过还有一件事，想要请教国主。"

"楚皇请讲。"纳瓦点头。

"白象国与遥远国间贸易繁多，不知国主对吴登可了解？"楚渊问。

纳瓦略略犹豫了一下，道："吴登为人很精明，也极会观风向。不过他与坤达一家算是远亲，而坤达又娶了高丽公主，据说还想通过金泰与大楚沾上关系，理应不会这么快就被楚项收买，顶多两头不沾。"

"这样啊。"楚渊点点头，"朕明白了，多谢国主。"

"楚皇有何计划？"纳瓦问。

"待国主伤愈之后，随朕一道出征吧。"楚渊道，"去将失去的东西重新夺回来。"

纳瓦微微俯首："多谢楚皇。"

待到两人走出卧房，院中已经空无一人，只有四喜在门口守着，说是金姝已经扶着坤达回去歇息，叶瑾则是被沈千枫半强行带走，说是要去外头吃夜里才出来的烧鸡摊子。

段白月觉得将来若是有机会，自己定然要与沈盟主单独喝一顿酒。

"夜已经这么深了。"楚渊看了眼天边皎月，"走吧，回去歇着。"

段白月很喜欢这句话。

两人一道往回走，楚渊问："你在想什么？"

段白月道："战事。"

"还没开战呢，想什么战事。"

楚渊嘴角一弯，继续慢悠悠踩路上的石子。

"哥哥，皇上。"穿过一条小路时，楚渊和段白月恰好看到段瑶正在往他们这边走，手里抱了一堆东西。

第三十六章

"方才去哪了？"楚渊问。

"木痴老人那里。"段瑶道，"前辈说有好玩的东西要给我，喏，就是这些。"

"暗器？"楚渊问。

"也不全是，也有木哨和木喜鹊。"段瑶道，"那里还有许多边角余料，前辈让我明早卯时再过去，说要教我做手艺。"

"卯时？那可该早些睡。"楚渊道，"否则明天该起不来床了。"

"那我回去了。"段瑶将怀中不断往下掉的小东西拢了一下，"皇上也早些歇着。"说完又补充，"还有哥哥。"虽然并不是很重要，但还是要适当提一下，免得被打。

"去吧。"楚渊替他整整头发，笑着目送他离开。

"干吗对这小鬼这么好？"段白月问。

"对瑶儿好的可不单单是我一个。"楚渊道，"玄天前辈愿意教他解焚星，木痴老人愿意教他做手艺，你可知这是中原江湖中多少人都想要的机会？"

"瑶儿打小就命好。"段白月道。

楚渊问："你呢？"

"我也命好。"段白月道。

"那是自然。"楚渊拍拍他的胸膛，"谁的命能好过你。"

路过藏书塔，却见院中还亮着灯。四喜在旁解释："回皇上，是温大人。"

"温爱卿啊。"经他提醒，楚渊才想起来，"还没回去呢？"

"没回，赵大当家也来了，陪着温大人一道看书。"四喜道，"这藏书塔可足足有七层，就算温大人看书能一目十行，怕也要花上月余才能整理完。"

"让御膳房准备些消夜送过去吧。"楚渊道，"再告诉温爱卿，早些回去歇着，不必太累。"

"是。"四喜招手叫来内侍，低声吩咐下去。楚渊又问段白月："你呢？要不要吃夜宵？"

"你饿了？"段白月道，"我陪你吃。"

"我不饿，没胃口。"楚渊指指旁边，"你儿时也经常来宫里头的，还记不记得这里？"

"楚项的景瑶殿，自然记得。"段白月道，"如今有人住吗？"

楚渊摇头："楚项被流放后，这里也就空了下来。"

一只老鼠吱吱叫着，从门里跑出来，熟门熟路跳进了花丛中。

楚渊皱眉嫌恶。

"没查封？"段白月问。

"抄家之后，自然是要查封的。"楚渊道，"只是时间久了，这宫里人又多，难免有人想要偷鸡摸狗，一张封条、一条铁链而已，拆了也就拆了。即便是值钱之物都已经收归国库，但瘦死的骆驼比马大，楚项又是出了名的奢侈成性，哪怕官兵只是遗漏了一个玉佩、一斛珍珠，也够普通百姓过好几年日子了。"

"明日再找人来封一次吧。"楚渊道。

"是。"四喜道，"老奴明日就通知王统领。"

"走吧。"夜色寒凉，这里又阴气沉沉，段白月片刻也不愿他多待。

楚渊点点头，转身刚想离开，却又有一只大老鼠钻出来，嘴里叼着一块明黄色碎布，虽是又脏又破旧，却依旧能看出上头的祥云环日底纹。

"这……"四喜有些愣住。虽说明黄色的料子皇子都能用，可这祥云纹路却只有太子才能穿，如何会出现在别处。

"你的衣裳？"段白月将老鼠赶走，蹲下看了看那块布，是贴身穿的里裤。他打小就闯惯了太子寝宫，自然能认出来。

楚渊看了眼四喜。

"的确是皇上的贴身衣物，看大小该是八九岁的时候。"四喜答。楚渊从五岁开始就由他伺候，穿过什么衣裳戴过什么帽子，都记得清。楚渊冬天怕冷，不肯穿绸缎，因此皇后娘娘便下令织了这批料子，与其余皇子的都不同，要软上许多，也没锦缎那么光亮，很好辨认。

段白月伸手推开门，灰尘扑簌往下落，看来这里也早就被搜刮一空，已经许久没人来过。院中枯树在火把的光亮下，在墙上投下不断变化的影子，若再来几声寒鸦鸣，可就当真是毛骨悚然了。先前的老鼠又从门缝里挤进来，也不怕人，只管往后头跑。段白月与楚渊跟过去，就见它钻进了一处破屋内，过了阵子，又拽了一件衣裳出来，看架势像是要垫窝准备过冬。

段白月举着火把，一脚将门踹开。里头并没有人，腐败的气息扑面而来，桌椅凌乱床铺坍塌，帷帐上挂满了蜘蛛网，一切都是灰沉沉的，只有地上堆着不少衣裳，看着还有些别的颜色。四喜凑近一看，惊道："皇上，这都是您幼时的贴身衣物啊。"

段白月道："应当是被人藏在床中暗格，结果被白蚁蛀空了，木板坍塌，才会被老鼠拽出来。"

楚渊神情极其难看。

段白月拔剑将床板又劈开了些，里头依旧是塞满了衣裳，还有些小玩意，木哨、玉笛、发簪，以及一张画像，是楚渊年幼时的脸。

四喜胆战心惊，这……

段白月脸色铁青，将画像捏得粉碎："老子活剐了他。"

"这可不是楚项的卧房。"楚渊看着他。

"那是谁？"段白月问。

楚渊顿了顿，道："刘锦德，他年长楚项十余岁又武功高强，经常会陪他练剑，若是时间晚了，便会歇在此处。"

"先回去吧。"段白月道，"明日我再来搜查一遍，今晚西南府的人会守在此处。"

楚渊掌心却冰凉。他从记事开始，眼底从来就没有过其他人，因此也从来就没注意到，自己居然会被旁人用如此方式惦记了十几年。

"好了。"回到寝宫后，段白月道，"没事。"

楚渊道："嗯。"

楚渊依旧神思恍惚，四喜却看得清楚，西南王的眼神，可从没这么冷过。

第三十七章

第三十七章

温泉殿刚刚翻新过一回，比先前精巧了许多。内侍早已退下，段白月四下看看，问："何时改建的？"

"是木痴前辈，前阵子把这里重新修了一回。"楚渊抬头看着上方，"改了这温泉殿的屋顶，一是为了散水汽，二是为了能让星光透进来。"

"镂空是好看，可若漏雨要怎么办？"段白月问。

"所以说你这人毫无情趣。"楚渊道，"若换成旁人，能在这温泉中独听一夜风潇，看雨落涟漪，是要配诗与酒的，求之不得的意境与心境，你却在想漏水要怎么办。"

段白月："……那还有刺客呢。"

楚渊安慰："不过也无妨，朕不嫌你。粗鄙就粗鄙了。"

段白月笑着问："喝一杯？这壶酒虽有些烈，但入口滋味还不错。"

楚渊一饮而尽："这次的酒叫什么名字？"

"雾染。"段白月道，"酿云光的时候，顺手多封了几坛，原本不想带给你的，不过尝尝也无妨。"

烈酒入喉，不多时人便懒起来。

"西南王。"四喜正在院中候着，自打从景璠宫中出来，他就知道王爷定然会找自己问一些当年的事情，因此并未回去歇着。

"有劳公公。"段白月道。

"西南王言重了，这是老奴的分内差事。"四喜道，"那刘锦德原是刘府中最受宠的少爷，自幼生得高大魁梧，八岁便能打遍府中武师，十八岁时入的宫，一直陪在当时的高王楚项身边充作贴身护卫与玩伴，一年中有大半时间都留宿在景璠宫。"

"入宫之后，他可是经常来找皇上？"段白月问。

"先前没在意，可现在想想，他的确找各种借口，想来太子宫。"四喜道，"只是皇上打小脾气就倔，又不喜欢刘家人，因此常常一见他就走。先皇因此还训了皇上几回，可也没见有什么用。"

至于刘锦德为何会被调往辽州，也是因为楚渊在先帝面前的坚持——楚项虽想让人留在宫中，甚至长跪景泰殿前不起，却最终也没能被召见，刘锦德依旧在三天后便离开了王城。在那之后，楚项在看向楚渊的眼神里，便更多了几分恨意，四喜偶尔扫到，也是胆战心惊。

"仅仅这些?"段白月道,"在刘锦德被调任辽州后,楚项若心怀恨意,按照他的性子,十有八九会暗中报复。"

"倒是没有。"四喜道,"一直就风平浪静。"

"如此啊。"段白月点头,"多谢公公。"

"皇上可不是好欺负的性子。"四喜压低声音道,"西南王尽管放心,打小到现在,只要两方有冲撞,一直都是高王吃亏。"

段白月笑道:"好。"

南洋海岛上,一名男子独自坐在礁石上,看远处的惊涛骇浪与浓重不散的白色迷雾,身材魁梧,五官算是周正,眼神却透着一股阴寒。

身后传来脚步声。

楚项问:"在看什么?"

刘锦德并未回头,只是道:"大楚。"

楚项道:"你我很快就能回去了。"

"很快就能回去?"刘锦德道,"别忘了,你我可都是他的手下败将。"

"不是你我,是你。"楚项道,"若非你当年心慈手软,他也没命活到现在。"

刘锦德道:"现在我也不会让他死。"

"若我一定要杀他呢?"楚项问。

刘锦德道:"那我便先杀了你。"

楚项与他对视片刻,而后冷笑一声,转身回了住处。

秋雨时节,从早上就开始淅淅沥沥。段瑶嫌撑伞麻烦,因此一路用轻功往木痴老人的住处跑,将前来上朝的大人们吓了一跳,还当是谁养的鹞鹰落在了房檐上,一晃眼就消失得无影无踪。

"年少英雄,年少英雄啊。"刘大炯语调中充满赞叹。

"这可是西南府的人。"陶仁德赶紧提醒,"乱说不得。"

"西南府怎么了,咱皇上最近和西南王好着呢。"刘大炯道,"御膳房日日做菜非酸即辣,呛得人眼睛都睁不开。"

"要一道打仗,关系自然要亲近一些的。"陶仁德坚持,"待到南洋平定,这朝廷与西南府的关系,还指不定会怎么样。"

"你说什么都对,都对。"刘大炯双手揣着袖子,就差将"敷衍"二字写在脸上。

陶仁德在他这里碰了一鼻子灰，气不过，于是随手拉了个人过来："丞相大人以为如何？"

"什么我以为如何？"温柳年问。正在同张大人聊哪家的肘子好吃，就被平白无故拖到了这里评理，他有些茫然。

陶仁德压低声音："皇上与西南王的关系。"

温柳年立刻正色道："自然是君臣之谊。"

"现在是君臣，将来可就难说了。"陶仁德拐弯抹角暗示他，毕竟西南府狼子野心，大家都是知道的，打完南洋之后，保不准还会出什么幺蛾子。

温柳年发自内心附和："大人所言极是，下官也这么想。将来的确很难说。"

"听到没有？"陶仁德用胳膊捣了一下刘大炯，"温大人也这么想。"

刘大炯抽抽嘴角，蹲到一边台阶上，并不是很想说话。

"前辈。"段瑶抖落身上的雨滴，推门走进殿中。

"怎么也不撑一把伞？"木痴老人正在做一把木琴，见到他后笑呵呵问道，"吃过早饭了吗？"

"吃过了。"段瑶蹲在他身边，用手指摩挲了一下琴身，"前辈要做风芜？"

"哟。"木痴老人吃惊，"你还能看出这把琴是风芜？"

段瑶道："先前行走江湖的时候，也曾为了查案子去过琴馆，见过不少名琴。"

"你去的那家琴馆，叫飞柳亭吧？"木痴老人道，"如今这天下能见到风芜的，可就只剩那一处地方了。"

"嗯。"段瑶点头，"也是前辈制的吗？"

"不是我，那里的琴，都是古琴。"木痴老人将风芜放在一旁，"今日不教你做琴，教你做别的。"

"机关？"段瑶问。

木痴老人道："你想学机关？"

"随口说说而已，我什么都能学。"段瑶道，"在这宫里横竖无事可做，桌椅板凳都成。"

木痴老人笑道："那今日就做个板凳吧，一步一步慢慢来。"

段瑶很爽快地答应，挽起袖子去隔壁抱了木材过来。

木痴老人教他如何分辨木料，不知不觉，一晃便过去了一整天。

段瑶抱着板凳往回走，心说明日再做一个，刷上红漆，给哥哥和嫂子大婚用。

"学了整整一天？"段白月在听说此事后，笑道，"平时看瑶儿毛毛躁躁的，还当坐不住，却没想到既能下棋也能做手工匠人。"

"或者瑶儿会因此再多一个师父，也说不定。"楚渊道，"木痴前辈先前一直在说，收徒这种事要看缘分，强求不得。瑶儿脑子机灵嘴又甜，理应很讨长辈喜欢。"

"都说了，这小鬼命好。"段白月道，"只是木痴前辈年事已高，此番当真要随军一道出海？"

"我也说了不用，前辈却执意要跟。"楚渊道，"说鬼木匣的图纸是当初他亲手所制，若不亲手毁了，将来就算进了棺材也良心难安。"

"不然让瑶儿再劝劝？"段白月问。

"劝倒是能一直劝，只怕前辈未必肯听。"楚渊道，"不过有小瑾在，小病小灾应当不用担心。"过了阵子，又拍拍他，"反而是你，要多小心，听到没？毕竟'这位神医'，漫天撒药的时候很是吓人。"

西南王揉揉太阳穴，考虑要用什么来收买沈盟主。

两日之后，段白月率部离开王城，一路快马加鞭赶回西南。

段瑶则是留在了宫中，跟着木痴老人做桌椅板凳，顺便等着同皇上一起南下。

又过了一个月，楚渊御驾亲征，出兵直指南洋。

大军统帅名叫薛北岳，是与沈千帆齐名的大楚虎将，二十出头便已战功赫赫，尤擅水面作战，一年前刚被楚渊下旨从北海召回王城。

"这回还真不是沈将军啊。"朝中有人犯嘀咕。

"咱大楚就一个沈将军，打西北东北东海都是他，还不能歇一回了。"旁边的人道，"薛将军虽说出身不算好，可行军打仗谁比这些，他可是和沈将军一样，从没败过。"

陶仁德与刘大炯照旧去吃火烧，正阳街上送别大军的百姓刚刚散去，路面还有些狼藉。

"吃顿好的？"刘大炯问。

"皇上才刚走，你这就光惦记着吃好的？"陶仁德道。

"此战大楚必胜，就当是提前庆贺。"刘大炯数了数铜板，递给火烧摊子的老板,叮嘱要加三倍的肉,方才坐在板凳上道,"皇上御驾亲征,薛将军战无不胜,西南王与赵大当家的功夫都是出神入化,沈盟主更是天下第一——"

陶仁德纠正:"现如今的天下第一是追影宫主。"这就是看过小话本的好处。

"你说谁就谁吧,再加上九殿下,还有西南府的小王爷,这仗能输才是见了鬼。"刘大炯喝了口绿豆汤,"更别提还有温大人,他的嘴皮子有多利索,你又不是没见识过。只怕到时候两军对垒不用打仗,丢他出去声情并茂朗诵一番,便能将叛军煽动到倒戈相向。"

"阿嚏!"温柳年在马车里打喷嚏。

楚渊递给他一盏茶:"风寒当真好了?"

"回皇上,微臣已经没事了。"温柳年擦鼻涕——他是个书呆子,很文弱,就算吃得多,身体底子到底也比不上习武之人。所以刚一出王城就生了病,过了足足半个月才勉强恢复了精神。

段瑶嘴里叼着一个野果子,单手攀上道边大树,将掉出窝的雏鸟小心翼翼放了回去。叶瑾站在下头,指挥他用树枝将破损的鸟巢补好,又倒了几条半死不活的虫进去,给母鸟做食料。木痴老人坐在马车顶上晒太阳,看他二人小娃娃一样站在树下,眼巴巴等母鸟回来,自己也乐呵呵笑出来。

数万大军行进,速度自然快不起来。时间一晃就到了年关,方才抵达斩水城。

"往西走便是蜀地了。"这夜,沈千枫道,"只可惜没时间,否则还能去看看少宇与凌儿。"

叶瑾守着火堆,用干柴在地上画出一只胖乎乎的小凤凰。

"啾!"头上似乎有声响。

叶瑾狐疑地皱眉,然后猛然抬头。

一团黄黄的毛球从天而降,翅膀笔直。

砰!

看着落在自己手心的小东西,叶瑾有些头晕目眩。

"秦宫主来了?"温柳年大喜过望。

树林中隐隐传来马蹄声,而后便见一伙黑衣人斜着杀出,颇有几分土匪气场。

"参见皇上!"

声音吼得特别整齐,一看就知道排练了许多次,很有诚意。

"怎么只有你们,少宇呢?"叶瑾站起来。

毛球蹲在他肩头,小黑豆眼熠熠生辉。

"回谷主,我家宫主与公子有事,去了淅川府。"暗卫道,"临走前让我们留在此处,送皇上一份大礼。"

"大礼?"楚渊笑,"是什么?"

暗卫从树林中拖出来一个人,抽掉了头上的麻袋。

叶瑾凑近仔细看了一下,莫名其妙问:"这谁啊?"

认都认不得,也好意思拿来送,寒不寒酸?

楚渊上前看了看,就见那人闭着眼睛,不知是死是活,鼻青脸肿,只怕亲爹也未必能认出。

"是纳西刺。"暗卫解释。

此言一出,其余人都倒吸一口冷气,纷纷围上前再度仔细看:"为何纳西刺会落入追影宫手中?"

"楚项要杀他,被宫主救了下来。"暗卫道,"想来应该还有些用途,于是便令我们在此处等皇上。"

"楚项要杀纳西刺?"楚渊对此倒是颇为意外,"按照他的性格,哪怕仅是傀儡,也应该一直养着才是。"

"此事说来话长。"暗卫肚子咕咕叫,"可否先借个火堆,我们烤几只山鸡吃?"

楚渊笑道:"营帐中还剩了些点心与烧鸡。"

"这倒不必。"暗卫将山鸡从背囊里拖出来,蹲在地上拔毛,"公子叮嘱过我们,不能占楚军一丝便宜,哪怕是一个馒头一碗粥。"

现场有将士听到,立刻就对追影宫刮目相看——似乎也并不像传闻中的那样魔障,还是颇有几分原则的,什么仗势欺人到处收保护费,怕是其余门派的诋毁谣传。

肉在火堆上冒出滋滋香气,简单地撒上盐巴便已是美味,看着挺诱人,连楚渊也从他们手中接过一只鸡腿,一边撕着慢慢吃,一边听白象国这段日子以来所发生的事情。根据暗卫所言,在纳瓦刚离开的时候,白象国的确是由纳西刺掌管,不管是百姓还是官员,都对此毫无异议。只是时间还没过一个月,楚项的人就已经开始自如进出

第三十七章

王宫。这些年楚项在南洋频繁动作，白象国自然不可能毫无察觉。而在此之前，几乎所有官员都在期盼着能与大楚合作，可是想都没想过与叛军扯上关系，因此翌日便有一群大臣前去请命，让纳西刺保持中立，切勿被小人利用。

"然后呢？"楚渊问，"他答应了？"

暗卫道："没有。纳西刺看上去已经铁了心要与楚项合作，因此非但没有听劝，反而还将前去进谏的臣子全部赶了出去。"

"一听便知是个蠢货，难怪会被楚项蒙蔽。"叶瑾摇头，"哪怕只是为了笼络人心，也该做做样子才对，哪有直接撵走的做法。"

"谷主所言甚是。"暗卫道，"纳西刺行事独断，臣子们也不服他，没多久朝中便乱了起来。半数大臣称病在家，不上朝也不理会纳西刺，只一心等着纳瓦回去。"

风言风语很快便传到了民间，别有用心之人蠢蠢欲动，眼看一场动乱即将掀起，纳瓦却突然回去了。

楚渊微微皱眉。

"楚项找人易容，假扮成了纳瓦。"暗卫道，"而在当夜，纳西刺便被下了毒药，身亡后又缠上巨石丢入了海中。幸好宫主一直命我们暗中监视宫里的动静，才能将毒药换成假死药，又及时将他捞上了船。"

"此番真是有劳秦宫主了。"楚渊道，"他日若能得胜而归，朕……定以万金相酬。"他原本想说去追影宫当面道谢的，只是话到嘴边却又咽了回去。这些年来朝廷与追影宫的关系一直微妙，贸然前往，只怕也不讨喜。

"平白换了个人，朝中大臣觉察不出来就罢了，连太后与皇后妃嫔没发现？"叶瑾问。

"这回楚项可做得机灵。"暗卫道，"谎称纳瓦在途中遇刺伤了脑子，事情记不全，性格时好时坏，用来掩盖所有破绽。至少在我们离开之时，白象国并没有大的异常。"

"那金姝与坤达的去向呢？再者，他杀了纳西刺，又要如何交代？"楚渊问。

"他派人往暹远国坤达家送了封书函，不过内容是什么，便不清楚了，倒是没听说那头有何异常。"暗卫道，"至于纳西刺，楚项刚开始是不想杀他的，可惜此人着实又狂妄又暴躁，纯属自己找死。楚项在将他丢入海底后，便说已经送往暗室思过，暂时瞒了下来。"

"现在要怎么办？"叶瑾问。

"当初调兵围攻流觞剑阁，楚项定然已经知道真的纳瓦在我们手中。"楚渊道，"找个冒牌货顶替，着实是下下之策，因为只要我们抵达白象国，一切假象便会不攻自破。"

"那他为何要走这步棋？"叶瑾又问。

"他可不蠢，既然这么做，八成是有了主意，要赶在我们之前完全接管白象国。"楚项道，"换言之，就是将纳瓦变成可有可无、亦真亦假的人物，甚至让百姓开始厌恶他，明白吗？"

叶瑾微微皱眉。

"方才追影宫的诸位少侠说过，现在全白象国的人都知道纳瓦遇刺伤了脑子，既然伤了脑子，到了真正发疯的时候，还有谁会将他的话当真？"楚渊道，"这可是一手好算盘，现在先用纳瓦稳住局势，再赶在我们之前将他变成疯子，到那时就算真正的纳瓦说出真相，又有几人能信？甚至若我没猜错，这几日便会有故事在白象国传开，从纳瓦北上被绑架开始，到被朕所救一道南下结束，将实情完完全全复述一遍。而此时纳瓦分明就正在王宫里，百姓自然不会相信，只会当成故事听。头回听稀罕，二回听也凑合，三回、四回、十几回，谁还会有兴趣再重复？"

叶瑾道："那还有坤达与金姝呢？"

"按潇潇儿当初供认，在金姝逃走之后，为了避免麻烦，他倒是写了封书信给楚项，推说不小心将她给杀了。"楚渊道，"至于坤达，就不知道楚项打算如何应对了。"

"先派人去遐远国查探一番吧。"叶瑾道，后又拎起旁边的纳西刺道，"要先弄醒此人吗？"

楚渊点头，差人将纳瓦带了过来。

"这……"看到昏迷不醒的纳西刺，纳瓦果然大惊失色。

"国主不必担心，还活着。"暗卫立刻安慰道，并且将事情的大致经过又讲了一遍。

纳瓦闻言眼前发黑，若白象国目前还是纳西刺掌权，那至少自己的母亲是安全的，若换成是楚项，那可就一切都难说了。

楚渊叫来几名影卫，命他们快马加鞭先离开，暗中前往白象国。一为刺探情报，二为保护女眷。

第三十七章

叶瑾撸起袖子，将纳西剌一针扎清醒。

所有人都围在旁边看，甚至还要挤位置。

纳西剌："……"

纳瓦怒从心中起，照着他的头就是一脚。

段瑶立刻觉得，还是自己的哥哥好。

纳西剌再度晕了过去。

叶瑾只好又扎了一回，并且示意段瑶挡住纳瓦。

纳西剌又睁开眼睛。

四周照旧是一双双充满好奇的眼神。

纳西剌满心茫然，一个一个看过去，最后终于和纳瓦四目交接。

……

叶瑾及时提醒道："问完了再揍。"

纳瓦胸口剧烈起伏，眼里几乎要喷出火，带着万钧咆哮怒吼道："到底是怎么回事？！"

纳西剌身体晃了晃，险些又昏迷倒地，过了许久才战战兢兢，将事情始末前言不搭后语地说了一回——却和没说没什么区别。一切都与众人先前猜测的一样，楚项派人前往府中拉拢纳西剌，许下重金与大楚五州六城十七镇，将人哄得心花怒放，有一说一。在听闻纳瓦被绑架后，纳西剌立刻迫不及待上位要称帝，却又因为太蠢很快就被楚项嫌弃，直到被灌下毒酒，也没搞清楚自己究竟哪里做得不对。

叶瑾用充满同情的眼光看着他，就这脑子，还想要五州六城。

楚渊叫来侍卫，将纳西剌暂时带了下去，又差人先扶纳瓦回去歇息。

"事情办妥了，我们也该去追宫主与公子了。"暗卫道，"告辞。"

"此番多谢诸位。"楚渊点头。

暗卫伸出手。

叶瑾："……"

"啾！"小凤凰蹲在他手心，兴致勃勃地展开短短的翅膀。

叶瑾："……"

暗卫："……"

"谷主。"暗卫泪流满面道，"这是我家少宫主，能不能还回来？我们可以赔你十只鸡仔，或者老母鸡也成。"

叶瑾百转千回，满心不舍。

"啾！"毛球四下环顾了一番，没有软绵绵可以蹭，心里略失望。

"乖。"沈千枫将小凤凰从他手中拿走，交给了暗卫。

叶瑾狠狠握住拳头，提醒自己不能抢。

暗卫赶紧翻身上马，跑得飞快。

叶瑾："……"

其余人识趣地散开，将人留给沈千枫，生怕会被无辜牵连。只有木痴老人不解地询问道："为何突然间就都作鸟兽散？"

段瑶挤进马车，压低声音道："因为怕叶谷主会生气。"

"生气了就该劝着些，怎么反而都躲了？"木痴老人继续问。

段瑶斟酌了一下用词，道："叶谷主生气的时候，有些凶，前辈下回遇到，也是要离远些的。"

"看着眉目清秀，再凶能凶到哪里去？"木痴老人不信，"况且先前我在江湖上东躲西藏之时，经常会听到武林中人在议论，说叶谷主妙手仁心，性子也是一等一的温婉，平日里除了悬壶济世，就是在家做饭洗衣纳鞋底……咦，外头是什么声音？"

段瑶呵呵干笑："没什么声音，前辈接着说。"

要么拆树林，要么拆沈盟主，并不值得特意去看。

沈千枫哭笑不得，强行将叶瑾带回了马车。楚渊坐在火堆旁，看着他两人打打闹闹，眼底被火光映出笑意，心底却又生出几分思念。还有一个月才能到西南地界，往常按照那人的性子，应当早就找了过来。不过此战事关重大，西南府亦有不少事情要做，恨不得一天时间当成两天用，怕也没空再想些别的。

第三十八章

段白月翻身躺在屋顶上，看着头顶明晃晃的月亮，有些哭笑不得。

"王爷。"段念恰好从外头回来。

"可有消息？"段白月坐起来。

"楚皇已经率军过了三拢，按照日子算起来，现在应当已经行至斩水城了。"段念道，"再有一个月左右，便能抵达大理。"

"一路可还安稳？"段白月又问。

"自然。"段念道，"那可是楚皇亲率的数万大军。谁吃撑了敢去挑衅？"

"南边呢？"段白月继续道。

"沿海一带的百姓都知道要打仗，生活自然会受些影响，渔民减少了出海的次数，前往南洋做贸易的大商户更是争先恐后往回跑。"段念道，"不过朝廷一早就下了旨，海战期间所有生活受影响的渔民，都会由官府统一发放米面布油。至于商户们，楚皇许诺战后会有更利好的贸易政策，所以大家也并无太大异议。"

段白月点点头："辛苦了，回去歇着吧。"

"王爷当真不打算北上吗？"段念问，"虽说大军要行进一个月，可若换成火云狮，昼夜不停，八天便能到。"

段白月失笑道："此时此刻，战事为重。"

段念挠挠脑袋，告退离开了小院，觉得自己似乎有些多嘴。

段白月摩挲了一下手边的玉雕，也起身回了房间。

而一到西南府的地界，叶瑾便时常会消失，背着小背篓满山乱跑，草药越采越多，楚渊不得不给他弄了一辆粮草车，专门用来装晒干的药草。

"要用来做什么？"沈千枫问。

"留着给楚项送礼。"叶瑾抽出一根药材，啃了一口嚼着。

温柳年与章明睿站在后头，异口同声地问："还能吃啊？"

"大人不知道也就罢了，你是太医，怎么也不认得干荔根？"叶瑾道，"又面又甜，饥荒时能用来做粮食，不过单吃无妨，若是与胖大海配在一起，是会腹泻死人的。"

温大人立刻断了尝一尝的念头。

章明睿惭愧道："学生先前并未听过此物。"

"拿去看吧。"叶瑾从一边的马车中抽出一本书道，"看完再还我。"

"这……多谢九王爷。"章明睿大喜，猛作揖。

叶瑾摆摆手，自己转身去找楚渊。

温柳年吃惊道："是传闻中的《神农经》？"

章明睿满心激动，泪流满面，哽咽不能言。

温柳年满目担忧，你悠着些，悠着些。

"你喜欢那个小太医？"沈千枫跟在他身旁问。

"喜欢谈不上，不过他的确资质过人。"叶瑾道，"听说宫里头的猫狗鸟雀受了伤，都是他去看。"

沈千枫哭笑不得道："兽医啊？"

"做大夫的人，自然要更心软一些。"叶瑾道，"这回出战，也是他主动要随军同行的，这可是苦差事，太医院与军医馆不同，那里头的人养尊处优惯了，没几个人愿意上战场。"

沈千枫道："他似乎想拜你为师。"

"先看懂那本书再说吧。"叶瑾撇嘴的，"我不轻易收徒弟。"

接下来的路途依旧风平浪静，只是官兵都在嘀咕九殿下的马车，越换越大，也不知沿途都弄了些什么东西在里头。

"皇上。"薛北岳道，"还有三日，便能到大理城了。"

楚渊点头道："全体加快速度，今晚在洱岩镇驻扎。"

薛北岳领命，转身快马加鞭前去通传。温柳年与赵越同骑一匹马，笑眯眯地跟在后头，虽说从出发到现在都没怎么提，可皇上到底还是想的，今晚能到洱岩，明晚便能到大理，哪怕只是早一天也好。

叶瑾坐在飞驰的马车里，心情也很复杂。他一边想大军都到大理城边了，怎么还不见段白月来接一下他哥。可转念一想，又觉得自己是不是吃多了，居然还盼着秃子来，难道不该是离得越远越好，毕竟大家不算熟，很陌生。左思右想，天人交战，表情千变万化，他整个人都要分裂了。

行至途中，大军却停了下来。

"出了什么事？"楚渊问。

"回皇上，前方有人挡路，"先锋官道，"说想要面圣。"

"可有冤情？"楚渊问。

"对方是个三十多岁的中年男子,身材高大魁梧,说话声如洪钟,自称名叫吴三磊。"先锋官道,"听他所言,拦路并非是想申冤,而是想参军。"

"这就莽撞了。"温柳年道,"地方周府都在征兵,他为何不在家乡报名,反而跑来拦圣驾?"

"可要赶走?"先锋官试探着问。

"温爱卿一道去看看吧,"楚渊道,"然后再做定夺。"

在一处狭窄的山道上,果然正盘腿坐着一个人——与温柳年站着一般高。

温大人:"……"

先锋官低声道:"就是此人。"

"阁下便是吴三磊?"温柳年问。

"是啊!"对方站起来,从温柳年的方向看过去,几乎能遮住日头。而且声音是当真很洪亮,放炮敲锣一般道,"我要见皇上。"

"阁下是何方人士?"温柳年又问,然后又提醒道,"小声回答便可。"

吴三磊道:"济南府。"

温柳年耳朵嗡嗡响,怎么声音还越大了些。

"我要参军打仗。"吴三磊道,"当将军。"

温柳年干笑道:"男儿有这种想法,自然是好的。只是壮士为何不在济南府报名参军,反而要来此处?"

吴三磊道:"那济南府的狗官占了我家三十亩稻田。"

温柳年闻言皱眉道:"胡言乱语!无凭无据,岂容你张口就污蔑于大人。"

"你是大官,不信尽管去查。"吴三磊道,"我要不回祖产,就不要了。这回挡路可不是为了告状,是为了糊口活命。"

温柳年想了片刻,又问道:"那阁下可有过人之处?"

吴三磊四下看看,随手抱起路边一块凸出的山石,对先锋官道:"你抱着这位大人。"

先锋官:"……"

赵越大步上前,将温柳年护入怀中。

吴三磊微微下蹲,而后便深吸一口气,仰天怒吼了一声。

如同九天玄雷在脑顶炸开,温柳年眼前发黑,膝盖发软,若非有赵越在身边,险些滚下山。

大军最后的章明睿被吓了一跳，踮着脚拼命往前看，却什么都看不到——这是什么声音？

楚渊却是嘴角一扬，与身边的薛北岳对视了一眼。

山石被生生从岩壁上抠了下来，吴三磊双手高举，扬臂将那数千钧的巨石抛向对面山壁，两两相撞间，黑色的岩石四分五裂、飞溅四方，声响堪比炸药。

"你跟我来。"温柳年如获至宝，领着他一路穿过先锋队，带到了楚渊面前。

见着穿龙袍的人，吴三磊跪地道："草民参见皇上。"

"起来吧。"楚渊笑着打量他，"阁下是天生神力？"

"正是。"吴三磊点头。

温柳年压低声音，将方才吴三磊所言的事向楚渊报了一遍。

"于方亨占了你的祖产？"楚渊问。

吴三磊活了三十年，还是头一回见到敢直呼济南知府名字的人，一时有些感慨。

"既有如此身手，区区一个济南府，又如何能困得住你？"楚渊继续道，"祖产被抢，为何不干脆杀了仇人？"

吴三磊愣了一下，心说这什么皇上啊，上来就教自己杀人。

"不敢？"楚渊微微挑眉。

"我杀了他，那便要偿命，就算不偿命，将来的日子也是东躲西藏。"吴三磊道，"划不来。"

楚渊大笑："那又为何要参军？"

"参军就能立功，立功就能当将军。"吴三磊道，"当了将军，我就风光回乡，吓死那狗官。"

"除了力气大，会拳脚功夫吗？"楚渊又问。

吴三磊道："不会，我只会种地。"

温柳年摇头道："这可不成，顶多当个挑夫。"

吴三磊闻言着急，又改口道："会两招。"

"给朕看看。"楚渊示意周围的人退下，给他腾出地方。

吴三磊道："大概是十年前学的。"

楚渊道："记得多少，就使出来多少。"

吴三磊扎好马步，左右看看，面色为难，已经过去了十年，是当真忘了大半。

周围一圈人却都只顾着看，并无人替他解围。

吴三磊一咬牙，怒吼着胡乱打出一拳。幸好这回赵越手快，替温柳年捂住了耳朵。

"菩提望月！"吴三磊单脚独立，右手直指苍穹。

此等画面，温柳年觉得自己有些不忍直视。

楚渊却暗自沉思，这几招固然是对方在胡乱回忆，毫无章法可言，但不知为何，有些招式竟莫名有些熟悉。一旁薛北岳也看出门道，于是从地上捡起一块碎石子，屈指弹了出去。

吴三磊毫无防备被击中膝盖，跌跌撞撞往前冲了几步，回头想找出谁是罪魁祸首，却又有三枚飞镖迎面飞来——闪着寒光的武器。

吴三磊脑子一蒙，本能地弯腰向后躺去，水桶般粗壮的腰却无比柔韧，单手握住一棵树，闪躲到了另一边。

"得罪了。"薛北岳抱拳道。

吴三磊也有些震惊，他原本以为自己已经忘了那两招功夫，可没想到情急之中，竟然能再使出一回。

楚渊这回却看清楚了，是西南府的功夫——一招雨落杨花，一招皓月清风。

"皇上。"吴三磊丝毫不见气喘，心底却忐忑，不知道自己算不算过关。

"方才那两招，是谁教你的？"楚渊问。

吴三磊道："是个老人，他当时穿得破破烂烂，头发也脏，比难民还不如。在街上买吃食被人嫌弃，我便给了他一个包子。而作为报酬，那老头在狼吞虎咽吃完包子后，教了我两招功夫，一招用来杀人，一招用来防身。"

十多年前路过济南、破破烂烂的老头、会西南府的功夫，更重要的是，头发蓬乱，不肯梳头。

不用想也知道是谁。

楚渊算了算，恰好是自己南下遇刺，被南摩邪所救的时间。

"出了什么事？"段瑶捏着半块点心，也好奇地挤过来看热闹。

楚渊问他："收徒弟吗？"

"啊？"段瑶没反应过来，"收谁做徒弟？"

楚渊伸手一指。

段瑶顺着看过去，目眩神迷。

吴三磊老实了半辈子，这回却机灵了，管他到底是怎么回事，至少是不用当挑夫了。

于是他当机立断，跪地咣咣咣磕了三个响头，将地皮也砸出坑，声如惊雷过耳道："徒儿拜见师父！"

"这到底是怎么回事？"段瑶觉得自己有些头晕。

楚渊道："十多年前，南摩邪前辈曾教过他两招功夫。"

"所以呢？"段瑶上下打量了一下面前的壮汉，头发硬刺般竖着，黑面加上铜铃眼，魁梧壮实，跟书里张三爷似的。

"朕方才看他情急之下使出的招式，也算是有些天分。"楚渊道，"若是能勤加练习，将来上阵杀敌之时，也许会有大用。"

听到"上阵杀敌"四个字，吴三磊眼神热切，看架势又想磕头。

段瑶赶紧制止他，道："教功夫可以，我不收徒弟。"

"也成。"楚渊一笑，对薛北岳道，"先将他编入先锋队中，这一路就暂且跟着瑶儿吧。"

"多谢皇上！"吴三磊大喜过望，他虽不甚了解军队编制，但先锋队这三个字一听，就很过瘾！

薛北岳亲自带着人去了文书处，大军继续前行。段瑶倒是并未太将这件事放在心上，眼瞅着就要回西南府了，要做的事情多了去。

晚些时候大军驻扎山林，生火做饭就地歇息。吴三磊一口气吃了八碗面，还说只是半饱，楚渊听到后笑道："若不多杀几个敌人回来，朕可算是亏了。"

吃饱肚子后，吴三磊惦记着段瑶，一路寻了过来。

段小王爷双手托着腮帮子，正在火堆边发呆。

"师父！"一声呼唤如同炸雷，段瑶被吓了一跳。吴三磊也觉得自己嗓门太大，不太好，于是又小声重叫了一回，"师父。"

"我可不是你师父。"段瑶站起来，"怎么，要练功夫吗？"

"现在能练？"吴三磊赶紧点头。

"来吧。"段瑶丢掉手里的木棍，带着他到了一处僻静的树林，站定后道，"都会哪些招式，捡你最擅长的来打我。"

"好嘞！"吴三磊撸起袖子，轰隆隆便冲了过来。他可不怕将面前的少年打飞，这是御赐的师父，功夫定然很高深。

段瑶闪身躲开。

吴三磊一头撞到了树上。

一声闷响之后，碗口粗的大树晃了两下，顺山倒。

段瑶呆呆张大嘴，他一来没想到这人这么愣，居然还真往树上撞，白天皇上不是说会功夫吗？二来则是被他的脑袋硬度震住，铁头功也未必能有此等神威。

吴三磊倒是没晕，只有些破皮流血，随手一抹转身看着他。

"你……没事吧？"段瑶试探道，"不然去找叶谷主看一下？"

吴三磊粗声粗气道："我没事，从小脑袋就硬。"

段瑶："……"

"方才是我没来得及刹住脚步。"吴三磊继续道，"师父可要再试一回？"

段瑶看了看他的脑袋，道："十年前师父教你的那两招，先放着别练了，我教你一门别的功夫。"

吴三磊大喜过望，满口答应。

"瑶儿与那吴三磊一起，也不知在林子里做什么。"叶瑾坐在楚渊身边，把手里端着的碗递给他，"飞沙走石的。"

楚渊笑笑，低头闻了闻汤碗道："从宫里头带出来的？"

"嗯。"叶瑾道，"没时间慢慢炖，不过煮成汤也能喝，解乏。"

"这一路辛苦你了。"楚渊道，"待到了大理城，好好歇两天吧。"

叶谷主严肃打量他哥，好端端的，提什么大理城，大家又不算特别熟。王城距离西南迢迢千里，就算见了面完全认不出来，那也是理所应当的。

楚渊看着火堆，一口一口喝汤，脸颊被火光映出一片红。

两日之后，大军抵达大理城外，先锋官从前头策马而回，说西南王已率部在城门外，等着恭迎圣驾。

叶瑾默默握紧拳头，幽怨地看着前方的他哥，走那么快做什么，又没有席面吃。

楚渊策马而行,看着大理城门越来越清晰,城门口站着的人也越来越清晰。
副官扶着他下马。
"楚皇。"段白月率领众人上前,躬身欲行礼,却被他紧走几步扶住了手臂。
"西南王不必多礼。"楚渊声音很低。
段白月看着他笑道:"嗯?"

段瑶捂住额头,不知为何,总觉得他哥看上去非常丢人。
"大军一路劳顿,先进城歇着吧。"段白月道,"百姓们得知楚军要来,早就备好了米饭和腊肉,都在街边候着呢。"
楚渊点头:"好。"
段白月叫来副官,令他与薛北岳一道,指挥军队进城驻扎,自己则是带着其余人先回了西南府。

楚渊骑马进城,看着周围的楼阁青山,觉得陌生而又熟悉。他此生只来过这里两次,第一次是因为有人中了金蚕线,想躲自己一辈子,又气又担心就找来,却反而被闭门谢客。第二次也是因为同一个人,不声不响就出了海,想要独自去解决叛军,自己听闻消息后,只好又找来。
开始想着还有些气,想到最后,楚渊却又"扑哧"笑出声。

金婶婶带着其余几位婆婆婶婶,都在院子里候着,特意换了新衣裳,看着很慈祥,完全没有徒手捏毒蝎的模样。
"金针婆婆。"楚渊自然不会让老人家行礼,上前扶住她道,"免礼吧。"
段白月使个眼色,段瑶连哄带骗,将金婶婶拖回了后院。下人带着其余客人去客房休息。

进到小院后,楚渊四下看看,道:"这是你的住处?"
"是。"
楚渊道,"小瑾教了我一路,见着后要说不认得你是谁。"
段白月失笑道:"他还没放过我呐?"
楚渊拍了他一巴掌道:"也不来接我。"
"我倒是想,可若丢下军务来接你,也不成。"段白月道,"关海城到现在也没消停,楚项似乎派了不少人在那里散布流言,登岸的海匪贼寇也不少,胆子大着呢。"

"如此嚣张?"楚渊皱眉。

"就是最近十天的事。"段白月道,"我已经派段念带人前去协助官府,先查清楚到底是怎么回事再说。"

"看来他也知道,这是最后的机会。"楚渊道,"要么活命,要么送命。"

"他可没有活命的机会,不单单是他,他身边的人也得死。"段白月道,"这场仗我们一定会赢。"

"那是自然。"楚渊笑笑。

院外,金婶婶正端着一簸箕药材,坐在门槛上细细挑拣。

叶瑾犹豫着蹲在她对面。

"这位便是叶神医吧?"金婶婶笑容满面地问道。

看着那一堆见也没见过的花草,叶瑾心里很纠结,伸长脖子看了眼院中,盘算是要先抢了跑,还是先冲进去,把他哥扛出来,再抢了药材跑。一只金红色的毒蝎从金婶婶袖子里爬出来,想透透气,结果刚一冒头就又被重新塞了回去。

叶瑾揪住袖子,眼巴巴地盯着看。

想要。

金婶婶端着簸箕站起来,慈祥和蔼地问:"老身这就要去五毒池里喂那些小东西了,叶谷主可要一道去看看?"

叶瑾立刻点头。

金婶婶将簸箕递过来,道:"那劳烦谷主帮忙端一阵子可好?年纪大了,胳膊不中用。"

叶瑾"嗖"一下就接到了手里,攥得特别紧!

金婶婶笑眯眯地将人带出了小院。

……

"累不累?"屋内,段白月问道,"府里设了宴席,不过你若是嫌闹,便让其余人去吃,我让厨房另做一份送来这里。"

"府里设宴,你与我却都不在?"

"能住进西南府,就都是信得过的人。"段白月道,"又何必在乎这些。"

"还是与大家一道吧。"楚渊道,"时间还早,你带我到府里四处看看?"

段白月点头,叫来热水让他简单擦洗了一下,便带着出了住处。

和皇宫比起来,西南府的宅子自然算不上大,却也有极有气势。前些年为了能让人相信西南王狼子野心,在屋宅修建时也模仿了皇宫的样式,花园里头一座石桥一处活泉,更是与宫里头的景致一模一样。

段白月道:"这些年,我便会来这里坐着,顺道猜你正在做什么。"

"上朝,打仗,看折子。"楚渊道,"不然还能做什么?"

楚渊笑着推推他道:"来之前都说西南处处是黑白小楼,结果逛了这么久,一处都没看着,倒是和皇宫里头一模一样。"

"你若是想看,得打完仗之后。"段白月道,"这大理城里城外,多的是黑白小楼。现在不成,南洋兵荒马乱的,楚项可不会乖乖等着我们出兵,势必会先一步行动,贸然出去怕是会出乱子。"

"先前我差人给你送的信,收到了吗?"楚渊就地坐在石桥台阶上,也不觉得失体统,吹着风还挺舒服。

"关于纳西刺的事?"段白月坐到他身边,"自然收到了,而且我还派了人去白象国与遥远国暗中查探,前天刚刚回来。"

"说说看。"楚渊下巴抵在膝盖上,歪着头看他。

"遥远国关闭了所有的港口,不再允许商船进出,也不允许本国的商人们再出海。虽说禁令刚出时有些民怨沸腾,但大家又都知道大楚即将出兵讨伐叛军,海上的确不太平,所以过了十天半个月,国内也就慢慢消停了下来。"段白月道,"朝中倒是一切如故,坤达与金姝失踪,其家人也未去向吴登哭闹,反而日日大门紧闭,连只苍蝇都飞不进去。"

"那民间可有流言传出?"楚渊道,"坤达是第一富户,金姝又是高丽公主,如此身份的两个人丢了,若说百姓一点反应都没有,也不该。"

"流言自然是有的,不过说什么的都有,所以大家也不会全然相信。"段白月道,"有人说被劫匪绑架,有人说被大楚的皇上扣留,有人说去了海外仙山寻宝,还有人说一道回了高丽国,五花八门多了去,顶多听个热闹罢了。"

"先前纳瓦就说过,吴登为人极为谨慎,又心向大楚。"楚渊道,"若他当真未被楚项拉拢,现在只是保持中立,那待我们将坤达与金姝送回之后,应当还有机会能争取一下暹远国。"

段白月点头:"西南府的人一直暗中盯着吴登,一有消息便会送回。"

"那白象国呢?"楚渊又问。

"白象国就复杂多了。"段白月道,"你别说,那冒牌的纳瓦还是有几分手段的。"

"怎么讲?"楚渊坐直身体。

"他已经把太后与妃嫔全部关进了佛堂,打着诵经祈福之名。"段白月道,"如此一来,最有可能发现他异常的人已经全部被软禁,连带着宫女侍卫一起大清洗,现如今宫里都是他的人,或者干脆说是楚项的人,被识破的风险也就少了一半。"

"大臣和军队呢?"楚渊继续问。

"他拉拢了白象国的丞相,聂远山。"段白月道,"此人祖籍大楚,八岁时跟着父辈出海移居白象国,曾在山西住过三年,以给人写对子为生,不过后又回了白象国。"

"写对子?"楚渊问。

"明里写对子,暗中可就不知道他在做什么了。"段白月道,"只能肯定一点,此人目前已经被楚项收买,知道假纳瓦的事情。他平日里在朝中威信极高,做事又滴水不漏,狠毒至极,在他的授意下,白象国有骨气的老臣已经被下狱流放赐死了一大半。朝中风声鹤唳、人人自危,怕是用不了多久,便会与楚项正式结盟。"

楚渊道:"那先前的计划便要改一改了,先不打翡缅国,而是从白象国入手。"

"也不算坏事。"段白月道,"翡缅国白雾茫茫,贸然闯入会有危险。先拿白象国练练手,让楚军熟悉海战也不错。"

"白象国、翡缅国、星洲,加上东海的潮崖,"楚渊问,"三年能打完吗?"

"当初打北边,可都没用过这么长的时间。"段白月道,"三年,未免太给楚项面子了。"

"嗯。"楚渊笑笑,"管他多久,什么时候打赢了,什么时候再班师回朝。"

身后传来脚步声,而后又瞬间顿住,片刻之后,是极细碎的窸窣声。

"出来。"段白月道。

段瑶停下正在后退的脚步,小心翼翼从树林中钻出来,干笑道:"我就想抄个近路出府,并没想过要故意来打扰你们。"

"出府做什么？"段白月不满道，"刚回家就往街上跑。"

"我可不是去玩的。"段瑶辩解道，"我去找王铁匠。"

王铁匠是大理城最好的铁匠，王城来的见过大世面，用料实在、手艺好，价格还低，想买铁锅都得提前三个月订，锅底还会刻上一首诗，看上去很有文化，颇受大家伙欢迎。

"打马蹄铁？"段白月问。

"不是。"段瑶摆摆手，"我去打个指间齿。"

"怎么突然想起用这个，"段白月问，"裂云刀不要了？"

"当然要啊！"段瑶瞪大眼睛道，"不是我要用，是旁人要用，吴三磊。"

段白月："……吴三磊又是谁？"

楚渊在旁解释道："途中遇到的一个莽汉，我想让瑶儿收他为徒，但瑶儿似乎不大愿意。"

段白月顿时眼神一冷。

段瑶大惊失色，赶紧道："没有啊，我特别愿意。"

"让你收徒弟还不愿意？"段白月站起来道，"走，去看看长什么样，若是你不肯收，我亲自教他。"

段瑶："……"

楚渊有些想笑，看看天色尚早，去军营看看也成。

于是一行人便出了府，前往城外楚军的大营。帐篷还未完全搭建完，看着有些乱。段瑶站在高处找了找，然后大声道："吴三磊！过来！"

段白月顺着他的目光看过去。一个壮汉正在轰隆隆地往他们这边跑，遮天蔽日腰围三尺，似乎每踏下一步，地皮都会凹陷几分。

"师父！"吴三磊气势如虹、声如洪钟，向段瑶行礼。

"这是我哥哥。"段瑶伸手指了指他亲爱的大哥，"喏，他说要收你为徒。"

段白月："……"

段小王爷的哥哥，那就是赫赫有名的西南王？吴三磊倒吸一口冷气，觉得自己即将要被巨大的惊喜淹没。

段白月咳嗽了两声。段瑶双目真诚地看着他，带着一丢丢幸灾乐祸，道，"就是这个人，你方才说的，不能反悔，快些收走。"

段白月冷静道："你叫什么名字？"

"回西南王，在下吴三磊！"依旧是放炮般的声音，衣摆一撩就想跪地，"师父！"

段白月小声嘀咕道："……先前并没有说，是如此愣头愣脑的一个徒弟。"

"还是不要了。"楚渊在旁淡淡道，"瑶儿教你的功夫还未学完，再多认一个师父也不合适，此事将来再说吧，先起来。"

"也成。"吴三磊也未觉得失望，反正这里人人的功夫都比自己要高，认谁都不吃亏。

段白月顿时松了口气。

段瑶在心里撇嘴。

非常受伤。

当然，虽说不用收徒弟，但段白月还是付了找铁匠打指间齿的银子，算作是送给吴三磊的礼物。

晚宴设在王府后院，比屋里头畅快，景致也好。没有人再提战备之事，就当是战前的难得片刻放松也好。

三日之后，楚军再度拔营而起，一路向着南域边境而去。楚渊一身明黄龙袍行于万军之前，段白月策马紧随其后，在漫漫天光下，英姿勃发，华贵威严。道路两旁的姑娘家踮脚看着，心里头都很犹豫，将来到底要嫁哪个，不好选。

十日之后，大军抵达关海城，远远就见地方官员已经率众跪地迎驾。走近之后，楚渊却吃了一惊，翻身下马紧走几步将为首一人扶起来，问："爱卿这是怎么了？"

关海知县冯晨鼻青脸肿，一只胳膊还被绷带吊着，羞愧道："前日夜间有一伙杀手闯入衙门，逢人就砍，若非是有西南府的人中途赶来帮忙，只怕微臣也活不到今日。"

第三十八章

"浑账!"楚渊怒道,"是何人如此大胆?"

"那伙人武功极为高强,一见到西南府的人,就仓皇离去了。"冯晨道,"不过根据他们当晚口中所喊,应当是叛军无误。"

"口中所喊,喊什么了?"楚渊问。

"这……"冯晨闻言犹豫,不知自己该不该说。

楚渊道:"怎么,爱卿没听清方才朕的问话?"

"他们说,说……"冯晨着实说不出口,也不敢说出口,到后头索性跪地,叩首道,"那伙贼子口出妄言,不值皇上一听。"

"爱卿多虑了。"楚渊摇摇头,伸手将他搀扶起来,"一句话而已,朕还不至于为这个治你的罪。也罢,先入城吧。"

"是。"冯晨松了口气,令守卫打开了城门。

虽是正午时分,城中却空空荡荡,大街上一个百姓都没有。房屋更是破破烂烂,甚至连道路上都有不少坑,看着像是这几日刚刚补好。

楚渊眉头微皱,他几年前也曾来过关海城,为了出海去寻段白月,那时这里可不是一般的熙攘繁华,街道两旁的铺子里挤满了人,哪怕只是一个小小的木屋,只要朝着马路开个门,不管卖什么都能赚银子。这才过了短短数年,即便是即将开战,顶多百姓闭门不出,也不该落魄至此。

"回皇上,也是叛军在四处为祸。"冯晨看出他的心事,一进驿馆便道,"最近这一个月,每逢半夜便会有人在街上又打又砸,甚至四处乱扔袭天雷,没几天,便将城中的房屋毁了大半。"

"关海城内驻守着数万海军,对方来了多少人,十几万,还是几十万?!"楚渊语调里充满压抑的怒意。他先前的确曾接到过密函,说楚项派人在城中捣乱,却万万没想到会是满目疮痍。

"皇上息怒。"冯晨跪地,结结巴巴道,"对方,对方只有一人。"

楚渊怒极反笑道:"多少?"

"虽只有一人,但却会飞天之术。"冯晨道,"我方布下重兵,用连发弓弩也未能将他射下。"

楚渊摇摇头:"最后一次见他,是在何时?"

冯晨道:"昨夜。"

温柳年在旁直叹气,大军今日就会抵达关海城,对方昨日却还在捣乱,这可不单单是胆子大小的问题,而是故意挑衅了。

"去外头打听打听,问清楚究竟是怎么回事。"楚渊对身侧的温柳年道,"而后再来向朕禀告。"

"是。"温柳年应下来,带着赵越出了门。冯晨擦了把冷汗,又将其余军务一桩一桩上奏,倒都没什么大的异常。

天黑之后,楚渊回房,段白月还没回来。

四喜道:"回皇上,西南王下午一直在外头,方才回来了一阵子,便又走了。"

"去哪儿了?"楚渊坐在椅子上,盘算是先去吃些东西垫肚子,还是出去找他。段白月恰好在此时伸手推开屋门,手里拎着几个油纸包。

"晚饭又没吃,是不是?"段白月打开一个纸包道,"去擦擦手,然后来吃饭。"

"出去就是为了买这些?"楚渊问,"怎么这么多,也吃不了。"

段白月坐下:"我也没吃东西,一直在外头打听事情。"

楚渊擦干净手道:"在打听什么事,那个飞天遁地的贼人?"

"这是其中一件事,还有一件,就是刺杀冯晨的人是谁?"段白月道,"按理来说不应该,知县只是一介文人,也不是什么经世之才,何必费尽周章要取他性命?"

"那打探到什么了吗?"楚渊拿着一根鸡爪子慢慢地啃。

段白月摇头。

"百姓人人都说,冯知县为人忠厚老实,不应当结仇家,是不是?"楚渊问。

段白月道:"你怎么知道?"

"他是我任命的,我自然知道。"楚渊道,"这关海城不比其他地界,有数万南海水军驻扎,统帅卓云鹤性格强悍,若再配个牛脾气的地方官,只怕两人不出三天便会闹出矛盾。"

"所以你便找了个无功无过,又性格老实的冯晨?"段白月道,"这样就更说不过去了,杀他有何用?"

楚渊道:"给我心里添堵。"

段白月:"……"

第三十八章

"刺杀冯晨,炸毁这城中街道房屋,都是为了给我添堵,不然你以为是如何?"楚渊道,"我了解楚项,这是他能做出来的事情。"

段白月摇头道:"看来我先前是高估了他了。"

"那可未必。"楚渊低头咬了一口糍粑,"两军交战在即,他还有闲情逸致在这里捣乱,可见对南海兵防布控极有把握,指不定就在哪里挖着坑等我们。"

"若当真只是为了给你添堵,那等大军三日后集结完毕出海征战,这城内是不是就能消停下来?"

楚渊问:"你说呢,下一步要怎么做?"

段白月道:"不管他心中怎么想,白白欺负了百姓这么久,若一点公道都不往回讨,也说不过去。"

"能飞天之人。"楚渊问,"江湖上先前有过吗?"

"沈盟主是轻功高手,可即便是他,怕也不能平地跃起几十丈。"段白月道,"跳蚤虱子还差不多。"

楚渊放下勺子。

段白月心里叫苦道:"你吃你的,我不胡乱举例了便是。"

"那这是怎么回事?"楚渊问,"真出了妖精不成?"

段白月道:"管他是人是鬼,抓来一看便知。"

"要怎么抓?连人在哪里都不知道。而且现如今城中有你有我,还有千枫与赵大当家,除非是想自寻死路,否则谁还会主动再冒头。"

段白月道:"我有办法激他出来。"

"嗯?"楚渊丢下勺子道,"什么办法,说说看。"

段白月凑近他耳边,将计划小声说了一遍。

楚渊去了军营,与薛北岳、卓云鹤一道视察水军,又是直到深夜才回来。城里的百姓早早都已歇下,听到外头街上传来马蹄声也未在意。毕竟皇上就在城中,想来也不该再有匪徒捣乱,该睡个安稳觉了。

可谁曾想在后半夜的时候,城中竟然又传来了轰隆隆的炸药声。

滚滚浓烟中,一个黑色身影拔地一跃,在空中飞速掠过。眼看就又要逃脱,却又有另一人凌空迎上,将他硬生生截住。两人缠斗数十招后,双双落在地上。官兵赶忙举着刀枪与铁链围上去,将先前那人捆了起来。

"此番有劳西南王。"为首的官兵抱拳道谢，声音洪亮。

"周统领客气了。"段白月笑笑，转身回了住处。

楚渊正躺在床上看书，见他推门进来，自己也披着衣裳下床，问道："怎么样？"

"一切都在计划中。"段白月道，"其余的事情，温大人会去做，明早再说吧，你好好休息。"

清晨的日头刚冒头，四喜便在外头禀告，说冯晨带着不少地方官，都在前厅候着求见皇上。

"来得倒是挺早。"段白月道，他早一步来到房中，"我陪你一道过去？"

"人是你抓的，自然要一起去。"楚渊点头。四喜公公端着热水进来，其余内侍在门外一字排开，手里捧着外袍与鞋靴挂饰。

"卓云鹤来了吗？"楚渊坐在镜前问。

"回皇上，来了。"四喜公公替他梳头，"卓统帅来得最早，天刚明就候在前厅了。"

楚渊问："心情不好？"

四喜公公小心翼翼回答："这倒看不出来，不过卓统帅的确没说几句话，一直坐着喝茶，与往日的风格不一样。"

楚渊笑着看向镜中的段白月："若非目前局势紧张，我倒是真想让卓云鹤多憋闷两天。那贼人在城中横行数十日，谁都拿他束手无策，你却一来就能擒获，按照他的牛脾气，可不得吃瘪闷火。"

"他若将来惹恼了你，我在别处将他气回来便是。反正西南府离关海城不算远。"

"等这场仗打完，卓云鹤也不会继续守在关海。"楚渊道，"我会召他回王城。"

段白月撇撇嘴，这个召回去那个也召回去，就把自己丢在外头。

"进来吧。"段白月站直道，"莫让大家等太久。"

四喜扶起楚渊替他更衣，是一件白色绣金的袍子。

楚渊道："蓝色的那件呢？比这个要轻薄些。天气热，今日依旧要去码头，省得又裹出一身汗。"

第三十八章

段白月:"咳!"

四喜公公显然没领会到这声咳嗽的深刻含义,反而道:"老奴这就去拿。"

段白月劝他道:"我觉得这件挺好,不换了吧?"

楚渊坐在板凳上,坚定道:"这件热。"

段白月只好眼睁睁看着四喜出了门。

楚渊依旧向后靠在椅背上,看着镜子发呆。片刻之后四喜急匆匆回来,却道那件衣裳丢了。

段白月:"……"

楚渊皱眉道:"丢了?"

"是啊。"四喜公公急道,"皇上前几日在西南府时还穿过的,老奴记得清清楚楚,洗过之后就收进了柜子里,可现在却到处都找不着了。"

楚渊看向段白月道:"你这西南府里还闹贼啊?"

段白月咳嗽了两声,坦白道:"我拿的。"

四喜:"……"

楚渊嫌弃道:"你敢偷朕的龙袍。"

段白月很冤枉道:"裁缝要替你量腰身,就拿了套你的衣裳过去,想着量完了再装回箱子里,结果忘了。"

四喜道:"要给皇上做新衣裳?"

楚渊撇撇嘴,只当没听到。

这驿馆的前厅很小,七八个人坐着就已经有些显挤,见着楚渊进门,赶忙站起来行礼。

"免了吧。"楚渊道,"都听说了昨晚的事?"

"是。"卓云鹤道,"听闻西南王已将那贼人擒获?"

楚渊道:"卓统帅和冯大人留下,其余爱卿先出去喝杯茶吧。"

众人闻言心里纳闷,却也不敢多问。待到屋里只剩四人时,楚渊爽快道,"昨晚抓到的人是假货,千枫假扮的。"

"假的?"冯晨原先还在欣喜,此时一听原是做戏,心中难免空落。相反,卓云鹤倒是很快就接受了这个事实,否则输给段白月,他着实心里憋屈。

"下官可否冒昧问一句，皇上为何要如此部署？"冯晨试探着问。

"卓统帅怎么看？"楚渊看向卓云鹤。

"回皇上，依末将所见，此举能逼对方主动现身。"卓云鹤道。

"没错。"楚渊点头，"这两天温爱卿在外打探消息，都说那贼人除了在夜半时分四处拆房炸路外，白日里并不会出现。而单单拆几间房几座桥几条路，对战事没有丝毫影响，唯一的作用便是当着这城内所有百姓的面，给朕一个下马威。而如今朕却弄了个冒牌货下狱，他若不出来自证，先前的一切事情就都白做了。"

"可那贼子身手敏捷，即便再度出现，只怕也未必能抓住。"冯晨声音很小，也知道自己这句话有些扫兴，但还是尽职尽责提醒道。

"前几回跑了，是他命大。"楚渊道，"这次朕自会设下天罗地网，他逃不掉的。"

"皇上圣明。"听到这句保证，冯晨很是松了口气道，"是下官多虑了。"

"皇上。"卓云鹤抱拳道，"末将愿亲自率人捉拿贼人。"

"怎么，大楚的水军统帅不想当，却想做衙门捕头？"楚渊嘴角一弯道，"只怕冯大人也未必敢收你。"

冯晨果然脸色一白，他是当真挺怕卓云鹤，嗓门大又凶，每回见着都想躲。

"末将——"

"你想两头兼顾？"楚渊摇头，道，"你与薛北岳本是同级，可现如今他是帅，你却依旧是将，可知原因是什么？"

卓云鹤沉默不语，关于此事他一直耿耿于怀。输给沈千帆，他是心服口服的，可那薛北岳什么都与自己相似，甚至连出身也相似，却在同一天内被楚渊连升四级，硬是从一个左先锋官升成了大楚统帅，又如何能教人彻底服气。

"第一点，薛将军脾气比你好。"楚渊走下来，伸手拍拍他的肩膀道，"当然，行军打仗，像你这暴脾气也未必就不好。只是若想统领万军，还是要学会深思熟虑。"

卓云鹤嘀咕道："他就脾气比我好些，哪里用得着分一二点。"

这句话虽有些忤逆，不过楚渊清楚他的脾气，倒也不生气，反而还有些好笑，又道："第二，便是他做事不贪多，更不会在行军打仗之时，还要与捕快抢生意。"

卓云鹤沉默不语。

"这件事朕会交给别人去做。"楚渊道,"你就别再插手了。"

卓云鹤还想说什么,却被冯晨扯了一下袖子,谢恩后硬拉着出了前厅。

"你猜那贼人会在何时出现?"段白月问。

"敢冒着卓云鹤的刀剑弓弩出门作乱,他想来自视甚高,估摸着以为自己天下无敌。"楚渊道,"不过现在千枫与我们还未离开,有一群高手坐镇,就算了用了计谋相激,也说不准他今晚会不会出现,先守守看吧。"

段白月道:"那我今夜去与沈盟主一道蹲点。"

楚渊道:"我也去。"

"你?"段白月摇头道,"你去做什么,黑天半夜的,外头海风刮起来又冷,好好在房中歇着。"

楚渊道:"想看热闹。"

段白月:"……"

楚渊看着他。

这种眼神……

西南王道:"好。"

倒是四喜,一听皇上要去夜探,立刻就开始脑仁子疼,这都快打仗了,怎么还能往外头跑。

夜半时分,段白月带着楚渊一道出了驿馆,与沈千枫会和,却没想到居然碰到了同样来看热闹的叶瑾。

"是朕自己要来的。"楚渊先一步说道。

叶瑾心口发闷,无力挥挥手,并不是很想说话。

"我们隐去另一边。"段白月道。

楚渊点点头,很配合。他生平第一次守着蹲点,觉得还挺稀罕。段白月却在一边操心半天,既怕吹风着凉,又怕从树上掉下来一条虫。约莫过了半个时辰,街上依旧空无一人,楚渊忍不住就开始打哈欠。

段白月问:"回去?"

楚渊冲着前头扬扬下巴:"嗒,现在回去,可就错过好戏了。"

段白月顺着他的方向警觉地看过去,就见一个黑影正在向城中方向飞跃而来,果真如同外界所传，一跳便是数丈高。

另一头，叶瑾也是目瞪口呆："这哪里是人，跳蚤成精了吧。"

沈千枫拍拍他，道："在这里等我。"

"你多加小心。"叶瑾道，"事出反常必有妖，也不知他究竟是个什么玩意，手里八成又有轰天雷。"

沈千枫点点头，凝神待那人靠近时，单脚踩上护栏一跃而起，右手猛然拉开弓弦，三支箭羽如同流星，在空中飞速刺穿层层疾风。

见到城中有埋伏，那人非但不躲，反而"嘎嘎"笑出声来。他的身体在空中又弹起一丈高，与利箭正好擦过。

楚渊见状吃惊，他也算是见识过不少精妙轻功，却还从没看过有人能不借助任何外力，就这么在半空又再次向上跃起。

几个黑色的圆球被他从半空抛下，朝着四面八方的民宅落下。来不及多做考虑，沈千枫回身甩出一把飞镖，让那些轰天雷在空中便被引爆。巨大的轰鸣声传遍全城，在群山环绕下阵阵回响。百姓被吓得不轻，抱在一起头都不敢伸出被子，不说那飞天大盗已经被抓获了吗，怎么今晚又来？

巡街的官兵亦举着与火把铁链远远赶来，楚渊道："去帮忙。"

段白月道："自己小心。"

对方像是已经被激怒，又随手丢下七八枚轰天雷，这回没有冲着民宅，而是全部朝着沈千枫的方向。段白月单手抽出玄冥寒铁，铮鸣声中，看似黯淡的剑刃瞬间凝结月色，夹杂着一股强大内力，将那些轰天雷全部扫了回去。

叶瑾撇撇嘴，道："功夫还挺高。"

但依然是个秃头，这和武功高低没有任何关系。

眼见着轰天雷全部掉头朝自己飞来，那贼人大惊失色，再想躲开却已来不及，轰天雷接二连三在身边炸开，气流与巨响几乎能震碎胸腔，鲜血溢出嘴角，身体也急速往下坠去。

段白月飞身上前，拎住他的衣领将人放到了地上。

叶瑾第一个跑过来，拿着一根小棍挑掉对方的蒙面巾，凑近看了半天，又将那块平常人不少。

"再多加练习，加多些轻功底子，估摸着也能在空中穿梭自如。"叶瑾道，"这双鞋可是宝贝，等会拿回去给木痴前辈看看吧。"

"将有关此人的所有事情，都一五一十写成折子上奏，一件也不许遗漏。"楚渊道，"朕明早就要看到。"

"是。"卓云鹤抱拳，"末将这就回去写。"

"都散了吧。"楚渊看了眼地上的人，问叶瑾，"还能救活吗？"

"能。"叶瑾往马六嘴里塞了一枚药丸，"不过骨头都碎了，不好挪。去将我的药箱拿来，再让旁边的乡邻烧些热水拿床棉被，我就在这里接骨。"

周围的人纷纷散去做准备，几十支火把将街道照得如同白昼。官兵扯起布幔围在外头，叶瑾撸起袖子，从盘中拿起一把锋利的小刀。

段白月被闪着寒光的刀刃晃了一下，又想起那句"阉掉"，总觉得神医在这方面看起来似乎很有经验，于是转身对楚渊淡定道："这里怕是还要一阵子，我先送你回驿馆。"

楚渊点头，与他一道往回走。

"在想什么？"见他一脸若有所思，段白月问。

楚渊道："若马六三个月前刚被赶出军营，那他就不该是楚项的人。"

"不是楚项的人，为何要在城内四处投袭天雷？"段白月想了想，道，"为了报复卓云鹤？"

"有这个可能。"楚渊道，"被赶出军营，心中自然不忿。不过此举虽说欠妥，的确该治罪领罚，但若那双靴子是他自己所制，也算是有本事的。"

"看你这样子，只怕又不想睡了。"段白月无奈，"现在就要去找木痴老人？"

"方才那么大动静，前辈一定也已经醒了，嗯？"楚渊笑着看他一眼，"喏，我可没说要去找，是你自己提醒我。"

"若我不准呢？"段白月问。

"管你准不准。"楚渊道，"朕才是皇帝。"

木痴老人果然已经起床，正站在梯子上往外头看。

楚渊进门便笑："前辈这是在做什么？"

"皇上。"木痴老人赶忙下来，"外头出了什么事？"他原本是想出去看热闹的，但段瑶却不肯放人，一直蹲在门口守着。毕竟哥哥说过，自己这一路最大的任务便是保护好木痴，无论何时也不能放他乱溜达。

"抓到了那个能飞天的贼人。"楚渊道，"不过可不是什么妖精，靠的是鞋底机关。"

一听到"机关"二字，木痴老人果然便来了兴趣。楚渊命人将那双靴子拿进来。天色已经开始发白，木痴老人洗干净手，将那靴子的布面细细拆了下来放在一边，又拿出一套精巧的小工具，打开了鞋底的木板。

"哇。"段瑶举着灯在一旁照明，看清鞋内的构造后也吃了一惊。鞋底共分三层，每一层都有不同的机关齿轮丝丝相扣，弹簧闪着银光，一看便知是上好的材料。

"此人不简单啊。"木痴老人连连称奇道，"不知我可否见他一面？"

"如他命大，应当能来这里拜见一下祖师爷。"楚渊道，"只是若他是个短命的，前辈能否按照这双靴子，制造出相同的机关？"

"应当没什么问题。"木痴老人道。

"那就有劳了。"楚渊道，"前辈慢慢钻研，大军会在这城中多住三日，朕中午再过来。"

木痴老人点头，从屋里拿出纸笔，打算先将图纸画下来。

段白月带着楚渊一道回来，问："你打算造出一样的机关，用来打仗？"

楚渊点头："这可是老天爷在帮忙，在战前送这样一件大礼。"

段白月笑笑："嗯，我是吉兆。"

"逗你的。"段白月道，"一说到打仗就精神百倍，这可是卧房，睡觉的地方。"

"天都亮了，还睡什么？"楚渊道，"你去歇一会吧。"

城外军营中，冯晨一边写一边道："不用说这么详细。"

卓云鹤道："皇上说的可是一件都不许遗漏。"

"皇上的确是这么说了没错，但统领听下官一句，像这种一顿要吃几碗饭的事，是当真不用上奏的。"冯晨甩了甩酸疼的手腕道，"除了这些，还有其他事情吗？"

卓云鹤摇头道："那就没有了。"

"没了？"冯晨将那摞纸又翻看了一遍，叹气道，"恕下官直言，若就这么上呈皇上,统领八成要受罚。"

卓云鹤皱眉道:"什么意思?"

"这马六的事,说严重的确严重,但他能做精巧机关却是不争的事实。"冯晨耐心道,"两军对垒之际,此等罕见的人才犯了错,统领却只是粗暴地将他赶出军营,此等做法,怕是有些欠妥啊。"

"那要怎么写？"卓云鹤两手一摊，"事情就是这件事，莫非还能欺君不成？"

"自然不是。"冯晨被吓了一跳，赶忙道，"下官的意思是，这一摞纸上的内容还能再改上一改，好将事情表达得更加委婉一些。"

"行行行，由着你写。"卓云鹤挥挥手，"只要不将黑的写成白的，随你怎么委婉。"

冯晨答应一声，坐下重新研墨。卓云鹤坐在他对面，心说这文人在关键时刻，还是能有些用途的，也并非一无是处。

楚渊先前说的是早上就要看，冯晨紧赶慢赶，总算是在午膳前呈了上来。

"谁写的？"楚渊随意翻了翻。

冯晨老老实实道："卓统领口述，下官替他整理记录。"

"怕不单单是整理记录吧？"楚渊一笑，"卑陬失色，卓云鹤怕是连这四个字是什么意思都看不懂。"

冯晨额头有些冒汗。

"朕只是想知道整件事的经过，不是想看一篇辞藻华丽的锦绣文章。"楚渊摇头道，"罢了，叫卓云鹤亲自来见朕。"

"是。"冯晨汗颜羞愧，觉得自己有些故作聪明。幸好卓云鹤在听闻此事后，也并未表现出太多不满，反而上奏楚渊，说一切罪责都在自己身上，与他人无关。

"你失职与否，可以等到战后再说。"楚渊道，"那马六曾在军中擅自伤人？"

"千真万确。"卓云鹤道，"马六性格暴躁，稍一不顺心便会同旁人起冲突，但由于身材瘦小，若是硬碰硬，十回有十回怕都会鼻青脸肿。所以他便制造出了不少暗器，靠着这些小玩意，一个月就打伤了十七人。末将在得知此事后，便按军规罚了他二十军棍，又赶出了大营。"

"都制造了些什么东西，还在吗？"楚渊问。

卓云鹤道："这就不清楚了，要查过才知道。"

"去看看吧。"楚渊道，"只要是他亲手做的东西，无论大小，都给朕带过来。"

"是！"卓云鹤道，"末将这就去办。"

"至于冯大人，这回就算了，写的东西勉强也能看。"楚渊道，"卓云鹤这些年来，怕是没少欺负衙门，你却仍旧想替他在朕面前减轻几分罪责，为何？"

第三十九章

"回皇上,卓统领只是性格火暴了些,但这一方百姓能暂得安稳,却也幸亏有他。"冯晨道,"是个老实人。"

"你这老实人,也有说别人老实的时候。"楚渊笑着摇摇头道,"罢了,此事到此为止,回府去歇着吧。"

冯晨松了口气,谢恩后转身离开。

段白月从屏风后出来,道:"带你去吃饭?"

"也不问问这一摞纸上写的是什么,一来就吃饭。"楚渊拍他一巴掌,道,"不准吃,等着朕先看完。"

段白月看得直叹气,这大楚文官写折子怎么一个比一个长,先前太傅送来的朝中政务多一些尚且可以理解,这区区一个马六的事件经过,居然也能写这么厚,真不知里头都在说些什么。

楚渊吩咐道:"去买碗米线回来。"

段白月只好转身出门。

街上百姓不少,三三两两聚集在一起,大都是在说昨晚的巨响。还有人说直到今早出门,叶瑾还在街上给那飞天大盗接骨,看模样伤得不轻。

"嘶。"马六在昏迷中倒吸冷气,显然极疼。

叶瑾用绷带将他缠成了粽子,然后捏开嘴强行灌了一包药下去。片刻之后,果然就见对方迷迷糊糊,睁开眼睛醒了过来。

叶瑾道:"'啊'一声听听看。"

马六一时片刻,也不知自己身处何处,木愣子一般道:"啊。"

叶瑾将药包装进箱子,道:"能说话就没事,继续躺着吧,别动。"

马六试着动了一下身体,却是钻心的痛楚,像是每一块骨骼和肌肉都被撕裂一般。

"说了让你别动。"叶瑾"哐当"一拍桌子,"没听懂是不是?"

"这是哪里,我出了什么事?"马六喘着粗气问。

"这里是楚军大营,你昨晚被轰天雷炸断了全身的骨头,皇上让我想办法把你的命捡回来。"叶瑾道,"听明白了吗?"

"你是大夫?"马六嗓音嘶哑干裂,"为何要救我?"

"你都说了,我是大夫,不救你,难不成还要杀你?"叶瑾撇嘴,"至于其余事情,我也不清楚,你留着自己去问皇上吧。"

马六嘴唇动了动,却不知道自己该问些什么。按理来说该是死路一条才对,又为何要这么费尽心力救自己。

"醒了?"楚渊闻讯后问道,"能说话吗?"

"回皇上,能。"四喜公公道,"方才九殿下亲自过来说的,除了不能动,嗓子与脑子都没受伤,随时都能问话。"

"吃完再过去。"段白月打断两人,将碗里的米线替他拌好,"既然死不了,那就多躺一阵子,正好想想清楚等会要怎么招供。"

楚渊笑笑,示意四喜先退了下去,自己从他手中接过筷子。

段白月倒是意外:"这回不和我争辩了?还当又要立马走人。"

楚渊单手撑着腮帮子道:"嗯,将你饿坏了也不好,先一道用膳也无妨。"

两人吃过饭后,卓云鹤也恰好求见,说先前马六制造出来的小东西已经丢了个七七八八,只剩下三样落在床底,都一并带了过来。

四喜呈上托盘,上头摆放着三个小物件,看着只有半个巴掌大小,木头制成,打磨得很细致。

"皇上请务必小心。"卓云鹤又道,"都是暗器,末将也不知该怎么用,只能囫囵带过来。"

"别碰。"段白月道,"带去找木痴前辈。"

楚渊看着他笑:"好。"

小院里头,木痴老人还在研究那双靴子。空地上已经搭建出了一个简易的木台,段瑶正在上头蹦跶,看上去很是精力充沛。

段白月站在门口,看着他弟道:"发癫了?"

段瑶单脚在那木盘中心处一踩,竟是直直往上蹦了五六人高,落在地上得意扬扬道:"前辈刚刚教我搭出来的。"

"回皇上,暂时还只是个雏形。"木痴老人放下手中的工具,站起来道,"要彻底将此机关研究透彻,怕是要再花上一夜。到那时便可按照行军打仗所需,制造出任意大小的跳塔。"

"前辈辛苦了。"楚渊命四喜将托盘放在桌上,"这里还有三样小东西,也是同一个人所制。据说都是暗器,朕却找不到机关在何处,前辈可否帮着看看?"

"哦?"木痴老人立刻来了兴趣,一样一样拿起来仔细看过后,惊叹道:"能想出这些东西,此人委实不简单,而且捆绑的绳子全部取自红葛叶,应当是去过南洋的。"

"红葛叶和南洋有关?"段瑶问。

"只有在南洋海岛岸边,才能找到此物。"木痴老人道,"比绳子细,却又比金丝粗糙耐磨,只是一般人家用不着,所以也不会有商船特意带回来。"

"不如一道去问问他?"段白月提议道。

楚渊点头,带着木痴老人与段瑶一道,去了军营里。

卓云峰闻讯被吓了一跳,赶忙出来恭迎圣驾,心里却犯嘀咕,皇上亲自前来探视,千万别过了两天,这马六也爬到自己头上当大将,那才真叫憋屈。

叶瑾的药挺神,服下之后,虽说依旧站不起来,却也不算太疼痛难忍。在楚渊一行人进来时,马六正在瞅着帐篷顶发呆。

"咳!"冯晨在后头咳嗽,心说这人是傻了不成,皇上都来了,还在那睁着眼睛神游天外。

楚渊走到床边,在他面前晃晃手。

马六猛然回神,一扭头就见身边不知何时已经围了一圈人,打头那个穿着一身黄袍,五官清俊、身形颀长,骤然一晃眼,竟有些眼熟。

"见了皇上,还不行礼?"冯晨实在看不过眼,于是微微呵斥了一句。虽说马六此时也躺着动不了,但总不能这般直勾勾盯着看,成何体统。

"皇上。"马六这才意识到自己的失态,后背一下惊出汗,语无伦次道,"我只是,草民方才……还以为曾在哪里见过皇上。"

"见过朕?"楚渊问,"在哪里见的,南洋?"

"是。"马六心里发虚,又赶忙道,"但那人并非皇上,样貌还是有些区别的。"

"你曾经给他做过事?"楚渊嘴角一扬。

"皇……皇上。"马六噤若寒蝉,声音越来越小,"没有……有,没做几天,就被赶走了。"

"都做了些什么?"楚渊又问。

马六犹豫了一下,方才道:"棺材。"

"棺材?"段白月闻言一笑,"他倒是想得挺周全,还知道给自己预先准备后事。"

"只是做棺材?"楚渊问。

"是。"马六点头,"没日没夜地做棺材,等我走的时候,那处海岛上少说也堆了数百口棺材,我也不知道是用来做什么,那里的人都不怎么说话。"

"将你自出海到现在,中间所发生的所有事情都说一遍。"楚渊道,"若对战事有利,朕可以酌情饶你扰民之罪。"

"是。"马六吞了口唾沫,有些紧张。已经死过了一回,他不想再死第二回。

段白月端了张椅子,放在楚渊身后,示意他坐下慢慢听。

马六原是闽地人,跟着商队前往南洋做生意,却由于性格太过偏激,与管事起了争执,被丢在了一处海岛上,语言不通又身无分文,亏得有做木工活的手艺,才不至于饿死。一年之后攒够了路费想要雇船回家,却刚好撞见星洲岛的大船在各处巡游招木匠,给的银子不算少,一时心动便去投奔,没想到上岛后才发现,所谓的活计居然是做棺材。马六心里直道晦气,做这玩意便也罢了,工友们也是个个沉默寡言,整座岛上都是死气沉沉的,因此便打定主意要走,可找到了工头之后,对方却说要走可以,命留下。

这话傻子也能听出是什么意思,若换作老实人,怕也就吓回去了,马六却偏偏是个倔脾气,越不让走越要走。于是趁着做木工活的便利,在林子中偷偷摸摸造了一艘船,趁着夜色下海出逃,又命大搭上了一艘商船,方才回了大楚。

"那岛上除了棺材多,还有何异常?"楚渊问。

"没有了。"马六道,"我们只能在林子中做活,晚上也会有人看着住处,逃跑的那一晚,是我第一回独自离开院子,却也没时间多看。"

"像朕的那个人,也在星洲?"楚渊又问。

"在岛上住了有十来天,便走了。"马六道,"气派挺大,回回身后都跟着数十人。"

"接着说。"楚渊点点头。

"我本就是孤家寡人,回到大楚之后,也没想过要再回老家。"马六道,"这关海城的海军日日都在招人，我也就凑热闹报了名，想着至少能混顿饭，但是没多久，就被卓统领赶走了。"

"理由？"楚渊问。

马六声音放低，道："我一时被糊了眼，鬼迷心窍用暗器伤了人。"

而在被赶出军营后，马六的日子也不舒坦，没钱不说，在城里吃碗面都会遭人耻笑，像是人都知道了他是被赶出来的兵痞。到后头听说皇上御驾亲征，马上就要到关海城，心里便生了邪念，想要在城中制造出些麻烦，让卓云鹤没法向皇上交差。

"这些东西，都是你做出来的？"楚渊命人把托盘递到他眼前，"以及那双靴子，能一跃数丈。"

"是我做的，我打小就爱捣鼓这些东西。"马六道，"也没人教，就攒银子在武器行里买暗器匣拆开，再自己慢慢研究。搭房子修桥，也是向庙里的和尚学的。"

"若真如此，那你还算是个人才。"楚渊道。

马六此生还是头回被皇上夸奖，一时之间竟有些自得，道："那军营中还有人是大雁城出来的，说自己是祖师爷木痴的徒弟，做暗器也比不过我。"

木痴老人摇头道："我这辈子可就收了一个徒弟，外头的阿猫阿狗，听听也就罢了，信不得。"

段瑶得意扬扬，徒弟是我，昨日刚学完做碗，后天要学做床。

段白月拍了一下他的脑袋。

马六闻言惊疑，看着床边站着的白胡子老头，想他方才的话是什么意思。

楚渊道："这位便是木痴前辈。"

马六虽说性格狂傲孤僻，但最先开始学做木匠活，便知道了木痴老人的名号，真真假假的故事听了不少，此番见到真人，心里难免狂喜，撑着就想坐起来。

"喂喂，全身骨头都断了，你还是躺着吧。"段瑶伸手压住他道，"否则长歪了可没人救。"

"替朕做一件事。"楚渊道，"做得好，朕此战归来后，便赦你无罪！"

两日后的清晨，号角声响彻整片海天，百姓都是天未亮就爬起床，只为送大军出海征战。日头方才露出一个橙黄色的轮廓，黑压压的战船便已驶离岸边，主战舰体型巨大共分三层，远看如同一座修建在海上的宫殿，九龙旗迎风猎猎，当中是一个龙飞凤舞的"楚"字，笔锋遒劲，是楚氏先祖亲笔所书。

"吾皇万岁！"将士们呼声整齐划一，震天彻地。

船只渐渐隐入白色薄雾中，楚渊负手而立，看着远方喷薄而出的金色朝阳，微微闭上眼睛。

段白月抖开披风，上前道："小心着凉。"

楚渊回神，转身与他对视。

"进船舱吧。"段白月道，"甲板上风太大。"

四喜送来刚准备好的早膳，简单的粥与小菜，段白月替他盛了一碗道："吃了。"

楚渊道："没胃口。"

楚渊道："都开战了。"

"开战就不吃饭了？"段白月一笑，"好歹这是你第二次打海战，我可是头一回，大家都紧张。"

楚渊："……"

"先前打西北时我没跟着你，也不知你是不是也像现在这样，连饭都不肯吃。"段白月一勺勺喂他吃粥，"怕输？"

"两军对垒，谁都说不准后果是什么。"楚渊道，"开战初时就说这些，的确有些丧气，可我当真心里忐忑。"在旁人面前倒也罢了，但在段白月面前，只想要将所有事情都说出来，能畅快些。

"楚顼在南海苦心经营这么多年，你有多担心都不多余。"段白月笑笑，"可我们也为这一天多准备了三四年，是不是？"

楚渊道："道理我都懂。"

段白月嘴角一弯，也未再说话。楚渊身为大楚的天子，御驾亲征，稍有不慎，身后便是整个国家的动荡。攻打西北与东海时，对方顶多算是自扯大旗的蛮夷首领，可这回对手却是实打实的皇子，他自然懂这份担忧，自己说再多也无大用，或许当下唯有尽快打一场胜仗，才能让他得几晚安眠。

战队在海中航行了几日，这天正午时分，有侍卫前来禀告，说侧翼挡了一艘小船,一男子自称姓司空,求见西南王。

"这回倒是自觉。"段白月摸摸下巴,还在想着要去望夕礁上讹一回,却没料到居然还能自己找上门。

司空睿背着一个花布包袱,满脸不情愿。

段白月道:"你是来讨债的不成?"

司空睿将包袱一扔,一屁股坐在甲板上道:"秀秀让我来帮你。哪里有这样的媳妇,居然将自己的相公赶出门。"

段白月再度感慨道:"你能娶到弟妹,真是祖坟冒烟。"

司空睿有气无力地问:"有饭吗?已经身无分文饿了两天,很凄惨。"

段白月吩咐厨房去煮面,顺便蹲下拍拍他的肩膀:"凡事要往好处想,至少等战后大赦,你娘舅就能出狱了。"

司空睿与他对视片刻,缓缓道:"上回我同你提这件事,是五年前,我娘舅他早就坐牢坐够了日子,自己出来了。等你与皇上大赦天下,黄花菜都要凉上三回。"

段白月咳嗽两声,语调诚恳道:"这也难说,万一你哪个亲戚又犯事进去了呢,还是得指望着,毕竟世事无常。"

司空睿端着刚送来的打卤面,双手颤抖、眼含热泪,虽然的确已经饿惨了,但还是很想直接把碗扣到此人头上。

白衣书生司空睿，在江湖中也是有些名气的。虽说楚渊先前曾在南洋见过他，但那时一心只想着天辰砂，再加上还有个时时躲着自己的段白月，自然无暇顾及他人。所以此番听说消息后，心里也颇为欣喜，原本想去亲自见一见，结果却被段白月中途截住。

"你又搞什么鬼？"楚渊狐疑。

"冤枉我。"段白月将人带回船舱，"司空又冷又饿，在海上已经漂了两天，这阵刚吃过饭睡下，你有事明早再说也不迟。"

"如此可怜？"楚渊受惊。

"娶了个凶悍的媳妇，也没辙。"段白月道，"你可不能学。"

楚渊想了想，道："至少司空还是有艘船的。"

段白月哭笑不得。

西南王捏捏下巴，盘算将来钱要藏在何处才合适，不然弄个篮子挂在房梁上。

还有七八日的航程便会到暹远国，按照先前的计划，段白月会与沈千枫先暗中将金姝等人送回，再借机试探国主吴登的态度。不过既然司空睿来了，那不用白不用，毕竟也是吃了一碗打卤面，理应做些活计。

楚渊道："你与司空一道去？"

段白月点头："沈盟主虽说轻功天下第一，司空却也不弱，去一个暹远国绰绰有余。而且他本就生活在南洋一带，对风土人情都颇为熟悉，又精通当地语言，是再合适不过的人选。"

"也好。"楚渊拍拍他的侧脸，"你自己多加小心。"

段白月笑笑："嗯。"

"都出海这么久了，还不见南师父的消息，"楚渊又道，"连封书信都没有。"

"这南海浩浩，也不知究竟去了何处。"段白月道，"不过楚军南下这么大动静，师父不管在哪里，应该都会尽快赶来才是。否则有热闹不凑，可不像是他的性子。"

"会不会又回了坟堆里？"楚渊有些担心。

段白月摇头："别处的坟堆他估摸也看不上，况且若真如此，就更应该给我和瑶儿写封书信。如此不声不响的，倒不如说是在哪里玩疯了，所以乐不思蜀，忘了家中还有两个徒弟。"

楚渊道："看你说得一脸轻松。"

"本就如此，师父他不会出事的。"段白月随口道，"算命的说他至少能活五百岁。"

楚渊："……"

为何一切与西南府有关的事情，听上去都是这般不靠谱。

海外仙山白雾缭绕，南摩邪蹲在石桌上，道："不够。"

"这还不够？"对面一个白胡子老头瞪眼道，"你这老不死的，莫非还想要我亲孙子不成。"

南摩邪道："也成。"

"成个屁。"白胡子老头大怒，朝他呸呸吐口水。

两人不消多时便打了起来，院中鸡飞狗跳。一个五六岁的小男娃扎着冲天辫，坐在门槛上看热闹。

又过了几日，大楚船队顺利抵达遢远国附近。往日里热闹繁华的港口早已紧紧关闭，军队来回巡逻，彻底隔绝了岛民与外界的联系，看架势恨不得建一座堡垒，将整个国度都围起来。

司空睿道："你确定这岛上的主子依旧是吴登，而不是已被楚项攻占？"

"收买倒是不会，"段白月道，"否则没必要紧闭关口，如今这样，无非求个中立自保，不被战乱殃及罢了。"

"按照吴登的性格，的确不会轻易被人拉拢。"金姝也道，"遢远国已经安宁了近百年，没道理因为一个楚项便被拖下水。"

"那走吧。"司空睿将玉笛插入腰间道，"两方换班，时机正好。"

段白月先一步揽过坤达，带着他一跃而起，瞬间便隐匿在了黑暗中。

司空睿目瞪口呆。临行前明明就说过，要将男的留给自己。何为交友不慎，此人的话当真一句也信不得，血泪。

楚军已越过海境线，岛民自是惴惴不安，都是天一黑就躲进屋子睡觉，因此大街上很安静。连平日里灯火辉煌的坤家大宅，此时也是一片寂然。

第四十章

四人稳稳落入院中。

书房里微微透着光,从窗户缝隙里看进去,就见一个老者独自坐在桌边,面前摆着一壶凉透的茶,正在唉声叹气,正是坤达的父亲坤山。

"进去吧。"段白月道,"我与司空睿先在这里等着。"

"多谢西南王。"坤达牵起金姝的手,有些迫不及待地推开书房门。

见到两人进来,坤山先是震惊,而后便举着灯火疾步上前,想要看清来人究竟是人,还是自己过度思念出了幻觉。

"父亲。"坤达喜极而泣,握住他的手道,"儿子回来了。"

窗外,段白月问:"说的是什么?"

司空睿呵呵笑道:"求我。你也有今天。"

段白月道:"辗转反侧,垂泪天明。"

司空睿很想吐血:"没说什么,就是闲话家常,问一些这当中发生的事。"

两人说话间,坤山已经从坤达嘴里得知了事情大概,于是亲自出门将两人迎进了书房。

诚如先前众人所预估,在楚渊与楚项的这场对决中,吴登想都不想便站了中立。囤积粮食紧闭国门,准备等这场仗打完再看风向。

"楚项专程派人来拉拢吴登,被拒绝后,就这么走了?"段白月有些怀疑。

"自然不是,当时闹得颇为僵硬。"坤山道,"对方使臣在离开前,还放下大话,说要让国主小心。果不其然,昨晚险些就出了事。"

"昨晚?"段白月道,"昨晚出了何事?"

"有一队人闯入皇宫,逢人就杀,武功极为高强,"坤山道,"甚至连国主身边的侍卫也不是他们的对手,后来幸而有大师出手相助,方才躲过一劫。"

"何处的大师?"段白月问。

"关海城,小叶寺。"坤山道,"方丈名曰妙心,与国主私交甚笃,因此一听说这南洋不安稳,便率领僧人乘船出海,已在皇宫中住了数月。"

段白月有些意外。先前楚渊提起这座寺庙时,他并未太将其放在心上,后来大军到了关海城,那小叶寺早已遍布蜘蛛网,听百姓说妙心带着僧人出海化缘还未回来,这事也就过去了,却没料到会在这里遇到。

"多谢西南王将我儿与儿媳送回来。"坤山道，"只是我一介商人，恩情无以为报，只有暗中捐些金银给大楚，期盼着早日大捷了。"

段白月摇头道："金银就不必了，坤老爷虽说家财万贯，却也是勤勤恳恳积攒所得。若当真想道谢，不如引荐本王见一见国主？"

"这……"坤山心里犹豫。

段白月道："若这国内风平浪静，倒也就罢了。可现如今楚项明显不会善罢甘休，不将问题根除，只靠着小叶寺的僧人，怕也非长久之计。"

"西南王所言也是。"坤山站起来，"那二位稍坐片刻，我这就去宫里通传。"

段白月点头道："多谢。"

待他离开后，坤达忍不住道："恕在下直言，国主为人一向谨慎，即便是昨晚被人刺杀，只怕顶多也就在皇宫周围多加几道防线，想要联合他一道抗击楚项，不大可能。"

"大楚不缺遥远国几千水军。"段白月笑笑，"他愿不愿意帮皇上暂且不提，可若胆小怕事，将来会被楚项威胁也不是不可能。此番不求吴登会与大楚结盟，却至少要让他记住一件事，倘与楚项扯上关系，不管是不是心甘情愿，后果都只有死。"

坤达闻言沉默，忍不住便偷偷看了眼身旁的金姝。他一直便不喜欢段白月，因为自己妻子的缘故。但他又的确比不过段白月，身份气度武功财富，样样都只能屈居于下。方才那番话，对方的语调中并无多少杀意，甚至说得极为轻松随意，却依旧带着强势的压迫感，像是天生便如此邪佞霸道一般。

金姝握住他的手，轻轻笑了笑道："我去给你煮一碗甜汤？"

坤达点头道："好。"

金姝起身离开，司空睿在桌下踩了段白月一脚，说话也不知将锋芒收敛一些，连累弟兄没有甜汤吃。

约莫过了一个时辰，屋外传来脚步声，听着像是有不少人。

"西南王久等了。"坤山推开门，抖落肩上的雨水，侧身将后头的人请了进来。

一身华服的中年男子，想来便是国主吴登。而另一个光头和尚，八成便是那小叶寺的妙心方丈。

段白月笑容冷静。他见过的和尚不多，少林寺算最眼熟的，其余便都是街上到处化缘的游方大师，须发皆白的有，苦修清瘦的有，大腹便便的也有，却还没有哪个和

第四十章

尚如同面前这位一般,剑眉之下是一双狭长凤目,唇红齿白,看着俊美异常。妙心方丈身形颀长,一身灰布僧袍也被穿出了神仙之姿,手握一串念珠,五指细如白玉,当真像是画中走出的人。

一想到此人曾在宫中长住,还经常带着楚渊一道避开西南府暗卫,也不知在讨论些什么玩意,西南王的笑容顿时越发春风和煦了几分,很慈祥。

"阁下便是西南王?"吴登行礼。

"国主。"段白月回神,"深夜冒昧来访,多有打扰,还请勿怪。"

吴登连连摆手:"西南王言重了,楚皇御驾亲征,小王本该开门相迎才是,只是……唉!"

"国主不必自责。"妙心在旁道,"楚皇宅心仁厚,自不会怪罪国主。"

司空睿在旁疑感道:"听这语气,大师认识皇上?"

"数年前,小僧曾在宫中住过一段时日,"妙心道,"在寝宫替楚皇医治梦魇之疾。"

"哦,原来如此。"司空睿笑容满面,在后头掐了段白月一把。听着挺亲近啊,还有这一茬?

"小王知道西南王此行的目的。"吴登爽快道,"烦请转告楚皇,暹远国虽无力出战,却也能坚守立场。若贼人再来相逼,宁尽举国之力拼死抵抗,也绝不会受他胁迫利用,与大楚为敌。"

"有国主这句承诺,便够了。"段白月道,"待大捷之后,大楚与暹远国、白象国,与这南洋几十上百的岛国之间,都会有新的贸易条款,到那时才是真正的海路纵横,商船如织,国主尽管等着便是。"

"如此甚好。"见段白月似乎并不打算逼自己加入战局,吴登也松了口气。于是笑道,"小王还准备了些薄礼,就烦请西南王与妙心大师一道转交楚皇了。"

段白月:"……"

一道转交?

妙心道:"小叶寺的僧人亦是大楚子民,自当为国征战。"

"咳。"关键时刻,司空睿还是稍微念及了一下兄弟情分,毕竟当初也帮自己抄过情书,于是诚恳道,"大师还是慈悲为怀些,待在这暹远国保护国主吧,大楚水军不缺人手。"

"不必不必。"吴登连连摆手,"我帮不上忙就罢了,又如何能厚着脸皮,将大师强留在此。"

妙心也道:"小叶寺其余僧人皆会待在宫中,保护国主。"

司空睿笑靥如花看向段白月,还拦吗?至少给弟兄一句话。

坤达在旁提醒道:"天都快亮了,怕是要抓紧时间才是。"

段白月道:"既然如此,那我们便先告辞了,多谢大师相助,请。"

"好说。"妙心双手合十微微施礼,转身出了房门。

大楚战船队里,叶瑾正蹲在甲板上,使劲掰一个椰子壳,想要趁着黎明,收集一些月露做药。

沈千枫在一旁帮他。

叶瑾抱着一个椰子壳,问:"你看,像不像秃头?"

沈千枫:"……"

叶瑾又拿起一个,严肃道:"两个秃头。"

沈千枫哭笑不得,到底何时才能忘了这一茬。